教师教育系列教材

U0662537

幼儿文学教程

于 虹 主 编

清华大学出版社
北 京

内 容 简 介

本书遵照教育部《普通高等学校本科专业类教学质量国家标准》和《幼儿园教师专业标准(试行)》要求,旨在使学前教育专业学生了解幼儿文学基本理论知识和幼儿文学在幼儿园活动中的应用,培养学生的幼儿文学素养和幼儿文学实践能力。促进学生对幼儿身心特点的理解,培养爱心、童心,提高职业素养和职业能力。

本书在各体裁章节设置了"欣赏"和"教学"内容,使理论与实践紧密结合,增强了专业性和实用性。尤其是"教学分析""教学建议"和"教学案例"等内容,使学生具体了解、把握该体裁在幼儿园教育教学活动中的应用,有效提高其实践技能。本书从幼儿园教育教学实际出发,理论知识和实践指导的新颖独到,不仅能加速师范生的成长,对相关从业人员也有一定的启发和借鉴意义。

图书在版编目(CIP)数据

幼儿文学教程/于虹主编. —北京:清华大学出版社,2020.1(2024.7重印)
教师教育系列教材
ISBN 978-7-302-54095-3

Ⅰ. ①幼…　Ⅱ. ①于…　Ⅲ. ①儿童文学理论—师资培训—教材　Ⅳ. ①I058

中国版本图书馆 CIP 数据核字(2019)第 239161 号

责任编辑:陈冬梅
装帧设计:刘孝琼
责任校对:周剑云
责任印制:曹婉颖
出版发行:清华大学出版社
　　　网　　址:https://www.tup.com.cn,https://www.wqxuetang.com
　　　地　　址:北京清华大学学研大厦 A 座　　　邮　　编:100084
　　　社 总 机:010-83470000　　　　　　　　邮　　购:010-62786544
　　　投稿与读者服务:010-62776969,c-service@tup.tsinghua.edu.cn
　　　质量反馈:010-62772015,zhiliang@tup.tsinghua.edu.cn
　　　课件下载:https://www.tup.com.cn,010-62791865
印 装 者:三河市天利华印刷装订有限公司
经　　销:全国新华书店
开　　本:185mm×260mm　　印 张:16　　字　数:384 千字
版　　次:2020 年 1 月第 1 版　　　　印　次:2024 年 7 月第 8 次印刷
定　　价:48.00 元

产品编号:084613-01

前　言

习近平总书记在中国共产党第二十次全国代表大会上的报告中明确指出："我们要办好人民满意的教育，全面贯彻党的教育方针，落实立德树人根本任务，培养德智体美劳全面发展的社会主义建设者和接班人，加快建设高质量教育体系，发展素质教育，促进教育公平。"本教材在编写过程中深刻领会党对高校教育工作的指导意见，认真履行党对高校人才培养的具体要求。

幼儿文学是世界给幼儿的"爱与美的馈赠"(金波语)。幼儿文学在幼儿成长中的意义和作用越来越受到重视，更成为幼教工作者必须关注、研究的课题之一。幼儿文学素养也成为幼教工作者必备的职业素养之一。很荣幸，我们能为之贡献自己的一分力量。

《幼儿文学教程》是一本本科教材，编写的初衷是以教育部《幼儿园教育指导纲要》为依据，以本科院校学前教育专业的教育目标和教育实际为出发点，力求满足本科学前教育专业的教学需要。

本教材的编写原则是理论联系实际，突出教材的实用性和适用性。章节结构为"体裁概述"+"欣赏"+"教学"，"体裁概述"主要侧重体裁特点分析，"欣赏"旨在提高学生对该体裁的欣赏水平，"教学"既有该体裁的教育教学分析，也提供一些教育教学方式方法。

本教材最突出的特色是每一个体裁章节都设置了"教学"内容，其中包括"教学案例""教学分析"和"教学建议"。第一，"教学案例"，是由本教材编写者编写或选用一线优秀幼儿园教师教学案例，对还没有教学经验积累的学生是一个很好的参考和借鉴。第二，"教学分析"，是对该体裁在幼儿园活动中的应用现状和具体应用进行分析。第三，"教学建议"，是从幼儿文学体裁特征出发，提出具有实际应用价值的教学建议。"教学分析"和"教学建议"相结合，可以帮助学生尽快掌握幼儿文学的各种体裁在幼儿园活动中的应用。

本教材编写成员都是热爱幼儿文学的一线教师，为这本教材的编写做出了巨大努力，希望能给每一位使用本教材的教师和同学带来愉悦和满足。

本教材编写分工如下：

第一、二章　　　于　虹(沈阳大学)
第三、八章　　　金延旭(沈阳大学);
第四、五章　　　王丽红(沈阳市艺术幼儿师范学校)
第六、十章　　　李培培(保定幼儿师范高等专科学校)
第七、九章　　　刘　翀(哈尔滨学院)

录课老师名单如下：

儿歌《小鸭子》　　　纪美旭(沈阳大学师范学院)
　　　　　　　　　　　　　　(沈阳市浑南区第一小学附属幼儿园朗日园)
儿歌《春风》　　　　姚　卓(沈阳大学师范学院)
　　　　　　　　　　　　　　(沈阳大学幼儿园)
儿歌《九九歌》　　　孙　爽(沈阳市浑南区第一小学幼儿园华发首府园)

幼儿诗《比比谁重》　　纪美旭(沈阳大学师范学院)
　　　　　　　　　　　　　　(沈阳市浑南区第一小学附属幼儿园朗日园)
幼儿诗《秋千》　　　　姚　卓(沈阳大学师范学院)
　　　　　　　　　　　　　(沈阳大学幼儿园)
幼儿诗《谁的伞大》　　　　孙　爽(沈阳市浑南区第一小学幼儿园华发首府园)
童话《好饿的毛毛虫》　　　梁　媛(皇姑区朝阳一幼儿园)
童话《想飞的小象》　　　　袁　梦(皇姑区朝阳一幼儿园)
童话《丑小鸭》　　　　　　耿冬梅(皇姑区朝阳一幼儿园)
幼儿故事《雪花》　　　　　周　爽(沈阳市于洪区荟英幼儿园)
幼儿故事《蜗牛和苹果》　　牛萌萌(沈阳市于洪区荟英幼儿园)
幼儿故事《小熊长大了》　　李婷婷(沈阳市于洪区荟英幼儿园)
图画故事《谁咬了我的大饼》李梦染(保定市乐凯幼儿园)
图画故事《是谁嗯嗯在我头上》张学影(白沟香港跨世纪米爱幼儿园)
图画故事《我爸爸》　　　　侯录庆(香港跨世纪米爱幼儿园)
幼儿散文《春娃娃》　　　　徐智莹(哈尔滨学院)
　　　　　　　　　　　　　　(哈尔滨市安丰幼儿园)
幼儿散文《蒲公英》　　　　胡慧贤(哈尔滨学院)
　　　　　　　　　　　　　　(哈尔滨市安丰幼儿园)
幼儿散文《七月的云》　　　董　欣(哈尔滨学院)
　　　　　　　　　　　　　　(哈尔滨市南岗区第三幼儿园)
幼儿戏剧《我能行》　　　　金美嘉(沈阳大学师范学院)
　　　　　　　　　　　　　　(沈阳大学幼儿园)
幼儿戏剧《萝卜回来了》　　崔　畅(沈阳大学师范学院)
　　　　　　　　　　　　　　(沈阳市启智幼儿园)
幼儿戏剧《谁吃了多多的巧克力》孙　爽(沈阳市浑南区第一小学幼儿园华发首府园)
幼儿科学文艺《白鸟妈妈的多彩新衣》李海静(哈尔滨学院)
　　　　　　　　　　　　　　(哈尔滨市南岗区第三幼儿园)
幼儿科学文艺《小蝌蚪找妈妈》刁思琪(哈尔滨学院)
　　　　　　　　　　　　　　(哈尔滨市安丰幼儿园)
幼儿科学文艺《蝙蝠是什么？》李　美(哈尔滨学院)
　　　　　　　　　　　　　　(哈尔滨市南岗区第三幼儿园)
幼儿影视《小蝌蚪找妈妈》　罗　静(白沟香港跨世纪米爱幼儿园)
幼儿影视《雪孩子》　　　　闫　岩(白沟香港跨世纪米爱幼儿园)

　　本教材选用了很多优秀的幼儿文学作品或片段，在此，向各位作家、出版社表示最诚挚的谢意。

　　在本教材的编写过程中，我们参考了一些专家、学者的论著及有关教材，在此，向所有的作者表示最诚挚的谢意。

　　梭罗说：“作家们写书并不是为了使自己赢得声誉，而是为了使广大读者产生共鸣，并从他们的作品中得到启发。”本教材的编者亦如此期盼，感谢每一位读者，谢谢您的阅读！

编　者

目　　录

第一章　幼儿文学概说

学习目标

➢ 了解幼儿文学的读者。
➢ 理解幼儿文学对幼儿成长的意义。
➢ 理解婴、幼儿的特殊性。
➢ 理解幼儿文学的美学特征和文本特征。
➢ 掌握幼儿文学的概念。

重点与难点

➢ 幼儿读者的特殊性。
➢ 幼儿读者生理心理特点及接受文学的特点。
➢ 幼儿文学的美学特征和文本特征。

第一节　幼儿文学的概述

幼儿文学是儿童文学的一部分，儿童文学因其读者的特殊性从文学中独立出来，成为一种特殊的文学形式，幼儿文学又因鲜明的美学特征成为儿童文学中最为突出的一部分。随着幼儿教育的发展，幼儿文学越来越受到社会的广泛重视，也成为幼儿园教学活动中重要的学习材料。具备幼儿文学欣赏和教学能力是幼儿教师必备的职业素养和能力。

一、幼儿文学的概念

幼儿文学是以 0~6 岁的幼儿为读者对象创作(或改编)的文学，适应幼儿的审美需求，促进幼儿的健康成长。幼儿文学首先是文学，遵循文学的一般规律，即用语言塑造形象反映社会生活，表达作者的思想情感。幼儿文学是幼儿的文学，作家在创作时需要把幼儿的审美需求和审美能力放在第一位。

幼儿文学是儿童文学的一部分。儿童文学因其读者对象年龄特征的差异性及其对文学的不同要求分成三个层次：幼儿文学、童年文学、少年文学。

幼儿文学的思想内容表达具体可感，形象描绘和艺术构思充满幻想，情节结构和叙述方式具有游戏精神，语言亲切自然，接近口语。常见的体裁有儿歌、图画书、幼儿诗、幼儿故事、幼儿童话、幼儿戏剧。

童年文学题材广阔、内容丰富，蕴含多方面知识，情节生动曲折、具有浓重的故事性，形式新颖、手法多样，带有极强的娱乐性，故事、人物、环境的设计充满奇异性。常见的体裁有图画书、童话、寓言、儿童诗、儿童小说、儿童故事、儿童科学文艺和儿童影视剧。

少年文学题材选择更加广泛，内容表现更加丰富，对社会生活的表现更客观、更全面、更接近于生活，存在着一些探索性题材和探索性表现。不论是现实性作品还是幻想性作品，故事的演绎、人物的命运更具现实性。少年读者更喜欢儿童诗、生活小说和动物小说、少年报告文学、传记文学和科幻小说。

人生的每个阶段都有它自己的特征、价值和发展任务。幼儿文学、童年文学、少年文学也都各具独特的审美价值和艺术品格，彼此是不可替代的。我们以三首诗来体会它们独具的魅力。

阿妙的幼儿诗《咕噜咕噜》①，作者开始形象地描绘出小金鱼怎样咕噜咕噜吐泡泡玩儿："小金鱼无聊时咕噜咕噜/吐泡泡/啪/再用嘴巴弄破掉"，接着描绘出"热汤"咕噜咕噜吹口哨，把蹲在旁边的馋嘴猫的胡子烧没了，"烟囱"咕噜咕噜冒黑烟，把白云吓跑了，"牙膏"咕噜咕噜跳，把孩子嘴巴里的牙虫赶跑了，还有小狗咕噜咕噜地晒太阳。幼儿睁大欣喜好奇的眼睛去看生活中的一切，用他们稚嫩的心去感知现实中的所有。这一串串的咕噜咕噜声是那么美妙而又有趣。小猫、小狗、小金鱼，都是他们最喜爱的玩伴，他们当然关心它们的一举一动。烟囱里的烟能把白云吓跑，牙膏泡泡能把嘴巴里的牙虫赶走，这些了不起的事物时时带给他们惊喜和快乐。幼儿身边的一切都藏着一个好玩的故事，吸引着他们去一一打开。小金鱼咕噜咕噜吹泡泡，热汤咕噜咕噜吹口哨，烟囱咕噜咕噜冒出黑烟，牙膏咕噜咕噜蹦蹦跳，小狗咕噜咕噜在讲话，闪光的泡泡，悦耳的口哨，顽皮的炊烟，勇敢的护牙卫士，忠诚的小狗，诗人描绘出的画面鲜明、生动而又富有韵律。拟声词的运用不仅让一个个形象具体可感，也增添了一份游戏的快乐。

任富亮的儿童诗《松树林里有首诗》②，松树林里的风声、雨声，啄木鸟捉虫的叮咚声，松鼠穿林而过的沙沙声，还有静默地躲在树后的小影子，演奏出一曲美妙的诗的乐章，引起小朋友的注视和倾听，最妙的是："小松树冒出一双双黑耳朵/听雨朗诵这首诗"，还有"胆小的影子/藏在树的背后悄悄生长"。童年时期的孩子们一边用掌握的知识去探索世界，一边用童心去感知世界，世界在他们的眼睛里充满了诗情画意。松树林里的一草一木、一花一影，在夕阳下，在细雨中都充满了诗意，啄木鸟和小松鼠让这首诗走近又走远，让孩子们生机勃勃的心有了片刻的宁静，他们学会了停留和倾听。因为孩子们的天性，这首诗也蕴含了故事的意趣。草丛、树木、绽放的花朵，摇摆的叶子，静立的松塔，都被夕阳和细雨染上了朦胧的诗意，小松鼠和啄木鸟就像来访的孩子们一样肆意地在诗中跳跃玩耍。诗人捕捉到大自然的美，也描画出孩子们感动于大自然的心。情感的旋律在词与词，句与句间流淌，跳动，扣击小读者的心弦。

张牧笛的儿童诗《我惊讶于一树的鸟鸣》③："我惊讶于一树的鸟鸣，是一树的小鸟啄着音符/是一朵朵可弹奏的花，是花蕊中站立的一瓣瓣金黄/是一寸寸的闪亮，在我金属的体内铿然作响/而风的激动，竟有无数的回音，打马一路奔驰而去……"，"我"听到鸟鸣

---

① 高洪波，方卫平. 2014 中国年度儿童文学[M]. 桂林：漓江出版社，2015：203.
② 高洪波，方卫平. 2016 年度中国儿童文学[M]. 桂林：漓江出版社，2017：204.
③ 孙建江，张洁. 2012 年中国儿童文学精选[M]. 武汉：长江文艺出版社，2013：314.

声中的绽放、呐喊，这一树的鸟鸣豪放、婉约，在沧海、大地、落日的余晖中令我震颤、神迷。少年时期的孩子们生活经验、文化知识增多，特别是生理上的迅速成长，使他们的自我意识更加增强，他们渐渐学会了用成熟的目光去观察世界，用深沉的情感去感受世界，在与世界的交流中反思自我、塑造自我。这一树的鸟鸣不再只是悠扬悦耳的音乐，这一丛丛绽放的花朵不再只是美丽的符号，这支春的奏鸣曲激荡着少年的心，与他们在生活中的感悟产生了共鸣。人与自然，飞翔与徘徊，奔驰与伫立，自我与社会，就像这一树的鸟鸣，从豪放到婉约，从呐喊到倾听，少年用他们勃发的生命和诚挚的情感拥抱生活。在诗中绽放的不只是鸟、花、风、树，还有热血少年。每一个诗的意象都屹立在少年读者的心中，那长长的句子就像少年们说也说不尽的情怀。

二、幼儿文学的读者

儿童早期教育研究的发展使幼儿文学的读者得以细化，细分为婴儿读者(0~3 岁)、幼儿读者(3~6 岁)，客观上也包括学龄初期儿童读者(6~7 岁)，还有成人读者(幼儿的父母、教师、学者等专业人士)。幼儿文学的主要读者群是 3~6 岁的幼儿。

(一)婴儿读者

婴儿读者对文学的接受从听家长诵唱摇篮曲开始，到听赏儿歌、阅读图画书。他们的审美需求主要产生于对爱和温暖的依恋，对音韵、节奏、色彩的喜好。他们在文学欣赏中获得愉悦和快感。在成人读者的帮助和引导下，他们也潜移默化地接受了文学的审美熏陶。"小燕子，穿花衣/年年春天到这里，/我问燕子你为啥来，/燕子说："这里的春天最美丽。"很多母亲把这首儿童歌曲当摇篮曲唱给婴儿听，婴儿在婉转悠扬的曲调中感受到母亲浓浓的爱意，安然、舒适地入眠。这几句歌词伴随着音乐慢慢地植入他们的心田。当他们牙牙学语之时会跟着唱，"小燕子"和"春天"的语汇反复地出现，越来越熟悉，越来越亲切，当他们再长大一点儿，在一个春天的日子里看到空中飞翔的燕子时，他们豁然感悟到穿花衣的小燕子的美，小小的心儿也感受到了"这里的春天最美丽"这句话所传达的爱和美。这就是婴儿最初的文学欣赏过程。他们熟悉了某些词语，认知了某些事物，领悟了语言所承载、传达的对事物的美的描述。

《两只老虎》这首儿歌孩子们都会唱，最早接触到它，也是在婴儿时期，婴儿对它的喜爱源于它的故事性、趣味性和游戏性。他们听赏和吟唱这首儿歌的时候，真的看见两只奇怪的老虎在跑、闹、玩，他们甚至自己在跟这两只老虎一起跑、闹、玩。在游戏中，他们慢慢地感知了语言所讲述描写的内容和情感。

因为婴儿掌握语言的能力较弱，所以，婴儿文学的文字读物一般都配有音乐，以"歌"的形式出现，如《小兔子乖乖》《小星星》《世上只有妈妈好》等。

婴儿接触最多的另一种文学样式是图画书，篇幅短小，内容简单的图画书。如《猜猜我有多爱你》《月亮，晚安》《月亮，生日快乐》《小蓝和小黄》等。如《月亮，生日快乐》[①]，两岁左右的婴儿坐在父母的怀里，家长一边翻着书，一边给孩子念故事，尽管他们还听不太懂故事的内容，但是，图画书里淡蓝色的背景会让婴儿感到一种静谧的安宁，棕

---

① 彭懿. 图画书：阅读与经典[M]. 南昌：二十一世纪出版社，2008：172.

色的憨乎乎的小熊和圆圆的黄灿灿的月亮吸引了他们的注意力，让他们感到有趣，故事里反复出现的小熊和月亮的"对话"：小熊喊"你的生日是哪一天？""你的生日是哪一天？"月亮回答。小熊说"我的生日是明天"。月亮说"我的生日是明天"。小熊问"你想要什么生日礼物"？月亮问小熊"你想要什么生日礼物"？小熊说"我想要一顶帽子"。月亮说"我想要一顶帽子"。……小熊说"生日快乐"！月亮说"生日快乐"！让他们觉得既好玩又有趣，慢慢地，他们听懂了"生日""礼物"，大概明白了这是一个怎样的故事，他们就感受到了故事里传达的爱和温馨。他们感受到了语言文字和形象色彩所传达的文学的美。

(二)幼儿读者

幼儿读者进入了对文学的审美阶段。他们的知识经验不断丰富，语言能力迅速发展，其思维能力也发展到具有具体形象思维，并开始发展抽象逻辑思维。他们对文学的需求最突出的表现是喜欢听故事，喜欢诵唱儿歌，他们也喜欢听赏幼儿诗，喜欢自由阅读图画书。他们喜欢反复听、看一个故事，这是最初的对语言创造形象的体验和玩味，他们能自己选择图画书，也表现出对某一个或某一类型的故事的喜爱，显现出他们在审美爱好方面的差异。幼儿文学阅读的审美心理过程有以下内容。

1. 审美感知

幼儿的文学阅读基本上还是依赖于听赏和看影像、图画方式。尤其是 3～5 岁的幼儿，他们还不识字，对文学文本的欣赏更多的是依赖于听录音或者是成人诵读。尽管他们还不识字，但是，因为生活经验的积累和语汇的积累，他们能听懂一些简单的语汇、语句。他们对语言是敏感和善感的。

彭俐的儿童诗《太阳是甜的》，先描写出一个圆圆的、金黄金黄的生日蛋糕像太阳一样美丽，然后把切分蛋糕的行为诗意地描写成把太阳般的美丽和温暖分给了伙伴们，于是，小朋友们都吃到了一口阳光，都感觉到了"太阳是甜的"。幼儿初次听到这首诗就会被它吸引住，因为他们能在这首诗里感觉到"太阳是甜的"，对"太阳"和"蛋糕"的认识，足以让他们能感知这个比喻中的甜美。

幼儿在阅读图画书时，他们能在图画的帮助下更好地感知故事的内容，很好地理解故事。如《古利和古拉》[①]中，小田鼠古利和古拉在森林里捡到一个巨大的蛋，它们准备烤一个大蛋糕，可是它们搬不动这个大蛋，只好回家取来锅、面粉、黄油、牛奶等，就地做了一个大蛋糕。闻到了蛋糕的香味，树林里的动物都围了过来。大蛋糕被大伙吃光了，只剩下空锅和巨大的蛋壳。古利和古拉用蛋壳做了一辆汽车开回家去了。在图画和语言的共同描述下，幼儿感知到古利和古拉捡到这个蛋的惊喜和快乐，那个蛋画得太大了，比古利和古拉大好几倍，而且古利说："呀，多么大的蛋啊。可以煎一个像月亮一样大的荷包蛋！"幼儿也感受到了一大群动物伙伴分享大蛋糕的快乐，因为图画上画着的大象、仙鹤、大狼、小熊、小兔、小刺猬、小松鼠、小鹿、乌龟、螃蟹，还有小鸟、青蛇、鳄鱼、猫头鹰，它们都在高高兴兴地吃着蛋糕，故事说"一眨眼，大蛋糕就被动物们吃光了"。古利和古拉开着蛋壳车回家了，让幼儿更深切地感受到吃和玩带给他们的快乐。

---

① 彭懿. 图画书：阅读与经典[M]. 南昌：二十一世纪出版社，2008：125-126.

2. 审美想象

幼儿在听、读文学作品时，能把语言文字的描述转化为具体的人物、事物、场景等形象，进而感受到形象的魅力。如欣赏幼儿诗《太阳是甜的》，幼儿通过"好圆好大，金黄金黄""就像一颗太阳"这些语言和他们对太阳的认识，在自己的头脑里想象出一个特别大的蛋糕，这个大蛋糕也许还像太阳一样闪着金光呢，在这样的审美想象中，他们感受到了分享"阳光"的温暖和快乐，也感受到了这个神奇的比喻所带来的快感。如在阅读《古利和古拉》时，看到蛋糕做好了的时候，那个黄灿灿的大蛋糕，"大家都睁大了眼睛'噢！好香啊！'"的感慨，幼儿的嘴里心里一定都涌出了一股蛋糕的香甜。

3. 审美情感

幼儿能感知文学作品中的形象，就能感受到作家蕴含在形象之中的情感，与作品的情感产生共鸣。幼儿能感知、想象《太阳是甜的》这首诗中的"太阳蛋糕"的意象，所以能领会这首诗所要表达的分享所带来的温暖和幸福。幼儿能感知和想象《古利和古拉》故事的好玩和有趣，所以，他们能感受到古利和古拉的快乐、小动物们的快乐，以及作者对这快乐的赞美。

4. 审美思维

幼儿在文学审美过程中，也会和成人一样，把对作品的感受、思考与生活联系起来，做出他们的审美判断，提高他们对作品的理解和认识，也提高他们对生活的理解和认识。如童话《鸭式摇步舞》，小鸭子摇摇因为走路摇摇摆摆被大伙儿笑话，它很苦恼。摇摇努力练习走路，"尽可能使自己走路摇得有规律些，摇得好看一点儿"。终于可以自信地走出一种特殊的"鸭子独有的风度"，得到了大家的赞赏，它还创造了一种新的舞步——"鸭式摇步舞"。幼儿站在小鸭子摇摇的立场上，很容易感受到小鸭子的无奈、委屈，为小鸭子的坚强、努力、成功而欢喜兴奋，最后他们都能明白要向小鸭子学习，不能自暴自弃，经过努力，缺点会变成优点，"嘲笑"会变成"赞赏"。小鸭子的故事让幼儿学会了在生活中要自强，小鸭子的遭遇让幼儿懂得了，在生活中不要去嘲笑别人的短处，这会造成伤害。其实，对这篇作品的理解一定有幼儿生活经验的积累，他们尽管年幼，但是他们或多或少都感受到过"苦恼""委屈"的滋味吧。

(三)成人读者

成人读者，尤其是家长和教师，对幼儿文学的需求主要是因为教育的需求，也有审美需求。从教育需求来讲，一方面，幼儿文学作品是家长、教师教育幼儿的最好教材；另一方面，家长和教师是幼儿通向幼儿文学作品最好的桥梁，他们要帮助幼儿选择作品，引导幼儿理解作品。所以，家长和教师的幼儿文学欣赏水平对幼儿更好地接受幼儿文学意义重大，家长和教师应该有意识地接触幼儿文学，提高自己的鉴赏水平。

以教育需求为目的亲近幼儿文学的家长和老师，还可以获得很多教育启示，因为幼儿文学对童心的展现可以弥补家长和教师的某些疏忽或遗漏。如《逃家小兔》里小兔子"我要跑走了"那句话里对"独立自由"的渴望，如《第一次上街买东西》里美美内心的紧张，如《爱心树》中"给予"所导致的"索取"，都应该引起重视。

因为幼儿文学美质的存在，也吸引了一些成人的审美注意和审美兴趣。他们在幼儿文学世界里徜徉，回味童真，感悟童真，在更纯真的境界里理解生活，获得文学的审美享受。《睡不着吗，小熊？》《月亮的味道》《小黄和小蓝》等都让成人读者爱不释手。

三、幼儿文学对幼儿成长的意义

著名儿童文学作家金波用诗一般的语言说明了幼儿文学之于幼儿成长的意义："当你在孩子面前第一次翻开一本书，就是引领他走进一个新的世界。你开始给他阅读，让他感受的是形象、色彩和声音。他领略到了想象中的人物故事、耀眼的色彩和悦耳的声音。""文学培养人的丰富情感，其直接的作用就在于让人更容易亲近生活，亲近美好的事物，亲近人，更容易分辨真与假、善与恶、美与丑，更容易让人从感性的体验中提升到理性的认识。"[1]幼儿文学对于幼儿有启蒙智慧、陶冶情操、培养美感、愉悦身心等作用，在幼儿成长中的意义是不可替代的。

(一)培养美好情操

幼儿处于人类生命之初最宝贵的阶段，需要美好的事物感染、启蒙，促使他们向美好的方向生成、发展。幼儿文学中，一切都是美好的。美好的人，美好的故事，美好的思想，美好的情感……幼儿在幼儿文学世界里阅读、感受、嬉戏、游玩，在日积月累中，在潜移默化中，自然养成了美好的情操。

美好的情操培养要从爱家人、爱伙伴、关心小动物开始，美好的情操培养要从一点一滴做起。儿歌《妈妈下班回到了家》教给幼儿关心妈妈的辛苦，《一分钱》教给幼儿要拾金不昧，《我是一个粉刷匠》教育幼儿要热爱劳动，《找朋友》教育幼儿要团结友爱。嵇鸿的童话《雪孩子》[2]写了一个美丽的故事：白兔妈妈准备出门去找吃的，小兔吵嚷着也要去，兔妈妈堆了一个雪孩子陪小兔玩，小兔和雪孩子玩得可开心了。后来，小兔睡觉时，火烧着了小兔的房子，雪孩子奋不顾身地冲进了着火的房子救出小兔，自己却化成了一摊水。雪孩子为了救出小兔牺牲了自己，雪孩子高尚美好的情操感动了一代又一代的孩子。故事里有这样一段描写，小兔回屋休息去了，雪孩子一个人来到了树林边：

一棵小树被雪压弯了腰，雪孩子捡起一根树枝把雪刮掉。小树直起腰，轻轻地舒了口气："啊，是谁帮助了我呀？"雪孩子不吭声，悄悄地走了。松树林里，一只小松鼠不小心从树上摔了下来，雪孩子赶紧用双手接住他，又轻轻地把他放在树枝上，然后不声不响地走了。雪地里躺着一只美丽的小鸟，他冻坏了。雪孩子轻轻地把他抱起来，小心地放在灌木丛里，又用枯叶一片片地盖在他的身上，直到小鸟醒过来，雪孩子才悄悄地离开。

这就是善良的雪孩子，他总是在关心和帮助他人。这也对幼儿最有启发和教育意义。

(二)激发求知欲

幼儿阶段，人的智力发展相当迅速，求知欲的满足可以促进智力的发展。幼儿时期的求知欲开发，直接影响他们以后的智力发展水平和学习知识的能力。幼儿文学富含了大量

---

[1] 金波. 爱与美的馈赠：幼儿文学与文学启蒙[M]. 上海：少年儿童出版社，2013：1.
[2] 崔钟雷. 中国经典童话[M]. 杭州：浙江人民出版社，2013.

的自然、社会、生活知识，弥补了幼儿生活阅历的不足，扩大了幼儿的视野，增长了幼儿的知识，更激发幼儿了解、探求世界的兴趣。

幼儿文学作品带给幼儿大量的知识，他们在儿歌里认识了花鸟鱼虫、春夏秋冬、日月更替，在故事里了解了长幼秩序、社会规范，在科学儿歌、科学童话里了解了家用电器的用途、动植物的特点和习性，还有日月星辰的秘密。知识获得的越多，探索新知的欲望就越强烈。张秋生的童话《夜晚，在森林里》，啄木鸟因为喝了一杯咖啡睡不着觉，在夜里目睹了猫头鹰一个晚上消灭了三个隐藏在森林里的小偷——偷吃玉米的田鼠，才知道猫头鹰一家白天睡大觉，不是因为懒惰。幼儿在这个故事里了解了啄木鸟和猫头鹰不同的生活习性，还有它们是捉害虫、抓"小偷"的高手。科学童话绘本《小老鼠过河》：小老鼠看到河对岸的樱桃树长满了果实，想去摘，找到了半个椰子壳当作船过了河。小老鼠摘了太多的樱桃，把小椰子船都装满了，当它撑船回来的时候，船翻了，小老鼠掉进河里了。在岸上玩的朋友们看见了想去救它，可是谁也不会游泳。小猴子扔了块大石头去救它，石头马上沉了下去，花斑猫扔了件外套去救它，外套很快也沉下去了。咪咪兔把积木扔进河里去救它，积木浮在水面上，小老鼠爬了上去，可是积木承受不了小老鼠重量，也沉了下去。皮皮狗把皮球踢到了小老鼠的身边，小老鼠终于得救了。水里的鱼儿把沉到水底的椰子壳推了出来，小老鼠又可以划着椰子船过河去摘樱桃了。这一次，他要少摘一些樱桃，不会再让自己掉到河里去了。通过一个有趣的故事让幼儿知道了简单的"沉""浮"的科学知识。

(三)发展思维能力

人的思维活动借助于语言，语言的发展促进思维的发展。幼儿文学为幼儿提供了生动、有趣、自然、规范的学习语言的环境和条件，幼儿在欣赏幼儿文学时，积累了大量的语汇，接触了大量的语法应用范例，提高了幼儿的语言能力。在促进幼儿语言发展的同时，积极、有效地发展了幼儿的思维能力。

童话《笨狼进城》[①]，故事是这样开始的：

笨狼从小生活在森林里，一直听小伙伴们说城里很热闹，就也想去看看。今天他终于决定到城里去转转。

这段叙述让幼儿知道了故事的起因。这段文字里有"一直""也""终于"这样的虚词，在具体的意境中，幼儿能明白它们的语义，发展语言的同时，幼儿的逻辑推理能力也得到了发展。童话《宝缸》[②]故事的开始就讲到了"宝缸"的神奇：

从前，有一个贫穷的老爷爷，他捡到一口小水缸。老爷爷把小水缸拿回家，将家里仅有的一碗米倒进缸里。可是，第二天，他却从缸里一连舀出了 10 碗米。原来这是一口宝缸。

有了"一碗米变成了 10 碗米"这样的叙述，幼儿就能很好地理解"原来这是一口宝缸"这个结论。幼儿也学会了怎样把一件事情具有逻辑性地表述清楚。

幼儿文学还充满想象和幻想，有利于发展幼儿的想象力和创造力。如童话《换尾巴》：小白兔白白是一个快乐的孩子，可是这几天白白却怎么也高兴不起来。因为小伙伴们都说她的尾巴又短又小，一点儿也不好看。一天，白白看到小松鼠毛茸茸的大尾巴很羡慕，就

---

① 崔钟雷. 中国经典童话[M]. 杭州：浙江人民出版社，2013. 1.

② 崔钟雷. 中国经典童话[M]. 杭州：浙江人民出版社，2013. 1.

跟松鼠换了尾巴，白白开心极了。可是，这时，从灌木丛里窜出一只大灰狼，扑向白白，白白拼命地跑，可是大尾巴拖在后面又沉又重跑不快。眼看着大灰狼就要追上来了，兔妈妈从林子里跳出来把大灰狼引开了。白白没想到这条漂亮的大尾巴差点让它送了命。第二天，它就去找松鼠又把尾巴换回来了。这种具有浓厚幻想色彩的故事能激发幼儿想象力和创造力的发展。

幼儿的思维能力发展还需要大量的生活智慧的积累，幼儿文学中有很多这样的故事。如童话《真假小白兔》，一只小白兔当上了萝卜店的经理，小狐狸很羡慕，用咒语把自己也变成了一只小白兔。店里的售货员分不清哪个是真的小白兔，熊法官把两捆青草放在两只小白兔面前，两只小白兔都很快吃完了。熊法官又拿来两块肉，两只小白兔都皱着眉说不吃肉。兔妈妈来了，她说"我的孩子尾巴上有个伤疤"，可是，两只小白兔的尾巴上都有伤疤，还是分辨不出来。兔妈妈想了想，然后捂住肚子大叫肚子疼。一只小白兔立刻上来扶住兔妈妈，急得眼泪都流出来了。另一只似乎一点儿也不着急。兔妈妈终于认出了自己的孩子，小狐狸灰溜溜地逃走了。幼儿在这个故事中不仅积累了生活经验和智慧，也得到了思维训练。

(四)提高审美素养

幼儿尽管幼小，也需要尽早开发审美感知能力和提高审美素养。幼儿文学中的一切都是优美的，美的故事、美的语言、美的色彩、美的音韵、美的想象、美的意境，提供给幼儿最美好、最自然的美感培养环境。

幼儿文学能够提高幼儿对美的感受力，如儿歌的韵律节奏、幼儿诗的优美意境、童话的美丽幻想等。幼儿文学能够提高幼儿欣赏美的能力，明亮的色彩，纯真的情感，优美的语言，他们在积累中感悟，在积累中提高。他们的审美感知、审美想象，审美情感、审美思维都有所发展。

陶天真的《月光下的小村》①，夜晚，小村庄在温柔的月光的怀抱里静静地睡着了，一只小猫悄悄地爬上洒满月光的屋顶，踏破了月光的梦，可是小村庄睡得太沉了，谁也没有被惊醒，谁也没有发现这只小猫的游戏。"一只猫/无声无息地穿过屋顶//把青瓦片上薄薄的月亮/踩得七零八落"。谁能知道静静的夜里还有多少有趣的故事在发生呢？幼儿还体会不到这首诗中对乡村的宁静和安详的赞美与向往，但是，那种安宁的美和安宁中的童趣他们能感觉得到。幼儿可以抓住诗中的只言片语完成欣赏这首诗所需要的审美想象，在他们已有的知识经验的基础上——他们知道小猫走路没有声音，他们也知道影子会被踩碎，幼儿可以想象出小猫"无声无息地穿过屋顶""把青瓦片上薄薄的月亮踩得七零八落"的样子，幼儿的头脑中能够出现这样一幅图画，在洒满月光的屋顶上，一只小猫悄悄地跳来跳去，月影被小猫搅乱了。幼儿也能够接近诗中所传达的情感，谁也没有发现顽皮的小猫，小小村庄在月色的怀抱里睡得太香了——这一切是多么安宁，多么美好啊！

(五)培养快乐品质

快乐品质的养成是幼儿身心健康发展的必要保障。快乐是幼儿文学的重要品质。幼儿文学充满了轻松、滑稽、幽默等快乐因素，增加了幼儿快乐的体验，也为幼儿提供了良好

---

① 谭旭东，韦苇. 世界金典儿童诗集·中国卷[M]. 福州：福建少年儿童出版社，2011.

的释放、宣泄心中的郁闷和不快的机会。《一闪一闪亮晶晶》[①]："一闪一闪亮晶晶，/满天都是小星星，/挂在天空放光明，/好像许多小眼睛。"这首儿歌孩子们都会唱，他们诵唱的时候，是多么快乐呀！明快的节奏就让他们身心感到愉悦，他们又在这首儿歌里发现了挂在天空上的小星星的秘密，多开心啊！还有，小小的他们能自己唱这么美妙的儿歌，他们是多么的自豪啊。所以，每一个小朋友在诵唱的时候，脸上都是笑意盈盈的。这就是快乐品质的起源。

童话《大咧咧叔叔》给孩子们讲了一个性子特别急的"大咧咧叔叔"的故事。有一天天气很热，大咧咧叔叔打球出了一身汗，他想洗澡，可是一拧开水龙头发现停水了，他只好用毛巾擦了一把脸就上床睡觉去了，忘记了关水龙头。第二天早上，大咧咧叔叔要去厨房做早餐却发现厨房失踪了，在院子里莫名其妙地出现了一个大水池，在水池中间还有一个大喷泉。大咧咧叔叔买了许多小鱼养在水池里，又从亲戚家抱来一只大猫帮他看守鱼池。可是，大咧咧叔叔常常忘记给大猫饭吃，大猫饿得受不了，就把尾巴放进水池去钓鱼吃。邻居家的哈巴狗向大咧咧叔叔告了大猫的状，大咧咧叔叔才发现水池里一条鱼也没有了，就把大猫扔进了池塘。大猫大口大口地把水池里的水喝光了，厨房露了出来，大咧咧叔叔看见那水龙头还在哗哗哗地流水，他才想起是自己那天没关水龙头造成的。多么好玩有趣的故事，幼儿在笑声中认识到不能像大咧咧叔叔那样急躁毛糙。这个童话内容不仅内容特别好玩，而且细节描写也特别有趣[②]：

有一位大咧咧叔叔，他的性子很急，做事很快。他一分钟能洗二十只碗，二十只盘子，五口锅。就这样，他还嫌自己不够快。有一天，大咧咧叔叔从外地出差回来，来到厨房一看，吓了一跳。原来厨房的筷子粘在一起，生出了竹叶；碗里没洗净的米粒，在水里发了芽；盘子里的菜发了霉，长出了一尺多高的绿毛毛。大咧咧叔叔拍着自己的胸脯说："唉，我怎么这么粗心呢！"

哪个孩子听到这段描写不会哈哈大笑呢？这种夸张造成的喜剧效果是最符合幼儿的审美趣味的。

第二节　幼儿文学读者特殊性

幼儿文学的主要读者是婴、幼儿。他们的生理心理特点决定了他们接受文学的特殊形式，也影响、制约着幼儿文学作家的创作。认识和理解婴、幼儿生理心理特点和婴、幼儿接受幼儿文学的特殊性，是幼儿教师进行幼儿文学教学和幼儿文学阅读指导的前提。

一、幼儿生理心理特点

幼儿的生理、心理特点与幼儿文学的阅读及创作息息相关。幼儿的生理、心理特点决定了幼儿对幼儿文学的喜爱和选择，对幼儿生理、心理特点的关注和理解指导着作家的幼儿文学创作，也引导着成人对幼儿进行幼儿文学的阅读指导。

[①] 晨风童书. 儿歌 300 首[M]. 北京：中国人口出版社，2015.
[②] 崔钟雷. 中国经典童话[M]. 杭州：浙江人民出版社，2013.

(一)感知觉

幼儿的各种感知觉都在迅速发展、完善。视觉、听觉、触觉发展较快,比较复杂的空间知觉和时间知觉也开始逐步发展。第一,视觉:2岁左右的幼儿能认识红、黄、蓝、绿等基本色。第二,听觉:2岁左右的幼儿能跟随音乐做有节奏的动作。3岁左右能跟随节奏打拍子。第三,空间知觉:3岁能辨别上下方位,4岁能辨别前后左右方位,5岁能以自身辨别左右方位。第四,时间知觉:3岁左右的幼儿已经能知觉早上、晚上,并能正确使用与生活密切相关的时间概念,如"早晨"是天亮和起床的时间,"晚上"是天黑和爸爸、妈妈下班的时间。4岁左右的幼儿能辨别"今天""昨天"和"明天",5岁左右的幼儿能辨别"前天""后天"等较远的时间,但对"月"和"年"这样更大的时间单位的理解和辨别仍有困难。第五,观察力:幼儿容易注意事物外部的、明显的特征。所以他们经常用大小、形状、色彩等外部特征去区别和形容事物。幼儿观察的有意性较差,容易受外界新异刺激的干扰,受情绪影响也很大,幼儿不大会按照一定的顺序去观察,观察也不仔细。所以,幼儿文学读物中的文字字体要大一些,图画故事色彩要鲜明,背景不能过于复杂,尽量避免重叠现象,主体事物的色彩要最鲜明突出。在故事叙述中,最好使用笼统的时间词,如"从前""很久以前""后来""过了一会儿"等。语言要有节奏、韵律。人物形象塑造外貌特征要鲜明、突出。如盖达尔的幼儿小说《丘克和盖克》[1]对故事里的时间这样表示:

从前,有一个人住在青山旁边的森林里。他做了很多工作,但工作还是不见减少,因此他不能够回家过假期。最后,冬天来了。他感到非常寂寞,在得到了上级的允许后,写了封信给妻子,叫她带着孩子到他那儿去做客人。他有两个孩子,那就是:丘克和盖克。

"从前"和"最后"这两个笼统的表示时间的词,让幼儿清楚地了解了故事中的时间顺序。

林格伦的童话《长袜子皮皮》[2]中对皮皮的描写非常经典,听过这个故事的幼儿都清楚地记得皮皮的样子,在哪儿都能认出她来:

她头发的颜色像胡萝卜一样,两条梳得硬邦邦的小辫子直挺挺地竖着。她的鼻子长得就像一个小土豆,上边布满了雀斑。鼻子下边长着一张大嘴巴,牙齿整齐洁白。她的连衣裙也相当怪,那是皮皮自己缝的。原来想做成蓝色的,可是蓝布不够,皮皮不得不这儿缝一块红布,那儿缝一块红布。她的又细又长的腿上穿着一双长袜子,一只是棕色的,另一只是黑色的。她穿一双黑色的鞋,正好比她的脚大一倍。

两三岁的幼儿,一般喜欢情节简单,色彩鲜艳的图画书和节奏鲜明、朗朗上口的儿歌。四五岁的幼儿能听懂简短的童话、故事和短诗。

(二)记忆

幼儿时期,尤其是3~6岁的幼儿,活动范围的扩大和语言思维的发展,他们的记忆能力不断发展。在形象记忆、情景记忆、情绪记忆、词语记忆和动作记忆五种记忆类型中,形象记忆和情绪记忆发展比较早,动作记忆、情景记忆、词语记忆发展比较晚。在与学习和阅读相关的记忆中,幼儿以无意识记忆和机械记忆为主,有意识记忆和理解记忆也逐步

---

① [苏]盖达尔. 盖达尔中篇小说选[M]. 石慧瑛,任溶溶译. 成都:四川少年儿童出版社,1987.
② [瑞典]林格伦. 长袜子皮皮[M]. 李之义译. 北京:中国少年儿童出版社,2013.

发展。第一，无意识记忆为主，有意识记忆逐步发展。年龄越小的幼儿，记忆越带有无意性。那些鲜明的、生动的、激发起他们强烈的体验的事物容易被他们记住，幼儿无意识记忆的效果随着年龄的增长而提高。5 岁左右的幼儿记忆的有意性有了明显的发展。他们能够努力记忆和回忆所需要的材料，外界良好的刺激和反馈能提高幼儿的有意识记忆效果。第二，机械记忆突出，理解记忆不断发展。幼儿知识经验贫乏，对事物的理解能力很差，两三岁的幼儿基本依赖重复的办法机械记忆。4 岁左右的幼儿能运用简单的理解记忆，如能讲述发生过的事情，能理解性复述故事。第三，形象记忆为主，词语记忆不断发展。幼儿最容易记住具体形象的材料，其次是生动形象的词语，如拟声词语、摹状词语等，对抽象词语的记忆比较困难。形象记忆和词语记忆两种记忆效果随着年龄的增长而提高，词语记忆的发展速度快于形象记忆。但是，形象记忆效果仍然高于词语记忆效果。所以，形象鲜明、具体生动、能引起幼儿强烈情绪体验的事物容易被他们记住，因此，合辙押韵、朗朗上口的儿歌，生动有趣的故事，富于幻想的童话，容易被幼儿记住。

董恒波的幼儿散文《动物园》，描写一个小朋友用一盒动物饼干来招待小朋友们的快乐，他先让小朋友们参观有小狗、大象、猴子、骆驼的饼干动物园，然后还把这些动物饼干分给小朋友品尝。这里描述的情景是很多幼儿都经历过的，饼干动物园的快乐是香甜的，能引起幼儿读者强烈的情绪体验，引发他们的情感共鸣。

(三)语言

幼儿时期是语言发展的重要时期。幼儿期储备了大量的词汇。2 岁左右的幼儿基本掌握 300 个左右的词汇，可以进行日常生活交流，3 岁左右的幼儿基本掌握母语的全部语音，词汇量增加迅速，达到 1000 个左右。6 岁的幼儿已经能掌握 3000 个词汇。幼儿口语使用的词汇主要是实词，其中名词最多，其次是动词、形容词和副词。因为对虚词的词语不大理解，所以很少使用。3 岁左右的幼儿基本掌握了母语的语法规则系统，并逐渐使用复合句进行交流，5 岁左右的幼儿使用复合句的数量增加。

幼儿期是从情景语言向连贯语言过渡，从对话语言向独白语言过渡，从外部语言向内部语言过渡的时期。3 岁左右表达不连贯、不完整，还很难讲清楚一件事。4 岁左右能独立叙述故事，但不够连贯和完整。5 岁左右基本能连贯、完整地复述故事。5 岁左右幼儿的语言表达能力和看图讲述能力明显提高，幼儿在讲述时能根据图片内容想象角色的心理活动，语言表达灵活多样，并力求与别人不同。同时，幼儿的阅读兴趣也有明显提高，他们开始对文字感兴趣，识字的积极性很高，阅读成了他们极大的乐趣。

幼儿文学中的语言要力求形象、生动、口语化，符合幼儿的理解水平，但也要适当超出幼儿的实际理解能力，以促进幼儿的语言发展。

冰波的幼儿童话《月光下的肚肚狼》[①]第一章"可怜可怜肚肚狼吧"：

肚肚狼坐在地下已经快一天了。"请你说出：自己一生中说得最多的一句话是什么？开始——"因为无聊，肚肚狼就给自己出了这个题目。他在模仿电视里的智力抢答节目。他用手指头在地下按了一下，嘴里发出一个电铃的声音："嘀——"这表示它抢到了答题机会。"我一生中说得最多的话，当然是——"肚肚狼吸口气，然后说，"行行好吧，可怜可怜肚

---

① 冰波. 月光下的肚肚狼[M]. 沈阳：春风文艺出版社，2016：1-2.

肚狼……"他把这句话一连说了五遍，才停下来换口气。"这个题目谁也不可能比我回答得更快，嘿嘿……这个我很在行的！"肚肚狼自言自语。这个肚肚狼当然在行，因为他是个乞丐。……肚肚狼总是低着头，看着一双双匆匆忙忙走过的脚，盼望着其中有的脚能停下来；如果真的有脚在它面前停下，它又开始期待这样一个声音——"嘚"。那是硬币丢到它的帽子里的声音。肚肚狼不用眼睛看，就能从声音里判断出来，刚刚丢下来的是一元硬币还是五角硬币。肚肚狼觉得这是最美妙的声音。

　　这一段对肚肚狼的语言、动作描写非常形象生动，肚肚狼一边坐在街边讨钱，一边自己玩着智力竞赛游戏打发时间，聪明而又顽皮。尽管它整天在叫着"可怜可怜肚肚狼"，但它的心里并不真的希望人家可怜它，有那么一点儿可爱。固执地称呼小女孩"小红鞋"显得有点儿任性。幼儿一下子就"认识"了这个特别有趣的肚肚狼。叙述语言多为口语，也出现了一些如"无聊""模仿""乞丐""期待""判断""美妙"等书面语，这些语言在具体的语言环境里，并不妨碍幼儿对故事内容的理解，也发展了他们的语言。

(四)思维

　　幼儿思维的主要特征是具体形象性思维，逻辑思维开始萌芽。幼儿思维特点：第一，以具体形象性思维为主，抽象逻辑思维开始发展。4岁以后，由于语言的发展和知识的增长，幼儿的抽象逻辑思维开始发展，但思维对行动的调节自觉性还较差。5岁左右的幼儿不再满足于了解表面现象，而是要追问到底，有强烈的求知和认识兴趣，并显现出抽象思维的萌芽。第二，概括能力较低，不易掌握抽象概念。幼儿掌握的概念有限，他们只能掌握日常生活中的具体概念，较难掌握抽象的关系概念、时间概念和道德概念。第三，判断和推理能力发展，理解能力增强。3岁左右的幼儿习惯根据事物的表面联系和按照生活经验去判断、推理。5岁左右的幼儿能按照事物内在的本质联系和事物的客观规律去判断、推理。随着语言的发展和知识、经验的丰富，幼儿的理解能力在不断提高，从对个别事物的理解发展到对事物之间相互关系的理解；从依靠具体形象理解，到依靠语言理解；从理解事物简单、表面的现象，发展到理解事物复杂的因果关系。第四，"自我中心现象"。皮亚杰的"三山实验"表明，6岁以下的幼儿在进行判断时是以自我为中心的，他们缺乏观点采择能力，不能从他人的立场出发考虑对方的观点，而是以自己的感受和想法取代他人的感受和想法，这被称为"自我中心现象"。

　　幼儿文学作品的题材要以幼儿熟悉的生活为主，用他们能理解的语言塑造他们熟悉的形象，并构思富于幼儿情趣的情节。

　　孙幼军的幼儿童话《小猪唏哩呼噜》[①]第一章"唏哩呼噜是谁"，猪妈妈生了十二只小猪，猪爸爸给小猪们起了非常方便的名字，"老大""小二""小三""小四"……可是却因为马小姐的到访把"小十二"的名字改了：

　　事情是这样的：一天晚上，猪先生全家共进晚餐，马小姐恰好从窗外经过。她惊奇地停住脚步，从窗口探进头来说："哇，你们吃东西好响！一家子开饭，全村人都听得见！"猪家吃饭也各自有一把勺子。只是吃得开心时，大家都把勺子丢下，把嘴巴伸进各自的大碗里，"呱唧呱唧"，"呼噜呼噜"一片响，吃得碗里直冒泡儿。马小姐这么一说，两个

---

① 孙幼军. 小猪唏哩呼噜[M]. 沈阳：春风文艺出版社，2013：3-5.

大人、十一个女孩子都觉得不好意思，一齐停下来。只有小十二，还当是马小姐夸奖它们呢，吃得更起劲儿了。马小姐捂住嘴巴笑它："唏哩呼噜、唏哩呼噜，好香，好香！"说完，她嘻嘻哈哈地跑了。……

猪爸爸说："其实'唏哩呼噜'蛮好的嘛，一听，就觉得饭也香、菜也香，浑身都舒服！唏哩呼噜、唏哩呼噜，哈，棒极了，咱们的小十二，干脆就叫'唏哩呼噜'吧！"

就是这样，这么好玩而又有趣的名字"唏哩呼噜"顺理成章地出现了，情节展开非常符合幼儿的思维方式，又非常的生动有趣。给十二个小猪起名字当然很不容易做到，叫"老大""小二""小三"没什么不好。唏哩呼噜地吃饭当然很香，那也就不介意有这样一个名字了。至于数数时漏掉一个数是孩子们都经历过的事情，猪爸爸要数清楚十二个数错几次这很正常。这段故事的趣味就来自于幼儿对事物的特殊的认识方式和结果。

(五)想象

幼儿期想象发展迅速。想象是人脑对已有表象进行加工整合而形成新形象的心理过程。幼儿富有想象，其独特性体现在：第一，无意想象经常出现，有意想象日益丰富。幼儿的无意想象主要在感知动作的基础上产生，在游戏中各种表象的组合经常油然而生。随着语言的发展，在词语的指导下，有意识、有目的的有意想象迅速发展，且越来越丰富。第二，再造想象占主要地位，创造想象开始发展。随着知识经验的积累、观察能力的提高和表象的丰富，幼儿的想象发展出创造的成分。幼儿的创造性想象具有新颖性、神奇性、超越性，潜在地指向未来的方向性。

幼儿的想象还具有夸张性特点。3岁左右的幼儿经常分不清想象与现实，生活里有这样一个故事，一个小女孩站在院子的门口看热闹，忽然，她跑进房间跟妈妈说，一匹大马从我身上过去了。妈妈赶紧查看孩子是否受伤了，看到孩子安然无恙又一脸的喜气洋洋，妈妈嗔怪道，别胡说八道。小女孩说，我没有，那匹马好大好大啊，红色的，可漂亮了，一下子就从我的头上飞过去了。妈妈举手打了她一下，还胡说，马哪会飞呀，也没有红色的马。小女孩委屈地跑出去了。其实，小女孩描述的是她真实感受到的东西。她站在门口的时候，经过了一匹马，那匹马高大健壮、器宇轩昂、神采奕奕，小女孩从来没有看到过这样漂亮的马，喜爱之情油然而生，她想亲近那匹马，可是她不敢，也可能她要靠近那匹马，被牵马的人挡住了。那闪亮光滑的皮毛泛着可爱的红色的光芒，那长长粗壮的大腿高过了她的头顶。于是，小女孩所渴望的与这匹马的最亲密的接触就在她的幻想里实现了，"那匹红色的大马从她的头上一掠而过"。

5岁左右的幼儿可以区分想象和现实。5岁左右的幼儿创造性想象有显著发展。苏联著名的儿童文学作家诺索夫的儿童小说《幻想家》非常精彩地描写了小米沙和斯塔西克的非凡想象，他们想象自己任意地长大又变小，可以想象自己横渡大海、大洋，想象自己会飞，想象自己的头被鳄鱼咬断再长出一个来，想象电车从自己的身上滚过去而自己却安然无恙。这些想象大胆而又奇特，这些想象具有无穷的魅力又具有极大的发展前景。在幼儿文学作品中，幻想的展开，比喻、拟人、夸张、象征等手法的运用，有助于幼儿想象力的发展。

(六)注意

幼儿的无意注意高度发展，并逐渐形成有意注意。新异有趣的事物很容易引起他们的注意。幼儿文学中新奇、变幻的情节能引起他们极大的兴趣。幼儿注意的稳定性随着年龄的增长而提高。一般 3 岁左右的幼儿能集中注意 5 分钟左右，4 岁幼儿能集中注意 10 分钟左右，5 岁左右的幼儿能集中注意 15 分钟左右。早期阅读的开发，使幼儿的有意注意时间都有延长。为适应幼儿注意的特点，幼儿文学作品的开头尽量简短，故事线索清晰，情节生动有趣，篇幅不宜过长，一般幼儿童话、幼儿故事在一两千字左右，较长的篇幅以连续故事形式出现，如皮朝晖的童话《给火车开门》、动画片《小贝流浪记》等。

童话《骄傲的小狮子》①开门见山：

小狮子威威长着漂亮的金色头发，好看极了。森林里的动物们都叫它'金发狮子'。小狮子常常听到别人这样叫自己，就有点儿骄傲了。

小猴子找它玩，它不去，怕把新发型弄乱。长颈鹿找它一道去上学，它说因为长颈鹿脖子长跟长颈鹿在一起会被人笑话。小黑熊找它踢足球，它嫌小熊笨。后来它一个朋友都没有了，威威感到孤单难过，小动物们看到小狮子后悔了，又和它一起玩，小狮子再也不骄傲了。

田犁的童话《老鼠灌木》②的开头：

灌木丛中的秘密那会是什么呢？当然你不会知道，因为那里有各种小草和小动物，还有怕阳光的野花，怕风儿的苔藓……突然一天，来了一只自以为勇猛的老虎。它也许是走累了，正巧在这样的一片灌木丛旁歇息。

就这样，故事中的主要"人物"老虎出现了，故事就从这里开始了：老虎正在酣睡，一只小老鼠搅醒了老虎的甜梦，老虎心血来潮要跟小老鼠做朋友……

保冬妮的童话《圣诞雪人》③的开头更简洁："巨大的雪人站在圣诞节即将来临的街心花园里，已经整整三天了。"有一天，一个失明的小女孩来看雪人，把自己的围巾给雪人系上。一个孤独的小男孩来看雪人，把海盗船长的眼罩和钩子送给雪人。雪人同情这两个可怜的孩子，冒着融化的危险去找到太阳神，要来一口袋的愿望之星，委托圣诞老人把美丽的愿望送给孩子们，帮助小女孩复明，帮助小男孩回到了父母的身边。故事情节简单，易于幼儿理解。

(七)情感

幼儿的情感易激动，不稳定，易受外界感染，幼儿不会控制情感，也不会掩饰情感。所以，越幼小的孩子越容易出现大哭大闹和破涕为笑。幼儿期高级的社会情感，如道德感、理智感、美感已初步发展起来。3 岁左右的幼儿已经知道什么是好，什么是不好。4 岁的幼儿已经可以在是非判断基础上产生爱集体、爱同伴等道德感。幼儿的道德感主要是受成人道德评价的影响。幼儿的理智感表现为对家庭、幼儿园、社会简单要求(如时间、纪律、礼仪等)的听从和遵守，但受成年人尤其是家长的影响很大。幼儿的美感发展表现为，他们愿意亲近身边美好的事物，如音乐、美术、文学所呈现的美，大自然中的美，在教育的影响下，他们具备初步的审美能力。

幼儿文学的形象性和感染力对幼儿情感发展具有极大的影响，幼儿文学中美好的情感

---

① 崔钟雷. 中国经典童话[M]. 杭州：浙江人民出版社，2013.

② 樊发稼，少军. 中国儿童文学新经典童话卷下[M]. 济南：山东教育出版社，2016.

③ 樊发稼，少军. 中国儿童文学新经典童话卷下[M]. 济南：山东教育出版社，2016.

描写与表达，有利于幼儿情感的正常发展，幼儿文学也为幼儿提供了一个情感交流、释放的场所，有利于幼儿情感的稳定和控制。幼儿文学一定要具有美感。

李宏声的散文《小鱼儿的梦》①，一个特别爱听陆地上的故事的小鱼儿非常羡慕陆地上的生活，有一天它做了一个梦：

它梦见水草里有许多蚂蚁窝，许许多多的蚂蚁正在忙碌着。

它还梦见了小蜻蜓、小蝴蝶、小燕子正在水草上面飘飘悠悠地飞舞着。

哎呀，就连它害怕的小鸭、小鹅还有小花猫也来啦！

小鱼儿跟它们玩儿得可开心了。小鱼儿做了一个多么甜美的梦：它喜欢的陆地上的朋友都来了，小蚂蚁、小蜻蜓、小蝴蝶、小燕子，就连它害怕的小猫、小鸭、小鹅都来跟它一起玩儿了，小鱼儿玩得好开心啊。幼儿读者能感受到小鱼儿的快乐，能理解小鱼儿的渴望，他们也一定希望小鱼儿的梦能成为现实。幼儿对大自然和世界的爱，就这样培养起来了。在听赏或阅读这篇散文的时候，他们的情感随着作品的情感而起伏流动，在纯洁美好的意境里释放、沉积、凝练。

(八)个性

幼儿的个性初步形成。幼儿社会化的过程就是其个性形成和社会性发展的过程。第一，他们显示出明显的气质特点。第二，表现出一定的兴趣爱好差异。第三，表现出一定的能力差异。第四，最初的性格特点的表现，初步形成了对自己、对他人、对事物的一些比较稳定的态度。

幼儿文学要贴近幼儿生活，塑造多姿多彩的幼儿形象，引导幼儿亲近幼儿文学，发展幼儿各方面的能力，促进幼儿良好的个性品质形成和社会性发展。幼儿在幼儿文学欣赏中慢慢长大。他们在《丘克和盖克》中认识了他们自己，在《什么叫做好什么叫做不好》中明辨了是非，在《大树，我饶不了你》中深入地了解了生活。幼儿教师和家长在帮助、引导幼儿选择、阅读幼儿文学作品时，要注意到幼儿的兴趣爱好差异、欣赏能力差异、性格特点差异等，并适时、适度地加以引导，使幼儿通过幼儿文学欣赏获得更大的收益。

(九)学习

幼儿的学习是指在环境中获得经验，由经验引起行为的变化。幼儿生来就具有学习的能力，这是来自先天的生物学准备。幼儿学习特点：第一，模仿学习。幼儿通过模仿学习别人的经验。第二，条件反射学习方式。条件反射引导着幼儿最初的学习。第三，偏好新颖刺激的学习方式。第四，游戏是幼儿的主要学习途径。游戏是幼儿教育的最佳途径。

幼儿文学要采用各种表现形式创作出新颖的、奇异的形象，激发幼儿的阅读兴趣。幼儿文学的故事构成和情节展开要具有游戏性，让幼儿愉快地沉浸其中。幼儿文学要为幼儿提供语言、想象、美的表现等各种可模仿的材料，促进幼儿的学习发展。

艾莉莎·李·弗伦的儿童诗《三只小猫》②：

三只小猫丢了手套，

他们开始又喊又闹。

---

① 谭旭东. 中国纯美儿童文学读本美绘散文卷[M]. 长春：吉林摄影出版社，2010.

② [美]贝内特. 美德书[M]. 何吉贤等译. 北京：中央编译出版社，1999：93-95.

"妈妈，妈妈，不得了啦，
我们好像丢了手套。"
"丢了手套，
捣蛋的小猫，
我的馅饼你们别想得到！"
"喵，喵，喵，我们想要。"
"不行，不行，你们别想得到。"
"喵，喵，喵，我们想要。"

这首诗讲述了一个简单、生动而有趣的故事，三只小猫弄丢了手套，跟妈妈说，妈妈却让它们自己去寻找，还警告它们找不到被它们弄丢的手套就不能吃妈妈做的香甜的馅饼，它们找到了手套，妈妈才拿馅饼给它们吃，它们高高兴兴地把馅饼全吃光了。可是，它们不小心把手套弄脏了，妈妈批评了它们，它们自己把弄脏了的手套洗净了，挂到外面让太阳晒。当它们高高兴兴地向妈妈汇报它们的劳动成果时，妈妈提醒它们听见了老鼠的声音，它们也发现有老鼠来了(它们准备和妈妈一起去捕捉老鼠)。幼儿们反复听赏、吟诵着这首诗，感受到了快乐，学习了语言、想象，也明白了一个生活道理，任何人在生活中都必须承担一些责任，幼小的孩子也需要承担一些责任。就这样，幼儿一点点地学习了生活知识和社会知识。

(十)自我

幼儿的自我意识已经觉醒。1岁左右的幼儿能把自己作为活动主体，把自己与他人分开。2岁左右的幼儿已经能够意识到自己的独特特征，能从客体(照片、录像)中认出自己。能运用人称代词"你""我""他"称呼自己和他人，能用"我"表示自己。3岁左右的幼儿的自我情绪体验由与生理需求相联系的情绪体验(愉快、愤怒)向社会性情绪体验(自尊、羞愧)发展。

自尊是自我对个人价值的评价和体验。自尊需要得到满足，便会使幼儿感到自信，体验到自我价值，从而产生积极的自我肯定。幼儿的自尊感随着年龄的增长而迅速发展。研究表明，3岁组有10%，4岁组有60%，5岁组有80%，6岁组有90%多的幼儿体验到自尊。幼儿自尊水平的高低在一定程度上预测以后的情绪发展和适应性。在幼儿文学创作中，要充分尊重和注意表达幼儿的自我意识，并加以正确的引导。

图画书《妈妈，你最爱谁？》[①]讲述了小兄弟俩向妈妈求证最爱的故事。朱利安和麦克斯兄弟俩跟妈妈去钓鱼，准备诱饵的时候，麦克斯不一会儿就抓到满满的一罐虫子，他兴奋地问妈妈，"我们俩谁抓的虫子最多？"妈妈笑了："麦克斯，你抓的虫子最活泼。朱利安，你抓的虫子最肥。"划船的时候，朱利安和麦克斯都用力地划船，朱利安问妈妈"我们俩谁滑得最好？"妈妈说"哦，朱利安，你划得最稳，而麦克斯，你划得最快。"三个人钓鱼钓了很久，最后，妈妈钓到一条鱼，朱利安钓到一条鱼，麦克斯钓到三条鱼。"我是钓鱼高手！"麦克斯喊道，把他的鱼甩向空中。朱利安压低帽檐，遮住了自己的脸。妈妈说"麦克斯钓得真多！朱利安，你是最聪明的，钓到了那条又大又肥的鱼。"晚上入睡

---

① [美]芭芭拉·M.宙斯文，玛丽·怀特图. 妈妈，你最爱谁？[M]. 武汉：长江少年儿童出版社，2014.

前，朱利安悄声问妈妈，"妈妈，你最爱谁？"妈妈轻声说："朱利安，我最爱你的沉静。……像山中的薄雾，像瀑布飞溅的水花，像说悄悄话时的那一份宁静。"朱利安轻轻地舒了一口长长的气。麦克斯也低声问妈妈："妈妈，你最爱谁？"妈妈说"麦克斯，我最爱你的热情。……像一个大大的拥抱，像湍急的漩涡，像一声洪亮的呼喊。"麦克斯爆发出一阵响亮的笑声。孩子们需要得到他人的肯定和世界的接纳，才能建立起支持他们在生命的长河中长途跋涉的自信。朱利安和麦克斯的妈妈是世界上最有智慧的母亲，她的爱抚慰了内向腼腆的朱利安，鼓励了活泼开朗的麦克斯，也抚慰、鼓励了阅读这本书的每一个幼儿，让他们的心在温暖和宁静中慢慢长大、坚强。艳丽柔美的水彩画描画出这份温暖和平静，让幼儿沉浸在一片祥和宁静的氛围里，体会故事中流淌着的脉脉温情。

(十一)认同

心理学家把幼儿对成人个性品质的效仿称为"认同"。认同对幼儿发展具有很大的意义。产生认同的基础是幼儿知觉到自己与认同对象间的相似性或一致性(如性别、相貌或能力等)，认同带给幼儿以归属感和成就感，认同使幼儿获得榜样的力量和发展的动力，认同对幼儿的性别意识和道德意识的发展具有重要影响。幼儿认同的对象通常具有较高的地位、具有权威性，有较强的能力，聪明、健壮或漂亮的人。幼儿主要对父母产生认同，对老师具有强烈的认同感，对自己喜欢的叔叔和阿姨以及与自己年龄差别大的哥哥、姐姐产生认同感。幼儿对富有"心理资源"和"社会资源"的对象的认同和对这些对象的效仿，会使他们产生自我效能感，增强自我"强大感"的意识。

幼儿文学要更多地塑造一些对幼儿具有一定榜样力量的形象，让幼儿潜移默化地吸纳有益于他们成长的东西。如坚韧的丑小鸭(童话《丑小鸭》)、勇敢的迈克尔(动画片《万里寻母记》)、自立的皮皮(童话《长袜子皮皮》)、自强的小布头(童话《小布头奇遇记》)，还有懂事的小兔子(图画书《猜猜我有多爱你》)、热心的小熊(图画书《一口袋的吻》)、机智的小猪(童话《小猪唏哩呼噜》)等。

二、幼儿接受文学的特点

(一)听赏性

听赏性是指幼儿主要通过"听"来接受文学。幼儿一般不识字，除图画故事以外，很难通过视觉来阅读欣赏作品，主要通过听觉途径，如成人朗读或录音等方式来接受文学作品。即便是图画故事，幼儿也喜欢一遍又一遍地听成人的朗读或讲述。科技的发展，视听读物等各种新的幼儿文学样式的出现，幼儿接受文学的方式已向听、看结合，甚至触摸、闻嗅等多方位发展，但"听赏"仍然是幼儿接受文学的主要方式。这样，幼儿接受文学就具有"间接性"特点，幼儿与作品之间需要"读—听"这样一个"桥梁"。"读"既可以帮助幼儿理解作品，也可能会出现对作品的"误读"。而"听赏"有利于幼儿头脑中呈现"画面感"，启发幼儿的想象和理解。如冰波的幼儿童话《桃树下的小白兔》[①]开始的一段：

远远的，滚来一个雪球。

---

① 吕明. 幼儿文学作品赏析与写作指导[M]. 上海：复旦大学出版社，2014.

哟，不是雪球，是一只小白兔，连蹦带跳地跑了过来。

老桃树摇着树枝，说："小白兔，你就住在我这儿吧！这儿多美呀，有草地，有鲜花，还有一条小溪，整天叮叮咚咚弹着琴。"

小白兔点点头，就在老桃树的树根旁边挖了个洞，住了下来。

一天，小白兔跑到水塘边，一瞧，它映着蓝天、白云。咦，怎么还有一片粉红色的东西？

小白兔抬头一望，啊，原来是一树桃花。暖和的风吹过，花瓣落了下来，好像下着一场粉红色的雪。

小白兔拾起花瓣，想起许多朋友。

"我要把这些花瓣寄给我的朋友。"

小白兔在每一个信封里，装进一片花瓣，再往天上一撒，说："飞吧，飞吧，快飞到朋友们的身边去！"

老山羊正在看书，小白兔的信飞来了。

老山羊拆开信封，一片花瓣轻轻地落在他的书上。

"啊，这是一张书签哪！往后，我一翻开书，就能看见这张漂亮的书签，有多好呀！"

小猫望着天空，她在想心事：

明天是她的生日，得打扮得漂漂亮亮的，要是有只好看的发夹，那有多美。

小白兔来信了，那是一片花瓣。

小猫乐得跳了起来："这正是我想要的发夹，还是粉红色的呢！"

幼儿通过成人的朗读"听赏"了这段文字，成人绘声绘色的朗读，让幼儿"看到"了美丽的桃树、桃花，还有活泼可爱的小白兔、老成稳重的山羊、乖巧伶俐的小猫等形象。幼儿听到的美妙的词语和脑海里幻化出的美丽的图像，使他们沉浸在这篇作品所描绘的艺术氛围里。

(二)直觉性

直觉性是指欣赏者在欣赏作品时产生的一种无须深入思索、推理、判断，而在接触到审美客体的一瞬间就获得的强烈美感和做出审美判断的现象。幼儿的抽象思维还不发达，因此他们的文学审美方式主要是直觉性的，主要借助于具体形象，对事物的外在特征具有强烈的依赖性。《桃树下的小白兔》中把美丽的桃花瓣寄给好朋友的小白兔一下子就赢得了幼儿读者的喜爱，桃花瓣做的书签、发夹、小扇子、太阳帽、摇篮、小船也引起了幼儿读者的惊喜。这一切使幼儿沉浸在这个温暖、美丽的童话故事里。

幼儿文学作为审美对象的特殊魅力，就在于它能满足幼儿自由而愉快的感知活动的一般要求，满足幼儿运用感官和浅表思维来寻求快乐的需要。米尔恩的儿童诗《幸福》，捕捉到幼儿生活中特殊的幸福感，那就是穿上大大的防水靴，穿上大大的防水衣，戴上大大的防水帽，因为这样就可以去雨中尽情地玩耍。幼儿跟这首诗中的约翰一样喜欢在雨里玩耍，所以穿着防水靴、防水帽、防水衣，全副武装的约翰的"幸福"和快乐，他们一下子就真切地感受到了。而这首诗的情感表达和美的感受，他们会在以后的日子里慢慢地体会。幼儿的审美水平还很有限，具有极高审美价值的幼儿文学作品可以促进幼儿的审美能力向更深的层次发展。

(三)游戏性

游戏是幼儿的基本娱乐活动。幼儿的游戏主要特点是扮演、模仿、演绎生活中的角色和情景。幼儿文学为幼儿提供了各种现实或幻想的生活场景,幼儿在"阅读"作品时,就是在经历一场又一场的游戏。《桃树下的小白兔》中小白兔把桃花瓣寄给好朋友山羊、小猫、小松鼠、小鸡、小金龟子、小蚂蚁,而山羊、小猫、小松鼠、小鸡、小金龟子、小蚂蚁用美丽的桃花瓣做书签、发夹、小扇子、太阳帽、摇篮和小船,大家都很快乐。这不就是一个非常美丽又有趣的游戏吗。

丁午的幼儿童话《熊猫百货店》,长颈鹿到商店来买围巾,熊猫伯伯抱出一大堆围巾,可是一条也不合适。长颈鹿不高兴,熊猫伯伯说可以请工厂为长颈鹿做一条很长很长的围巾。熊猫伯伯为了量长颈鹿的脖子有多长,搬出一张梯子,爬到梯子上去,才量出长颈鹿的脖子有多长。河马到商店里来买口罩,熊猫伯伯抱出一大堆口罩,可是一只口罩也不合适。河马买不到一只合适的口罩,心里不高兴。熊猫伯伯说可以请工厂为河马做一只很大很大的口罩。熊猫伯伯拿出一根很长很长的尺子,围着河马的嘴巴量了一下,才量出河马的嘴有多大。大象到商店来买皮带,熊猫伯伯捧出一大堆皮带,可是一条也不适合,大象买不到一条合适的皮带,心里不高兴,熊猫伯伯说可以请工厂做一条很长很长的皮带。熊猫伯伯拿出一根很长很长的皮尺,绕着大象走一圈,才量出大象的腰有多粗。三段情节的展开就好像三个相似的游戏,幼儿就是在这个快乐的游戏中理解了这个熊猫百货店的特别和熊猫伯伯助人为乐的美好情感。

民间故事《连指手套》[①],从前有一位老人在隆冬的日子里步行穿越森林,身后跟着他的狗。在他们赶路的途中,老人将一只连指手套掉在了雪地上。老鼠咬咬来了,他发现了连指手套,觉得这手套好得像宫殿一样。咬咬站在手套前大声问道:"手套里住着谁呀?"没有人回答,因为周围根本没人。"那我来住吧。"老鼠咬咬说着就钻进了手套,在里面安起了家。接着青蛙呱呱来了,呱呱大声问道:"手套里住着谁呀?""住着我,老鼠咬咬,你又是谁呀?""我是青蛙呱呱。我能进来吗?""可以,进来吧,把这儿当成自己的家一样。"于是青蛙进了屋,和老鼠住在了一起。接着兔子罗圈儿腿跑了过来……有只狐狸跑了过来……有只狼徘徊着来到了……一只野猪从森林深处走了过来……后来又来了只狗熊:

"手套里住着谁呀?"

"住着我,老鼠咬咬。"

"住着我,青蛙呱呱。"

"住着我,兔子罗圈儿腿。"

"住着我,狐狸雷纳德。"

"住着我,野狼猎兽。"

"住着我,野猪扁鼻子,你又是谁呀?"

"我是狗熊大脚丫。我能进来吗?"

"我们不能让你进来。已经没地方了。"他们六个异口同声。

"那么再挤一挤。"狗熊大脚丫说道。

---

① [英]比亚翠斯·洛奇. 故事和你说晚安[M]. 徐娅群,译. 天津:天津教育出版社,2012.

"要是你能让自己个子再小点，我们就再挤一挤。"好，狗熊刚好挤进了手套，七个动物就这样一起住在了手套里。

就在这时，老人发现他的手套掉了。他开始回头找手套。他的狗走在前面一路嗅着。突然它发现了手套，手套在雪地上像活着似的移动着。狗于是叫了起来，"汪，汪，汪！"住在手套里的七个动物受了惊，飞快地跳出手套，逃进了深林。老人走过来捡起了他的手套。

这个故事，就是一个快乐的游戏。一只连指手套，被老鼠、青蛙、兔子、狐狸、野狼、野猪、狗熊先后发现，结果，它们一个一个地住进了这只手套。故事的内容、情节游戏性很强，就是故事的展开方式也非常具有游戏性。这像极了孩子们日常玩的乘车、乘船游戏，来一个小朋友，就多装载一个小朋友，所有的小朋友都能满足要求。因为他们的车或船是可以无限长大的，就像这只连指手套。

(四)投入性

幼儿文学审美经验尚少，有时很难把现实生活与艺术虚构区分开来，常常将艺术世界当作真实的现实对待。幼儿的自我中心倾向，使其将主体的情感投射到外在的事物上，使整个世界都带有个人化色彩。在欣赏过程中，幼儿常常失去与审美对象的距离，或者只有很小的距离。这在一定程度上会妨碍了他们的审美判断，却更容易使他们在感情上和作品产生共鸣，顺应作品所蕴含的情感，去扮演作品中的角色。所以，幼儿在听到丑小鸭被撵出养鸭场时难过极了，此时，他们就是那只可怜的丑小鸭。所以，幼儿在观看《小红帽》戏剧的时候，会不由地大声告诉小红帽不要听大灰狼的话。

阿诺德·洛贝尔的《讲故事》[1]，讲了一个特别滑稽的故事，青蛙和蟾蜍是一对好朋友，有一天青蛙觉得身体不舒服，蟾蜍就热心地照料它，给青蛙泡了一杯热茶，还答应了青蛙想听故事的请求，可是，蟾蜍无论如何也想不出一个故事来，去门廊那儿走走，不行；倒立，不行；拿水泼在自己头上，不行；用头撞墙，还是不行。折腾了半天，青蛙觉得不那么难受了，不想听故事了，可是，蟾蜍说他要躺一会儿了，他现在觉得很不舒服。青蛙为了减轻蟾蜍的痛苦，主动要求给蟾蜍讲故事，蟾蜍很高兴。青蛙的故事是这样的：

从前有两个好朋友，一个是青蛙，一个是蟾蜍。有一天，青蛙有点儿不舒服。他要求他的好朋友蟾蜍讲个故事给他听。蟾蜍想不出什么故事。他到门廊那儿走来走去，可还是想不出个故事来。他把头朝下倒立着，也想不出个故事来。他往头上泼水，也想不出个故事来。他又用头去撞墙，还是想不出个故事来。结果青蛙好了，蟾蜍反倒病了。所以蟾蜍上床去休息，青蛙起来，给蟾蜍讲了一个故事。

青蛙讲完故事还问蟾蜍："蟾蜍，这个故事好听吗？"但是蟾蜍没有回答，蟾蜍已经睡着了。这是一个多么温暖而又有趣的故事，蟾蜍为了给生病的好朋友青蛙讲一个故事，绞尽了脑汁，可是还是没有想出来一个故事，倒把自己累晕了。幼儿对这个故事津津乐道不只是因为故事贯穿始终的幽默，主要是幼儿在欣赏过程中，跟蟾蜍一起经历了在门廊里走来走去、往自己头上泼水、头朝下倒立、用头撞墙等，实实在在地感受到了蟾蜍的无奈。所以，他们真切地感受到了蟾蜍对青蛙的友谊，他们喜欢憨直的蟾蜍。

---

① 吕明. 幼儿文学作品赏析与写作指导[M]. 上海：复旦大学出版社，2014.

第三节　幼儿文学的特征

因为幼儿文学读者的特殊性,幼儿文学具有鲜明的美学特征和文本特点,对其有深入的理解和认识,才能顺畅自然地引领幼儿走近幼儿文学天地,让幼儿感受幼儿文学的美,获得智慧的启迪、情感的陶冶、语言的学习。

一、幼儿文学美学特点

幼儿文学区别于成人文学,也区别于童年文学、少年文学的美学特征是幼儿情趣,即幼儿的思想、情感、兴趣、行为等在文学作品中的艺术表现,是具有趋向于幼儿情趣的主观审美情趣的创作者在生活中发现、采撷的,经由艺术创作再现出来的。既具有原生态的意趣,又具有艺术的美。在幼儿文学中具体表现为纯真美、稚拙美、欢愉美、奇幻美。

(一)纯真美

幼儿最突出的情感和心理品质就是纯洁真诚。幼儿以他们真诚的纯洁的心灵去感知世界,世间的一切都如同他们新生的生命一样光明、美好。他们幼小的心灵还没有沾染任何生活中的复杂和虚伪,所以,他们用最真挚的心和全部的爱去拥抱生活,没有一点矫饰,没有一丝保留。源于对幼儿纯美的心灵的理解和感悟,幼儿文学在艺术形象的塑造上,思想情感的表达上,具有一种天真、纯洁、真诚、质朴的美。

幼儿文学塑造了许多天真、可爱的形象。这些形象展现了幼儿心灵的纯真。英国图画书《一口袋的吻》[①]中的小熊迪比就是这样的。小熊迪比上学了,上学的第一天他就学会了和同学们排好队走进教室,学会了把大衣挂在衣钩上,当老师点名的时候回答"到"。可是,第二天早上,迪比不愿意走进校门,因为他担心自己忘记了在哪里排队和把大衣挂在哪里,他害怕老师叫到自己的名字时会听不见,他希望自己一整天都能跟妈妈待在一起。妈妈为了安慰迪比就在他的大衣口袋里装进了十几个吻,告诉迪比害怕的时候就从口袋里拿出一个吻,然后想象着妈妈就在身边。有了这一口袋的吻,迪比欣然地走进了学校,顺利而愉快地度过了上午的时光。当老师点名的时候,迪比回答得既清晰又响亮,主动地参与到小伙伴的拍手游戏和踢球游戏,上课也勇敢地举手回答了问题。午饭后的游戏中,迪比热得把大衣脱掉了。下午上课,老师让同学们轮流站到教室的前面给大家讲一讲家里的故事,迪比害怕,他偷偷地溜出教室去拿大衣。可是,当他穿上大衣的时候发现,大衣的口袋裂开了,妈妈的吻都掉出去了。迪比不知如何是好,刚要哭,他听到了有人在哭,是同学奥特莉,她因为找不到饮水器而焦急。迪比忘记了自己的难过事,热心地带着奥特莉找到了饮水器。奥特莉提出要坐在迪比的旁边,迪比同意了,帮奥特莉搬来了椅子,并一直照顾她,帮她削铅笔,给她找围裙,为她讲解她不懂的功课。一直到放学,迪比把一口袋的吻的事忘在了脑后。放学的时候迪比才发现,是他穿错了奥特莉的大衣。晚上,妈妈向迪比道晚安的时候,迪比认真地告诉妈妈:"我明天不用穿大衣了。" 作品塑造了一个

---

① [英]安杰拉·麦克奥利斯特文,苏·海拉德图. 一口袋的吻[M]. 贵阳,贵州人民出版社,2007.

天真、纯朴、可爱的小熊形象。新环境里会出现许多新问题，让迪比感到恐慌，所以他害怕去上学。妈妈的一口袋的吻，解决了迪比的难题，一口袋的吻的丢失，又让迪比惊慌失措。而当迪比看到同样被困难困扰着的同伴奥特莉的苦恼时，他竟然忘记了自己的烦恼，热情地伸出援手，帮奥特莉渡过了难关。迪比幼稚、真纯，所以他才能真切地感受到这一口袋的吻的温暖和力量，当他害怕的时候，"伸出一个手指头，轻轻地放进口袋里，然后把手指拿出来，压在脸上。他觉得好温暖，就像妈妈的吻"。爱在迪比纯真的心中慢慢地植入、长大，并惠及他人。妈妈的爱让迪比走进了让他感到困难重重的校园；迪比对奥特莉的爱让迪比期待着明天再到学校去。于是，在爱的包围里，问题不知不觉地化解了。幼儿读者和迪比一样，在生活中汲取爱的力量并传递着爱的力量。

幼儿文学讲述了许多纯真美好的故事。这些故事表达了人间至纯至美的情感。冰波的童话《窗下的树皮小屋》[1]写了一个美得令人难忘的故事。秋天落叶飘飞的时候，女孩听到为她演奏了一个夏天乐曲的蟋蟀吉铃的琴声出现了颤音和停顿，她很担心，去看望吉铃，发现吉铃在寒冷的秋雨中冻得瑟瑟发抖，吉铃的朋友蚂蚱和萤火虫也冷得不得了，女孩用树皮、柳枝和树叶给它们做了一个精巧、漂亮的小屋，它们再也不怕风和雨了。可是，女孩却因为做树皮小屋淋了雨发烧了。吉铃它们想帮助女孩，蚂蚱和萤火虫用一片干净的叶子接着雨水送到女孩的嘴边，甘甜的水滋润了女孩干裂的嘴唇，吉铃为女孩演奏，悠扬的琴声滋润了女孩的心田，女孩的病好了。女孩看着小屋里的吉铃在演奏，蚂蚱和萤火虫在舞蹈，快乐极了。可是，女孩不知道树皮小屋能挡风避雨，却经不住寒风的侵袭。当冬天的第一场雪来到的时候，吉铃、蚂蚱和萤火虫永远地睡着了。女孩找来一把细木棍，围着树皮小屋竖起了一圈栅栏，轻轻地给树皮小屋哼起一支歌，小屋里传出轻轻的回声，好像吉铃在给她伴奏。女孩的歌从冬天唱到春天。树皮小屋在春天的阳光里显得更漂亮了，女孩又给树皮小屋哼起了歌，歌声里，树皮小屋的墙绽出许多绿色的芽孢，长出一片片柳叶。从树皮小屋里走出许多小蟋蟀、小蚂蚱和小萤火虫，它们爬到女孩的手心，"他们都认识我！"女孩幸福地笑了。她幻想着夏夜来临的美丽。这是一篇玫瑰色的温暖美丽的童话，故事里流淌着女孩的爱，也流淌着吉铃、蚂蚱和萤火虫的爱。爱像琴声一样悠扬，像新叶一样生机勃勃。爱一代一代地传承下去。

幼儿文学表达纯洁、真挚的情感。幼儿文学描写幼儿生活，或抒写生活中的光明美好，都蕴含着纯洁真挚的情感。高帆的儿童诗《要是把我拍进电影》[2]："我"看到电影里有位妈妈因为她的孩子惹她生气哭了，"我"就想，要是把"我"拍进电影，"我"一定不会像那个孩子那样惹妈妈生气，"我"还可以想尽一切办法让妈妈高兴，"我"会变成美丽的蝴蝶、伶俐的小鱼、乖巧的小兔子、芬芳的月季花，围绕在妈妈身边，妈妈就会永远笑口常开。"我"还不会让妈妈因为找不见"我"而着急，因为"我"纵然有千变万化，还是会回到妈妈的身边。"可是妈妈不要担心，/晚上我就变回来，/还是小莲莲，/睡在妈妈的怀里！"这首小诗，真切地表达了"我"对妈妈的爱。孩子的情感是最真挚的，所以他替电影里被孩子气哭的妈妈着急难过，所以，他想要是自己被拍进电影，一定会想尽一切办法让妈妈高兴。孩子的情感也是丰富的，所以，他既要帮助电影里的妈妈，又爱着自

① 樊发稼，少军. 中国儿童文学新经典. 童话卷. 上[M]. 济南：山东教育出版社，2016.

② 谭旭东，韦苇. 世界金典儿童诗集. 中国卷[M]. 福州：福建少年儿童出版社，2011.

己的妈妈，不能让妈妈着急担心，所以，他告诉妈妈自己一定会从电影里变回来，回到妈妈的怀抱。多么美丽纯洁的心灵！

(二)稚拙美

幼儿标志性的思维和行为特点就是憨态可掬、幼稚笨拙，在艺术表现上显现出一种滑稽、幽默的独特意趣。幼儿生活经验不足，却喜欢用自己有限的经验来解释世界，他们的认识与客观事物之间的强烈的反差和距离就具有了一种特殊的韵味。正如丰子恺的《华瞻的日记》中的华瞻，因为自己年幼不了解"剃头"是怎么一回事，以为那麻脸的陌生人是在割爸爸的头颈，认定那麻脸一定是坏人。又因为爸爸竟然任人宰割，妈妈和姐姐见死不救而大哭不止。幼儿文学艺术性地再现了幼儿特有的心理、行为、思想、情感，就具有了一种幼稚、纯朴、憨厚、笨拙的美。

憨直的形象。幼儿文学中有很多憨直、可爱的"幼儿形象"，如《猜猜我有多爱你》[①]中的小兔子：小兔子要大兔子知道自己有多爱他，他用努力地张开手臂、努力举高自己的手、倒立、跳起来等方式来表达，可是大兔子的手臂比他长，手比他举得高，比他跳得高。最后：

小兔子着急地喊起来"我爱你，像这条小路伸到小河那么远"，大兔子说"我爱你，远到跨过小河，再翻过山丘"。小兔子太困了，想不出更多的东西来了。他望着灌木丛那边的夜空，他认为没有什么比黑沉沉的天空更远了，它对大兔子说"我爱你一直到月亮那里"，说完，小兔子闭上眼睛睡着了。"哦，这真是很远，"大兔子说，"非常非常的远"。

……

这是一个表达爱的故事，温馨感人。不管小兔子怎样努力地要表达他对大兔子的爱有多么多，大兔子的爱永远比小兔子的爱还要多一些。作品塑造了一个憨直、可爱的小兔子形象，非常感人。小兔子恳切地努力地要表达出它对大兔子的爱，它想了那么多天真而智慧的办法，就是想表达它的爱比大兔子的爱还要多，看着它那样地焦急、无奈，又想方设法，真的令人忍俊不禁。爱的多少，怎么可以这样来衡量呢？但，这就是小兔子所能想到的最好的办法，这就是幼儿特有的思想和行为。

幼稚的思维。幼儿的幼稚、纯朴还表现在他们特有的思维逻辑上，他们用自己的逻辑解释生活，发表对生活的认识和理解，就具有一种天然的诙谐、幽默。谢武彰的儿童诗《下雨的晚上》[②]，孩子们以为下雨的晚上看不见月亮和星星的原因是，月亮和星星被它们的妈妈关在屋子里了，跟小朋友们一样，"要等雨停了/才可以出来玩"。幼儿哪里晓得日月星辰变化的科学知识，用他们的逻辑来解释在下雨的晚上星星和月亮哪里去了，还是蛮有道理的。因为大人们不懂得孩子们是多么的喜欢在雨中嬉戏玩耍，一到下雨的时候，孩子们就被家长关在家里不让出去玩，那下雨的晚上星星和月亮不见了，一定是被它们的家长关在家里了。

(三)欢愉美

快乐的主题。幼儿文学多以表现生活中的光明和快乐为主。从图画书《猜猜我有多爱

---

① [爱尔兰]山姆・麦克布雷尼文，安妮塔・婕朗图. 猜猜我有多爱你[M]. 济南：明天出版社，2006.
② 圣野选评. 台湾儿童诗精选点评[M]. 上海：上海辞书出版社，1997：103.

你》《青蛙弗洛格》《兔子搬家》，幼儿故事《三只想生病的》《最好吃的蛋糕》《东东西西打电话》，童话《会滚的汽车》《小狗的小房子》《小猪唏哩呼噜》，到幼儿戏剧《麻雀与小孩》《小熊请客》《"妙乎"回春》，小说《淘气包埃米尔》《丘克和盖克》，等等，都给幼儿带来了极大的快乐。下面我们来体会一下王振宜的幼儿诗《秋风娃娃》①中的快乐："秋风娃娃可真够淘气，/悄悄地钻进小树林；/它跟那绿叶儿亲一亲嘴，/那绿叶儿变了，变成一枚枚金币。"秋风娃娃又使劲儿地摇动小树，金币飘落一地，秋风娃娃又拾起飘落的金币，抛向空中，于是，漫天飞舞着金色的蝴蝶。秋天对于幼儿来说，也充满着快乐。但是，这首诗带来的快乐是非同一般的。秋风娃娃像一个活泼顽皮的孩子，它把绿叶变成金币，又把金币变成金色的蝴蝶，把快乐洒满小树林，把秋天装点得色彩斑斓，笑意盈盈。这不正是纯真活泼的童心的写照吗？

有趣的情节。叙事性幼儿文学作品以生动有趣的故事取胜。天性活泼的幼儿喜欢生动有趣的故事，而他们自己就是生动有趣的故事的制造者。比如，林格伦的幼儿小说《淘气包埃米尔》中的埃米尔。我们来看看"埃米尔怎么把头卡在汤罐子里"这个故事：这一天晚饭吃肉汤，大家都抢着喝，埃米尔喝得最起劲儿，最后汤罐子空了，就底上还剩下一点儿，埃米尔就把头伸进汤罐里去喝，当他把罐子里的汤都喝完的时候，想把头退出来，可是头却退不出来，被卡在罐子里了。"头上卡着汤罐子，就像戴着一顶钢盔。汤罐子往下耷拉着，把他的眼睛和耳朵都盖住了。"爸爸舍不得打破罐子，怎么也没办法把埃米尔的头从汤罐子里弄出来，只好去城里找医生帮忙，"见到医生时，埃米尔要向医生问好，他戴着那个汤罐子深深地鞠了个躬。这时候，'嘭'的响了一声，汤罐子从中间裂开了。因为埃米尔戴着汤罐子的头重重地碰到医生的写字台上。"这下好了，不用医生费劲儿了。回到家，爸爸把汤罐子粘好了。当埃米尔和妹妹小伊达要睡觉的时候，他们去看望那个粘好的罐子，小伊达不解地问埃米尔："你怎么就把脑袋弄到汤罐子里去了，埃米尔？""不费吹灰之力，"埃米尔说，"我就这样一来。"埃米尔给小伊达演示自己是怎样把头伸进罐子里的，没想到，又一次把头卡在罐子里。听见小兄妹的叫声赶来的妈妈用火钩子把汤罐子砸开，汤罐子被砸得粉碎。这就是淘气包闹出来的故事，喝汤本来是一件再普通不过的日常小事，竟然被埃米尔演绎出这么一波三折的故事，这就是活泼好动、单纯顽皮的幼儿的生活常态。在这个故事中还有一个有趣的小插曲呢。从城里回来的路上，爸爸给埃米尔5厄尔作为"奖励"，可是，淘气的埃米尔把钱含在嘴里，一不小心咽到了肚子里，把爸爸妈妈吓了一跳，他还满不在乎地说："我完全可以当自己的猪形储币罐，把5厄尔存在家里的猪形储币罐里跟存在肚子里完全一样。因为谁也无法从那里把钱取走。"医生建议给他吃五块蛋糕免得刺激胃，埃米尔高兴极了，他说"这是我这辈子吃到的最好的药"。天真活泼的孩子们就这样把他们的生活和描述他们生活的故事浸染上一份欢愉的美。

《笨狼进城》②的故事更是让幼儿感到快乐无比：笨狼听说城里很热闹，想搭出租车进城去玩儿，没想到把出租车司机吓跑了，笨狼只好自己开车进城。笨狼不懂交通规则闯了红灯，警察想拦下他，却被笨狼吓呆了，结果笨狼开车进入了市区。笨狼来到了百货商场，把商场里的人吓得四散奔逃。笨狼一点儿也没意识到大家的惊慌，悠闲地到处闲逛，他对

① 谭旭东，韦苇. 世界金典儿童诗集. 中国卷[M]. 福州：福建少年儿童出版社，2011.
② 崔钟雷. 中国经典童话[M]. 杭州：浙江人民出版社，2013.

自动扶梯产生了兴趣，还站在扶梯上抛松球玩儿。松球掉了，笨狼想去捡，他往下跑，扶梯往上走，跑了半天还停在老地方，笨狼的笨样把大家都逗乐了，买洋娃娃的小姑娘帮助笨狼走出了困境。警察和动物园接到报警前来捕捉笨狼，笨狼开着出租车跑回了大森林。多么好玩的一个故事，再看看这个片段，哪个孩子听了这个故事不会乐得手舞足蹈呢？"为了逃跑，试衣间的门都快挤破了，柜台底下也藏满了人。甚至有人害怕狼看见自己，用一个塑料水桶罩住了自己的脑袋，以为这样狼就看不见自己了。还有一位年轻的妈妈正在给女儿买洋娃娃，看见狼进来了，慌慌张张地把洋娃娃和女儿弄混了，抱起了洋娃娃就跑，反而把女儿留在了原地"。

(四)奇幻美

幼儿的思想最少束缚，泛灵论、人造观念及前因果观念等更使得他们的思想洒脱自由。在他们的意识世界里无奇不有、无所不能。于是，幼儿文学中存在着最荒诞的想象，最大胆的夸张，最怪异的形象，最绝妙的故事，具有一种奇幻、荒诞的美。如怀特的童话《小老鼠斯图尔特》：科特尔太太生下的第二个儿子居然是个小老鼠，他只有两英寸高，可是很勇敢很能干。他既能帮妈妈取出掉进澡盆排水管里的戒指，帮家人取出滚进椅子、沙发和暖气片底下的乒乓球；又能驾驶小帆船赢得船模比赛，驾驶微型汽车去远方寻找心爱的小鸟。他还遇到了也只有两英寸高的美丽的小姑娘哈丽特，并与她成为好朋友。如卡达耶夫的童话《七色花》：小姑娘珍妮偶遇一位老婆婆，得到一朵七色花，老婆婆告诉她撕下一片花瓣就能实现一个愿望，黄色的花瓣帮助珍妮回到了家，红色的花瓣让打碎的花瓶复原，蓝色的花瓣按照珍妮的意愿把她带到了北极，绿色的花瓣帮助被白熊围困的珍妮回了家，珍妮羡慕伙伴的洋娃娃，用橙色的花瓣招来了世界上所有的玩具，堆成了山，珍妮只好用紫色的花瓣叫玩具都回到商店去。后来，珍妮用最后的青色花瓣让跛脚的男孩健康。郑春华的童话《会长鱼的树》：小猫咪咪想吃鱼又不喜欢一动不动地坐在那里钓鱼，它看到小朋友在树上摘果子吃，就幻想要是有一棵会长鱼的树就好了。松鼠逗它说，只要给大树鞠一百个躬，大树就会长出鱼来。咪咪朝着大树认认真真地鞠了一百个躬。第二天它看到大树上真的长满了鱼。它连着摘下三个，都不是真的鱼，是纸、布和气球做的，不但不能吃，它的嘴还让气球炸破了，松鼠还嘲笑它懒和傻。后来，咪咪耐心地钓起鱼来。钓了好多的鱼，它把剩下的鱼一条一条地挂到大树上，挂了满满的一树的鱼，冬天不能钓鱼了，咪咪就吃树上的鱼。松鼠看到树上挂满的鱼惊呆了："世界上真有会长鱼的树呀？！"不仅童话里的故事这般神奇变幻，就是幼儿故事也奇妙无比。如中川李枝子的《不不园》里，星星班的男孩子们玩的"捕鲸"游戏：小朋友用 20 条蚯蚓做诱饵捕到了一条巨大的鲸鱼，返航的时候他们遇到了暴风雨，好不容易风浪过去，他们的船又被大鲸鱼拖跑了，终于平安地回到幼儿园，小朋友想把大鲸鱼养在幼儿园的游泳池里，可鲸鱼嫌游泳池太小，回到大海去了。幼儿文学的奇幻美无所不在。如沙白的儿童诗《风铃》[①]：大风吹，/风铃大跳大响；/小风吹，/风铃轻摇细响。/原来风铃是风神最乖的女儿，/风神教她唱歌跳舞给我们欣赏……风铃随风舞动，在幼儿的想象里是风铃在表演唱歌跳舞，于是，普通常见的事物具有了一种神秘的美。也许，风铃还会给孩子们讲述天空和大海的故事呢。

---

① 谭旭东，韦苇. 世界金典儿童诗集. 中国卷[M]. 福州：福建少年儿童出版社，2011.

二、幼儿文学文本特点

(一)主题鲜明

幼儿文学的主题表达非常鲜明，易于引起幼儿的注意和理解。幼儿文学的主题一般围绕三个方面：德育性、知识性、娱乐性，都非常鲜明突出。

幼儿文学在幼儿的成长中担负着一定的教育引导作用，所以，大量的幼儿文学作品表现善良、正直、勇敢、坚强、诚信、友爱等主题，以培养幼儿的思想品德。民间童话《小水罐》[①]：从前有个小女孩和她的好朋友小水罐住在高高的山顶上。在她们没有食物的时候，小水罐会去山下村庄里弄吃的回来。在小水罐出发前，小女孩先用暖暖的肥皂水替小水罐洗了个澡，然后又用凉凉的泉水把它冲干净，再替它抹干，最后用一块特别准备的布巾将小水罐擦得闪闪发光。第一次小水罐去糕点店带回满满的一罐面包圈、小圆面包和各式各样的饼干，小女孩热情地打开门迎接小水罐，感谢小水罐的辛劳。第二次，小水罐去肉铺带回来满满的一罐肉排、培根、汤骨、香肠。小女孩也热情地打开门迎接小水罐，感谢小水罐的辛劳。第三次，小水罐去市政厅装回来满满的一罐钱币，小女孩一见到这些钱，立刻变得非常贪婪，忘记了对小水罐的一路辛苦表示感谢，也没有用暖暖的肥皂水替小水罐洗澡，没有用凉凉的泉水把它冲干净，没有抹干它，也没有用一块特别的布巾将小水罐擦得闪闪发光。她一心只想着能得到更多的钱，将小水罐直接赶出了门，让它去装更多的钱回来。伤心不已的小水罐，被石头绊了一跤，摔得粉身碎骨。小女孩意识到了自己的贪婪和不仁慈，她捡起所有的碎片将它们重新粘成小水罐。她细心照料着小水罐，直到小水罐恢复了强壮，再次能够蹦蹦跳跳。

这篇写给3～4岁幼儿的童话故事，具有浓厚的民间童话色彩，具有非常清晰的德育教诲：对朋友要友爱，做人不能太贪心。

幼儿文学作品也是幼儿获得知识的重要途径。所以，很多的幼儿文学作品向幼儿传授一些自然、社会、生活知识，如生活儿歌、知识童话、科学故事，等等，让幼儿认识自然、了解社会、亲近科学。

还有一些幼儿文学作品，把给幼儿带来快乐放在第一位，如《母鸡萝丝去散步》《月亮的味道》等图画书。皮朝晖的幼儿童话《给火车开门》，想象奇特有趣，情节幽默好玩，具有极强的娱乐性。面包狼皮特的面包非常受顾客的欢迎，它想扩大面包店，就把剩下的发酵粉撒在木头房子上，还给木头房子浇水、施肥。一年之后，面包房变成了森林里最大的房子。房间像足球场一样宽敞，一前一后两个门大得可以并排走进五头大象！动物们买到面包以后，可以坐下来聊天、休息、吃面包，还可以下棋、散步、踢球。面包店不需要再长了，皮特就停止了撒发酵粉、浇水和施肥，木头房子也停止了长大。大象想坐火车旅行，可是车门太窄，大象上不了车，皮特就揉了一大堆面粉，造了一节面包车厢。车门有弹性，大象稍微一挤，就上去了。

[①] [英]比亚翠斯·洛奇. 故事和你说晚安[M]. 徐娅群译. 天津：天津教育出版社，2012.

(二)形象具体

幼儿主要是通过具体的形象来认识世界的。幼儿文学的形象塑造栩栩如生，具体可感。形象的外貌、表情的描写要鲜明生动，语言、动作的描写更是惟妙惟肖，极富动感。如《野葡萄》中对白鹅女外貌的描写：小姑娘长得像鹅毛一样白净，一对闪亮的眼睛像荷叶上的露珠儿一样。这样形象的描写让幼儿能"看见"白鹅女的美丽。如《小狗的小房子》[①]描写小狗在春天的早晨撒欢儿的情形：

小狗从它那薄木板的小房子里跑出来，看看太阳，打了一个喷嚏，又在院子里滚了两个滚儿，觉得开心极了！

连续的动作描写让幼儿感受到了小狗的开心快乐。如《笨狼上学》[②]对笨狼的幼稚、鲁莽的描写：

老师的口令刚刚发出，笨狼就像箭一样朝前飞奔。笨狼虽然跑得快，但是他忘了在弯道拐弯儿，因此，他笔直地穿过操场，越过田野，直接跑回大森林里去了。

幼儿好像眼睁睁地看见笨狼是怎样匆匆忙忙地跑远了。幼儿文学不但具有视觉形象，还具有听觉形象。

林芳萍的儿童诗《玩》[③]，写云、树和瀑布都喜欢和大山玩儿，云和大山玩躲猫猫的游戏，树和大山玩"木头人"游戏，瀑布和大山玩溜滑梯的游戏，只有夕阳躲在大山的后面，夕阳为什么不跟大山玩儿呢？"只有夕阳很害羞，/不敢和山玩，/躲在山后滚铁环！"哦，夕阳在跟自己玩滚铁环的游戏。这首小诗生动地描写出云、树、瀑布跟大山玩的快乐的情境，云、树、瀑布兴高采烈地跟大山玩着躲猫猫、溜滑梯、"木头人"的游戏，"喵喵""一二三，木头人"和"咻"的声音描写，使整个的游戏场面更加生动传神，历历在目。对比之下，夕阳静悄悄地在玩滚铁环的游戏，尽管它躲在大山的后面，但是，那亮铮铮的铁环和铿锵的声音是藏不住的，也是充满了欢声笑语的。

童话故事《嚯嚯，喀嚓喀嚓，啪啦啪啦》[④]讲了很多幼儿都经历过的可怕的故事：一天晚上，生活在森林里的一个小木屋中的罗拉和尼科莱姐弟俩自己看家。黑暗中他们听到了什么声音，他俩给自己鼓劲儿说不怕小偷，不怕老虎，不怕鳄鱼。突然从房门外传来了奇怪的声音。"嚯嚯……喀嚓喀嚓……啪啦啪啦"尼科莱听到这个声音后，立刻跑到罗拉的床上。尼科莱和罗拉害怕地把被子盖在头上，抱在一起。屏住呼吸，一动不动地躺在那里，生怕被坏蛋发现。"别发抖。"罗拉一边发抖，一边轻声说。"谁，谁发抖了？我可没有。"尼科莱回答道。爸爸和妈妈回来以后，找了好久，才发现是一只小刺猬。从此，刺猬就和孩子们生活在一起。每天晚上，刺猬都会用爪子刮墙，走来走去，并发出沙沙的声音。"嚯嚯……喀嚓喀嚓……啪啦啪啦"，不过，孩子们再也不会害怕了。这篇幼儿故事，不仅生动地刻画出两个胆小又嘴硬的小姐弟形象，"嚯嚯……喀嚓喀嚓……啪啦啪啦"的声音描写，使小刺猬的形象清晰可感，也把小姐弟害怕的心理生动地表现出来。

---

① 樊发稼，少军. 中国儿童文学新经典. 童话卷. 上[M]. 济南：山东教育出版社，2016.

② 崔钟雷. 中国经典童话[M]. 杭州：浙江人民出版社，2013.

③ 高洪波，方卫平. 2016 中国年度儿童文学[M]. 桂林：漓江出版社，2017.

④ [韩]金伊利. 世界教科书中的童话, 英国篇[M]. 南京：凤凰出版社，2011.

(三)情节有趣

喜欢故事是幼儿的天性,幼儿喜欢故事性强的作品,一般叙事性作品都有生动、曲折的故事情节,能吸引幼儿的兴趣和注意,非叙事性作品也都有情节叙述或情节片段描写,且具有非常强烈的趣味性。高璨的儿童诗《棉花糖》[①]:

> 蓝天上有一朵朵棉花糖
> 白白的
> 软软的
> 小白兔嘴馋了
> 望着白白的棉花糖
> 流着口水
> ……

这首童话诗篇幅短小,内容简单,但情节生动有趣。小白兔看到天空中美丽的白云,想起了甜美的棉花糖,馋得直流口水,好心的小黑熊从自己的家里拿来棉花糖给小白兔吃,小白兔不好意思了,嗔怪小黑熊摘了天上的棉花糖。短短的小诗一波三折,童趣盎然。

苏梅的幼儿童话《恐龙妈妈藏蛋》,情节曲折、生动,非常有趣。恐龙妈妈生了一个蛋,她要把蛋藏在一个安全的地方,她想像种花那样把蛋种在泥土里,可是,泥土会把小恐龙的脸弄成脏脏的大花脸。她想把蛋藏在树洞里,可是,树洞里晒不到太阳,孵不出小恐龙。她想把蛋藏在草丛里,可是,蛋会被大蛇吃掉。后来,恐龙妈妈发现把蛋藏在海边的鹅卵石里最安全,为了能认出自己的蛋,她用口红在蛋上画了一朵红色的郁金香花。河马先生要造新房子,到海边捡鹅卵石,把恐龙蛋也捡去了。河马先生把漂亮的恐龙蛋当壁画砌到墙上。一天晚上,河马先生发现一只小恐龙睡在自己身边,他明白了自己捡回来的不是鹅卵石,而是恐龙蛋。河马先生带着小恐龙去找恐龙妈妈。恐龙妈妈藏蛋的过程就一波三折,好不容易想到一个藏在鹅卵石里的好主意,没想到又节外生枝,遇上河马先生要造房子,把恐龙妈妈小心翼翼藏好的恐龙蛋拿走了。河马先生盖房子忘了留窗户,小恐龙的出生让河马先生的房子有了窗户,这真是意外惊喜啊。孩子们的心会跟随着故事的起伏变化而波动、转换。

(四)结构单纯

幼儿的知识及经验有限,理解能力较低,幼儿文学作品中的情节结构单纯,事件单一,发展线索清晰,层次分明,易于幼儿把握、理解。王一梅的童话《书本里的蚂蚁》:一只偶然进入书里的蚂蚁成了一个会走动的字,书里的字都学着它走动起来,结果旧故事书变成了新故事书。故事情节的发展按照顺序一层一层地展开:一只小蚂蚁趴在花蕊里睡觉——花被小女孩夹在一本旧书里——小蚂蚁也进了书里——小蚂蚁在书里自由地走动——书里的字也像小蚂蚁一样到处走动——它们编出了一个新的故事——它们每天编出一个新的故事。皮朝晖的童话《给火车开门》中每一个故事的结构都非常单纯,"长大的房子",皮

---

① 谭旭东,韦苇. 世界金典儿童诗集·中国卷[M]. 福州:福建少年儿童出版社,2011.

特把发酵粉撒在木头房子上，浇水、施肥，房子就长大了。"奇怪的山洞"，年轻的火车头误把皮特的嘴巴当成了山洞，把火车开进了皮特的肚子里。"有弹性的车厢"，皮特为了让体型超大的大象也能坐火车旅行，造了一节面包车厢。"老晚点的火车"，森林里没有火车站，动物们随意路边搭车致使火车总是晚点，皮特的面包店兼作火车站，火车不再晚点，皮特的生意也越来越好。

(五)语言生动

幼儿在生活中动多于静，对人和事物的动态描写容易引起他们的注意。生动、形象的语言也易于幼儿对作品思想内容的理解。所以，幼儿文学作品的语言是最生动、形象、富于动感的。余雷的童话《跳跳鱼的鞋》[①]：

起风了。水面的波纹成群结队，一拨接一拨向岸边涌去。湖岸边的杨树上落下几片树叶，边缘有些发黄的一片被水波一荡，向湖中央漂去。就在杨树叶离开湖岸的一刹那，一只纽扣大小的青蛙跃上了树叶。"呦——嗬，快一点儿，再快一点儿。"小青蛙挥动着细长的胳膊，兴奋地呼喊着。"是那只叫鱼的青蛙吗？"一条红色的小鱼在波纹的缝隙里露出了脑袋。"当然是我。"红色小鱼的声音让青蛙站立不稳，他在树叶上滑动了一下，差点儿掉进水里。青蛙跳起来，又轻轻落在树叶上："请记住，我的全名是跳跳鱼。除了我，还有谁可以这样兴风作浪？"……

在这段故事里，在风吹动的水面上，小青蛙和小红鱼的一切都和湖水一起荡漾起来。小青蛙一会儿跳跃起来，一会儿扮个鬼脸，一会儿探出身子，一会儿擦擦溅到脸上的水，一会儿趴到树叶边，他努力地在荡漾的湖水中靠近小红鱼。小红鱼在波纹的缝隙里露出脑袋；用双鳍划开水面，荡起一圈水波；用尾巴在水面拍出一朵漂亮的水花，那么优雅美丽。生动形象的语言描绘，让小青蛙和小红鱼两个形象和一池的湖水清晰地展现在幼儿的眼前。

本章小结

幼儿文学为适应幼儿健康成长、审美需求而产生。对幼儿身心成长具有重要意义和作用，培养美好情操，激发求知欲，发展思维能力，提高审美素养，培养快乐品质。幼儿文学的主要读者是0～3岁婴儿和3～6岁幼儿，婴、幼儿在审美感知、审美想象、审美情感、审美思维等各方面都有鲜明的特点。婴、幼儿接受文学具有听赏性、直觉性、游戏性、投入性等特点。幼儿文学具有纯真美、稚拙美、欢愉美、奇幻美等美学特征。幼儿文学具有主题鲜明、形象具体、情节有趣、结构单纯、语言生动等文本特点。

思考题

1. 简要说明幼儿生理、心理特点对幼儿文学创作的要求。

---

①樊发稼，少军. 中国儿童文学新经典童话卷[M]. 济南：山东教育出版社，2016.

2. 举例说明幼儿接受文学的特点。

3. 举例说明幼儿文学的美学特征。

4. 分别为幼儿园大班、中班、小班的孩子选 3 个最新出版的作品。

5. 阅读"思考与练习 4"中的作品，写读书笔记。

第二章 儿   歌

学习目标

➢ 掌握儿歌的概念，了解传统儿歌和创作儿歌。
➢ 理解儿歌的特征和儿歌欣赏要点。
➢ 了解儿歌艺术形式和表现手法。
➢ 了解儿歌在幼儿园活动中的应用。
➢ 掌握儿歌教学的基本内容和过程。

重点与难点

➢ 儿歌的特征。
➢ 儿歌欣赏要点。
➢ 儿歌艺术形式和表现手法。
➢ 儿歌在幼儿园活动中的应用。
➢ 儿歌教学的基本内容和过程。

第一节 儿 歌 概 述

一、儿歌的概念

儿歌是适合幼儿听赏、诵唱的歌谣，内容浅显、活泼生动、音韵和谐、朗朗上口，以口耳相授的形式供幼儿玩乐，具有情感交流、知识传授、愉悦童心等作用。幼儿可以在玩乐中快乐轻松地获取知识，学习语言，积累语汇。

我国古代称儿歌为童谣或童子谣、孺子歌、小儿语等，20 世纪 20 年代，"白话文运动"和儿童教育改革的需要，文化界掀起了声势浩大的歌谣运动，在蔡元培、沈尹默、刘半农等人的倡导下，北京大学建立了歌谣研究会，成立歌谣征集处，创办了《歌谣》周刊，发表了所搜集的大量歌谣作品，其中的儿童歌谣被称为"儿歌"。从此，"儿歌"成为应用最广泛的名称，近年来也有使用"童谣"的。

二、传统童谣和创作儿歌

传统童谣起源于民间，是百姓在日常生活中用韵语创作的无音乐伴奏的口头短歌，以口耳相传的形式在民间流传。我国现存最早的儿歌专集是明代吕坤收集、整理的《演小儿语》，收录了采集于豫、冀、陕、晋等地的 46 首儿歌。如《玩具谣》[①]，描述、记录了幼儿们春天里的快乐游戏：杨柳儿活，抽陀螺；/杨柳儿青，放空钟；/杨柳儿死，踢毽子；/杨柳发芽，打拔儿。

清末，流传多地的童谣《小耗子上灯台》[②]，叙述了一个惊险有趣的小故事，塑造了一个生动活泼的小老鼠形象，传唱这首童谣，给幼儿带来了无穷的乐趣：/小耗子，/上灯台，/偷油吃，/下不来。/叫奶奶，/奶奶不来，/叽里咕噜滚下来。

因传统童谣中蕴含着丰富的自然、社会知识和民俗、文化内涵，所以，传统童谣受到学者和出版社的重视，大量收集、整理、出版传统童谣，丰富了幼儿的文化生活，也为家长及幼儿教师提供了方便。《中国传统童谣书系》(金波主编，接力出版社，2012 年 6 月)，收录了 10 种类别 2000 首传统童谣。《听妈妈念童谣》(鲁兵主编，河北少年儿童出版社，2013 年 11 月)，按地域分类，收录了广为流传的 343 首传统童谣。《和平童谣》《和平童谣·亚洲四国传统童谣》(陈晖主编，北京师范大学出版社 2016 年 10 月)，收录了中、日、韩、泰四国经典传统儿歌 28 首。《北京童谣 200 首》《滇中传统童谣与民俗风情》(李丽萍主编，云南科学技术出版社，2015 年 12 月)，收录了滇中地区口口相传的传统童谣。《佛山传统童谣辑注》(彭咏梅主编，中山大学出版社，2014 年 3 月)，从语言与文化、民俗相结合的角度整理了佛山的传统童谣。

传统童谣在流传中经常出现同题材童谣具有多种版本的现象。《摇啊摇》：摇啊摇，/摇到外婆桥，/外婆叫我好宝宝。/给我糖一包，/给我果一包，/还有团子还有糕。《摇呀摇》：摇呀摇，摇呀摇，/一摇摇到外婆桥，/外婆叫我好宝宝。/糖一包，果一包，/吃完饼干还有糕，/宝宝吃了哈哈笑。《摇到外婆桥》：摇，摇，摇，/摇到外婆桥。/外婆叫我好宝宝，/请吃糖，请吃糕，/糖啊糕啊莫吃饱。/少吃味道多，/多吃味道少。这三首同题材童谣，都体现了幼儿去外祖母家串门的喜悦心情，都是用对外祖母的盛情款待的描写来表达幼儿去外祖母家做客的快乐心情。第一首，直接描写了食物之多，第二首，还描写了幼儿快乐的心情。第三首，用幼儿能理解的方式表达了对生活的哲理思考。对幼儿来讲，三首童谣带给他们的快乐是一样的。但是，这种变化既体现了民间文学的变异性特点，又不同程度地表达了传播者对生活的理解和认识，对幼儿的影响是潜移默化的。

创作儿歌的主要作者是儿童文学作家和幼教工作者，从 20 世纪 20 年代起，近百年的中国儿童文学的发展中，积累了大量的优秀儿歌。《自立歌》[③]：滴自己的汗，/吃自己的饭，/自己的事情自己干，/靠人、靠天、靠祖上，/不算好汉！秉承现代教育思想的教育家陶行知在这首儿歌中，简明清晰地向幼儿传达了独立自强的思想。郑春华幼儿诗《轻轻地》，用拟人的写法，告诉小兔和小狗要轻轻地跳、慢慢地跑，这样，就不会踩疼小青草了。熟悉、了解孩子们的幼儿园教师郑春华，用孩子们最喜欢的方式告诉他们要爱护环境。这些思想的表达，教育观念的传递是在幼儿唱玩中完成、实现的。

---

① 王晓玉，王建华. 中外儿童文学作品选读[M]. 北京：中国人民公安大学出版社，1989.

② 金波. 中国传统童谣书系童趣歌[M]. 南宁：接力出版社，2012.

③ 王晓玉，王建华. 中外儿童文学作品选读[M]. 北京：中国人民公安大学出版社，1989.

三、儿歌的特征

(一)节奏鲜明，朗朗上口

儿歌能走近幼儿，幼儿喜欢唱诵儿歌就是因为儿歌强烈节奏具有极大的吸引力。幼儿对于儿歌的记忆、诵唱，主要依赖其鲜明的节奏，因为尚处于机械记忆的幼儿，铿锵的节奏更易于他们把握。

诵唱的节奏是由音节和音韵构成的。儿歌的节奏主要是通过有规律的句式和押韵来实现的。汉语一般一个字为一个音节，字数相同，音节即相同。一般情况下，诵唱的时候，三个音节和四个音节都是两拍，五个音节为三拍，七个音节(和七个以上的)为四拍。儿歌音节相同节奏自然明快，再加上押韵，音韵和谐，诵读起来朗朗上口。押韵有句句押韵，有隔句押韵，还有根据内容变换韵脚，还有一字韵，如"子字歌""儿字歌""头字歌"等。儿歌有时也通过叠词、叠韵、拟声、摹状、反复等手法形成回环往复的节奏感。传统童谣《拉大锯》："拉/大锯，扯/大锯，//姥家/门口/唱/大戏。//接/姑娘，叫/女婿，//小/外孙，也/要去。……"有规律的三言、五言、七言("片儿""面儿"这样的儿化是一个音节)，加上句尾全押"u"或"ɑi"韵，节奏韵律感很强。

郑春华《吃饼干》[①]："饼干/圆圆，//圆圆/饼干；//用手/掰开，//变成/小船。……"这首儿歌没有严格的押韵，铿锵的节奏来自于严整的四字句，还有开头的互文式句式和中间的"你""我"对仗，"一半""一半"的重复。

传统童谣《墙上挂面鼓》："墙上/挂面/鼓，//鼓上/画/老虎。//老虎/抓破/鼓，//拿块/布/来补。//到底是/布/补鼓，//还是/布/补虎？"五言句式构成的儿歌唱诵起来节奏感最强，也是最容易上口的。押"u"韵，还有"墙"和"上"的叠韵。

李秀英《妈妈带我沙滩跑》："妈妈/脚大/我/脚小，//妈妈/带我/沙滩/跑。"七言的韵律比较悠长，"妈妈""宝宝"的叠音，使这首儿歌的音韵更加婉转悠扬。

(二)语言浅显，明白易懂

儿歌主要靠口耳相传，要让幼儿听一遍就基本明白，听两遍、三遍就能跟随诵唱，所以，儿歌用词简单，多用一些幼儿日常生活中能接触到的名词、动词、形容词，运用一些幼儿能够理解的比喻、拟人、夸张等表现手法增强儿歌的动态和画面感，易于幼儿理解。李少白《小黄狗》[②]：小小黄狗，/尾巴当手，/一摇一摇，/欢迎朋友。这首小儿歌为幼儿描述了一只懂礼貌的小狗，幼儿懂得要向这只小狗学习，见人要问好打招呼。董恒波《雪娃娃》，基本使用的是幼儿日常口语，让幼儿一听就懂，把雪人拟人化为"雪娃娃"，"想妈妈"是幼儿最熟悉的情感表达，用"喂苹果"表达"我"对雪人的关心，也符合幼儿的日常情感、行为方式，"张着嘴巴"用语简单而又形象。张秋生《半半歌》[③]：有个孩子叫半半，/起床已经七点半。/鞋子穿一半，/脸儿洗一半，/早饭吃一半，/课本带一半……起床、穿鞋、洗脸、吃饭、装书包，一系列幼儿最熟悉的早晨行为模式，简单排列出来，用

---

① 尹世霖. 滋养童心的 100 首中国经典儿歌[M]. 乌鲁木齐：新疆青少年出版社，2013.

② 金波. 名家精选儿歌大全[M]. 沈阳：辽宁少年儿童出版社，2014.

③ 尹世霖. 滋养童心的 100 首中国经典儿歌[M]. 乌鲁木齐：新疆青少年出版社，2013.

"穿一半""洗一半""吃一半"这样大白话的表达方式，把这个叫"半半"的小朋友早晨晚起、慌张的样子生动地描述出来。"光着一只小脚板"更是形象生动有趣。

(三)内容单纯，容易理解

儿歌的主要读者对象是低幼儿童，幼儿的日常生活内容比较单纯，接触到的事物也不复杂，经验积累少，理解能力也有限，所以，儿歌的内容也比较单纯，或描写一件小事、描述一个场景、描写一个现象，让幼儿一下子就能把握内容。而其蕴含的思想、道理也比较简单，或者一听就懂，或者稍加思考就能理解、领悟。传统童谣《一朵金花一个瓜》：黄瓜藤上挂金花，/摘朵金花当喇叭。/爸爸忙说不能摘，/一朵金花一个瓜。这首儿歌内容非常单纯，就写了一件小事，小朋友看到黄瓜上金色的小花，就想摘下来玩儿，但是，爸爸告诉不能摘，因为摘掉了花，就不能长出黄瓜了。事情和道理都非常简单，幼儿一听就懂。金波《小黑黑》[①]："小黑黑，一脸灰，/妈妈认不出他是谁。……"这首儿歌运用夸张手法描写一个不讲卫生的小朋友的糟糕模样，黑乎乎的眉毛和嘴都看不清，洗黑了一盆水，才露出他原来的模样。告诉幼儿要爱清洁。这故事也非常简单，这个灰头土脸的小朋友脏得连妈妈都认不出来了，脏得眉毛、嘴都被灰遮住了。本来所叙之事就单纯，再加上夸张的手法使主旨更鲜明，幼儿很容易了解内容，理解寓意的。

(四)活泼有趣，可供娱乐

唱诵儿歌是幼儿的一个有趣有益的娱乐项目。儿歌内容生动活泼，语言节奏明快，朗朗上口，可以让幼儿唱诵着玩儿。很多特殊形式的儿歌，如游戏歌、问答调、谜语歌、绕口令、颠倒歌等都带有游戏性质，可以几个小朋友一起玩儿，就算一些普通形式的儿歌，幼儿诵唱的时候，或配合一些娱乐活动，增强娱乐的效果，或手舞足蹈自娱自乐，都能给幼儿带来极大的快乐。张春明《小木马》[②]："小木马，不吃草……"骑着小木马，唱着这首儿歌，幼儿的快乐是无以复加的。是啊，小木马不仅带来了玩的快乐，还让幼儿意识到成长的快乐，自信心爆棚了呢，以为不吃草的小木马不会长大，但是，好好吃饭的小朋友一定会长高。戚万凯《唱歌跳舞》[③]："小伙伴，快快来，/唱歌跳舞乐开怀。……"几个小伙伴在一起，载歌载舞，唱着、跳着、玩着、闹着，多快乐！孩子们可以手拉手地唱，也可以自顾自地乱蹦乱跳，反正就像这首儿歌里讲的一样，他们可以从早到晚，唱个够，跳个够。整个世界都沉浸在他们的快乐里。传统童谣《下雨哩》：下雨哩，/减泡哩，/小妮儿戴着草帽哩。/草帽尖，/顶着天。/天打雷，/轰隆轰隆又一回。幼儿都喜欢在雨里嬉戏玩耍，不管是真的全副武装地在雨里玩着唱着，还是被大人关在屋子里，趴在窗沿上看着外面的雨点打在地上的水花，唱起这首儿歌，孩子们都会开心极了。

① 尹世霖. 滋养童心的 100 首中国经典儿歌[M]. 乌鲁木齐：新疆青少年出版社，2013.
② 王玲. 童谣三百首[M]. 合肥：安徽少年儿童出版社，2015.
③ 王玲. 童谣三百首[M]. 合肥：安徽少年儿童出版社，2015.

第二节 儿歌欣赏

一、儿歌的主旨意味

儿歌因其主旨意味的不同，带来的趣味也不同。儿歌是供幼儿唱玩的，但是儿歌也传授知识、陶冶性情。不论是传统儿歌还是创作儿歌，都蕴含着一些社会知识、生活经验，具有一定的是非观、价值观的传达。幼儿园教师和家长应该有意引导幼儿去理解，或启发幼儿自悟，最大化地实现儿歌的社会意义。

一般儿歌书籍都会分类编辑，或依据形式，或依据内容。《中国传统童谣书系》依据内容和形式，把所收录的儿歌分成"童趣歌""自然歌""逗趣歌""顶真歌""游戏歌""绕口令""问答歌""摇篮歌""故事歌""忆旧歌"10类。《滋养童心的100首中国经典儿歌》依据内容，把所收录的儿歌分成"行为习惯儿歌""生活儿歌""故事儿歌""游戏儿歌""知识儿歌""环保儿歌""传统儿歌"7类。《儿童成长经典阅读宝库童谣三百首》依据内容，把所收录的儿歌分成"生活童谣""动物童谣""植物童谣""自然童谣""游戏童谣""教育童谣""认知童谣""经典童谣""绕口令童谣""民俗童谣"10类。

(一)生活教育

幼儿的成长需要成人的教育和引导，在儿歌中蕴含、渗透成人对幼儿成长的希望、成长的教育是非常好的一种方式。儿歌的创作者，尤其是现代儿歌的创作者，尽量让儿歌承载更多的教育内容，让幼儿们在高高兴兴、快快乐乐的唱玩中，学习生活知识，积累生活经验，了解社会秩序，养成良好的习惯。

首先要让幼儿懂得的是要好好吃饭、好好睡觉才能健康长大。所以，传统儿歌中，就有好多劝饭歌，对幼儿来讲，劝饭比劝学更重要。传统童谣《宝宝吃饭》：推罗罗，打转转，/宝宝来了吃饭饭。/烙油饼，炒鸡蛋，/一吃吃了一大碗。这首儿歌是成人在给幼儿做饭或幼儿准备吃饭时唱给他们听的，或者带着他们唱的，内容简洁、有趣，"一吃吃了一大碗"，让幼儿体会到吃一大碗饭是多么快乐而又了不起的事情。幼儿听着、唱着这样的歌谣，心情愉悦，食欲大增，再也不用大人追着撵着喂饭了。传统童谣《吃豆豆》：吃豆豆，/长肉肉，/不吃豆豆精瘦瘦。挑食是很多幼儿都存在的问题，也是很难改正的毛病。用儿歌来提醒他们不要挑食，是一个好办法，所以民间流传着很多这样的儿歌。孩子虽然幼小，但是也知道"精瘦瘦"是不好的。那么他们就大口大口地吃豆豆了。张春明《吃饭》不仅倡导不要挑食，蔬菜、肉、蛋什么都要吃，还告诉幼儿吃饭要细嚼慢咽，细嚼慢咽才更香，才消化得好，还有不要浪费食物，要把碗里的饭、菜都吃干净。天天唱着这样的儿歌，哪个小朋友都想当这儿歌里的娃娃，他们知道这个娃娃是个好孩子。

葛冰《睡得香又好》[①]："睡觉前，上厕所，/尿完再进小被窝。……"有多少幼儿因为尿床而感到非常害臊，这个问题不解决他们会很苦闷的。其实，这不是个大问题，只要

---

① 金波等. 婴儿画报精品儿歌书2[M]. 北京：中国少年儿童出版社，2014.

养成睡前上厕所的好习惯，是完全可以避免的。睡觉前没有上厕所，不是懒就是忘了，有这首儿歌提醒他们，就好多了。睡觉不尿床，睡得安稳又舒服。李秀英《摔个跟头不算啥》，摔了大马趴的小朋友，磕破了膝盖和脚丫，勇敢地自己爬起来，还给自己打气"男子汉摔个跟头不算啥"。孩子因为摔倒而哭是可以理解的，他们感到疼，还有委屈。可是在以后的人生道路上，他们要经历许多比摔跟头还疼还委屈的事。所以，他们要从小就学会面对。有"男子汉"的骄傲和"不算啥"的胸怀，他们真的就啥也不怕了。摔了一个"大马趴"，都能不哭不闹不喊叫，真的很了不起呢。哪个幼儿不想当一个了不起的人呢？

儿歌《不乱跑》[1]：小朋友，要牢记，/大街上，别乱跑，/过马路，仔细瞧，/一定要走人行道。儿歌《红绿灯》[2]：妈妈走，我也走，/我和妈妈手拉手，/一走走到马路口。/红灯亮了停一停，/绿灯亮了快快走。交通安全是幼儿生活中一个很重要的问题。这两首儿歌教育幼儿要注意交通安全，并学会基本的交通规则，按路行走，听从信号灯的指挥。从小养成的好习惯，会一生受用。

安栋梁的《自己来》[3]："自己来，自己来，/自己起床坐起来。……"告诉小朋友自己的事情自己做，自己穿衣服，自己戴帽子，自己叠被子，自己摆玩具，自己刷牙，自己洗脸。事实证明，儿童的成长、发展差异关键在于他们是否能自立，和从何时开始自立。这首儿歌明确地教育幼儿自己的事情要自己做，从小就要学会自立、自理。

刘丙钧的《我和小狗都听话》，生动形象地告诉小朋友，在爸爸妈妈忙碌的时候，要学会自己玩儿，不能总粘着爸爸妈妈。生活条件越好，成人对幼儿成长的关注越多，也势必使幼儿更加依恋父母，进而发展到依赖父母。而独生子女成长必备的也是他们成长环境里最缺乏的素质就是独立。哪有幼儿不依恋父母的呢？让他们慢慢学会自己玩，学会独处，会受用一生。

叶圣陶的《蜗牛看花》[4]："墙顶开朵小红花，/墙下蜗牛去看花。/这条路程并不短，/背着壳儿向上爬。……"这首儿歌描写了一个坚定、顽强的小蜗牛形象，小蜗牛知道自己爬得慢，但是它要去看墙顶的小红花，它就一步一步慢慢地往上爬，不怕风雨，不怕疲劳，爬了那么久，它终于爬到了墙顶，看到了小红花，小红花高高兴兴地欢迎它。每一个幼儿都是小蜗牛，长大是靠慢慢的、一步一步走过来的。他们会像小蜗牛一样勇敢、顽强。

生活教育儿歌是儿歌中很重要的一部分，如王玲的《晒太阳》告诉幼儿晒太阳长大个，张春明的《不当小皇帝》，告诉幼儿不要耍脾气任性，常福生的《穿衣服》，教给幼儿怎样穿衣系扣子，陈龙银的《我又换上大门牙》，告诉幼儿换牙是长大的标志，常福生的《娃娃看书》引导幼儿喜欢读书，王玲的《有礼貌》，教给幼儿与他人见面分别的礼节，王艳萍的《照顾小妹妹》，教育幼儿关爱幼小，王艳萍的《爱劳动》，鼓励幼儿参加力所能及的劳动。还有巩汝林的《保护眼睛》，陈文希的《整理玩具》，张春明的《爱花草》，程宏明的《不在汽车尾后玩》，王玲的《让座》，白冰的《电视只看一小会儿》，葛冰的《不让细菌嘴里留》，高洪波的《不学小猫乱撒尿》等，都在通过儿歌对幼儿进行生活养成教育。

---

① 胡媛媛. 儿歌三百首[M]. 武汉：长江出版社，2016.
② 胡媛媛. 儿歌三百首[M]. 武汉：长江出版社，2016.
③ 尹世霖. 滋养童心的100首中国经典儿歌[M]. 乌鲁木齐：新疆青少年出版社，2013.
④ 叶圣陶. 蒲公英[M]. 合肥：安徽少年儿童出版社，2015.

(二)知识传授

通过儿歌让幼儿认识大自然、掌握各种知识也是儿歌的一个主要内容。让幼儿在儿歌中了解动植物知识，认识自然现象，初识季节、民俗，还有简单的科学知识。使幼儿开阔眼界，增长知识，养成探索新知意识和习惯，发展思维和创造力。

冯幽君《什么长》从小白兔的长耳朵，长颈鹿的长脖子，小松鼠的长尾巴，大象的长鼻子，到万里长城。这首儿歌不仅教给孩子常见的事物的长和短，也启发了幼儿去观察生活中的事物。王艳萍的《骆驼》，简单地介绍了骆驼能负重物、能忍饥耐渴，是沙漠中最好的交通工具的特点。幼儿在这首儿歌里知道了骆驼了不起的地方，也了解了一点沙漠的常识。传统童谣《月月红》[①]：正月梅花香，/二月兰花盆里装，/三月桃花红十里，/四月蔷薇爬满墙，/五月石榴红似火，/六月荷花满池塘，/七月橙子头上戴，/八月丹桂满枝黄，/九月菊花初开放，/十月芙蓉正上妆，/十一月水仙供上案，/十二月腊梅雪里香。介绍了常见花卉在一年四季十二月里的花期。一下子就认识了那么多的花，还知道了它们都在什么时候开放，真是了不起呢。传统童谣《大年初一扭一扭》[②]：小孩儿，你别馋，/过了腊八就是年。/腊八粥儿喝几天，/沥沥拉拉二十三。/二十三，糖瓜儿粘，/二十四，扫屋子，/二十五，糊窗户，/二十六，煮煮肉，/二十七，宰公鸡，/二十八，把面发，/二十九，蒸馒头。/三十儿晚上熬一宿，/大年初一扭一扭。这首儿歌向幼儿介绍了"春节"这个中国最传统的节日里的民俗，让幼儿具体地认识了过年的隆重和热闹。在过年的时候，他们就可以当过年筹备总指挥了。儿歌《太阳东升西落》[③]：地球围着太阳转，/自西向东还自转。/相对运动看太阳，/东边升起西边落。尽管幼儿年幼，但是他们的好奇心和求知欲是很强的。他们要是知道了太阳和地球的秘密，该有多自豪啊！这首儿歌简明清楚地说明了最常见的自然现象的科学道理，也激发了幼儿继续探索的愿望。

传授知识的儿歌很多，涵盖的知识也很广。如程宏明的《雪地里的小画家》告诉幼儿小鸡、小狗、小鸭、小马等常见动物脚印的不同。金黎的《小蜘蛛》告诉幼儿蜘蛛结网的作用。谢采筱的《冰锅盖》告诉幼儿冰遇热会变成水蒸汽，变成云。叶圣陶的《几种树》教给幼儿怎样辨别杨树、柳树、银杏、香椿等植物。张继楼的《过河》介绍了几种识水性的动物和不识水性的动物。于之的《什么车来呜呜叫》，介绍了消防车、救护车、警车的用途。张春明的《小壁虎》告诉幼儿小壁虎不怕掉尾巴(幼儿会因为好奇去找到小壁虎的尾巴可以再生这个答案)。还有一些"认知童谣"，如《电冰箱》《小闹钟》《挖土机》《大吊车》《洒水车》《大风车》《直升机》等，简单易懂，丰富了幼儿的生活知识。还有一些"科学儿歌"，如《空气》《影子》《闪电、雷声》《霜》《磁铁》《显微镜》《沙尘暴》《银河系》《海底大隧道》《地震》《流星雨》等，生动有趣，激发了幼儿探索科学知识的兴趣。

---

① 金波. 中国传统童谣书系自然歌[M]. 南宁：接力出版社，2012.
② 尹世霖. 滋养童心的100首中国经典儿歌[M]. 乌鲁木齐：新疆青少年出版社，2013.
③ 顾作峰. 儿歌300首：朗朗上口的声音[M]. 哈尔滨：哈尔滨出版社，2009.

(三)愉悦童心

幼儿的健康成长需要快乐。有的儿歌没有明确的教育目的，诙谐、幽默、生动、有趣，让幼儿获得愉悦、快乐。培养幼儿诙谐幽默的品格，发展幼儿智巧、奇思的能力，使幼儿养成快乐、轻松的性格。

金波的《两只小蜗牛》，描写了"蜗牛请客"的场景，一只说请喝酒，一只说请喝茶；一只说请吃鸡，一只说请吃肉。可是，一阵风吹来，两只蜗牛都缩了头。这首儿歌描述的场景就像小朋友在一起过家家一样生动有趣。幼儿一边唱着儿歌，一边表演着两只小蜗牛的语言、动作，快乐无比。尤其是到了最后，缩起他们的小脑袋，他们一定把自己都逗乐了。传统童谣《小老鼠偷小瓢》：小老鼠，爬缸沿，/偷小瓢，量好面，/请干娘，吃顿饭，/干娘的肚子撑两半。幼儿听赏、诵唱这首儿歌，眼前会浮现小老鼠偷偷摸摸、忙忙碌碌的模样和干娘撑破肚皮的窘态，满足了幼儿恶作剧式的快乐愿望。传统童谣《别生气》：小妹小妹别生气，/明天带你去看戏。/你坐椅子我坐地，/我吃香蕉你吃皮。这首儿歌最幽默的，对幼儿最有吸引力的是最后一句，真的面对小妹妹或者小朋友唱这首儿歌，小妹妹(小朋友)消了气不是因为"去看戏"的承诺和"坐椅子"的待遇，是被那句"吃香蕉皮"的调侃给气乐啦。唱歌的小朋友也是因为最后一句，心理上得到了充分的释放。本来么，小朋友是平等的，就算长几岁，就算惹着了谁，可是，谦让和"赔罪"也是要有"度"的，坐在地上的吃香蕉，坐椅子的吃香蕉皮，这才公平。传统童谣《打醋和买布》：一位爷爷他姓顾，上街打醋又买布，/买了布，打了醋，回头看见鹰抓兔。/放下布，搁下醋，上前去追鹰和兔，/飞了鹰，跑了兔，打翻醋，醋湿布。儿歌中人物的手忙脚乱、顾头不顾尾让幼儿感到异常熟悉和热闹，而鸡飞蛋打的滑稽结局也让幼儿忍俊不禁，那颇为深刻的道理，会在他们以后的生活中慢慢领悟，不着急。

还有很多儿歌真实地表现幼儿的行为、心理，因其浓郁的童真童趣，使幼儿获得快乐的满足。薛卫民的《过家家》再现了幼儿过家家的情景：有面有馅儿，连蒜瓣都准备好了，这包饺子的游戏玩得够认真，可是，认真玩着的小朋友担心配合他做游戏的爷爷奶奶把这假饺子当真的吃了，要特别认真地嘱咐一句，可别真吃，这是玩儿，面是泥做的，馅儿是青草做的，童真童趣跃然而出。

二、儿歌的艺术形式

儿歌的艺术形式使其具有独特的审美趣味。儿歌用韵语写成，朗朗上口，适合诵唱。儿歌多为借物抒情，也可以有简短叙事，具体、形象、生动，易于理解。

儿歌的结构比较严谨，节奏鲜明。一般为四句、六句、八句，也有十句、十二句的，少数故事儿歌(童话童谣)更长一些。一般四句为一节，也有其他变化，如八句为一节、两句为一节。基本句式是三言、五言、七言，也有四言、六言、杂言。拍节基本固定，三言是两拍，五言是三拍，七言是四拍。《公鸡》[①]：大/公鸡，真/美丽，//红红/冠子/花/外衣。//伸长/脖子/"喔喔"/啼，//催我/清晨/早早/起。尽管每句的字数不同，但因为每句都押在"i"字韵上，读起来朗朗上口。

---

① 顾作峰. 儿歌 300 首：朗朗上口的声音[M]. 哈尔滨：哈尔滨出版社，2009.

儿歌还有一些特殊的艺术形式，包括摇篮曲、游戏歌、数数歌、谜语歌、问答歌、连锁调、绕口令、颠倒歌、字头歌等，对幼儿具有特殊的吸引力。

(一)摇篮曲

摇篮曲一般都配有舒缓、优美的曲调，由母亲等成人吟唱给婴幼儿听，让婴幼儿在温暖、安全的氛围下入眠。摇篮曲有的是成人自己随口编唱的，有的是作家、诗人创作的。一些流传于民间的传统摇篮曲经由作家的整理，赋予了新的具有时代特色的内容。如《东北摇篮曲》：月儿明，/风儿静，/树叶儿遮窗棂，/蛐蛐儿叫铮铮，/好比那琴弦声，/琴声儿轻，/调儿动听/摇篮轻摆动/娘的宝宝，/闭上眼睛/睡呀那个，/睡在梦中。/……中间部分有不同版本：有"小宝宝，睡梦中，/微微他露了笑容啊。/眉儿轻，脸儿那个红，/好似个小英雄啊，/将来的英雄，他去当兵，/为了国民立下大功"。还有"小宝宝，睡梦中/飞上了太空/骑上那个月儿/跨上那个星星/宇宙任飞行/娘的宝宝，立下大志/去攀那个科学高峰"。具有鲜明的时代印记。

现代创作的"摇篮曲"也有很多没有配曲调，由长辈诵唱给婴幼儿听。如黄庆云的《摇篮》，陈伯吹的《摇篮曲》等。金波的《乖乖睡》[1]，太阳下山了，天也黑了，大家都要睡觉了，大树上的小鸟都钻进妈妈怀里睡着了。小宝宝快睡吧，睡得香香甜甜。哄着孩子睡觉的妈妈轻声地说着，念着，给幼儿营造一种温馨安适的氛围。

(二)游戏歌

游戏歌是幼儿游戏时配合游戏内容或伴随着游戏动作而吟唱的儿歌。一般采用对唱或合唱的形式，一边唱儿歌一边做游戏，增加了游戏乐趣，也增加了唱儿歌的兴趣，还可以统一情绪、协调动作。如《虫虫飞》《摇呀摇》《拉大锯》等都是流传了几代的幼儿家常游戏。还有"拍手谣""跳绳谣""跳皮筋歌"等，有很多版本，都是配合约定俗成的动作，节奏韵律基本一致，但内容丰富多彩。如"拍手谣"，有数数拍手谣"你拍一，我拍一，/一个小孩坐飞机"；有故事拍手谣"你拍一，我拍一，/一只孔雀穿花衣"；有卫生教育歌"你拍一，我拍一，/天天早起练身体"；还有交通安全教育歌、消防安全教育歌等，承载了很多教育内容。传统童谣《虫虫飞》：虫虫飞，虫虫飞，/飞到南山吃露水。/露水吃饱了，/回头就跑了。这首游戏歌是幼儿们玩过的最早的游戏，当他们还在母亲的怀抱里的时候，就由母亲拿着他们的小手，逗着他们玩，唱给他们听。樊发稼《搭积木》[2]："搭呀搭，/搭积木，/搭幢新房子，/大家都喜欢……"搭积木是幼儿最喜欢的游戏了，一边搭着，一边唱着，按他们想的样子搭，按儿歌里唱的样子搭，搭的房子要足够大、足够多，因为要给好朋友们，小羊、小狗、小鸡、小鸭和小马，大家都要有一间。搭完了，拍着手，唱着、笑着，欣赏他们自己的成果，开心极了。杜虹《丢手绢》[3]："牵，牵，牵圆圈，牵个圆圈丢手绢。……"这首游戏歌描述了"丢手绢"游戏的场景，也讲述了"丢手绢"游戏的规则，幼儿们可以在准备做这个游戏的时候唱，也可以在游戏的过程中唱，都是很好玩的。

---

① 金波等. 婴儿画报精品儿歌书 2[M]. 北京：中国少年儿童出版社，2014.

② 尹世霖. 滋养童心的 100 首中国经典儿歌[M]. 乌鲁木齐：新疆青少年出版社，2013.

③ 王玲. 童谣三百首[M]. 合肥：安徽少年儿童出版社，2015.

(三)数数歌

数数歌是培养幼儿数的概念和简单数数能力的儿歌。数数歌把简单的数和一些幼儿常见的事物结合起来，使抽象的数变得具体形象，易于幼儿对数的理解和认识，启发幼儿对简单计数的兴趣。《一二三四五，上山打老虎》，这首传统童谣就是在有趣的故事里教会了幼儿数简单的数。数数歌的内容和形式是多种多样的。最常见的有数数歌、算数歌。传统童谣《一二三，三二一》：一二三，三二一，/一二三四五六七，/八九十，到十一，/十二、十三、十四、十五、十六到十七，/十八和十九，/二十、二十一。这是一首数数歌，教给幼儿从"一"数到"二十一"，它用简单的数字序列排列而成，看似抽象，但因为节奏明快，朗朗上口，很容易学唱。幼儿可以先机械记忆学会唱这首儿歌，然后慢慢熟悉这些数字的排列，是一个非常好的教幼儿数数的办法。张秋生《数数》[①]："袋鼠妈妈口袋里，/几个小宝宝？/一、二、三、四、五，/一个也不少。……"这也是一首数数歌，但因为选取了几个幼儿熟悉或感兴趣的事物，使得这个认识数和掌握最基本的数的序列的过程显得更加有趣。袋鼠妈妈的口袋、窗外的大树、小朋友的手指头，都可以拿来做数数游戏。把抽象的数字和具体形象的事物联系起来，理解上也更容易一些。盖尚铎《数角》[②]："一头牛，两只角，两头牛，四只角，/三头牛，几只角？……"这是一首算数歌。训练幼儿简单的计算能力，因为增加了还没长角的牛犊和圆桌这两个另类事物，这种脑筋急转弯似的变化，使它显得特别有趣。这首数数歌对幼儿逻辑思维能力的锻炼是双重的。本来，一头牛有两只角，两头牛有四只角，按照这个逻辑推算下去，三头牛应该是六只角，到此，幼儿的简单计算能力得到了锻炼。可是，事情忽然发生了变化，提示幼儿注意——"要是牛犊没有角"，这就告诉幼儿，意外的事物是不符合这里的计算逻辑的。 而这样的意外还是不少的，比如还有"要是圆桌没有角"。 王晨湖的《量词歌》[③]："一头牛，两匹马，/三条鲤鱼，四只鸭……"这首数数歌在让幼儿学习数的序列的同时，认识了一些常用的量词，从动物到植物，还有文具和常见的交通工具，因为选取的都是幼儿熟悉的事物，比较有趣，也比较容易记忆。

(四)谜语歌

谜语歌是以歌谣的形式叙述谜面的儿歌。选取一些贴近幼儿生活的事物，用形象生动的语言描绘出事物的形态、色彩、性质、功能等特征，让幼儿通过简单的联想、推理、判断猜出谜底。既满足了幼儿好奇好胜的心理，又培养了幼儿积极思考的意识和顽强自信的性格。谜语歌的内容主要是幼儿生活中常见的事物，如植物(花草、水果、蔬菜)、动物(家禽、家畜、动物园里的动物)、人体器官(外显的，熟悉的)、自然现象(常见、熟悉的)、生活用品(饮食用具、衣物、玩具)等。谜语歌的对象是幼儿，所以谜面(歌谣)一定更要形象，谜目(给谜底限定的范围)范围要尽量小，让幼儿有个清晰的猜测方向。

"弯弯树，/弯弯藤，/藤上挂个水晶铃。(葡萄)"这个谜语歌的谜目是"打一水果"。它描述了葡萄的生长及外貌特征，"长在弯弯的树藤上"和"好像一串水晶铃"的特征可

---

① 尹世霖. 滋养童心的 100 首中国经典儿歌[M]. 乌鲁木齐：新疆青少年出版社，2013.

② 尹世霖. 滋养童心的 100 首中国经典儿歌[M]. 乌鲁木齐：新疆青少年出版社，2013.

③ 蒋风. 幼儿文学教程[M]. 郑州：郑州大学出版社，2008.

以让幼儿寻找到谜底——葡萄。"圆圆脸儿像苹果，/又酸又甜营养多，/既能做菜吃，/又可当水果。（番茄）"这个谜语歌的谜目是"打一蔬菜"。它描述了番茄的外貌特征像苹果，幼儿可以迅速地在蔬菜里去找像苹果一样圆圆的东西，有萝卜、南瓜、土豆、番茄，等等，而"又酸又甜"的味道和可以当水果的特点，让幼儿锁定了番茄。"一个小姑娘，/立在水中央。/身穿粉红袍，/坐在绿船上。（荷花）"这个谜语歌的谜目是"打一植物"，"立在水中央"让孩子们认定这是在水里生长的植物，绿色的小船让幼儿想到了荷叶，那穿粉色袍子的小姑娘当然是荷花了。"头戴黄草帽，/身穿绿色袍，/见风点点头，/朝着太阳笑。（向日葵）"这个谜语歌的谜目是"打一植物"，黄色的草帽，绿色的袍子，风来了点点头，朝着太阳笑，这些特征很明显地指向了向日葵。"一朵红花头上戴，/一件花衣身上盖。/天还没亮就起床，/唱得太阳升起来。（公鸡）"这首谜语歌的谜目是"打一动物"。"一朵红花"和"一身花衣"的描写，形象地描述出了公鸡的鸡冠和羽毛，而天没亮就起来唱歌的特点，让幼儿确信自己猜对了。"衣服像缎子，/尾巴像剪刀，/衔泥修房子，/捉虫为孩子。（燕子）"这首谜语歌的谜目是"打一动物"，也许好多小朋友不明白"缎子"是什么，但是，他们记得燕子的尾巴"像剪刀"（因为这个特征太明显太有趣了），有的小朋友不知道燕子的房子是用泥巴造的，但是他们知道燕子妈妈辛辛苦苦地捉来虫子喂小燕子。这样的谜语歌，掌握其中的两三个特征就能猜出来，让幼儿获得了自信，也增长了知识。"左一片，右一片，/你若说话听得见。/因为隔着一座山，/它们总是不见面。（耳朵）"这首儿歌的谜目是"打一人体器官"，"左一片""右一片"说明这个器官被分开了，而且它们"隔着一座山"，"总是不见面"，这个"山"是什么呢？是头？是身体？是胳膊、腿？关键就在"你若说话听得见"，这是这个人体器官最明显的特征了。这"总是不见面"的特征描述，给幼儿带来了极大的乐趣。"千条线，/万条线，/掉到地上看不见，/落到水里起泡泡。（雨）"这个谜语歌的谜目是"打一自然现象"。多，像线，掉到地上就没了，落到水里起泡泡，这些特征的描写非常形象。"横冲直撞满天游，/像虎像龙又像狗，/太阳最毒它不怕，/大风一来就逃走。（云）"这个谜语歌的谜目是"打一自然现象"。第一个特征是能在天上到处游玩，第二个特征是"像虎像龙又像狗——说明它会变。第三个特征是不怕太阳，怕大风。"两只小船没有桨，/没有帆来没桅杆。/白天载人四处走，/晚上无人船空空。（鞋）"这个谜语歌的谜目是"打一生活用品"。儿歌里描述的是两只没有桨没有帆的小船，日用品中有很多像小船的东西，锅、碗、瓢、勺，白天载人到处走，晚上没人船是空的。幼儿就猜到了是他们穿的鞋子。"香香一块糕，/只看不能咬。/沾水滑溜溜，/搓出白泡泡。（香皂）"这个谜语歌的谜目是"打一生活用品"。谜目说明了这不是食物，而且儿歌里也明确告诉"只能看不能咬"，那么香的、像糕一样的、滑溜溜的、能搓出白泡泡的所有特征让幼儿一点点地找到了香皂。"红纸卷，绿纸卷，/里面藏着黑面面，/封上口，插上捻，/火星一点蹦上天。（花炮）"这个谜语歌的谜目是"打一物"。外形像纸卷，纸卷里装着"黑面面"，纸卷的口是封着的，还插上了捻，关键是火星一点蹦上了天。这就是孩子们最爱玩的花炮，描述得这么形象，他们当然猜得出。"这个鸡蛋生得怪，/没有蛋黄和蛋白。/你用板子去打它，/它就一下跳起来。（乒乓球）这个谜语歌的谜目是"打一物"。外形像鸡蛋，可是不是鸡蛋（没有蛋黄和蛋白），它可以用板子打，还可以跳起来。幼儿常见的可以打着玩的像鸡蛋那样圆圆的就是各种球了，用板子打的，那就只有乒乓球了。

(五)问答歌

问答歌，也称问答调，是以设问作答的形式表述内容的儿歌。有的是一问一答，有的是多问多答。很多民间问答歌，可以自由接续问答，幼儿可以自编自唱。问答歌的问与答是靠事物的特征紧密相连，所以能帮助幼儿分辨事物，启发思考，培养幼儿的观察力和思考能力。

传统儿歌《什么两条腿儿？》：什么两条腿儿？/什么四条腿儿？/什么六条腿儿？/什么八条腿儿？/什么没有腿儿？/什么肚子下全是腿儿？//鸡鸭两条腿儿，/猫狗四条腿儿，/蜻蜓六条腿儿，/螃蟹八条腿儿，/蛇没有腿儿，/蜈蚣肚子下全是腿儿。这首问答歌通过问答的形式引导幼儿去了解、辨别常见动物的腿的数量，以便更好地掌握这些动物的特征。一节问，一节答，既给幼儿留下思考的空间，也给幼儿清晰的答案。有些问是幼儿一猜即中的，有些问幼儿得冥思苦想，更具有趣味性和挑战性。樊发稼的《什么歌》①："什么河，不结冰？/什么牛，不耕地？/什么花，不结果？/什么布，不能缝衣裳？……"这首问答歌旨在引导幼儿去观察和甄别常见的一些事物，乍一看，提出的问题都是违背常理的，但是答案却是没有异议的。幼儿在获得新知识的同时，还学会了逆向思维。而它的趣味性也就源于这意料之外，事理之中。问答歌《告状》②："甲：先生先生我要告状。/乙：你告什么状？/甲：我告老鼠偷我的果果糖。/乙：老鼠呢？/甲：老鼠，花猫拖去了。……"接下来一问一答的情节发展非常幽默有趣，猫上树了，树被锯倒了，锯树的木匠被老虎拖走了，老虎逃进山洞了，山洞被潮水淹没了，潮水被太阳晒干了，太阳被乌云遮住了，乌云散得无影无踪了。这首问答调采用两人对唱的形式，一个问，一个答，游戏性更强。内容衔接采用了"顶真"的手法，不仅容易记忆，而且更加有趣。在唱玩中让小朋友初识了事物之间的联系。

(六)连锁调

连锁调，也称为"顶真歌"，用"顶针"的修辞手法组织内容，即以上一句的末尾做下一句的开头，一句一句串联下去，形成一首妙趣横生的儿歌。串联的方法有时是语义相连，有时是谐音相连，这种首尾相连的方法造成一种特殊的趣味，幼儿非常喜欢。因其句句相关，韵韵相连，容易记忆，便于模仿，很受幼儿的欢迎。

传统童谣《天大不算大》：天大不算大，云彩来了遮住它。/云大不算大，狂风来了吹跑它。/狂风不算大，墙头来了挡住它。/墙大不算大，老鼠来了咬坏它。/鼠大不算大，花猫来了吃了它。/猫大不算大，黄狗来了撵跑它。/黄狗不算大，要饭的来了戳它牙。用句句相接，事事相连的方式，通过生活里常见的事物，道出了"人外有人，天外有天""一物降一物"的生活哲理。"大"与"小"，"强"与"弱"的辩证关系也简单明了。从"天"开始说到"狗"，本来不相关的事物就这样被"一环扣一环"地联系到了一起，真是妙趣横生。金波的《野牵牛》③："野牵牛，爬高楼；/高楼高，爬树梢；……"这首连锁调用一种特殊的方式向幼儿介绍了牵牛花攀援的特点和喇叭样的形状。描写了一个牵牛花因为胆小失去了爬上高楼、树梢、东墙和篱笆的机会和能力。用"顶真"的方式描写叙述，更

① 尹世霖. 滋养童心的100首中国经典儿歌[M]. 乌鲁木齐：新疆青少年出版社，2013.
② 沈百英等. 儿童文学读本第五册[M]. 北京：海豚出版社，2012.
③ 蒋风. 幼儿文学教程[M]. 郑州：郑州大学出版社，2008.

容易让幼儿理解。邓德明的《做习题》^①："小调皮，做习题。/习题难，画小雁；/小雁飞，画乌龟；……"学习的时候不专心是很多幼儿容易出现的问题，也是一定要克服的毛病。这首儿歌用"顶真"的方式把幼儿学习时的"心猿意马"的习惯和心理描写得淋漓尽致，淘气的孩子一边学习一边玩儿，画了小燕子、小乌龟、小马、小猫，结果习题没做完。幼儿在快乐的诵唱中一定会认识到自己就是那个"小调皮"，并反思、改正自己的毛病。专心致志，不怕困难才能学习进步。

(七)绕口令

绕口令，也叫拗口令，它把一些发音容易混淆的字词放在一起，用声调变化、音韵关联、音韵对比等方式组成一首儿歌，训练幼儿的发音。绕口令内容多半诙谐幽默，咬音吐字的困难也别有一种趣味，所以也很受幼儿喜爱。绕口令可以培养幼儿的听觉能力，发音能力和语言表达能力。根据汉语的发音特点及幼儿存在的问题，绕口令针对声母训练的多，也有针对韵母和声调训练的。

传统童谣《兔和肚》：白兔是白肚，/黑兔是黑肚。/白兔白肚不是黑肚，/黑兔黑肚不是白肚。这首绕口令可以帮助幼儿练习区分和念准声母"t"和"d"。白兔、黑兔，白肚、黑肚的对比、联系便于记忆。白兔是白肚，黑兔是黑肚，很容易弄明白的事情，因为发音的困难，要准确流利地唱念出来，还是蛮费劲儿的呢，对幼儿的吸引力也就在于此。传统童谣《大白梨和橡皮泥》：牛牛爱吃梨，/柳柳爱玩泥。/牛牛让柳柳吃梨，/柳柳让牛牛玩泥。/牛牛和柳柳一起，/捏了一个泥巴梨。这首绕口令主要是训练幼儿声母"n""l"的发音，通过"牛"和"柳"，"梨"和"泥"两组相同的韵母"iu"和"i"来练习，因为描述了两个小朋友在一起玩乐的场景，有情节、有场面，比较容易记忆和把握。传统童谣《水瓢》：水瓢打水漂，/水上漂着瓢，/瓢在水上漂，/水上有水瓢。音调不同有区别语义的作用，这是汉语的特点，也是幼儿不太容易掌握的。这首绕口令就是让幼儿注意声调不同就把"水瓢"变成了"水漂"。一个声调没读对，就把两件东西弄混了，真是有趣好玩。传统童谣《板凳和扁担》：板凳宽，扁担长，/扁担绑在板凳上。/板凳不让扁担绑在板凳上，/扁担偏要绑在板凳上。"板凳""扁担"是两组声、韵都很容易混淆的词语，把它们放在一起要读准已经很难了，第三句因"板凳"的重复出现更增加了诵读的难度，而"板凳"和"扁担"，一个"不让"绑，一个"偏要"绑的执拗姿态，增加了这首绕口令的趣味，也增强了幼儿想要克服困难快速、顺利读准它的好胜心。

(八)颠倒歌

颠倒歌，也叫滑稽歌，用一种颠倒黑白、混淆是非的方式造成喜剧效果，引起幼儿兴趣，从而培养幼儿辨别是非正误的能力，丰富幼儿的想象力和幽默感。

传统童谣《东西街》：东西街，/南北走，/出门看见人咬狗，/拿起狗，/打砖头，/又怕砖头咬了手。这首儿歌的喜剧效果是由一系列明显的错误构成的，认识是颠倒的，行为是颠倒的，就是年幼的小孩子也知道这些是错误的，所以这种颠倒事物的表达就给幼儿带来一种恶作剧似的满足感。传统童谣《稀奇稀奇真稀奇》：稀奇稀奇真稀奇，/麻雀踩死老母鸡，/蚂蚁身长三尺六，/老爷爷坐在摇篮里。这首儿歌的幽默是描述了一系列不可思议

---

① 张秋生. 中外儿歌童诗大王[M]. 上海：上海远东出版社，1996.

的事情，有大小的倒错，有老少的倒错，幼儿果断地判断出这里的谬误，就像发现了一个天大的秘密一样快乐。传统童谣《太阳起西往东落》：太阳起西往东落，/听我唱个颠倒歌。/天上打雷没有响，/地上石头滚上坡，/江里骆驼会下蛋/山上鲤鱼搭成窝，/腊月苦热直流汗，/六月暴冷打哆嗦，/姐姐房中头梳手，/门外口袋把驴驮。这首儿歌里描述的每一件事物幼儿都有一定的了解，所以这种颠倒是非、荒诞怪异让幼儿感到诙谐幽默。在唱玩之余，幼儿更清楚地了解了每一件事物的特点。

(九)字头歌

字头歌是指每句尾字相同，一韵到底的儿歌。内容上一般都有一个完整的意思，形式上因每句句尾的名词都统一在一个字音上而营造出诙谐幽默的气氛。常见的类型有以"子"字作尾的"子字歌"，以"头"字作尾的"头字歌"，以"儿"字作尾的"儿字歌"。

传统童谣《小小子儿 开铺子儿》：小小子儿，/开铺子儿，/开开铺子儿两扇门儿，/小桌子儿，/小椅子儿，/乌木筷子小碟子儿。这首儿歌每一句都以儿化的"子"字做尾，结构整齐，音乐和谐，"子"字统领全篇，突出了人和物的"小"模样，更增添了它所描述的游戏的儿童化和趣味性。圣野的《好孩子》[1]："张家有个小胖子，/自己穿衣穿袜子，/还给妹妹梳辫子。……"这首儿歌表扬了四个好孩子，张家的小胖子、李家的小柱子、王家的小妮子、周家的小豆子，他们自立、友爱、互助，还拾金不昧。自己穿衣穿袜、帮助妹妹梳辫子，叠被、打水、擦桌子，这些都是小事情，但是，这是小朋友自立的开始。他们不但帮助家长照顾弟妹，做力所能及的家务，还爱护公物、拾金不昧。从家庭到学校到社会，他们都在努力做一个好孩子。作者的构思非常巧妙，每一个人物、事物的名称都落在"子"字上，这样不仅因每一句以"子"字做尾而增加了幼儿诵唱的乐趣，内容也显得生动有趣，让幼儿更乐于向这些榜样学习。

传统童谣《走路绕开小石头》：小老头，上山头，/拿斧头，砍木头，/砍了这头砍那头，/一砍砍成扁担头。/担起柴火下山头，/迎来一个大丫头，/端来一盘大馒头，/踩着一个小石头，/跌了一个大跟头，/撒了一地大馒头，/碰坏小妮脚指头，/小妮疼得直摇头。/走路绕开小石头，/不然还要吃苦头。这首儿歌描述的所有事物都因一个"头"字串联起来，显得特别好玩。而因踩了小石头、摔了大跟头、伤了脚指头的意外的发生，使这首儿歌的故事意味更浓。恶作剧式的调侃正是民间童谣特有的韵味。

三、儿歌的表现手法

儿歌创作运用了很多修辞手法，使其更加生动活泼，常见的表现手法有：比喻、拟人、夸张、摹状等。

(一)比喻

比喻是儿歌常见的修辞手法。其实，比喻是在幼儿生活中常见的一种认知方式，通过把一种陌生的事物看成另一种他们比较熟悉的事物来认识，对于他们要容易一些。在儿歌中运用比喻要对事物的特征进行描绘和渲染，使被描绘事物更生动形象、具体可感，符合

---

[1] 人民教育出版社中学语文室. 幼儿文学[M]. 北京：人民教育出版社，2000.

幼儿认知事物以具体形象思维为主的认知特点。因为比喻是借助两个事物的相似点来完成的，所以，在儿歌中运用比喻不仅可以使儿歌中的形象更生动有趣，易于理解，还可以培养幼儿的联想、想象能力。儿歌《小鹿小鹿》①：小鹿小鹿，/毛衣毛裤，/身上开花，/头上长树。多么形象的比喻啊，小鹿毛茸茸的四肢就像小朋友穿着毛衣毛裤一样，身上的斑纹就像盛开的花那么美丽，头上的角就像小树那么挺拔，真是让小朋友喜欢得不得了。幼儿们唱念着这首儿歌，一样一样去对比、去发现，他们也学会了联想和想象，也学会了用这种方法去表达。杜虹的《电冰箱》，用小房子的比喻描述冰箱的外形已经很巧妙了，更妙的是，用冬爷爷比喻冰箱的制冷功能，简洁、生动、传神。短短的几句话，就让幼儿认识了这个在幼儿心里非常神秘的大家伙，也让幼儿喜欢上了它。陈文希的《橘子》②："橘子红，橘子圆，/橘子里面装小船。……"儿歌中的比喻，多是用熟悉的事物去比喻陌生的事物，以便于幼儿的理解。有些比喻的运用，能使内容表达更生动，更能激发幼儿的兴趣。像这首儿歌，把橘子瓣比喻成小船，让幼儿感到新奇、好玩。由小船开进嘴巴里而展开的想象更是奇妙无比。刘饶民的《海上月亮》③："天上月亮圆又圆，/照在海上像玉盘。/一群鱼儿游过来，/玉盘碎成两三片。……"这首儿歌构思的巧妙就在于把投映在海里的月亮比喻成玉盘。正是这"玉盘"引起了鱼儿们的好奇，也是这"玉盘"的破碎吓跑了鱼儿，令鱼儿们没想到的是，"玉盘"仍然完好无损，鱼儿们该有多么的惊喜、快乐呀！唱儿歌的小朋友们发现了这里面的奥秘，不是更欣喜、快乐吗？

(二)拟人

幼儿的思维形式中存在着大量的拟人因素，拟人是幼儿认识客观事物的一种方式，也是和客观世界交流的一种方式。儿歌中大量地运用拟人手法，符合幼儿的审美趣味，也让幼儿更容易理解儿歌的内容。很多儿歌的题目就让我们看到了拟人的运用。如《太阳公公起得早》《我和月亮交朋友》《豆荚在讲话》《小白兔盖新房》《小老鼠送礼》《小猴拍皮球》《小猫照镜子》《小熊告状》《蜗牛看花》《泉水唱歌大山听》《月亮婆婆生日到》《雷娃娃和电娃娃》《风婆婆》《冬爷爷》《浪花娃娃》《柳树爷爷》《大山顶足球》等把动物、植物、大自然中的一切都拟人化了，形象生动，激发了幼儿的兴趣。拟人手法既迎合了幼儿的"泛灵论"思维方式，也发展了他们的形象思维，发展了他们的想象品质。传统童谣《小猫上炕捏饽饽》：羊、羊，/跳花墙，/花墙破，/驴推磨，/猪挑柴，/狗弄火，/小猫上炕捏饽饽。驴磨了面，猪担来了柴，狗点上了火，小猫在炕上做饽饽，好一幅温馨、和睦的家庭生活图景。既好似幼儿的过家家，又很像小朋友的爸爸妈妈在做饭。那跳墙玩的羊就是闻着饭香手舞足蹈的小朋友吧。李春晖的《小狗汪汪》，一只小狗，焦急地围着池塘叫，叫了一个晚上，原来呀，小狗以为那池塘里的月亮是天上掉下来的，这是一只多么善良的小狗呀。不过，小狗你抬头看看，月亮还在天上挂着呢。幼儿在唱诵这首儿歌的时候，不会笑话这只小狗，他们也会着急地想要去帮帮它的。郑春华的《睡午觉》，幼儿多半不愿意睡午觉，因为他们还没有玩够，他们不喜欢被迫躺在床上发呆。可是，要是小

① 金波. 名家精选儿歌大全[M]. 沈阳：辽宁少年儿童出版社，2014.
② 王玲. 童谣三百首[M]. 合肥：安徽少年儿童出版社，2015.
③ 尹世霖. 滋养童心的100首中国经典儿歌[M]. 乌鲁木齐：新疆青少年出版社，2013.

枕头和小花被都陪着他们一起睡午觉，那倒也是蛮有意思的。因为小枕头、小花被是他们的好朋友，和好朋友一起睡觉，可以在梦里一起玩儿。李秀英的《春雨》，春雨像一个勤劳美丽的小姑娘，她蹦着跳着来了，她兴奋地对小柳树说，小柳树，小柳树，你快站好，我给你洗个澡……春雨就像一个活泼可爱的小姑娘站在这首儿歌里。以后，小朋友会到大自然里去寻找春雨的身影，去看看洗过澡的小柳树。陈龙银的《伤心的水龙头》，没有关紧的水龙头里流出来的不是水，是水龙头伤心的眼泪。伤心的水龙头激发了幼儿的同情心，他们以后一定会小心地去关好水龙头，不让水龙头再流眼泪了。拟人让幼儿学会了去善待大自然中的一切。

(三)夸张

夸张可以突出事物的特点，让幼儿更容易辨识，夸张还能造成幽默感，激发幼儿兴趣，所以，儿歌中经常运用夸张手法。如对物体的形状夸张描写，不论是夸大还是夸小都能给幼儿带来惊喜，对色彩的夸张描写会让幼儿感到更新奇。还有对人物动作的夸张描写充满了幽默感，对"故事"结局的夸张会给幼儿带来震撼，使他们警醒。比如，前文提到的金波的《小黑黑》用夸张的手法突出表现了小黑黑不讲卫生的结果，张秋生的《半半歌》用夸张的手法描写了小朋友早晨的匆忙慌张，都让幼儿感到震惊，也营造了浓郁的幽默感。

夏放的《大南瓜》，能让小朋友捉迷藏玩的南瓜得多大的个呀，这种夸张的手法一下子就引起了幼儿的兴趣。幼儿一边唱着这首儿歌，一边就好像看到那个小房子一样大的南瓜就摆在他们面前，等着他们捉迷藏玩呢。李秀英的《大象》，大象把鼻子翘得高高的，想去够到月亮，一方面用夸张的手法突出了大象鼻子的长，另一方面，也写出了大象对月亮的好奇，小朋友多么希望大象真的能用它的鼻子够到月亮啊。葛冰《有个宝宝爱吃糖》对幼儿的警示作用很大。幼儿都喜欢吃糖，但是他们没有见过像这个宝宝这么爱吃糖的小朋友，整个儿掉到糖罐子里去了，而且把一罐子的糖都吃了，这也太让他们吃惊了。所以，当他们看到宝宝随心所欲地吃糖的结果，是变成了一个大胖子，而且牙齿都掉光了的时候，他们赶紧告诉自己，不能像阿宝那样多多地吃糖了。夸张的描写使幼儿震惊、警醒。王汶的《阿宝的耳朵》，洗脸的时候稀里糊涂、敷衍了事的幼儿太常见了，他们觉得那没啥。可是阿宝遇到了大问题，阿宝因为没有洗干净耳朵，耳朵里积满了泥土，种子在阿宝的耳朵里生根，长出了小草，惹得小牛追着阿宝要吃他耳朵里的草。小朋友真的替阿宝捏着一把汗呢。没洗干净的耳朵里能积满长出小草的泥土，这想象真奇特。正是这种夸张的描写，让小朋友记住了不洗干净耳朵的危害。

(四)摹状

儿歌经常会用摹状的手法去描绘事物的声音、色彩和形状，使形象更鲜明、生动，吸引幼儿的注意。而摹状的运用经常会出现叠音词，这样就增强了儿歌的韵律、节奏，增加了幼儿唱玩的兴趣。

《小鸭子》[①]：小鸭小鸭嘎嘎嘎，/扁扁嘴巴大脚丫。/扑通扑通跳下河，/游来游去乐呵呵。拟声词"嘎嘎嘎"和"扑通扑通"，让幼儿产生一种身临其境之感。他们听到了小鸭子的叫声和跳下河的声音，所以他们更真切地感受到了小鸭子们的快乐。这两组拟声词

---

① 胡媛媛. 儿歌三百首[M]. 武汉：长江出版社，2016.

增强了儿歌的节奏，幼儿诵唱起来跟小鸭子一样兴高采烈。赵家瑶的《伞》："雨儿雨儿在下，/滴答滴答滴答，/撑开伞儿一把，/我们钻到伞下。……"伞像一只大母鸡，躲在伞下的小朋友像一群鸡宝宝。这种样态描写非常逼真。"噼噼啪啪"的雨声和"嘻嘻哈哈"的笑声就像一首快乐的歌，营造出一派热热闹闹的欢乐气氛。"滴答滴答滴答"，为这首儿歌奠定了鲜明的节奏，"噼噼啪啪""嘻嘻哈哈"增强了它的节奏感。王玲的《小铃铛》："叮叮当，叮叮当，/我给小猫挂铃铛。……""叮叮当，叮叮当"好清脆的一串铃声响起，小猫挂着铃铛的样子就生动地出现了。而后面的"叮叮叮"描摹出小猫"轻轻走"的模样，"当当当"描摹出小猫"跳一跳"的模样，简直是活灵活现了。

第三节　儿歌教学案例和教学

一、教学案例

小鸭子.mp4　　小鸭子.pptx

案例一：小班语言活动课《小鸭子》

学习材料：儿歌《小鸭子》[①]小鸭小鸭嘎嘎嘎，/扁扁嘴巴大脚丫。/扑通扑通跳下河，/游来游去乐呵呵。

课程类型：语言活动课

教学对象：小班(3～4岁)

活动目标：

1. 念准儿歌词语，会模仿"跳""嘎嘎嘎""扑通扑通"等词语的动作及应用。

2. 体会小鸭的快乐。

3. 学习如何表达快乐的情感。

活动准备：幼儿认识小鸭子，知道小鸭子可以在水里游玩。

教具准备：小鸭头饰，小青蛙头饰，小鸭子跳进小河或水塘的影像，儿歌录音，为儿歌配乐的音乐，教学PPT。

活动过程：

一、导入

1. 谁来了？

老师戴着小鸭的头饰，模仿小鸭走路的模样，问小朋友：小朋友，你们看谁来了？

很多小朋友可以说出是小鸭子。

2. 小鸭子要到哪里去？

"小朋友，小鸭子要到哪里去呀？"幼儿可能回答回家等，然后老师告诉幼儿："小鸭子要去河里游泳。"

3. 小鸭子怎么叫？

多数小朋友知道小鸭子嘎嘎嘎叫。老师要引导幼儿念准"嘎嘎嘎"。

4. 小鸭子跳进水里是什么样的声音？

引导幼儿理解小鸭跳进水里的声音"扑通扑通"，给幼儿看"小鸭子跳进河里"的影

---

① 胡媛媛. 儿歌三百首[M]. 武汉：长江出版社，2016.

像，然后念准"扑通扑通"。

5. 老师朗读儿歌。

再放一遍"小鸭子跳进小河"的影像，老师朗读儿歌。

二、教儿歌

1. 跟着老师拍手听儿歌。

"小朋友，今天我们就来学习这首儿歌《小鸭子》，小朋友来一起跟着老师拍手。"

老师这一遍语速要慢一点儿，让幼儿跟上拍手的节奏。

2. 跟着老师唱诵儿歌。

"小朋友，现在跟着老师唱一遍，我们还是一边拍手一边唱。"老师要注意语速，照顾到动作慢的幼儿。

3. 这首儿歌讲了什么？

"小朋友，这首儿歌讲了什么？"PPT一句话一页展示内容，让幼儿讲出每一页内容。

"小鸭子玩得很高兴，所以我们在唱这首儿歌的时候也要高高兴兴的。"

4. 我们来听一遍。

播放儿歌录音。让幼儿感受儿歌的节奏。

5. 小朋友自己唱诵儿歌。

"现在，小朋友们自己唱一遍这首儿歌。"老师小声或者用口型提示幼儿。

三、语言训练

学习模仿"嘎嘎嘎"和"扑通扑通"。

1. 小青蛙也来了。

"小朋友，小青蛙看到小鸭子们玩得那么高兴，它们也来河里游泳了。"

2. 小青蛙怎么叫？

引导幼儿说出"呱呱呱"。

3. 小青蛙跳进小河是什么声音？

也是"扑通扑通"的声音。

4. 我们给小青蛙编一首儿歌吧。

主要是前两句："小青蛙呱呱呱""圆圆眼睛大肚子"。后两句跟原文是一样的。

四、结语

小朋友们，今天我们学习了儿歌《小鸭子》，我们还自己创作了一首儿歌《小青蛙》，回家把你们最喜欢的那一个唱给爸爸妈妈听。

案例二：中班语言活动课《春风》

学习材料：儿歌《春风》[①]：春风一到，/芽儿萌发了：/吹绿了柳树，/吹红了山茶，/吹来了燕子，/吹醒了青蛙，/吹得小雨轻轻地下，/孩子们河边去种瓜。

春风.mp4　　春风.ppt

课程类型：语言活动课

教学对象：中班(4～5岁)

活动目标：

---

① 尹世霖. 滋养童心的100首中国经典儿歌[M]. 乌鲁木齐：新疆青少年出版社，2013.

1. 念准儿歌词语，明白"吹绿""吹红""吹醒"的意思。

2. 体会春天五颜六色的景色带来的快乐。

3. 学习如何表达快乐的情感。

活动准备：幼儿知道一些春天带来的变化。

教具准备：柳树、山茶花、燕子、青蛙、快乐的小朋友们等图片；儿歌录音，为儿歌配乐的音乐，教学 PPT。

活动过程：

一、导入

1. 春天来了。

小朋友们，现在春天来了，大家看到外面都有什么变化了吗？

——小草长出来了，树绿了，小花开了，可以去公园玩了，可以划船了。

2. 是谁把春天送来的？

小朋友们，你们知道是谁把春天送来的吗？

——春风，春雨。

3. 我们来看看春风是怎样把春天送来的。老师朗读儿歌。

二、教儿歌

1. 我们看看儿歌里描述的春天的景色吧。

——出示图片。

2. 跟着老师的节奏一起唱儿歌。

——老师用自己节奏的变化的处理带动幼儿体会节奏。

3. 小朋友说一说：春风是怎样把春天送来的？

——春风一吹，柳树绿了，山茶花开了，燕子来了，青蛙醒了。

4. 春天里小朋友可以做些什么呢？

——儿歌里的小朋友去种瓜。我们可以给小树浇水，给小花浇水，看护好绿色的草地。

5. 小朋友唱诵儿歌。

——我们在音乐的伴奏下，大声唱诵这首儿歌，小朋友可以加上自己喜欢的动作。

三、语言训练

1. 语言接龙

——老师说"吹绿了""吹红了""吹来了""吹醒了"，小朋友们接"柳树""山茶""燕子""青蛙"。

2. 我来说

——小朋友仿造儿歌里的句子，说说春风带来的变化。

吹绿了杨树、吹绿了槐树，吹红了桃树、吹红了海棠树，吹来了小鸟、吹来了风筝，等等。

四、结语

小朋友们，今天我们学习了儿歌《春风》，我们还学会了好多描写春天的句子。大家回家把儿歌唱给家长们听，把你自己编的句子也说给家长听，他们一定非常高兴。

案例三：大班语言活动课《九九歌》

学习材料：儿歌《九九歌》[①]：一九、二九不出手，/三九、四九冰上走，/五九、六九，/隔河望柳，/七九河开，/八九雁来，/九九加一九，耕牛遍地走。

九九歌.mp4　　九九歌.ppt

课程类型：语言活动课

教学对象：大班(5～6岁)

活动目标：

1. 念准儿歌词语，分清"出""四""走"的平翘舌。

2. 理解儿歌中描绘的早春景象。

3. 喜欢时令儿歌。

活动准备：幼儿知道早春的景色特点。

教具准备：早春风景图片，儿歌录音，教学PPT。

活动过程：

一、导入

1. 冬天里最冷的日子。

小朋友知道冬天最冷的日子是在什么时候吗？

——元旦、过年的时候。

2. "九九歌"记录了最冷的时候。

——民间用"数九"的方式记录、描述最冷的时候和天气怎样一点一点地变暖和的。

从冬至(12月20号左右)起，每九天为"一九"，有"一九""二九""三九""四九""五九""六九""七九""八九"到"九九"，一共八十一天。最冷的时候是"三九"和"四九"，到"九九"(3月10号左右)，就比较暖和了，春天就快到了。

二、教儿歌

1. 听录音。

我们先来听一遍录音。

2. 读准字音。

注意"出"是翘舌音，"四"和"走"是平舌音。跟着老师读一下。

3. 讲内容。

小朋友和老师一起讲一下儿歌里的内容。

"一九、二九不出手"是什么意思？

——天冷，冻手。小朋友要戴手套的。

"三九、四九冰上走"是什么意思？

——天太冷了，河上的冰很厚了，好多人从冰上通过。

——小朋友要注意，很浅的小河可能冻住了，但是，有的河比较大，冰下面的水还在流动，在冰上行走是很危险的事。小朋友最好不要在冰上玩。

"五九、六九，隔河望柳"是什么意思？

——河边的柳树好像要绿的样子。天气暖和了，柳树要发芽了。

---

① 尹世霖. 滋养童心的100首中国经典儿歌[M]. 乌鲁木齐：新疆青少年出版社，2013.

"七九河开"是什么意思?

——河上的冰化了,天气更暖和了。

"八九雁来"是什么意思?

——南飞的大雁飞回来了。

"九九加一九,耕牛遍地走。"

——农民伯伯要种地了,用耕牛翻地呢。

4. 小结。

这首儿歌讲的是冬天从"一九"开始越来越冷,到"三九、四九"的时候最冷了,然后,天气一点一点地变暖和了,到九九的时候春天就快来了。

5. 唱儿歌。

我们一起来唱一遍,打着拍子唱。

三、总结

小朋友们,今天我们学会了《九九歌》,这是一首传统儿歌,在流传的时候,有一些"九九歌"里的句子跟我们今天学的不太一样,你们回去让家长把他们小时候学的"九九歌"唱给你们听,看看有没有不一样的地方。明天回来告诉老师。

二、教学分析

(一)儿歌教学的应用

儿歌是幼儿园语言活动课的一个重要内容,在语言活动课上,可以通过儿歌的学习对幼儿进行语言的学习和训练。儿歌还可以引进其他活动课,如健康活动课、社会活动课、艺术活动课、科学活动课等,都可以在导入环节或者其他环节插入一首儿歌,借助儿歌的生动有趣调动幼儿的学习兴趣,还可以通过儿歌来丰富教学内容。如健康课活动课,在教给幼儿日常卫生习惯时,可以把《讲卫生》[①]这首儿歌教给幼儿,"太阳眯眯笑/我们起得早,/手脸洗干净,/刷牙不忘掉。/饭前洗洗手,/饭后不乱跑,/清洁又卫生,/身体长得好。"活跃课堂气氛,调动幼儿的学习积极性,同时也帮助幼儿记住一些卫生习惯。如社会活动课,在教育幼儿要爱护环境的时候,这首《垃圾不乱丢》[②]能激发幼儿学习环保知识的兴趣:"有的圆,有的方,统统都叫垃圾箱。各类垃圾要分开,有害无害分别放。有的回收再利用,有的送到垃圾车。"如艺术活动课,在幼儿画完一幅图画之后,可以选一首动物儿歌或自然儿歌举例,让幼儿们模仿着给他们自己的作品创作一首儿歌。如幼儿可以模仿儿歌《小鸭》:[③]"小鸭鸭,嘎嘎嘎,黄毛毛,扁嘴巴。跳进水里会游泳,爱吃小鱼和小虾。"给他们画的小猫、小狗、小马、小牛、小鹿等配上一首小儿歌。幼儿可以模仿《夏天的荷塘》:"夏天到,荷花红,荷叶好像小凉亭。凉亭下,有阴凉,鱼儿在玩捉迷藏。"给他们画的春天、夏天、秋天、冬天等风景画,配上一首小儿歌。老师帮助孩子们把他们创作的小儿歌写到他们的作品上,孩子们一定更有成就感、更开心。

---

① 胡媛媛. 儿歌三百首[M]. 武汉:长江出版社,2016.

② 王玲. 童谣三百首[M]. 合肥:安徽少年儿童出版社,2015.

③ 海豚传媒. 儿歌300首[M]. 武汉:长江少年儿童出版社,2015.

(二)儿歌教学的重点

1. 语言学习

幼儿的语言是不规范的,尤其是初入园的小幼儿,他们的语汇积累比较少,字词发音不够准确,语言使用也不规范,儿歌给他们提供了一个非常快乐的学习语言的环境,他们在听赏和唱诵儿歌的时候,学习了正确的发音,积累了语汇,丰富了语言表达方式,使幼儿语言得到快速的发展,同时也促进了幼儿思维能力的发展。

鲁兵的《天上玩玩》[①]:"月亮圆圆,/像只小盘。……"这首儿歌虽短,但是语言训练很多,首先,可以教给幼儿"月亮""圆圆""弯弯""玩玩"的准确发音,因为鼻韵母的发音对幼儿来讲还是很难的,还有的幼儿平翘舌不分,需要注意"只""上"和"坐"的发音。其次,是"像××"的句式,这在幼儿生活中会经常用到。还有一些语言使用规律的渗透,如叠音词的用法。幼儿们喜欢、习惯用叠音词,他们经常在名词、动词的使用上也用叠音词,需要慢慢改正,学会名词和动词的正确用法。

2. 情感教育

听赏、诵唱儿歌是幼儿情感上的需要,也可以培养、发展他们的情感。他们可以在听赏儿歌中感受到爱和关怀,在诵唱中学会情感的抒发和表达。幼儿从小就被温暖的爱包围着,儿歌把他们体验过感受到的爱和关怀更为集中地表现出来,让他们理解得更深刻。儿歌还教给他们去关心其他人、事、物,学会向他人表达自己的情感,这样使他们的情感发展更全面、更健康。

邵雯可的《小蜗牛》描述了一个不辞辛苦努力向前的小蜗牛,它背着重重的小房子,跋山涉水,去天边看彩霞。引导幼儿去关注他们熟悉的小蜗牛,小蜗牛有它们自己的内心世界,小蜗牛也有它们自己的思想和情感。小蜗牛的远大理想和坚强的努力,让幼儿了解了一种崇高的情感和信念。

3. 发展思维

儿歌为幼儿打开了一个了解世界的窗口,开拓了他们的视野,他们在这里接受了很多新鲜事物和事理。在事物与事物的关系中,在事理的辨析中,促进了幼儿的思维发展。

谢采筏的《黄鼠狼拜年》形象地描述了那句俗语"黄鼠狼给鸡拜年没安好心"。这个黄鼠狼让幼儿看到了一个不安好心的拜年,它不像人家拜年拿着礼物,而是带着尖利的牙齿和尖锐的利爪,它不是真的要给鸡拜年,而是要吃了公鸡和母鸡。幼儿在这个故事里明白了一个道理:判断一个人想做好事还是坏事,不仅要看他怎么说,还要看他怎么做。他们学会了观察、推理。

(三)儿歌教学的难点

儿歌教学的难点在语言上,主要是动词、形容词的用法,形容词要恰当,动词与其他词语的搭配,这些不能抽象地去讲,让幼儿在实际中通过积累慢慢养成习惯。在情感教育上,主要是让幼儿学会去体会、感受儿歌中的情感,可以设计一些情景带入,还可以设计

---

① 圣野. 新编儿歌 365[M]. 杭州:浙江少年儿童出版社,2013.

一些游戏，让幼儿身临其境地去体会。在思维培养上，对儿歌所包含的事理的理解和认识要有一个过程，应该注意度的把握和循序渐进。

■ 三、教学建议

(一)从节奏韵律入手

节奏韵律是儿歌对幼儿最具吸引力的地方，也是幼儿记忆儿歌的最佳途径。幼儿记忆儿歌主要靠机械记忆，年龄越小这个特点越明显。而喜欢节奏，对韵律敏感是幼儿的天性。儿歌鲜明的节奏韵律给幼儿带来了极大的乐趣，所以，他们喜欢亲近儿歌。对于既不识字理解能力又有限的幼儿来说，靠节奏感韵律去记忆儿歌是一个捷径。所以，学习一首儿歌，首先，要让幼儿熟悉它的节奏韵律。可以通过打拍子的办法让他们把握儿歌的节奏，通过加重语气读出押韵的字，让幼儿捕捉到韵律。"月亮/圆圆，//像只/小盘。"这首《天上玩玩》每句话是两拍，两拍的节奏比较短促、利落。句末基本押"an"韵，尤其是"圆"和"船"，"弯"和"玩"的押韵要突出朗读出来。"小蜗/牛，/把房/背，//一二/一二/往前/爬。"这首《小蜗牛》每句话是四拍，四拍的节奏显得更鲜明、流畅，它没有严格的押韵，韵律感是靠"一二""一二"的重复，还有"山高"和"路远"，"天边"和"彩霞"两组对仗鲜明的词语实现的，朗读的时候要读出这种句式的韵律。"黄鼠/狼/，黄鼠/狼，//寒冬/腊月/拜年/忙。"这首《黄鼠狼拜年》每句话也是四拍，韵律是靠两句为一组的内容和句式的对应产生的。

(二)重点词语的认知

认识、理解儿歌中的重点词语，是理解儿歌内容的基础，也可以帮助幼儿积累语汇，学习一些语言的正确用法。《大小多少》[①]："一只老虎一只猫，/一个大，一个小。/一群大雁一只鸟，/一边多，一边少。……"这首儿歌就是要让幼儿理解认识"大"和"小"，"多"和"少"。重点词语除了这四个，还有"一群"和"一只"。认识、理解了这些词语，这首儿歌的内容幼儿就基本理解了。

(三)主要内容的理解

儿歌教学的主要目标还是要通过对内容的理解去实现对幼儿的思想及情感教育。在认识、理解了重点词语的基础上，调动一切手段让幼儿去理解儿歌的内容，进一步理解其蕴含的思想情感。《鱼儿水里游》[②]：一条小鱼水里游，/孤孤单单在发愁。/两条小鱼水里游，/摆摆尾巴点点头。/三条小鱼水里游，/快快乐乐笑开口。/许多小鱼水里游，/大家都是好朋友。这首儿歌就是通过让幼儿体会到鱼儿的孤单、快乐，来理解生活中没有好朋友，没有小朋友们的陪伴是孤独的、不快乐的，让幼儿注意要好好地与他人相处，才能获得快乐。

(四)体会诵唱的乐趣

在儿歌教学的整个过程中，都应该贯穿对儿歌的听赏和诵唱。尤其是当他们基本理解

---

① 胡媛媛. 儿歌三百首[M]. 武汉：长江出版社，2016.
② 胡媛媛. 儿歌三百首[M]. 武汉：长江出版社，2016.

了儿歌的内容和情感之后，让幼儿多诵唱，通过诵唱加深理解，更要通过诵唱让幼儿充分感受到儿歌带给他们的快乐，让他们以后更加亲近儿歌，获得更多的儿歌教育。

(五)自由模仿的表达

幼儿学习的特点就是即学即用，指导应用是幼儿学习的一个重要步骤。尤其是语言学习，就是要让幼儿通过自由的模仿去学会语言应用，学会主动表达。学习《天上玩玩》，他们可以模仿"坐上小船，天上玩玩"，学习《大小多少》可以模仿"一只老虎一只猫"和"一群大雁一只鸟"造句，学习《鱼儿水里游》，可以模仿"许多小鱼水里游，大家都是好朋友"造句。

本章小结

儿歌是供幼儿听赏诵唱的。传统童谣和创作儿歌产生于不同的时代，但都深受幼儿喜爱。儿歌具有节奏鲜明、朗朗上口、语言浅显、明白易懂、内容单纯、容易理解、活泼有趣、可供娱乐等特点。儿歌内容丰富、主题鲜明，包括生活教育、知识传授、愉悦童心等。儿歌艺术形式多样，包括摇篮曲、游戏歌、数数歌、谜语歌、问答调、连锁调、绕口令、颠倒歌、字头歌等。儿歌表现手法灵活，有比喻、拟人、夸张、摹状等。

儿歌在幼儿园活动中应用广泛，如语言活动课、社会活动课、艺术活动课、科学活动课等。幼儿园儿歌学习重点包括语言学习、情感教育、发展思维。

幼儿园儿歌教学建议：从节奏韵律入手，重点词语的认知，主要内容的理解，体会诵唱的乐趣，自由模仿的表达。

思考题

1. 举例说明儿歌的特点。
2. 赏析一首儿歌。
3. 收集 10 首儿歌。
4. 创作一首儿歌。
5. 编写一个儿歌教案。

第三章 幼 儿 诗

学习目标

- ➤ 掌握幼儿诗的概念，了解幼儿诗与儿歌的异同。
- ➤ 了解幼儿诗的艺术形式和表现手法。
- ➤ 了解幼儿园活动中幼儿诗的应用。
- ➤ 了解幼儿诗教学的基本内容和过程。
- ➤ 理解幼儿诗的特征。
- ➤ 理解幼儿诗欣赏的意义。

重点与难点

- ➤ 幼儿诗的特征。
- ➤ 幼儿诗欣赏意义。
- ➤ 幼儿诗的艺术形式和表现手法。
- ➤ 幼儿园活动中幼儿诗的应用。
- ➤ 幼儿诗教学基本内容和过程。

第一节 幼儿诗概述

一、幼儿诗的概念

幼儿诗是适合幼儿听赏、诵读的自由体短诗。幼儿诗是儿童诗的一部分。读者对象是3～6岁的幼儿。

诗是一种表达主观情感的语言艺术。南宋严羽《沧浪诗话》云："诗者，吟咏性情也。"诗以抒情的方式，高度凝练地、集中地反映社会生活，用丰富的想象、富有节奏感、韵律美的语言和分行排列的形式来抒发思想感情。幼儿诗表现的是幼儿的生活和感受，充满着童真童趣，意境优美清新，适合幼儿的理解水平、接受能力和审美心理。

二、幼儿诗与儿歌

中国古诗中，有一些适合幼儿吟诵的，如孟浩然的《春晓》、李白的《静夜思》、李绅的《悯农》等，但因其不是为儿童而做，童心童趣表现得较少。一些神童创作的诗，多数是少年老成的心态和情感。唐代诗人骆宾王七岁时写的《咏鹅》，具有童趣美，是中国古诗中的童诗代表。

"五四"新文化运动之后，我国出现了现代意义上的儿童诗。胡适、叶圣陶、郑振铎、俞平伯、刘半农、汪静之等都创作过优秀的儿童诗。汪静之《我们想》，诗中充满儿童式的想象，活泼有趣，孩子们要生出翅膀飞到天上做游戏，把白云当船划，把月亮当球抛，把天空当成赛跑的操场，符合儿童的审美趣味，也抒发了儿童向往高远的情怀。周作人的《儿歌》[①]：小孩儿，你为什么哭？/你要泥人儿么？/你要布老虎么？/也不要泥人儿，/也不要布老虎。/对面杨柳树上的三只黑老鸹，/哇儿哇儿的飞去了。从儿童视角出发，真实细腻地描写出他们的情感世界，小朋友为失去他的玩伴而伤心。此后一百多年的发展过程中，尤其是 20 世纪 50 年代、80 年代和 21 世纪儿童诗创作取得了很大的成就，涌现出很多优秀的儿童诗作家，创作了大量的儿童诗，其中有很多优秀的适合幼儿的幼儿诗。

幼儿诗与儿歌都属于诗歌艺术，也有交叉的情况，但二者还是有一定区别的。首先，节奏韵律的区别。儿歌格式比较严整，押韵比较严格，所以，节奏、韵律更强。幼儿诗格式相对自由，押韵也比较灵活，所以，节奏韵律相对儿歌要弱一些。其次，内容表现的区别。儿歌更多的是取材于幼儿的日常所见，内容较为简单。幼儿诗的题材更广阔一些，内容相对丰富一些。再次，语言表达的区别。儿歌更多地使用口语，表达比较直白。幼儿诗使用一些书面语，表达比较含蓄。最后，日常应用的区别。儿歌是供幼儿唱玩的，游戏性更强。幼儿诗是供幼儿品味的，美感培养作用更大。

王艳萍的《萤火虫》[②]：夏夜爽，风儿静，/天上星星眨眼睛。/萤火虫，亮晶晶，/照得草丛点点明。鲁守华的《萤火虫》[③]：夜幕下/萤火虫一闪一闪/打着小手电/帮助小精灵们/在捉蛐蛐。这两篇作品都是描写萤火虫的，篇幅、字数都差不多。从节奏韵律上来看，第一首，格式整齐，三言、七言交替出现，节奏分明。押韵也比较严整，每一句末尾都压在"ing"韵上，前三句还是同声同韵，韵律感很强。第二首，句式长短不一，首尾两句没有押韵，中间三句末尾压在鼻韵母"an""ian""en"上，节奏韵律随情感表达而律动。从内容表现上来看，第一首，主要是讲萤火虫具有发光的特点。第二首，不仅细腻地描绘出萤火虫发光的模样，还把萤火虫描写成帮他人做好事的好孩子，这样萤火虫的发光就不只是一种自然现象了，它被赋予了社会意义，在内容的表现上要深广一些。第一首儿歌，幼儿在唱玩的时候获得了知识和快乐。第二首幼儿诗，幼儿在吟诵的时候，进入一种优美的意境，去感受萤火虫的快乐。

三、幼儿诗的特征

(一)抒发童真

抒情性是诗区别于其他文学样式的基本特征，幼儿诗也是以抒情的方式表达对生活的理解和感受，幼儿诗抒发的是童稚真情。有的是诗人观察幼儿生活、感受幼儿的情感所得。有的是诗人以幼儿的视角观察生活，以童稚的心灵感受生活所得。所以，幼儿诗所抒发的情感是幼儿体验过的或者是能感受到的。

---

① 王晓玉，王建华. 中外儿童文学作品选读[M]. 北京：中国人民公安大学出版社，1989.

② 王玲. 童谣三百首[M]. 合肥：安徽少年儿童出版社，2015.

③ 樊发稼，少军. 中国儿童文学新经典·诗歌卷[M]. 济南：山东教育出版社，2016.

1. 幼儿经常作为抒情主体出现

幼儿诗主要表达的是幼儿的情感，所以，多数情况下，幼儿诗的作者让幼儿做抒情主人公，直接表达幼儿的感受和愿望。

张春明的《我想……》，道出了孩子的心声。小朋友就是这样的呀，他们想和小象、小猴、小鹿等所有的小动物们成为好朋友。如果他们能有一个小象的长鼻子，小猴的长尾巴，小鹿的长犄角，那么他们在一起一定玩得快快乐乐、开开心心。跟小象用长鼻子握手，跟小猴用长尾巴拉钩，跟小鹿用犄角顶牛，那该多带劲儿。小孩子的愿望就这么简单、这么单纯。这位小朋友大声地把他的愿望说了出来。傅天琳的《星期天山就长高了》，抒发了一个小小孩儿的愿望，她想要爬山，她想要自己爬山。她等啊等，等到星期天，星期天山就长高了。小小孩儿爬上了山顶，比山还高了，她高兴极了！她想爬山的渴望有多么强烈啊，在"还没有山的时候"就喜欢山，就想爬山。而山是因为她要来爬才长高的，一直长到星期天才长高。多么有趣的孩子式童真的思维啊。

玛·霍夫曼的《生病的日子》[1]："当我生病躺在床上的日子，/妈妈变得那么和蔼；/她喂我一碗鸡汤，/又是姜汁饮料还带着冰块。……"这个正在生病的小朋友有喜有忧，因为生病，妈妈变得非常和蔼，端来那么多好吃的，又是鸡汤，又是饮料，还有奶油面包。妈妈还耐心地坐在床头给他读他最喜欢的书，那个平时一脸严肃、忙忙碌碌的妈妈不见了，真好！久违了，这般的宠溺和关怀。可是，生病还是挺难受的，尽管诗里没有写出来，可是，所有的小朋友都知道。他们也跟诗里的小朋友一样渴望平时不生病的日子里，妈妈也能这样，该有多好，那才是十全十美呢。

托克玛科娃的《那个红领扣》[2]："那个红领扣我没拿就没拿，/你们没完没了来问我干吗！……"这首诗中的每一句话都让读者感受到了抒情主人公的愤怒，这位小朋友的肺都要气炸了。他没拿那个红领扣啊，怎么就是没人相信他的话呢。他宁可在这个屋角旮旯站上一个钟头、两个钟头、五个钟头，哪怕是站上一天、两天、五天，他也决不低头，没拿就是没拿！是啊，生活中，幼儿也难免有被误会的时候，这时候，他们多希望有人能听听他们的辩解，相信他们的话。可是，很多误会没有机会澄清，他们的郁闷和愤慨也需要宣泄。

2. 幼儿的"代言人"做抒情主体

幼儿的世界里，花鸟鱼虫、日月星辰，世间的万物都是他们的好朋友，也都跟他们心心相印。所以，一只麻雀、一朵小花、一阵风、一滴雨，都可以成为他们的抒情"代言人"。

薛涛的《明天会下雪吗》[3]：

獾说
明天会下雪的
预备好一双皮靴吧
第二天阳光照耀田野

---

[1] 韦苇，谭旭东. 世界金典儿童诗集·外国卷[M]. 福州：福建少年儿童出版社，2011.

[2] 韦苇，谭旭东. 世界经典儿童诗集·外国卷[M]. 福州：福建少年儿童出版社，2011.

[3] 樊发稼，少军. 中国儿童文学新经典·诗歌卷[M]. 济南：山东教育出版社，2016.

小猪买好了皮靴

田鼠说
明天会下雪的
越冬的棉衣服做好了吗
第二天阳光照耀田野
小猪找出了棉衣

明天会下雪的
田野里的人们都这样说
可是雪还是没有下来

冬天
总是要下雪的
准备好皮靴
准备好棉衣
准备好了雪就下来了

雪不来
是怕大家没有准备好

　　看小猪多么热切地盼着下雪啊。为了迎接雪的到来，它买好了皮靴，找出了棉衣。可是，雪还是没有下来。嗯，它真等得有些着急了呢。不仅是小猪盼着下雪，獾和田鼠，还有田野里的人，他们都盼着下雪呢。其实，藏在他们背后的，是最盼望下雪的小朋友们，他们天天在问——"明天会下雪吗？"他们早就准备好了，就等着雪的到来啦！

　　郭风的散文诗《童话》，描绘了倔强的小野菊和活泼的蒲公英的形象，小野菊要长成一把漂亮的遮阳伞，蒲公英要长成奔向远方的旅行家。蒲公英觉得小野菊这样待在一个地方不如像她那样到广阔的世界去见见世面。可是，小野菊认真地说："那真的很好，/可是，我不要像你！"小野菊坚定地选择了她美好的未来，她要打扮得漂漂亮亮的，用她的美丽装点花园，和勤劳的蜜蜂交朋友。尽管她知道蒲公英去看外面的世界很了不起，但是，这些动摇不了她，她就是要做她自己。多有主见的小野菊啊，这就是小朋友的心声。小蒲公英也道出了另一部分孩子的心声，他们选择了去远方。

　　3. 抒情主人公是"童心未泯"的成人

　　作家们经常流连、沉浸在童心世界，他们已经习惯用儿童的视角去观察世界，用童稚的心灵去感受生活了。有时，他们不想完全转换角色，他们就以童心未泯的成人情怀与幼儿进行坦诚的交流，尽管诗中隐含着一丝成人的情感体验，但是，幼儿在诗中看到是"童心未泯"的成人，他们能理解、接受诗中流淌着的那种染上了童真童趣的思想和感情。

　　张秋生的《爱读诗的鱼儿》，独具慧眼，看懂了只有孩子们才能看懂的鱼儿的活动。池塘里的鱼儿像平常一样在花间叶下嬉戏玩耍，诗人却发现了它们的不同。原来，这些鱼儿是在读诗，在作诗。是啊，落叶、花瓣和水草，是大自然写就的最美的诗，鱼儿一首一首地读着，被陶醉了，不由地也写了一首："他们吐出的/一串串泡泡/也成了一行行/美丽的诗……"诗人以他美好的情怀把落叶、花瓣、水草和鱼儿吐出的泡泡想象成诗，借由这些把幼儿引领到一个优美的意境，以后，他们会更用心地去看，去体会大自然的美好。鱼儿吐出的泡泡就是成人进入幼儿世界的密码。

(二)充满童趣

幼儿诗描写的是幼儿的行为和情思，充满着活泼、童稚的幼儿情趣。

1. 幼儿生活剪影

截取幼儿生活中的任何一个片段，都是一幅生动、活泼的图景。米尔恩的《坐椅子》，细致入微地描绘了孩子们在椅子上玩的游戏。如果有一位家长看到一位小朋友在屋子里的几把椅子间穿梭，一会儿坐坐这个，一会儿坐坐那个，会怎么想？是视而不见，还是嫌孩子太折腾、太淘气？有谁能像米尔恩那样洞察孩子游戏中的思想：当这个孩子坐上第一把椅子，他就成了船长，可以乘风破浪追击海盗；当这个孩子坐上第二把椅子，他就成了飞行员，可以飞向月亮；当这个孩子坐上第三把椅子，他就成了老虎，可以对着姐姐大声怪叫；当这个孩子想变回妈妈的小男孩，乖乖地坐到桌边吃饭，他就得坐上第四把椅子。看，这个小朋友玩得多投入、多开心。椅子成了他进入游戏的最好道具，因为他的椅子是有魔力的。第一把椅子是他的轮船，第二把椅子是他的飞机，第三把椅子可以把他变成大老虎。最有趣的是，他还有一个普通的椅子，留着给他想变回普通的小孩的时候用。小朋友的游戏就是这么简单、有趣。董恒波的《蚂蚁搬家》描绘了一个小朋友为大雨前匆匆忙忙搬家的小蚂蚁而着急的情景。这个小朋友还突发奇想要把自己的玩具车借给小蚂蚁。小朋友蹲在地上看蚂蚁，这是生活里最常见的情景。看蚂蚁搬家都能着急成这样，这也是孩子才关心的事。想把自己的玩具车借给蚂蚁用，这也是孩子才能想出的办法。借了也白借，因为蚂蚁家族里没有会开车的司机，这也是孩子才能发现的问题。傅天琳的《元元画画》生动地描绘出一个孩子画画的场景。每一位小朋友都是天才小画家。看元元，她是怎样画画的？她的手指头放到纸上描一描，大树的树干就画好了，再给树干添上几片叶子几朵花，大树就画完了。咦，她又把彩笔帽放在树干上描一描，这棵大树就长了一个笑脸，然后，她把彩笔扭一扭，弯弯的小路也画好了。手指头、彩笔帽都成了她画画的工具，你看她有多聪明。

2. 童稚思维描述

幼儿最大的特点，也是最富有趣味的，就是他们的童稚思维。幼儿用他们幼稚的思想去看待世间万物，从而具有了一种朴素的幽默美。李德民的《吓了一跳》写得童趣盎然。一位小朋友在割草的时候，被一只突然蹦出的青蛙吓了一跳，"吓了一跳"的小朋友的心还在怦怦地跳，可是，他发现吓了他一跳的小青蛙，好像也被他吓了一跳，慌慌张张地跑了。噢，原来是这样啊。于是，他想跟小青蛙商量好，下次再遇见先打个招呼，这样就谁也吓不着谁了。这就是童心童趣，美好的诗意就产生于童趣之中。

王立春的《梦的门》①：

夜来了
孩子放下游戏
急忙到梦里去

沿着地板大街
穿过床上马路
拐出暖呼呼的被子胡同
走进软绵绵的睡袍巷子
在枕头小道的尽头
挂着梦帘
掀开梦帘
就找到一扇梦的门
梦的门小小的
只有眼皮那么小
梦在眼皮后面
梦在沉沉的眼皮后面
梦在"啪嗒"一下关上的眼皮后面。

做梦是小朋友睡觉时唯一能做的游戏，而且，这个游戏又非常奇妙、有趣。所以，小朋友非常喜欢梦。可是，梦躲在哪里了？怎么才能找到它呢？诗人亲切、细腻地描绘出小朋友找梦的故事。他们急急忙忙地放下正在玩着的游戏，穿大街过小巷，耐心地一路寻找。哦，梦就在"眼皮"后面躲着呢，得把"眼皮"关上才能看见。这个寻梦的故事好玩吧！小朋友的故事都是这么好玩的。

刘上丽的《世上的孩子有多少》真的是深入孩子心底之作，它认认真真地讲出了一个大道理。小孩子就爱探讨大问题，世上的孩子有多少，你知道吗？你以为他们不知道？他们知道的！他们知道"假如"世上的孩子"一块叫""一块笑""一块哭"，那威力是无比巨大的，他们的叫声能吓跑雷公，他们的笑声能震倒群山，他们的眼泪能淹没高山。看，多棒！这就是孩子的智慧、孩子的逻辑，谁又能说不对呢？袁秀兰的《春天的门缝里》用游戏的形式解读了春天。就像是在玩一个藏猫猫的游戏一样，春天的大门被藏在门后的小草芽儿、小树芽儿、花苞苞里，因为它们看到小鸟飞来了，听见了小鸟唱的春天的歌儿。于是，小草芽儿先从门缝里探出了头，小树芽儿从门缝里伸出了手，花苞苞露出了它的脸。它们就是这样推开了春天的门。按照孩子们的思维逻辑，你能找到世界上所有事物的谜底和答案。

(三)天真的想象

诗离不开想象，幼儿诗的想象简单又奇妙，具有夸张性和稚拙感。它们或者是从幼儿

---

① 孙建江，张洁. 2012 中国儿童文学精选[M]. 武汉：长江文艺出版社，2013.

的思想中来，或者是能被幼儿理解的成人的想象，写进幼儿诗里的成人的想象一定也是天真的，就好像每一个诗人的心里都住着一个天真、活泼的小孩。

林焕彰的《蝉》，是一幅幼儿的画笔描绘出的图景。因为有成群的蝉儿在树上唱歌，所以，"一到了夏天，/树都变成了/会唱歌的伞。"这么奇特的想象源于童心，夏天，让成人感到烦躁的蝉鸣，在孩子们眼睛里是蝉儿唱给夏天的赞歌。一树一树的蝉鸣，在小孩子的眼睛里，那郁郁葱葱的树都变成了会唱歌的伞。多么天真的、有趣的想象啊！这样对蝉的赞美就显得新颖别致了。常福生的《风筝》是用幼儿的眼睛观察大自然的结果。把巨大的太阳和月亮想象成风筝，只有天真的孩子才能做到。可不是么，太阳和月亮每天规规矩矩地由东向西慢慢地飞行，就跟被孩子们抓牢的风筝一样，那金色的阳光和银色的月光就是神奇的风筝线。李昆纯的《冬爷爷捏红了弟弟的鼻子》，是按照幼儿的心理讲出来的故事，风雪中，一只只饥饿的小鸟在叫，小弟弟没有给小鸟们拿来食物，却偷偷地举起弹弓要射击小鸟，被冬爷爷发现了，冬爷爷生气了，捏红了弟弟的鼻子。做了坏事当然要受到惩罚，这一点儿也不奇怪。阿妙的《这样也不错》真的探到了孩子的心思，妈妈用不喜欢洗耳朵的小朋友耳朵里会长出胡萝卜来吓唬小朋友，那是打错了主意，因为要真的能那样，小朋友是非常乐意的，如果能因此变成一只兔子，那就更好了。幼儿有幼儿的思维逻辑，妈妈不是说，不喜欢洗耳朵的小朋友的耳朵里，会长出胡萝卜吗？耳朵能长出胡萝卜，那当然也可能变成一只爱吃胡萝卜的小兔子了！这想象的演绎顺理成章，趣味盎然，又蕴含着满满的快乐。

(四)浅近的语言

诗的语言贵在凝练、含蓄。幼儿生活阅历有限，语汇积累不足，所以，幼儿诗要尽量选用接近幼儿日常生活的浅显的语言，然后赋予这些平常的语言不一样的表现力，营造出优美的诗意。其实，这是一件很难的事，但也是幼儿诗最迷人的地方。

圣野的《送颜色》只用浅近的幼儿口语就写出了一首美妙的诗。"送"字，是幼儿生活里经常接触到的一个简单的动词。放在这首诗里，就使得整首诗活跃起来，并富有一种特殊的诗意。太阳、小草、柏油马路和白云都是犁犁的好朋友，犁犁把红色送给了太阳，把绿色送给了小草，把黄色送给了泥土，把黑色送给了柏油马路，把白色送给了白云，这幅画马上就生动起来了。而且，这个"送"字又为后面小雨点来要颜色埋下了伏笔，情节片段的描写使得这首诗更加生动、活泼。一个简单的动词就把这首诗送进了如童话般美丽的诗的意境。李德民的《床单》更是把幼儿熟悉的日常生活用品写进了诗。床单是孩子们熟悉的事物，全诗的语言都来自于幼儿的日常生活，但是，这首诗却具有惊人的美。床单是"铺在床上的春天"，这奇异的想象让诗里的每一个普通的字眼都变得不普通了。小朋友睡在"床上的春天"里，感到很温暖，梦也变成了来"床上的春天"里玩耍的蝴蝶来和小朋友做伴，小朋友还被"床上的春天"里的小草挠了脚心乐醒了。奇异的想象给这些浅显的语言洒上了诗的光辉。

(五)自然的韵律

幼儿诗的韵律节奏非常自然，它不像儿歌那样为了琅琅上口而句式严整、讲究押韵，它的节奏和韵律跟随情感的起伏和语言的变化形成了一种自然的节奏韵律。

1. 随情感的律动产生节奏

幼儿诗是自由体诗，句式比较自由，每一句的字数有多有少，押韵也比较自由，节奏感和韵律感内化为情感的律动，诵读时随着内容的变化和情感的起伏形成一种自然的韵律。斯蒂文森的《我的影子》："我有个小小的影子，进进出出跟着我，/我可不知道他到底有什么用场。/他呀，从头到脚都非常非常地像我；/我跳上床去，倒看见他比我先蹦上床。……"这首诗描写了一个小朋友对自己的影子的认识和情感，有好奇，有发现，有判断，有评价，有调侃，也有无奈。每一节都有一个清晰的情感起伏，语言节奏有舒有缓。生动的描绘，好似一对小朋友间的游戏，表现出孩子的天真、活泼。

2. 通过一些表现手法产生韵律

如反复的手法，如对应的句式，如叠音词等的运用，还有特殊的书写形式，也可以产生节奏感。叶圣陶的《风》这首诗采用了反复的手法，使它产生了回环往复的韵律感。谁也没有见过风，但是人人都知道风在哪里。因为"树叶颤动的时候，/我们知道风在那儿了""林木点头的时候，/我们知道风正走过了""河水起波的时候，/我们知道风来游戏了"每一小节只变换了几个字，但风的形象就栩栩如生了，对风的惊奇、喜爱之情也跃然纸上了。林焕彰的《小猫走路没有声音》这首诗非常符合幼儿的认知习惯和审美心理。内容上，它先写出了一个现象，"小猫走路没有声音"，引发了幼儿的好奇心，然后，遵循了幼儿的思维习惯，一点一点地探索为什么"小猫走路没有声音"。因为，"小猫知道它的鞋子是/妈妈用最好的皮做的，/小猫爱惜它的鞋子，/小猫走路就轻轻地轻轻地/没有声音。"形式上，它既迎合了幼儿喜爱重复的习惯，再加上一点点地增加、递进，也满足了幼儿的新奇感和好奇心。韵律也在延展中出现。任溶溶的《我给小鸡起名字》在书写形式上运用了新颖的"楼梯"形式把内在的韵律显现出来，这是一种"看得见"的节奏和韵律，更增加了这首诗的游戏性。

第二节　幼儿诗欣赏

一、幼儿欣赏的意义

(一)品味童真

幼儿身处童真世界，他们知道自己的世界有多美吗？他们一定知道一些，因为他们能感受到，所有进入他们世界里的成人，一下子都变得非常快乐了。但是，幼儿年纪尚小，他们还不知道他们的世界美得令人心醉，美得令人流连忘返。幼儿诗细腻地描绘、真实地再现了这个童真世界的美好，幼儿们在诗中去感受他们体验过的或者还没来得及体验的这些美好，去品味这些美好，会更加快乐、幸福。幼儿的世界真的是与众不同。

1. 纯真美

幼儿诗充满了幼儿纯真的情感，每一首诗就像展开的童心，清澈透明，真切感人。李珊珊的《一片叶子》^①：一片叶子/停在路边的椅子上休息/请你/轻轻地坐下/不要打扰它//一片飘落在椅子上的落叶，都能引起小朋友的关心和同情，他们的心灵是多么纯真、多么美好啊！在小朋友的世界里，这片叶子和他们一样，玩累了，要好好地休息一下。小朋友提醒要坐下来的人，要轻轻地坐下，不要打扰了这片叶子。

张晓楠的《怎样的事情发生》，从幼儿纯真的视角写出一个充满趣味的故事。一只馋嘴的小耗子跳进米缸里会有怎样的事情发生？小朋友乐滋滋地想到小耗子滑稽有趣的模样：如果是一缸米，小耗子还没来得及高兴，就被米埋住吧，半天也爬不出来。如果是半缸米，小耗子乐得张大了嘴巴吃个饱，还装满了它的小口袋。如果一点儿米也没有，小耗子一定很失望，它沮丧得都没劲儿爬出缸来了吧。不管咋样，不能把小猫咪也放进米缸里，那样小耗子不但吃不到米，就连性命也不保了。在幼儿的纯真世界里，小耗子也是可爱的，是应该保护的。

2. 稚拙美

幼儿诗描摹了幼儿稚拙的样态，每一首幼儿诗就像一幅生动的幼儿图景。陈官煊的《玉米爷爷》描绘出一个让小孩子困惑的问题，玉米爷爷到底老了还是没老？小朋友判断的依据是生活教给他们的经验，但是，这经验在他们的世界里就显得稚拙有趣了。这首童诗的意趣就在这里，孩子们自己也没弄明白玉米爷爷到底是老了还是没老。说他不老，他胡须都长那么长了，老寿星才长那么长的胡子呢；说他老了，可是他的牙齿一颗都没掉。瞧他们那一本正经的样子，那里面包含的是对玉米爷爷浓浓的爱。

李珊珊的《坏人》描绘出一个充满好奇，勤于思考，又稚嫩可爱的幼儿形象。这个小朋友跟妈妈一起上街，妈妈嘱咐她一定要跟紧妈妈，因为街上有坏人。小朋友一边跟着妈妈走，一边在观察在思考，在询问，哪个人是坏人呢。小朋友见着一个问一回，结果，扫地的人、牵小狗的人、卖水果的人、修路灯的人、抽烟的人、玩手机的人，都不是坏人。那么，小朋友就疑惑了，"坏人在哪里呢？"是啊，这个人不是坏人，那个人也不是坏人，那坏人在哪儿？妈妈该不是在骗人吧？一个稚拙的幼儿形象被生动地描绘出来。我们好像都能听到，小朋友以为自己是很小声的，但是已经让所有人都听得见的问话。

圣野的《画》描绘了一位认真画画的小朋友。小妹妹在画画，看得仔细，画得认真。于是，她画出了两个不一样的太阳，一个圆圆的太阳，一个长长的太阳。圆圆的太阳是照着天上的太阳画的，长长的太阳是照着水上的太阳画的。水上的太阳为什么是长的呢？小妹妹的判断依据是，太阳到水里洗澡，就把自己变成长长的一条了。多么天真可爱的小妹妹，她对客观事物的观察和解释有她的逻辑。

(二)感受世界

幼儿总要长大，他们也渴望长大。外面的世界丰富多彩，对他们有巨大的吸引力。可是，他们的经历有限，阅历不足，需要去了解更多更多。幼儿诗用诗人的热情、诗人的感悟为幼儿掀开外面世界的一角，让幼儿自然地、欣喜地去观察自然、社会中的种种，慢慢地勇敢地迈出他们的脚步。

雨兰的《一只袋鼠走在春天里》描绘了一幅美丽、温馨而又富有诗意的画面。一只袋

---

① 高洪波，方卫平. 2013 中国年度儿童文学[M]. 桂林：漓江出版社，2014.

鼠妈妈，在美丽的春天的花园里散步，它的脚步是那么轻、那么柔，因为它怕吵醒了怀里的宝宝。母爱的光辉是那么美丽、迷人，一只路过的小蚂蚁都停下脚步向它敬礼。这只走在春天里的袋鼠妈妈，让小朋友想到了自己的妈妈，他们感受到了那份爱的温暖和美好，他们也学会了用诗的眼睛去看世界，用诗的心灵去感受世界。

关登瀛的《月亮掉进水里》，用一个"突发"事件，引发幼儿对大自然的关心。呀，月亮掉到水里跌碎了，风儿先不要吹了，小鸟也不要叫了，小鱼儿快走开，打水的小姑娘也要等一等，等月亮好了的时候，你们再来。看，掉进水里的月亮碎了，所以呀，风啊，小鸟啊，还有打水的小姑娘都要停下来，等月亮变圆。幼儿在这首诗的引导下，去关心掉进水里的月亮，去感受月亮碎了引起的周围世界的变化。那么，大自然中的每一物、每一刻都会引起他们的关注和爱护。

野军的《太阳爬高楼》，用一个有趣的方式，换一个角度，让幼儿看到了他们生活的城市，高楼林立是怎样一种状态：外滩的大钟已经敲响九点的钟声了，可是还没看到太阳冒头，啊，不是太阳在睡懒觉，太阳正在一层层地爬高楼呢，它要爬上浦东很高很高的大楼才能露出头来。读过这首诗，幼儿再走在街上的时候，就会有不一样的体验和感受了。

林良的《树》，用简单如日常白话的句子，告诉幼儿一个深奥的道理：每一棵树、每一个人都有他自己的样子，都跟别的树、别的人不一样，每一棵树、每一个人都有他的可爱之处。幼儿可通过这首诗去感受大自然中芸芸众生的存在价值。

(三)培养审美

幼儿诗有最美的思想、最美的情感、最美的想象，有最美的文字、最美的韵律、最美的意境，它把世间最美好的东西呈现给幼儿，培养和发展了幼儿的审美感觉和审美能力。

郑春华的《圆圆和圈圈》从幼儿生活入笔，带领他们去发现生活中的美。每个幼儿都会画圈圈，他们也都曾经把这圈圈想象成太阳或者雨点儿。这首小诗，沿着幼儿的想象发展，圈圈变成了一个跟圆圆形影不离的好朋友，在圆圆的梦里陪着她玩；圈圈变成了大苹果在圆圆的枕边等她醒来。纯真的友谊就这样生动地描画出来了，情感的表达也随之升华了。如此平凡普通的事物被诗人染上了浪漫的色调，幼儿们沉浸在这种意境美的情感之中，陶醉了，以后，身边的一切事物都会被他们增添上这样的一抹诗意。

张怀存的《我的书包》，通过一个巧妙的构思：一个小朋友把风儿、海水、花儿、早晨的阳光，还有老师、同学的笑声，以及妈妈的爱和自己的梦都装进了书包。让幼儿去发现风儿和海水的美，发现花儿和早晨阳光的美，发现老师和同学的美，发现妈妈的爱和自己的梦的美。有了美的思想、美的情感，才会有美的未来。幼儿就像这诗里的小朋友一样，把美好担在肩上，美好成就了他们的未来。

鲁守华的《雨帘》，描绘了生活中一个美丽的瞬间："我""躲"在草屋下，看外面的"雨帘"，和"雨帘"外面的绿色的春天。美，有的时候是细小的、静静的，需要好好地看，细细地体会。在朦朦胧胧的雨的后面隐隐约约看到了春天，这是用心才能看到的。幼儿从这里学会了用诗的色彩去描画大自然。

(四)发展想象

孩子的天性富于想象，但是想象也需要开发和培养。幼儿诗蕴含着大胆、奇异、美妙的想象，能带领幼儿更好地去认识和理解这个世界，也为他们打开了一个神奇的智慧之门。

王宜振的《小树变成一只鸟》，描绘了一个幼儿常见又新奇的景色：长满了新叶的小树，像一只展翅欲飞的小鸟。这想象既形象又新奇，幼儿会跟着它去寻找，会发现很多这样的鸟树的。也许，有一天，他们会在鸟树上发现鸟花，摘到鸟果呢。

樊发稼的《翠湖》，描画出奇异美丽的翠湖景色：一条小鱼在湖里玩儿，玩得高兴跃出了水面，又潜入水里，翠湖高兴地笑了，笑靥一圈圈荡漾。这首诗巧妙地把湖水的波纹比喻成笑的酒窝，这想象真的很神奇，也很美，翠湖也变得更美更富有诗意了。

二、幼儿诗的艺术形式

(一)幼儿抒情诗

幼儿抒情诗，是以抒情为主要表现内容的幼儿诗。幼儿虽小，但是他们很敏感，所以，他们的情感世界也是很丰富的。他们在生活里有一些小小的经历和体验，也有他们的观察和判断。他们的内心世界里也充满了喜怒哀乐，他们能感受到生活中的温暖和爱，他们也看到过不那么美好的东西。他们体验过获得的快乐，也品尝过失去的哀伤。

林焕彰的《春天怎么来》充满了小朋友掩饰不住的欢喜，因为春天来了！春天从花朵里跑出来，从绿草里蹦出来，从小朋友的心里飞出来。小朋友欢迎春天的到来，跟春天一起玩个痛快。

卢继宝的《丑》抒写了一个小孩子的忧愁。这位小朋友因为长得丑而没有人愿意跟她玩。她感到好孤单、好委屈啊。尽管这位小朋友极力想要说服自己丑不一定是坏事，比如癞蛤蟆因为丑才长命，青蛙因为漂亮才处处危险，但是，她仍然排解不了孤独带来的忧愁。幼儿也会遇到一些困扰和不如意，所以，他们也有忧愁，忧愁是不能积攒在心里的，让他们学会放下自己的忧愁，还要去同情别人的忧愁。

托克玛科娃的《我恨塔拉索夫》抒写了一个小朋友的愤恨。小孩子怎么会去恨一个人？噢，原来这个塔拉索夫开枪打死了麋鹿妈妈，都怪他，小麋鹿没有了妈妈多可怜啊，谁来给它喂奶？谁来陪它长大？这首诗抒发了小朋友对这个可恶的塔拉索夫的恨。幼儿生活里不只有温暖和爱，他们也会看到世界上的不公平，甚至阴暗的东西。让他们把恨发泄出来，让他们在恨中学会如何更好地去爱。

幼儿诗可以借景抒情，可以托物言志。韦苇的《有雨》用简洁的语言描绘出四幅美丽的雨景：雨中，小河唱着欢乐的歌；雨中，小树喝饱了，长胖了；雨中，苍翠的青山生气勃勃；雨中，孩子们打着花花绿绿的伞在玩耍嬉戏。多么美丽的图画啊！这首诗通过描绘雨给大自然带来的变化，抒发了小朋友对雨中景物的爱，对雨的爱，对大自然的爱。丁云的《狗尾巴草》描绘了一个淘气、顽皮的狗尾巴草的形象，它随意出入人家，任性地站满了田埂，还悄悄地挤进菜园，字里行间充满了对淘气的狗尾巴草的批评。可是，最后，在对狗尾巴草想去看看外面世界的渴望的描写，流露出小朋友的心愿。这首诗就是在对狗尾巴草的生气勃勃的描绘中，寄托了抒情主人公的愿望和情感。

(二)幼儿叙事诗

幼儿叙事诗是通过叙述事件或讲述故事的方式表达思想感情的幼儿诗。幼儿叙事诗有比较完整的情节，有比较鲜明的人物形象，但篇幅较短，一般截取生活中的一个片段，或者取一件事的某几个片段连缀而成。如柯岩的《小兵的故事》《眼镜惹出了什么事情》、任溶溶的《爸爸的老师》《两个动物》、张秋生的《"死"了十二次》《理发店里的趣事》等，都是非常有趣的幼儿叙事诗。

柯岩的《姐姐的本子》用第一人称讲述了一个小朋友学写字的故事。想写字又没有本子的"我"，把名字写到了姐姐的书皮上，歪歪扭扭不太好看，于是，"我"找到姐姐的本子，照着姐姐写的字，写出了好多的字，"我"以为会得到家人的表扬，没想到却惹得姐姐大哭一场，"我"还受到家里所有人的批评。故事中塑造了一个渴望学习的幼儿形象："我"很想学写字，拿到姐姐的书，"我"兴奋地一口气写了好几遍自己的名字，"我"看到自己的字写得不好看，就找出姐姐的本子照着写，写得非常认真，一个一个地描，写了那么多，把本子上的空格都填满了，尽管"我"累得满头大汗，墨水都把鼻子弄脏了，可是"我"心里还是非常高兴，期望得到家人的赞许和表扬。通过这个故事的叙述，通过"我"这个可爱的形象，抒发了幼儿渴望学习的心理。

斯蒂文森的《好玩的游戏》描写的是两个小朋友玩航海游戏的故事。两个小朋友用椅子在楼梯上造了一条船，然后带上所有的必要物品就起航了，他们带上了清水和食物，还带上了修理工具，他们玩得不亦乐乎，可是没想到其中的一个摔伤了膝盖，这快乐的游戏只好结束。幼儿玩耍的快乐情绪就洋溢在故事的叙述中。

谭旭东的《捉蚱蜢的孩子》讲述了一个小朋友捉蚱蜢的故事。这个小朋友在草丛里仔细地寻找，终于看到了蚱蜢的踪影，可是小蚱蜢很顽皮，小朋友扑也扑不到，捉也捉不着，气得他只好作罢回家去。没想到的是，沮丧的小朋友无意间挠挠头就把小蚱蜢捉到了，原来小蚱蜢就趴在他的头上。这是一个有点小曲折、有点小意外的好玩的故事。顽皮的蚱蜢、急脾气的孩子的形象塑造得非常生动，还蕴含着对小朋友的殷殷劝慰之情和告诫之意，玩耍的时候不要太性急，还要注意爱护那一草一木。

(三)幼儿童话诗

幼儿童话诗是用诗体写的短小的童话故事，属于叙事诗的一种，但是因其童话故事内容的特殊性使其具有一种特殊的魅力——幻想性、夸张性、游戏性，也受到幼儿特别的喜爱。童话诗一般都有完整的故事、曲折的情节，非常受幼儿的喜爱。如鲁兵的《小猪奴尼》《小老虎逛马路》、罗丹的《乌龟和兔子的第二次赛跑》、马尔夏克的《笨耗子的故事》等。也有的童话诗，只选取大自然中的一个片段或一个场景，演绎成别有趣味的童话诗，如郭风的《童话》等。

张秋生的《蝴蝶花》讲述了一个美丽的童话故事：一只美丽的蝴蝶，看到一棵因为没有花朵而伤心流泪的小草，就决定留下来，永远陪伴在小草的身边。于是，一只美丽的蝴蝶花绽放在草尖上，小草唱起快乐的歌。在这首诗里，浪漫的故事和优美的意境融合在一起。

高洪波的《狐狸打赌》讲述了一个非常非常有趣的故事，狐狸和灰狼打赌，说它敢虎口拔牙，灰狼断定狐狸又在说大话，于是信心满满地下了赌注。灰狼哪里知道狐狸的诡计，狐狸靠给小老虎送糖果和偷走小老虎的牙刷的阴谋，让小老虎不得不去拔掉蛀牙，狐狸就这样赢了这次打赌，灰狼稀里糊涂地输掉了十只香喷喷的烤鸭。诗的简洁和跳跃更增加了这个童话故事的悬念和紧张感。

方素珍的《小乌鸦的秘密》讲述了一个生动、曲折的童话故事：小乌鸦发现了树洞里的苹果，它悄悄地把秘密告诉了小松鼠，没想到，小松鼠把这个秘密告诉了猫头鹰，猫头鹰把这个秘密告诉了小白兔，小白兔把这个秘密告诉了大老虎。没想到，就在它们悄悄地传递着这个秘密的时候，这个秘密被狡猾的老狐狸偷听了去，结果，藏在树洞里的苹果被老狐狸偷吃光了。又是一个狐狸害人的故事，不过，在这个故事里，幼儿明白了保守秘密的重要性。节奏的急缓变化、韵律的波澜起伏使故事的展开更显得扣人心弦、引人入胜。

(四)幼儿讽刺诗

幼儿讽刺诗，也是幼儿叙事诗的一种，它用夸张的手法表现幼儿生活中的不良现象或不良习惯，提出善意的批评或警示。因其诙谐幽默引起幼儿极大的兴趣，能引发他们的反思和自省。鲁兵的《下巴上的洞洞》、任溶溶的《强强穿衣裳》、张秋生的《只听半句》《半个喷嚏》等。

鲁兵的《下巴上的洞洞》批评了下巴上有个洞洞的小朋友。作者先用"下巴上的洞洞"引起了幼儿的好奇，又仔细地刻画了这个洞洞是怎样浪费粮食的，"瞧他/一边饭往嘴里划，/一边/饭从那洞洞往下撒。"尤其是在餐桌上种庄稼这个具有讽刺意味的形象描述，让幼儿认识到掉饭粒这个习惯多么滑稽可笑。作者用"下巴上的洞洞"的比喻，夸张了掉饭粒的行为和结果，让幼儿在震惊中去反思和对照，然后积极地去改掉这个坏习惯。

张秋生的《半个喷嚏》讲述了一个"小娇气"无理取闹的故事。幼儿磨人的事情是常见的，尽管他们也知道自己不对，但是总是改不掉。可是，像这首诗里描述的这般无理取闹的小朋友还是很稀奇少见的。就因为奶奶来打岔，"小娇气"的喷嚏只打出来半个，他就闹着非要奶奶还他半个喷嚏。他闹了整整一天，还闹得自己患了感冒。幼儿听了这个故事，都能给出正确的判断，这个"小娇气"实在是太过分，这喷嚏可怎么能还？他闹了奶奶，害了自己。慢点，等等，我们是不是有的时候也有点儿像这个"小娇气"……这样，这首诗的目的就达到了。是的，"小娇气"的形象是具有典型意义的，家长的骄纵让幼儿越来越任性。这首诗就是想让幼儿在别人的故事里照见自己、反省自己，然后，悄悄地改正自己。

(五)幼儿题画诗

题画诗是根据图画(或摄影作品)题写的抒情诗，是诗情与画意的一种特殊结合，画面的内容成为诗的抒情起点，而诗的情感表达又丰富了画面的内容，给人一种诗与画共生的想象所造成的特殊的审美享受。幼儿题画诗的题写对象一般是幼儿的画作，如柯岩的题画诗《月亮，月亮，你告诉我》，就是为小朋友卜镝的画题写的。还有符合幼儿审美趣味的图画和摄影作品，所以，幼儿题画诗非常容易引发幼儿的共鸣，和图画一起带给幼儿更丰富的想象和情感体验，具有独特的审美价值。

柯岩的《月亮，月亮，你告诉我》《小长颈鹿和妈妈》，黎焕颐的《蒲公英》、金波的《小星星》等都是非常优美的题画诗。柯岩的《小长颈鹿和妈妈》，从幼儿的心理活动入手，使画的意蕴更丰富：小朋友看到长颈鹿欣喜之余生出了一份担心，他们担心小长颈鹿够不到长了长长的脖子的大长颈鹿，不能像自己那样跟妈妈亲昵，抒发了幼儿看到小长颈鹿时的惊喜和对小长颈鹿的喜爱之情。诗的内容和情感表达丰富了图画的内容和幼儿看图时的情感体验。

中国台湾著名儿童文学作家林良，是具有代表性的"题画诗"作家，他曾在报上开辟了一个名为"看图说话"的专栏，邀请知名童书画家手绘图画，然后他为这些图画创作儿歌和儿童诗。"他们画的是想画给孩子看的图画。他们的画是独立的，有自己的生命，有自己所要表达的情趣。……我知道他们的画里有儿歌，知道他们的画里有童诗，他们的画是"画中有诗""画中有歌"，所以我就在他们的画里找诗，在他们的画里找歌，然后写成文字，成为我的作品。"(林良著《树叶船》(台湾儿童文学馆林良看图说话)《新序》)[1]《骆驼》[2]：不长草的沙漠，/没有水的沙漠，/在那里行走的，/只有我们骆驼。//不论多长的路，/总会有个尽头。/我只知道，/走走走走走走走，/永远不会皱眉头。这首诗是给玮玮画的《骆驼》这幅画题写的幼儿诗。玮玮的《骆驼》，画的是一只站在黄色大沙漠上的双峰骆驼，它昂着头，笑眯眯地看着远方，驼峰凸起，好像装满了水和食物。这匹骆驼信心满满地要出发了。林良的这首诗，抒发了这只骆驼行走沙漠的自豪，也表现了骆驼坚韧不拔的性格。《夜》是给林鸿尧画的《夜》题写的。林鸿尧的画作《夜》，画面也很简单，窗外是黑沉沉的夜色，屋内临窗放着一张小桌，小桌上放着一盏灯，桌子的旁边放着一个单人沙发，沙发上随便地放着一个靠垫，沙发扶手上挂着一个围巾。林良的诗和这幅画一起描绘出一个宁静安谧的夜晚。工作了一天的爸爸去睡了，陪着爸爸看书的桌灯休息了，劳累了一天的沙发也休息了。夜里，大家都安安静静地休息了。一切都是那么的和谐、静美。

(六)幼儿散文诗

幼儿散文诗，是用散文的形式书写的幼儿诗，兼具了幼儿诗的抒情美和幼儿散文的自由灵动的美。幼儿散文诗因为语言文字的容量比幼儿诗要大一些，所以内容更丰富一些。幼儿散文诗比幼儿诗语言形式更自由，所以，语言表达也更少一些束缚。幼儿散文诗与幼儿散文比，内容表达更简洁，情感抒发更浓一些。

泰戈尔的《同情》：

如果我不是你的小孩，而只是一只小狗，亲爱的妈妈，当我想吃你的盘里的食物时，你会对我说"不"吗？

你会撵走我，对我说："走开，你这顽皮的小狗"吗？

如果这样，那我就走了，妈妈，走了！当你唤我的时候，我就决不到你身边来，决不让你再来喂我吃东西了。

如果我不是你的小孩，而只是一只绿色的小鹦鹉，亲爱的妈妈，你会用链子把我锁住，怕我飞走吗？

你会对我指指点点地说："好一只不知感恩的鸟！它日日夜夜咬着链子"吗？

如果这样，那我就走了，妈妈，走了！我就一定逃到树林里去，我就决不让你再把我

---

① 林良. 树叶船[M]. 福州：福建少年儿童出版社，2015.

② 林良. 树叶船[M]. 福州：福建少年儿童出版社，2015.

抱在怀里了。

　　这首散文诗采用了散文的表现形式，细腻地描写了小朋友对小狗和小鹦鹉的同情心理，小朋友认真地、坚定地告诉妈妈：如果妈妈要是嫌弃小狗，对小鹦鹉不友好，那么他就离开，不再做妈妈的小孩了。抒情主人公用强烈的情感表达让妈妈明白，如果妈妈那样对待小狗和小鹦鹉，他会有多么的失望和伤心。这种细腻的描写是幼儿诗难以承载的，而这种强烈的情感表达也是幼儿散文难以做到的。

　　程煜华的《下小雨啦》截取了三个雨中的情境，生动地描写了小松鼠、小蜗牛和小青蛙在小雨中的快乐，抒发了对小雨的喜爱之情。散文化的语言使描写更加细腻、生动，如小松鼠的侧耳倾听，小蜗牛的抬头张望，小青蛙的蹲在荷叶上唱歌，还有小雨点的各种形态描写。诗的韵律使情感表达更流畅、更自然，尤其是"滴答，滴答，下小雨啦"的反复，把快乐的情感一点一点推向高潮——"雨天，真快乐"！

三、幼儿诗的表现手法

　　幼儿诗表达了丰富的内容和细腻的情感，为了让幼儿容易理解和接受，采用了很多表现手法，最常见的有比喻、拟人、夸张。

(一)比喻

　　幼儿诗经常运用比喻的手法，让诗中的意象更容易被幼儿理解，这样附着其中的情感也就更容易被幼儿接受。舒兰的《虫和鸟》通过描写晾晒在绳子上的袜子和手帕的有趣和美，来抒发对辛苦劳作的妈妈和姐姐的赞美。诗人用了两个形象而又可爱的比喻，袜子夹在绳子上像多足虫在阳光里爬来爬去，小手帕夹在绳子上像白鹭鸶在微风中飞舞，就把小朋友的喜悦表现出来。而这两个比喻也很容易得到小读者的共鸣。林良的《小船》把小船比喻成在睡午觉的孩子，把河水比喻成摇着小孩的摇篮，小朋友一下子就能感受到，在河水里晃晃悠悠的小船，那种沉浸在梦乡的甜美感觉了。薛卫民的《会走路的小松树》把小鹿美丽的犄角比喻成绑在小鹿头上的两棵小松树，一下子就能让小读者想象出小鹿犄角的样子，同时，也体会到为什么说这只小鹿是一只淘气的小鹿，也能感受到小鹿一摇一摆地走路的模样，也就理解了"会走路的小树"所蕴含的对小鹿的喜爱之情。

(二)拟人

　　幼儿文学作品离不开拟人，在幼儿诗中，拟人也是经常运用的。拟人既能更形象地表现幼儿诗的内容及情感，又能让幼儿感到亲切，自然而然地走进诗的意境。用拟人的手法描写动植物在幼儿诗中是很常见的，诗人也用拟人的手法去描绘其他事物。

　　董恒波的《雪人不见了》用拟人的手法塑造了一个顽皮、可爱的太阳形象。这太阳太喜欢雪人了，看了又看，怎么也看不够，就招呼也不打，悄悄地把雪人领到天上去了。小朋友理解了太阳跟他们一样喜欢雪人的心情，也就原谅了它把雪人领走的事了。

　　雨兰的《爱美的天空》把天空描写成一位爱美的小姑娘，用雨把脸洗净，还戴上七色发卡，那雨后挂着彩虹的天空一下子就让小朋友感到亲切起来，他们可以拉着天空的手一起唱歌跳舞了呢。

王宜振的《小花朵的梦》巧妙地描绘了两个形象，一个是淘气的小风，它竟然去偷看小花朵的梦，一个是睡得香甜，做着美丽的梦的小花朵。小花朵梦里梦外的美景融合到一起，组成了一个五彩斑斓的春天的图景。

(三)夸张

幼儿诗也常用夸张，不仅夸张物态，让诗的形象更鲜明、更容易感受，还经常夸张事态，让诗的内容更富有趣味。

古根姆斯的《我丢了一只老鼠》讲述了一个滑稽有趣的故事："我"丢了一只老鼠，登报寻找，结果有七十五个人给我送来了老鼠，这么多的老鼠"我"可这么办？在报纸上登广告寻找丢失的小老鼠，这事本来就够滑稽，而登报的结果是，"我"意外地收到了七十五只小老鼠，这不是更滑稽了么。这么多小老鼠弄得"我"焦头烂额，怪就怪"我"的广告写得太糟糕，因为每一只老鼠都是"长眼睛的可爱的黑老鼠"。夸张营造了这首诗幽默、滑稽的趣味。

任溶溶的《强强穿衣裳》用夸张的手法描绘了一个叫"强强"的小朋友用一天的时间穿衣裳，批评幼儿做事拖拉。有的小朋友做事是有点儿磨磨蹭蹭，他们喜欢一边做事一边玩儿，或者是一件事情做一半就放下去做另一件事，可是，这位强强小朋友磨蹭得也太夸张了吧，穿衣服要穿一整天，这位强强小朋友的贪玩也是太夸张了吧，扣扣子的时候要玩，穿裤子的时候也要玩。诗人就是用夸张放大了强强磨蹭的行为，放大了强强磨蹭的结果，以实现他预期的效果。

第三节　幼儿诗教学案例和教学

一、教学案例

案例一：小班语言活动课《比比谁重》

学习材料：《比比谁重》[①](林良)*一只老鼠，/没有小猪重。*
/两只三只，/也还是太轻。/四只五只，/再加上一只，
/总共六只，/看看行不行。

比比谁重.mp4　　比比谁重.pptx

课程类型：语言活动课

教学对象：小班(3～4 岁)

活动目标：

1. 念准幼儿诗词语，能跟着老师的节奏读。

2. 体会小猪和小老鼠玩耍的快乐。

3. 学习如何表达自豪的情感。

活动准备：幼儿玩过跷跷板的游戏。

教具准备：《小猪和老鼠玩跷跷板》的挂图或者动画，教学 PPT。

活动过程：

---

① 林良. 树叶船[M]. 福州：福建少年儿童出版社，2015.

一、导入

1. 小猪和小老鼠玩跷跷板。

小朋友都玩过跷跷板的游戏，好玩吗？你们都是和谁一起玩的？今天，小猪和小老鼠玩跷跷板，会怎么样呢？我们来看看。

2. 小老鼠压不动小猪。

来，我们数一数几只小猪跟几只小老鼠在玩跷跷板。(一只小猪，六只小老鼠)

小老鼠能把跷跷板压下去吗？

——哦，小猪太重了，六只小老鼠也压不动跷跷板。

——小朋友，老师这儿有一首诗，就是给做跷跷板游戏的小猪和小老鼠写的。《比一比谁重》

二、听一听，讲一讲

1. 听一遍。

老师读一遍，小朋友认真听，听听这首诗写些什么。(语速要慢，让幼儿听清楚)

2. 写了什么？

小朋友听到这首诗里写了些什么？

谁和谁在玩？——小猪和小老鼠。

在玩什么游戏？——跷跷板。

几只小猪？——一只

几只小老鼠？——六只。

谁赢了？——小猪。

好，这首诗的名字叫《比比谁重》，小朋友知道小猪和小老鼠谁重吗？——小猪重。

3. 再听一遍。(注意节奏和语气，读出趣味)

三、读一读

现在，小朋友学着老师的样子，跟老师一起来读这首诗。

我们再读一遍。(这个环节，至少读两遍，让幼儿熟悉节奏和语气)

四、结语

小朋友，今天我们学习的这首诗是不是很有趣？小朋友回家读给爸爸妈妈听，要像刚才一样，学着老师的样子来读，好吗？

案例二：中班语言活动课《秋千》

学习材料：《秋千》[①](李德民)爸爸是一棵大树/妈妈是一棵大树/他们牵在一起的手/是世界上最美的/秋千//我坐在上面/荡过来，荡过去/撒下一串咯咯的笑声

秋千.mp4　　秋千.pptx

课程类型：语言活动课

教学对象：中班(4～5岁)

活动目标：

1. 念准幼儿诗词语，能理解"荡过来，荡过去"的意思。

2. 体会诗中描写的荡秋千的快乐。

---

① 樊发稼，少军. 中国儿童文学新经典•诗歌卷[M]. 济南：山东教育出版社，2016.

3. 说说自己和爸爸妈妈玩的快乐的游戏。

活动准备： 幼儿知道荡秋千游戏。

教具准备：《荡秋千》图片，配乐诗朗诵《秋千》，教学 PPT。

活动过程：

一、导入

1. 小朋友玩的荡秋千游戏。

小朋友们都玩过荡秋千游戏吧？在哪儿玩的？

——幼儿园，公园，小区花园里。

2. 特别的荡秋千游戏。

小朋友玩过这样的荡秋千没有，就是爸爸妈妈用手臂做的秋千。

——玩过，还有爷爷奶奶、叔叔的手臂做的秋千。

3. 有一首诗叫《秋千》就是写小朋友坐在爸爸妈妈手臂做的秋千上玩，我们来看看。

二、听一听，讲一讲

1. 听一遍。

老师读一遍，小朋友认真听，听听这首诗写些什么。(语速要慢，让幼儿听清楚)

2. 写了什么？

小朋友听到这首诗里写了些什么？

爸爸、妈妈像什么？

——像大树。(爸爸是一棵大树，妈妈是一棵大树)

爸爸妈妈的手牵在一起就变成了——

——最美的秋千

小朋友坐在这个秋千上是什么心情？用诗里面的句子说——

——高兴(咯咯地笑)"撒下一串咯咯的笑声"。

3. 再听一遍。

小朋友，老师再读一遍，小朋友注意听，看老师是怎么读的。(注意节奏和语气，读出趣味)

三、读一读

现在，小朋友学着老师的样子，跟老师一起来读这首诗。

我们再读一遍。(这个环节至少读两遍，让幼儿熟悉节奏和语气)

四、语言训练

小朋友，这首诗里有一句话特别有意思，"荡过来，荡过去"，请小朋友用手表示一下这个动作。

——哦，是这样的啊。小朋友都知道什么是"荡过来，荡过去"了。就是秋千这样过来，又那样过去了。如果我们说走路的走，按这个说法怎么说？

——走过来，走过去。(让幼儿做出动作)

——跑过来，跑过去。(让幼儿做出动作)

四、结语

小朋友们，今天我们学习了儿童诗《秋千》，小朋友回家把这首诗读给爸爸妈妈听。我们今天还学会了一句话"荡过来，荡过去"，大家回家把学会的句子也说给爸爸妈妈听，还可以跟爸爸妈妈一起说一些新的句子，明天说给老师听。

案例三： 大班语言活动课《谁的伞大》

学习材料： 《谁的伞大》[①](薛卫民)：太阳像火球/烤得火辣辣……//小蚂蚁举片丁香叶，/它说：我的伞大！//小蚂蚱举片梧桐叶，/它说：我的伞大！//小青蛙举片绿荷叶，/它说：我的伞大！//天空扯过一片白云，/蒙住太阳的脸。//噢！这个伞才叫大，/所有的伞都在它的伞下！

谁的伞大.mp4　　谁的伞大.pptx

课程类型： 语言活动课

教学对象： 大班(5～6岁)

活动目标：

1. 念准幼儿诗词语，重点注意"伞"的读音，平舌，上声。

2. 理解儿童诗中伞的形象。

3. 学着有感情地诵读这首诗。

活动准备： 幼儿知道小蚂蚁、小蚂蚱、小青蛙；荷叶。

教具准备： 若干丁香叶、梧桐叶、荷叶，一片白云道具，教学PPT。

活动过程：

一、导入

1. 叶子做的伞。

小朋友，下雨的时候我们要打伞避雨，谁知道小动物的雨伞是什么样的？

——蘑菇伞，还有叶子做的伞。

2. 它们拿着这些叶子伞。

——小蚂蚁用丁香叶，小蚱蜢用梧桐叶，小青蛙用荷叶。它们谁的伞大呢？我们来看看这首儿童诗《谁的伞大》。

二、听一听，讲一讲

1. 听一遍。

老师读一遍，小朋友认真听，听听这首诗写些什么。(注意语速，让幼儿听清楚)

2. 写了什么？

小朋友听到这首诗里写了些什么？

小蚂蚁举着的是——丁香叶，它说——我的伞大。

小蚱蜢举着的是——梧桐叶，它说——我的伞大。

小青蛙举着的是——荷叶，它说——我的伞大。

它们谁的伞大呢？

——小青蛙的伞大。

还有一个比小青蛙的荷叶伞还大的是谁的伞？

——天空的伞，用白云做的。非常非常大的伞。

3. 再听一遍。

小朋友，老师再读一遍，你们可以跟着老师读，要注意有感情地读。

---

① 尹世霖. 滋养童心的100首中国经典儿童诗[M]. 乌鲁木齐：新疆青少年出版社，2013.

三、表演

小朋友，这是一首非常有趣的诗，现在我们来表演一下，谁想当小蚂蚁就来拿一片丁香叶，谁想当小蚱蜢就来拿一片梧桐叶，谁想当小青蛙就来拿一片荷叶。这个白云有点沉，老师来当天空拿着白云吧。

准备好了吗？

好，我们一边听诗朗诵，一边挥舞你们手里的叶子做动作。

四、总结

小朋友们，今天我们学习了特别好听又好玩的儿童诗《谁的伞大》，请小朋友回家有感情地读给爸爸妈妈听。这首诗有点长，我们背不下来不要紧，老师把打印好的诗发给小朋友，我们请家长帮助我们把它读下来。

二、教学分析

(一)幼儿诗教学的应用

幼儿诗也是幼儿园语言活动的一个主要内容，尤其是在中班和大班的语言活动课上，可以通过幼儿诗的学习对幼儿进行语言的学习和训练，进行想象的训练和审美能力的培养。幼儿诗也可以引进其他活动课，如健康活动课、社会活动课、科学活动课，也可以在导入环节或其他环节插入一首幼儿诗，调动幼儿的学习兴趣，丰富幼儿的学习内容。

在科学活动课上讲小蝌蚪变成青蛙的知识的时候，给幼儿朗诵王振宜的《一只小小的蝌蚪》，让幼儿的知识和视野都更加开阔。小蝌蚪在犹豫要不要变成青蛙，变成青蛙可以到陆地上玩耍，可以在稻田捉虫，可是变成青蛙就失去了漂亮的尾巴……让幼儿从另一个角度去看蝌蚪变青蛙这个自然现象是有趣的，尽管里面哲理性的思考他们还理解不了，但没关系，这种辩证的思考问题的方式埋在他们的心里，总有一天会开花结果的。

在健康活动课上讲到"快乐"的时候，可以给幼儿朗诵慈琪的《所有人都有开心起来的办法》，让幼儿从动物们是怎样处理自己的伤心的经验中获取力量：比目鱼可以用一只鱼鳍捂住泪眼，猴子可以用倒挂的办法止住要流出的眼泪，鸵鸟伤心的时候把头埋进沙地。启发幼儿去寻找让自己开心起来的办法，他们一定会很踊跃地说出各种好办法。

尤其是艺术活动课，幼儿诗与图画课可以来一个最完美的结合。在图画欣赏时，可以选一首与图画内容情感相近的幼儿诗，引导和丰富幼儿对图画的理解，也可以让他们学习林良爷爷创作的一首"看图说话"，孩子们的积极性一定会很高，也一定能给老师意外的惊喜，还可以让幼儿给自己的绘画作品"题写"一首小诗，让他们把想表达的东西都表达出来。

(二)幼儿诗教学的重点

1．语言学习

幼儿诗给幼儿提供了丰富的语言范例，沉浸在真挚的情感中，沉浸在优美的意境中，这些语言现象很容易被幼儿接纳，慢慢地转化为他们自己对语言的运用。所以，在和幼儿一起欣赏幼儿诗的时候，可以有意地引导他们去积累一些语汇，学习一些语言的运用，让幼儿在幼儿诗的美的享受中，语言能力和思维能力都有所发展、提高。

林良的《稻草人》描述的内容——稻草人的日常工作和辛苦(每天从早站到晚,不吃不睡地看守稻田赶走麻雀),和表达的情感——稻草人的委屈(被人家说清闲无事),是幼儿能够理解的,所以,在内容和情感的带动下,"偏偏"这样的副词和"又……又……"这样的复句他们也能理解,并模仿着去用。

2. 情感教育

幼儿身心的健康成长需要正常的情感发展,幼儿诗抒发的纯真、诚挚、美好的情感是幼儿体验过或能够体验到的,在幼儿诗欣赏活动中,采用各种方法,如诵读、吟咏、讲述、表演等,引导幼儿体验、玩味幼儿诗中的情感,培养他们高尚的情操,也让幼儿学会情感的表达和交流。

勃拉盖妮娜的《妈妈睡了》通过一个小孩在妈妈睡觉的时候,想方设法地让自己保持安静的心理描写,表达了他对妈妈的爱。因为妈妈睡觉了,所以"我"不能做"我"想做的——大声念书、拍皮球、哈哈大笑、唱歌等好多想做的事。幼儿从小就生活在爱的怀抱里,他们享受着爸爸妈妈、爷爷奶奶、姥姥姥爷等来自很多人的爱。爱是为了爱的延续,让幼儿从小理解爱,学会爱,是必需的。爱,可以从小事做起。就像这首诗里的孩子,在妈妈睡觉的时候,按捺住自己想玩、想唱、想笑的小小欲望。吟诵着这样的诗,爱的种子就默默地种在了幼儿的心里。

张晓楠的《一只老鼠》抒写了一只童话故事里的老鼠的忧愁:它想念乡下,可是写书的主人偏不把它写回去,还让一只猫和它做邻居。在幼儿的情感培养中,同情心的培养很重要。同情是爱的另一种表现形式,同情就是以平等的心态对待他人他物,同情就是没有差别的爱。同情心的培养从哪里开始呢?从理解他人的忧愁、痛苦开始。童话里的小老鼠,小朋友们是再熟悉不过的了,忽然,有一天,他们发现了童话里小老鼠的忧愁,替小老鼠的境遇担心的时候,同情心就萌芽了。

3. 发展想象

想象力的培养需要大量的想象经历的积累和大胆的想象的启发,幼儿诗中大量的奇妙的想象把幼儿领上了想象力发展的高速公路。在幼儿诗的欣赏中,教师要引导幼儿去发现那些想象的妙处,并借此激发幼儿的想象。

樊发稼的《小树叶和阳光》写了一个幼儿熟悉的捉迷藏的游戏,不过,在这儿捉迷藏的是小松树和阳光。捉迷藏的游戏小朋友常玩,也非常乐意玩,他们最知道捉迷藏的乐趣啦。咦?这首诗告诉他们阳光也经常跟小树叶玩捉迷藏的游戏,他们感到惊喜极了,觉得阳光和小树叶都成了他们的好朋友,可以一起玩了。仔细看看,嗯,那阳光一闪一闪的,跳来跳去,可不很像是在和小树叶捉迷藏吗。小树叶一抖一抖,多像累得直喘气呀。可不是嘛,阳光好像也经常这样跟小朋友玩捉迷藏,你怎么捉也捉不到的。

4. 培养美感

美的世界的建造需要具有审美能力的人。幼儿正处于对美最敏感的时期,幼儿对美具有天然的趋向力。幼儿诗具有一切美的东西,美的语言,美的旋律,美的意境,美的情感,让幼儿一点一点去感受、认识、理解这些美,习惯这些美,积累这些美,释放这些美,是幼儿诗欣赏活动的一个重要任务。

刘饶民的《大海睡了》描绘了一幅静谧温柔的海景图。"明月""星星""大海""浪花"构成了一幅美丽的图画，夜晚的大海风平浪静，潮水轻轻地涌动，月亮和星星和大海一起睡着了，多么安宁、静谧的优美意境。短小、错落的句式变化和句末的押韵，形成了一种和谐优美轻轻波动的旋律。更为巧妙的是，"抱着明月""背着星星"中，两个动词的使用并没有打破这宁静优美的意境，而是在不声不响中，把大海宽广的胸怀和高尚的情感描写得生动形象。

(三)儿童诗教学的难点

幼儿诗教学的难点在语言上，主要是动词的用法，尤其是一些比喻和拟人中动词的理解。如王立春的《笑》描绘了一幅动的图画：风去胳肢柳树，柳树就笑出了芽，风去胳肢小草，小草就笑出了花，风去胳肢玉米，玉米笑得露出了黄牙，风去胳肢小孩，小孩的笑声随风飘扬能治百病。这首诗的主要意趣就在两个动词"胳肢"和"笑"，"胳肢人"是小朋友常玩的游戏和恶作剧，"胳肢"和"笑"的联系小朋友都知道。可是，理解风的"胳肢"和小树、小草、玉米的"笑"就要费一番心思了。比如，可以通过模拟让幼儿理解风的"胳肢"的动作，可以通过图片让幼儿理解小树、小草、玉米"笑"的样态。在情感上，主要是如何理解幼儿诗中的情感，尤其是抒情诗的情感。直抒胸臆的诗，要引导幼儿把自己放进诗的意境里，把自己想象成抒情主人公去感受诗中的情感。借景抒情和托物言志的诗，首先要让幼儿理解诗中的景和物，然后再感受其中蕴含的情。在想象上，幼儿诗中的想象的展开大多是借助比喻、拟人等手法，要耐心地引导幼儿去把握比喻、拟人等描绘出的形象，再去认识想象。

三、教学建议

(一)从情境、趣味入手

幼儿诗教学的主要的目的是要让幼儿喜欢幼儿诗，愿意走进幼儿诗，愿意欣赏幼儿诗，幼儿亲近了诗，他们的生活就更浪漫美好，以后长大了，他们也愿意亲近文学，获得一生的文学审美享受。幼儿诗中的情境和趣味是幼儿熟悉或喜欢的，所以，从情境、趣味入手，会让幼儿自然地、欣喜地走进幼儿诗的天地。而且，幼儿诗的情境和趣味也是理解内容和情感的基础。

林武宪的《鞋》通过描写小朋友们熟悉的鞋子，来表达对家的爱。通过鞋子来写晚上一家人的欢聚，通过鞋子来写一家人享受家的温暖。这就是这首诗的情境和趣味，所以，首先要引导幼儿进入这个情境和趣味：晚上，分别了一天的鞋子欢聚在一起，交流着白天的见闻，它们就像远航回来的船儿一样停泊在安静的港湾，是那么的快乐和幸福。

(二)捕捉住诗中的形象

幼儿诗是借助形象来表达思想情感的。诗人通过想象运用比喻、拟人、夸张等手法描绘出丰富多彩的形象，有花草树木、山川河流、日月星辰、飞鸟走兽，还有各种人物，这些形象都蕴含着一定的思想和情感。所以，要引导幼儿捕捉住诗中的形象，揭开这些形象身上的秘密——它们代表的诗情画意。

田地的《找梦》通过描绘一个充满好奇心的孩子的形象，抒发对天真、可爱的儿童的爱。看，这位小朋友发现了梦的奇异，一睡觉，它就来了，一醒来，它就去了。于是，小朋友想要找到梦，可是在哪儿也没找到，是不是梦跑到外面去了？可是，门窗关得好好的，一合眼，梦怎么就又来了呢？这首诗是不是有一个非常天真、可爱的小朋友？幼儿找到了这个小朋友的形象，就能感受到诗里面流淌着的爱。

(三)感受体验情感

幼儿诗也是为表达情感而创作的。不论是抒情诗还是叙事诗，都承载着喜怒哀乐、欢喜悲愁。幼儿诗所表达的情感是幼儿的或者是幼儿能够理解的，但也需要幼儿认真地去感受，去体验，才能品味到诗中的情感美，使他们的情感发展、升华。幼儿诗的情感抒发带有一定的主观性，所以，要引导幼儿走进幼儿诗所创设的情境中，慢慢地去感知，去体会。

巩孺萍的《没有名字的小野花》用一个小朋友自说自话的方式，表达了对"没有名字的小野花"的同情和爱。这是一个非常活泼又有点儿主观的小朋友，她想不通小野花为什么没有名字，还主观地猜想小野花不是没有名字，它是听妈妈的话没有把名字随便告诉别人。让幼儿想象一下没有名字小野花的孤单和委屈，再想一想这个自说自话的小朋友的话是不是很有道理。那么，幼儿也就理解了这首诗传达的对小野花的同情和爱，以及(或者日后他们能懂得)对像小野花一样默默无闻的人的同情和关爱。

(四)学会吟诵品味

诗的美需要吟诵品味，需要在反复的吟诵中慢慢地品味，幼儿诗亦如此。幼儿刚刚接触诗，诗的妙趣还不能一下子就理解感受到，吟诵给他们听，去感知幼儿诗的韵律美、意境美、情感美，教给他们吟诵，让他们在吟诵中慢慢地去体会幼儿诗的韵律美、意境美、情感美。

柯岩的《雨》[①]：*淅沥——淅沥/下着小雨，/多么愁人。/淅沥——淅沥/企鹅——企鹅，/它不怕雨，/摇摇摆摆，/走来——走去。/水獭——水獭，/它不怕雨，/天越下雨，/它越——欢喜。/总有一天/我们都有——/企鹅式的外套，/水獭式的大衣。/那时——我们，/自由来去，/管它大雨，/还是小雨……*这首诗有着特殊的节奏和韵律，短小的句子，粘连的情感，一点儿一点儿地把幼儿的情感调动起来，从淅淅沥沥的雨的愁闷中解脱出来，想象着有一天能像企鹅和水獭一样在雨中尽情地欢乐。这种情感的变化在吟诵中可以很好地表现出来，也可以在吟诵中进一步感受。节奏的舒缓变化，语气的高低处理都需要教师很好地示范和带动，让幼儿在吟诵中看到景，体会情。

(五)自由模仿表达

幼儿诗贴近幼儿生活，易于被幼儿理解，还能激发幼儿的情感和想象，所以，在欣赏幼儿诗的时候，可以借机提高幼儿语言表达能力和情感表达能力，可以让幼儿模仿幼儿诗中的一些句式来自由表达。如圣野的《欢迎小雨点》"来一点，/不要太少。//来一点，/不要太多。……来一点，……//来一点，……"充满幼儿情趣，也非常适合幼儿模仿表达。还有《小马骑过小平原》也是如此。

---

① 樊发稼，少军. 中国儿童文学新经典·诗歌卷[M]. 济南：山东教育出版社，2016.

本章小结

　　幼儿诗是供幼儿听赏和诵读的。幼儿诗具有抒发童真、充满童趣、天真的想象、浅显的语言、自然的韵律等特点。幼儿欣赏幼儿诗可以品味童真、感受世界、培养审美、发展想象。幼儿诗具有多种艺术形式，包括幼儿抒情诗、幼儿叙事诗、幼儿童话诗、幼儿讽刺诗、幼儿题画诗、幼儿散文诗等，具有不同的意趣和作用。幼儿诗运用了多种表现手法，包括比喻、拟人、夸张等，使幼儿诗更加生动、活泼、有趣。

　　幼儿诗在幼儿园活动中应用广泛，包括语言活动课、健康活动课、社会活动课、科学活动课等。幼儿诗在幼儿园的教学重点包括语言学习、情感教育、发展想象、培养敏感等。教学难点是一些动词的运用。教学建议：从情景、趣味入手，捕捉住诗中的形象，感受体验情感、学会吟诵品味、自由模仿表达。

思考题

1. 举例说明幼儿诗的特征。
2. 选一组同题材的儿歌和儿童诗，进行赏析。
3. 为幼儿园小班、中班、大班的孩子，各收集 3 首幼儿诗。
4. 选一幅儿童画，创作一首题画诗。
5. 编写一个幼儿诗教案。

第四章 幼 儿 童 话

学习目标

➤ 掌握幼儿童话的概念，了解童话的起源和发展。
➤ 了解幼儿童话的表现手法，熟悉童话教学的应用及教学重点。
➤ 了解幼儿童话在幼儿园活动中的应用。
➤ 了解幼儿童话教学的基本内容和过程。
➤ 理解幼儿童话的特征。
➤ 理解幼儿童话的内容价值。

重点与难点

➤ 童话的基本特征和文学特征。
➤ 幼儿童话的表现手法。
➤ 幼儿童话教学的重点和难点。
➤ 幼儿童话教学的基本内容和过程。

第一节 童 话 概 述

一、童话概说

(一)童话的概念

童话是最富有儿童特点、最受小读者喜爱的重要的儿童文学形式，在儿童文学中占有特殊的重要地位，是儿童文学特有的体裁。童话是在现实生活的基础上，用符合儿童的想象力和奇特的情节编织成的一种富有幻想色彩的故事。它完全借助幻想来表现现实生活和人民的理想、愿望。童话，英语为 fairy tale，即幻想、虚构的故事。童话是以儿童为阅读对象，具有浓厚幻想色彩的虚构故事。它通过丰富的想象、幻想和夸张来塑造形象、反映生活，对儿童进行思想教育。

其故事适合儿童的心理特征，语言通俗生动，情节往往离奇曲折，引人入胜，自然物往往做拟人化的描写。

(二)童话的起源

童话源远流长，历史非常悠久，它起源于民间，是劳动人民口口相授、世代相传下来的。最早的童话是由神话、传说演变而来的，起源于民间口头创作与传播。

神话属于民间文学的一种，是远古时期人民集体口头创作的。在原始社会，生产力低下，人们无法解释一些自然现象，就幻想在强大的自然力背后有个掌握一切的存在——神。比如，开天辟地的盘古、造人补天的女娲、掌管智慧的雅典娜等。传承者对这些故事信以为真，学者们就根据这一点来区别神话与传说、民间故事之间的不同。

传说是由神话演变而来的具有一定历史性的故事。传说的内容与历史人物、历史事件、地方古迹、自然风物、社会习俗有关，是文字尚未发明的时代，人们对历史做的记录。因为只能口耳相传，故曰传说。

童话是由神话和传说演变而来的。童话中也有神，但在童话中他们不是世界的主宰，而是某种理想、希望的化身。童话是在用一种曲折的方法反映现实生活。

(三)童话的发展

随着社会的发展，一些从事文学工作的人对民间童话进行收集、整理、加工或再创作，编成了可供儿童欣赏的童话故事书。古代印度的《五卷书》、古阿拉伯的《一千零一夜》里，都加入了经过收集整理的民间童话。17世纪法国的夏尔·贝洛是欧洲第一个把民间故事加工成文学童话的作家。他在1697年出版了《鹅妈妈故事集》，这部童话集收入了《小红帽》《灰姑娘》《睡美人》等八篇童话，贝洛开辟了创编民间童话的道路，作者保留了民间口头创作的情节，但用自己的创作改进、挖掘了故事包含的思想。《鹅妈妈故事集》是欧洲最早出现的一部童话集，尽管贝洛撰写童话的目的并非专为儿童，但由于其故事生动有趣，让孩子们大开眼界而大受欢迎。从某种程度上说，贝洛童话象征欧洲儿童文学的诞生。

19世纪对民间童话做了大量搜集整理工作的是德国的格林兄弟，分别于1812年和1815年出版了两卷《儿童和家庭童话集》(后人称为"格林童话")，发表了200多篇童话，是具有世界影响的第一部巨型民间童话集。格林童话保留了民间童话最原始的内容和风格，几乎囊括了民间童话所有的类型，初步形成了三段反复式的结构形式，为以后的童话创作提供了借鉴。格林童话多数写得生动有趣，富有儿童趣味，又浅显易懂，适合儿童的接受能力，这种儿童化的特点为以后的童话收集与创作指明了方向。

19世纪的丹麦作家安徒生是第一个明确为儿童创作的童话作家，他的一生共创作了168篇童话故事，《海的女儿》《卖火柴的小女孩》《皇帝的新装》等作品，让他被世界儿童所熟知。对童心世界的深入探索，把现实生活引进童话创作，对幻想手法炉火纯青地使用，使安徒生童话具有一种独特的魅力，文学童话作为一种文学样式在安徒生手里走向成熟。

此后，越来越多的作家走上童话创作之路，为全世界的孩子带来许多经典的童话作品。科洛迪的《木偶奇遇记》、卡罗尔的《爱丽丝漫游奇境》、拉格洛夫的《尼尔斯骑鹅旅行记》、林格伦的《长袜子皮皮》、罗大里的《假话国历险记》……这些作品陪伴了一代又一代孩子的成长。童话故事的格式也由短篇发展成长篇。

在我国光辉灿烂的文化遗产中，有着极其丰富的童话宝藏，但缺乏收集、整理。我国早期的民间童话散落在一些志怪小说中，直到20世纪初，在科学、民主思潮的激荡下，才有了孙毓修的《无猫国》、茅盾的《书呆子》《寻找快乐》等中国早期现代童话问世。在"五四"新文化运动中，很多作家都曾创作童话。1909年商务印书馆出版了孙毓修主编的白话版《童话》丛书，"童话"一词才开始使用并流行。经历了由文言到白话、从改编翻译到独立创作，童话这一文体在中国逐步发展壮大起来。中国童话创作的第一人是叶圣陶。他于 1923 年出版的童话集《稻草人》，是我国有史以来第一部作家创作的童话集，鲁迅先生称其"给中国的童话开了一条自己创作的路"。1932 年张天翼发表了长篇童话《大林和小林》，代表了我国现代诡诞童话的最高艺术成就，为我国长篇童话的发展奠定了基础。1949 年以后我国童话创作进入了一个全新的时期，孙幼军、洪汛涛、葛翠林等都创作出享誉世界的名作。20 世纪 80 年代后，出现了郑渊洁、赵冰波、周锐、郑春华、杨红樱等新一代作家。经过几代童话作家的共同努力，我国的童话创作逐渐走向成熟，特别是到了新时期，童话创作获得了很高的艺术成就。在创作实践中，作家们开始了对传统童话观念的突破性思考，树立了新的童话观念，强调童话的文学性，重视儿童思维特点和美感熏陶作用，带来了童话创作的繁荣局面，出现了不同的创作倾向，形成了不同的创作风格，构成了新时期童话多元化的艺术格局。

二、童话的特征

(一)童话的基本特征

童话充满了奇妙的幻想，是一种带有浓厚幻想色彩的故事。它通过幻想，塑造假想的或象征性的形象，揭示现实生活中的矛盾，反映事物的本质和劳动人民的理想，让小读者通过那个神奇的童话世界，看到现实生活中的真实，因此，没有幻想，童话就不存在。

1. 幻想是童话最基本的特征

(1) 童话是用幻想来反映生活的。

丰富的幻想是童话艺术最基本的特征，童话中的千变万化，只是无数复杂的现实的互相变化对于人们所引起的一种主观幻想的变化。在童话中出现的神魔也好，宝物也好，奇谈也好，都是现实生活在作者头脑中的一种特殊反映——幻想。作者用幻想的彩翼使物体自由飞翔在时空之中，生活在童话中的再现，有很大的幻想成分，它不是科学的再现，而是幻想的再现。例如，在飞机发明之前，人们希望在空中飞行，幻想出"飞行毯"；在电话、汽船发明以前，人们希望飞得很快，幻想出一种"风火轮"……童话中出现的许多神奇的事情，都是幻想所表现的某种现象，也就是生活在幻想中的再现。童话作者不是按生活本来的样式来反映现实的本质的，而是将现实的本质加以高度概括，抽出它的基本思想后，体现在一个神奇的幻想世界中，把许多平凡的常见的人、物、现象等，综合编织成一个不平凡的奇异的图景，展现在小读者面前。

(2) 幻想必须以现实生活为基础。

童话中的幻想往往是离奇莫测的，令人惊异不已，但绝不是虚无缥缈的胡思乱想。它必须是以现实生活为基础的一种虚构。童话中的任务和他们的活动，尽管在现实生活中找不到，也不曾发生过，却是现实生活最大胆、最夸张的概括和集中。童话中那些小动物，当然不可能具有人类的思想感情，不会说人话，不会有人的行为，但是，当它们作为幻想的形象进入童话世界，这些形象就成了现实中某类典型的象征了。所以，童话的幻想是与现实生活密切联系着的，是以现实生活为基础的。

(3) 幻想和现实的结合必须和谐、自然。

童话从现实的基础上产生幻想，再从幻想的情景中反映现实，而幻想又是通过童话中的任务来表现的，因此童话中幻想与现实结合得是否和谐，关键在于人物形象的塑造是否自然。

2. 体现幻想的童话要素

幻想是童话艺术最明显的特征。没有幻想，就无法构成一篇童话。而幻想又得通过童话的某些不可或缺的要素体现出来。一篇童话如果缺少这些要素，童话的幻想就无从表现出来，或者表现得不充分不完整。童话的要素如下。

(1) 表现的夸张性。

童话是运用幻想来反映生活的，它那离奇的幻想往往是通过出奇的夸张表现出来的。如《格列夫游记》中对大人国和小人国的环境与人物描写，《大林和小林》中对大林的形象描绘，莫不如此。任何一篇优秀的童话，总是借助于幻想的力量，把我们日常生活中各种常见的平凡事物或现象，做出奇特夸张的描绘，使它们发出不平凡的神奇的光彩，从而强烈地打动读者的心。童话表现的夸张性，是表现幻想的一种必要手段，要是没有夸张，童话就会失去迷人的光彩。

(2) 情节的神奇性。

曲折离奇的故事情节是体现童话幻想的另一个基本因素。人们常常把进入一个神奇的世界，说成是进入一个"童话世界"，可见童话要求具有神奇性。情节不曲折、不离奇，故事缺少浓郁的神奇色彩，幻想就失去它应有的魅力，便无法体现。相反，作者如能以新奇的想象，编织离奇的故事，使童话透过幻想的折光，展开情节的神奇性，就会取得很好的艺术效果。

(3) 事理的逻辑性。

虽然童话允许夸张、离奇地讲述故事，具有夸张性和神奇性的基本要素，但无论是表现的夸张性和情节的神奇性，都应该符合事理的逻辑性，也就是说，童话的叙述要求符合客观世界的规律。

(4) 内容的象征性。

童话的内容常常带有譬喻或象征性。它通过某种动物、植物、非生物或某种概念来象征社会上某种人的性格，或某类人物、事物的某种特征，或者借助于奇异的童话情节来譬喻某种深刻的事理。它往往通过带象征性的童话形象，确切地概括了人的特征以及人与人之间的社会关系。童话的象征是体现幻想的一种独特的方法，是幻想与现实相结合的一种重要方式。如严文井的《蚯蚓和蜜蜂的故事》就运用了象征，故事一开始就生动地介绍说，在很久很久以前，蚯蚓和蜜蜂是好朋友，模样长得一个样，后来由于蜜蜂勤于工作，爱好劳动，有美好的理想，就慢慢地长出翅膀，变成会酿蜜的美丽的蜜蜂了。而蚯蚓不动脑筋，好吃懒做，就变得更加丑陋了。但事实终于教训了它，它认识到自己的错误，改正了坏毛病，开始在地下帮助农民伯伯松土，制造肥料，现在谁都说它变好了。这个童话把蚯蚓和蜜蜂人格化了，象征了我们生活中某些人的性格，但作者并没有把它们完全写成人，而是处处扣紧了蚯蚓和蜜蜂各自的特征，蜜蜂通过劳动学会了酿蜜造蜂房，蚯蚓改正错误后，努力从事劳动，打洞、翻土、制造肥料。作者通过蜜蜂和蚯蚓这两个形象歌颂了劳动，歌颂了在劳动中互相帮助、不怕困难及刻苦耐劳等优秀品质。

(二)童话的文学特征

童话有上千年的发展历史，在漫长的历史进程中，这种文学体裁从内容到形式都发生了不小的改变，我们也很难用寥寥几句话将童话的面貌完整准确地概括出来。为了更好地说明这一问题，下面将从传统童话和现代童话两个层面分析童话的特征。

1. 传统童话的艺术特征

传统童话在这里是指在民间产生并流传的童话作品，比如《意大利民间童话》《俄罗斯民间童话》等，也包括经作家加工、创造后而成的童话作品。比如，我们熟知的格林童话、贝洛童话、洪汛涛的《神笔马良》。这些故事在民间流传的时间久远，为了方便记忆和复述，呈现出许多模式化的特征。

(1) 固定的叙事方式。

传统童话的内容和形式是简洁朴素的，它在语言叙述上已经形成自己的模式。传统童话的讲述在开头常常是"从前……"，结尾是"从此以后他们过上了幸福的生活"，中间则采用重复性的故事推进情节的发展。将故事发生的时间设定在遥远的过去，可以给孩子们带来一种神秘的阅读体验。大团圆的结局特别符合儿童的阅读心理，让他们在心灵上获得满足。相似情节的反复出现有助于主题思想的表达，给读者留下深刻的印象。三段式的情节是最典型的结构。杰克顺着豆蔓三次爬上天，桃太郎去魔鬼城带了三个帮手，灰姑娘参加了三次舞会，还有三姐妹、三兄弟、三只小猪，等等。

(2) 类型化的人物性格。

传统童话的时代特征不明确，故事更注重文化意义，演绎文化精神，人物形象常带有某一类人的共性特征，久而久之就形成了一些固定的童话类型。比如，在童话中，后母是恶毒的，公主是美丽的，仙女是善良的，女巫是邪恶的。这些人物的性格在故事发展中也是固定的、没有变化的。

(3) 鲜明的主题。

传统童话的主题表达得鲜明而直接。故事的结局总是善良的好人有好报，坏人受到惩罚。这种对高尚品德的歌颂、对丑恶行为的批判，反映了人们对美好生活的向往。用极端和对立的方式把善与恶、美与丑的斗争呈现在读者面前，让好人和坏人得到完全相反的结局，突出了童话的道德主题。所以说，传统童话具有强烈的道德教化作用。

2. 现代童话的艺术特征

现代童话主要指作家创作的童话，也可以称为文学童话或艺术童话。创作童话始于安徒生。创作童话带有鲜明的个人色彩，是作家对社会生活的艺术反映。这些童话也是专门为儿童创作的，同时具有鲜明的儿童特色。因此，现代童话呈现出不同于传统童话的结构特点。

(1) 多层次的结构安排。

现代童话通常点明时代背景，把故事放在现实生活场景中，用现实世界和童话世界同时并行、交错存在的双线结构讲述故事，比如，哈利·波特在魔法世界是尽人皆知的英雄，而在现实社会里则是受尽虐待的男孩。在学校里他接受魔法世界的各种知识，到暑假就必须回到姨妈家里，他们根本不信魔法，还对他百般欺凌。《时代广场的蟋蟀》也是这样两条线索：地铁站里卖报男孩一家艰难的生活；在地铁下生活的老鼠和猫帮助蟋蟀回到草原的家。把真实的现实和虚拟的幻想组合在一个空间内，亦真亦幻，构建了奇妙的童话世界。这种多维、立体、开放的情景带来的阅读体验是单纯的传统童话远远不及的。

(2) 多样化的主题。

现代童话是专门为儿童创作的童话作品。作家有意识地采取儿童视角，运用儿童特有的思维方式表达纯真的儿童世界。道德不再是童话表现的唯一主题，关于爱、勇气、成长，带有人文色彩，表现人文关怀等的童话主题五花八门、异彩纷呈。学校、家庭、社会等跟孩子们生活密切相关的许多问题，童话作品中都有所体现。同时，作家更关注儿童的心灵世界，满足孩子成长的各种心理需求，许多带有游戏、娱乐性质的童话故事更是受到孩子们的欢迎。在不退乳牙、永远长不大的《彼得·潘》等一些作品中，还可以看到作者寄予的成人梦想的痕迹。

(3) 个性鲜明的人物形象。

现代童话作家把刻画成功的童话形象放在童话创作的首位，所以，童话中的形象不再是类型化、固定化的，而变得个性十足、血肉丰满。《时代广场的蟋蟀》里老鼠塔克小气、狡猾又很看重友情，小木偶匹诺曹善良贪玩又管不住自己。他们不是完美的"一个"，但却是独特的"一个"。他们的经历、体验和感受给孩子们留下了深刻的印象。

第二节　童话欣赏

■ 一、童话的内容价值

童话的样式很多，根据不同的标准，可以把童话分成不同的类型。不同类型的童话有不同的特点。

(一)童话的分类

1. 根据童话的形成过程和作者的不同，可分为民间童话和文学童话

(1) 民间童话。

民间童话是带有浓厚幻想色彩的民间故事，属于民间文学的一部分，由人民群众集体创作，世代口口相传，带有明显的民族、地方色彩。比较有代表性的民间童话集有《贝洛童话》《格林童话》《意大利童话》。

(2) 文学童话。

文学童话是在民间童话的基础上发展起来的由作家创作的，是作家文学的一部分，具有作家文学的基本特征，书面创作，有独特的艺术风格，创作方法灵活多样，如安徒生的《野天鹅》、洪汛涛的《神笔马良》、葛翠林的《野葡萄》等。

2. 根据童话的人物形象类型不同，可分为超人体童话、拟人体童话和常人体童话

(1) 超人体童话。

超人体童话描写超自然的人物以及他们的生活，多见于民间童话和古典童话之中，运

用神化的手法,让童话形象以超自然的面貌出现,具有创造奇迹的超能力。借助超越常人与自然力的神仙、妖魔或宝物来展开神奇怪诞的情节。这类童话形象在民间童话中最常见,他们会施展法术,拥有宝物,能够满足童话中其他人物不能实现的愿望,他们在作为推动童话奇迹发展或衔接人物关系的中介出现,使情节变得曲折生动,如《渔夫和金鱼的故事》《神笔马良》。

(2) 拟人体童话。

拟人体童话是作者运用拟人化的手法,将人类以外的各种有生命或无生命的事物人格化以后作为主人公的童话。这些主人公不仅有了生命,而且具备人的情感。拟人体的童话形象在童话中最普遍,如《木偶奇遇记》《舒克和贝塔》《小溪流的歌》《小蝌蚪找妈妈》,等等。

(3) 常人体童话。

常人体童话的主人公以普通人的面貌出现。他们看起来和常人完全一样,但是性格、行为、遭遇都特别离奇夸张,往往故事带有讽刺性和象征性,如《皇帝的新装》《豌豆上的公主》《有劳先生的乡下之行》等。

应该说明的是,这三种童话形象并不是互相排斥的,有时候还会出现交叉。也就是说,在一篇童话中,可能既有常人体表现方法,也有拟人体表现方法。如何将作品归类呢,就要看主要人物,他属于哪一种形象,童话就属于哪一类。

3. 从童话的内容划分,可分为文学童话(生活童话)和知识童话(科学童话)

(1) 文学童话。

文学童话是以人与人的关系反映社会生活为表现内容的童话,如《没头脑和不高兴》《巧克力饼屋》等。

(2) 知识童话。

知识童话是以介绍普及科学知识为主要内容的童话,属于科学文艺的一种形式,如郑渊洁的《奇妙的舞会》、叶永烈的《来历不明的"病人"》等。

4. 从童话的体裁划分,可分为童话故事、童话诗、童话剧

(1) 童话故事。

童话故事是用故事形式写成的童话。大多数童话作品都属于此类,如叶圣陶的《古代英雄的石像》等。

(2) 童话诗。

童话诗是以诗歌的形式写成的童话。例如,鲁兵的《小猪奴尼》、金逸铭的《字典公公家里的争吵》、普希金的《渔夫和金鱼的故事》、梁上泉的《老鼠捉猫》等。

(3) 童话剧。

童话剧是以剧本的形式写成的童话。例如,黎锦晖的《葡萄仙子》、任德耀的《马兰花》、方园的《"妙乎"回春》等。

此外,还可以根据作品的篇幅,将童话分为长篇童话、中篇童话和短篇童话。

(二)童话的内容价值

优美的语言、神奇的故事、荒诞的情节、长久的回味……童话给我们带来许多深切的

阅读体验，这种阅读体验无不显示出该文体具有与众不同的审美特点。在指导学生欣赏童话内容时，应该依据童话文体上的特点，感受童话亦幻亦真的独有魅力。

1. 品味幻想之美

童话最主要的特征就是幻想，它既是童话的形式，也是童话的内容。作者用幻想构思故事，塑造人物。幻想世界的建造和展示，幻想手段的表现和运用，能产生美妙的意蕴和奇特的光彩，使平凡普通的故事变得精彩夺目。在阅读欣赏童话时，要紧扣幻想的特点，引导学生进入作品，体验其中的喜怒哀乐，品味童话的奇幻之美。

2. 把握童话形象

童话中的人物形象最为自由和广泛，上至日月星辰，下至鸟兽虫鱼、花草木石，还有一些产生于人的想象，只存在于魔幻世界的意象，同样也能成为童话中的人物形象，如精灵、海妖、神兽等。喜新厌旧、为了玩乐差点失去家产的蛤蟆先生，爱慕虚荣上了骗子当的国王，只有拇指大的姑娘……童话中的形象给人的印象真是深刻，有时候我们甚至是先认识童话中的形象，然后才知道故事的。因此，鉴赏童话还要紧紧把握童话形象。童话的形象丰富多彩，个性鲜明，在某种程度上反映了作家对社会的认识和对生活的感悟，一般具有一定的现实意义和个性意义。如《卖火柴的小女孩》中，作者对小姑娘不幸命运的描绘，批判了当时社会的不平等现象，对下层人民的苦难寄予了深深的同情。《坚定的锡兵》让我们体会的是小锡兵面对困境永不退缩的性格。

3. 欣赏童话的荒诞之美

在小说、报告文学等写实文体中，人们追求的是一种真实感，越是接近生活本身，就越能激发读者的热情。而童话则恰恰相反，越接近生活本身，就越觉得没味，别人只有一个评价：太缺乏想象了。童话就是要有神奇瑰丽的幻想色彩，想象越奇异、越荒诞、越陌生，就越能激发小读者的阅读热情。奇异与荒诞是童话最重要的审美品质，我们在指导学生欣赏童话时，要注意体会这一点。如《敏豪生奇游记》便是以荒诞大胆奇异而成为世界名著的，其中的 46 则故事就是以其离奇的幻想、大胆的夸张、荒唐得极其可笑而令人感到趣味无穷的。《爱丽丝漫游奇遇记》《木偶奇遇记》《假话国历险记》等也无一不是以出色的奇异荒诞之魅力赢得了一代又一代的小读者。再如安徒生的童话《海的女儿》就淋漓尽致地展现了"海底人鱼世界"这一荒诞的美丽世界，通过小人鱼对爱情执着追求和为爱而不惜牺牲自己生命的感人故事，来表现小人鱼崇高的精神境界和美好善良的心灵，其荒诞的美学意义十分丰富，令人回味无穷。

4. 感受各种风格类型

童话作品的数量极为丰富，体现出的风格也各有差异。区分童话的类型有助于我们把握童话的风格，但有时同一类型的童话，由于作家不同体现出的风格也不尽相同。比如，郑渊洁的热闹荒诞、赵冰波的优美抒情、周锐的聪敏机智，等等。在指导学生阅读童话作品时，首先要了解童话的类型，再品味作品的风格。

二、童话的表现手法

幻想既是童话的内容，也是童话的形式。它不仅可以用来刻画人物、描写景物、渲染气氛、编织情节，还可以创造美感，使童话具有一种独特的艺术魅力。童话的幻想常用拟人、夸张、象征、对比、反复、神化、变形、怪诞等艺术手法表现。

(一)拟人

拟人是赋予人类以外有形无形的事物以人的思想、感情、行为和语言能力，也就是把事物人格化，把本来不具备人的一些动作和感情的事物变成和人一样，使它们也具备人的基本特征。童话中的拟人范围十分广泛，可以是动物、植物、非生物，也可以是自然想象、抽象的道理、概念和思想品格等。拟人是童话创作的常用手法之一，是一种传统的艺术手法，源于原始人类的泛灵观念。拟人不仅不能违反所拟之物原来的特点，而且还要照顾到物与人，以及其他物之间原有的关系，和支配它们的自然和生活规律。假如无缘无故地叫小鸟去访问鱼儿，鱼儿飞到天上去找月亮，这样的写法就很难被认为是成功的。

拟人化童话中的人格化的角色，并不等于生活中真实的人。它们具备了人的某些特点，但仍然保留物的许多属性，既是人又是物。如《风筝找朋友》中的风和风筝，既有人的特点，又有风和风筝的特点，风对风筝说："你要是哭了，你的身上吸了泪水，就会变湿了，变得很重很重，我就推不动你，你也就飞不起来啦！"风要是换成雨就不能推风筝，风筝换成汽车，也不会这么怕水弄湿，也不可能飞到天上去。太阳有很强的光和热，强光刺得风筝睁不开眼；热气又像火一样烫得风筝受不了。假如写月亮和星星也有这样的光和热，就不符合月亮和星星的属性了。文中的月亮，身子是弯弯的，两头尖尖的，就像个弯钩；星星闪亮着眼睛……因此，拟人不仅不能违反所拟之物原来的特点，而且还要照顾到物与人，以及其他物之间原有的关系，和支配它们的自然和生活规律。如《丑小鸭》里，安徒生通过拟人化的形象，把社会的真实面貌用孩子们容易接受的方式揭示出来，把人生的哲理寓于其中。安徒生告诉孩子们一个真理："只要你是天鹅蛋，就是生在养鸭场里也没有什么关系。"拟人手法不光起到了形象化的作用，同时也起到了化深奥复杂为浅显易懂的教育作用。

1. 拟人是表现童话幻想的主要手段

童话借助拟人手法，使山川草木、飞禽走兽，甚至一些无形体、无生命的抽象概念，都可以成为童话的主人公，使其有人类的语言行为、思想感情。如《宝葫芦的秘密》中那个能说会道的"宝葫芦"就是"不劳而获"寄生思想的人格化了的产物。严文井的童话《春夏秋冬》还将四季变化的天气现象人格化，称冬天"是一个冷酷而易怒的老人"，夏天"是一个脾气很坏的郁闷的青年人"，"冬有一个女儿，叫作春姑娘。夏有一个妹妹，叫作秋姑娘"。再看格林兄弟的作品《猫和老鼠做朋友》，故事结尾是猫把老鼠吃掉了，这符合我们的认知规律，如果作者把结局写成老鼠把猫吃掉了，就显然违背了客观规律。拟人之所以广泛用于儿童创作之中，是因为这种手法十分适合儿童的心理，也符合儿童的思维要求。因为在儿童的心目中，一切鸟兽虫鱼、山川树木、日月星辰，无一不是有生命的。富于想象和幻想的孩子们喜欢拟人，也善于拟人，拟人是幼儿童话中使用最多的表现手法。

2. 童话拟人要做到人性与物性的完美统一

拟人童话形象具有双重性：它们是人，又非人；是物，又非物。任何拟人手法塑造形象的目的不为写物，而是写人，一切拟人化形象都起着在幻想境界中反映现实生活中的人的思想行为、品格特色的作用。就是说拟人虽然是将不具备人的动作感情的事物变成和人一样的，但它们并不能脱离自身的本质属性，在它们身上既有"人"的特点，又保留"物"的特征，要做到"人"性与"物"性的完美统一。正是缘于这一点，童话故事才具有了亦真亦假、有虚有实的创作美感。首先，人性的塑造是第一位的，否则拟人化形象的存在便没有意义。如《快乐王子》中直面人生、舍己为人的快乐王子，代表着生活中对劳苦大众寄予同情并勇于为之献身的人。正是因为具有了这样动人的人的思想品格，快乐王子的形象才如此光彩照人。其次，忽视了物性和无缘无故地违反物性，都会破坏童话应有的情调。《木偶奇遇记》中的小木偶匹诺曹是一个真实可爱的儿童的典型形象，由于他贪玩、任性、逃学、说谎，结果使自己吃了不少苦头。经过许多波折和磨难，他终于吸取了教训，最后成为一个真正的孩子。在形象塑造中，作者始终注意保留匹诺曹的物性特点，在人物物性的自然结合中凸现童话色彩，如他从家中逃跑后，在寒冷的夜晚烤火时，疏忽大意，竟将自己的腿烧掉了。这一物性因素决定的情节安排，把匹诺曹第一次因调皮而吃苦的懊悔表现得真切自然。

(二)夸张

夸张就是用夸大的词句来形容事物的特点，以突出其本质特征，达到增强艺术效果的目的。夸张也是一般文学作品常用的一种艺术手法，它借助丰富的想象对描写对象的某些特征进行必要的夸大或缩小，以突出其本质特征，增强表达效果。没有夸张，童话就会失去迷人的色彩。任何艺术都会有一定程度的夸张，但童话的夸张有其独具的特点。

1. 童话的夸张是强烈的、极度的、全面的夸张

童话作品中的夸张不同于其他文学作品，它是从内容到形式的全方位的夸张。这种夸张可以制造浓烈的幻想氛围，使作品产生诱人的美感、新奇感和幽默感。儿童的思维方式中带有夸张的特点，有限的认识使他们难以准确地反映面前世界的新奇，他们对事物的把握与想象与客观现实间存在着很大的差距，而超越自己本领驾驭一切的愿望又使他们的表达中经常出现过甚其辞的现象。强烈的夸张使平淡无奇的生活故事变得生动有趣，易于儿童接受。如《木偶奇遇记》中的戏院经理"长胡须像瓶墨水那么黑，从下巴一直拖到地板上，走起路来老要给自己踏着。嘴大得跟炉灶差不多，两只眼睛好像里边点着两盏玻璃灯"，生活中再怪异奇特的人也不会如此。

童话的夸张表现在各个方面。无论是人物形象的刻画、环境气氛的描绘与烘托，还是情节细节的叙述描写，都可以用夸张的语言表述。葛翠林的《野葡萄》，对可爱的白鹅女的外貌的夸张："皮肤像鹅毛一样白"；对奇异的野葡萄的夸张："深红的，像红色的珍珠，长在深山里的"，野葡萄是能使瞎眼人复明的妙药；对情节的夸张，年仅11岁的双目失明的白鹅女毅然地到深山中去寻找传说中的野葡萄，治好了自己的眼睛，还治好了田边老农、机上老妇、山坡上小牧童等许多失明的善良人的眼睛。在这种全方位的夸张中，充分展示了白鹅女的美丽、善良、坚毅和勇敢。

2. 极度无限的夸张，是为了更好地揭示生活中的真实，具有反映生活本质的意义

安徒生的《豌豆上的公主》里面娇贵的公主，因为在20床垫子、20床鸭绒被下有一粒小小豌豆竟觉得不舒服极了，硌得全身青紫。强烈的夸张反映了贵族生活奢靡的本质，突

出表现了作者对统治阶级的讽刺。郑渊洁在《皮皮鲁全传》中夸张地描述学生作业之多，每天晚上写的作业，第二天都用麻袋装了背到学校去，"他的铅笔一支就有一米长。要不然，老换铅笔，多麻烦呀！""妈妈给儿子拉了一卡车作业本。"作者就是以这样荒诞的夸张反映了对生活中小学生负担过重的忧虑。童话作家采用夸张式的放大，把生活的本质清晰地展现在读者面前。

(三)象征

象征是通过事物之间的某种联系，借助某一具体事物的形象来表现某种抽象的概念、思想或情感。象征是将童话中的幻想与现实世界结合的中介之一，也是童话故事中塑造人物形象的常用方法。其特点是利用象征物与被象征物之间的某种类似或联系，使被象征的内容得到强烈、集中而又含蓄、形象的反映。

1. 象征是童话把幻想与现实融合起来的一种重要方式

童话中的形象，往往是生活中具有某种性格或品质的人的象征，或者是某种社会现象、社会观念的象征。童话中的幻想世界在现实生活中并不存在，但透过表象看本质，我们会发现，在这些奇异的世界中处处闪耀着现实社会的折光，渗透着现实生活的哲理和思想情感。无论是安徒生所创造的海底"人鱼世界"(《海的女儿》)；还是郑渊洁所畅想的"魔方城"(《魔方大厦》)，都具有非常深刻的现实象征寓意。童话中的象征主要体现在人物和情节上。例如，安徒生笔下的"丑小鸭"的形象就象征了那些备受歧视而又善良、甘于忍耐、追求光明，最终获得成功的小人物。托尔斯泰的《大萝卜》中的小老鼠，是共同完成某件大事而不可缺的微弱力量的象征。指导孩子欣赏《大萝卜》，应该把它作为一个整体性的艺术形象来感受，这中间不仅有"人多力量大"的道理，而且有劳动的乐趣、丰收的喜悦；不仅有人物、动植物的名称知识，还有类似于绕口令的反复式的语言韵味。这一切统统以充满感情和想象的艺术形象滋润幼儿的心灵。可是孩子们不一定能够意识到，或者虽然有所意识却说不出来，这不要紧，不必苛求孩子。《大萝卜》传播到我国已有几十年的历史，出版了不同类型的版本。它使孩子们获得真的启迪、善的熏陶、美的享受，具有无穷的魅力。贴切的象征会使童话创作获得更高的审美价值，象征形象以它们鲜明的寓意、独特的形象和格调表现着一种更为深远的意蕴，使童话意蕴的内涵更丰富，使童话和现实的关系更密切。

2. 童话的象征是通过形象或情节的全部内容来体现的

童话的象征意义，建立在幻想世界与现实生活某一特征的相似之上，但两者不是任何意义上都贴切相符的。童话中的象征性形象，只能概括某一特征，并不包括被象征者的全部。林格伦的《小飞人三部曲》中的卡尔松这个神采奕奕、活泼勇敢的童话形象，以他好吃贪玩、爱吹牛、喜欢恶作剧等性格特点，象征了在现实生活中被压抑的儿童内心世界对自由发展的渴望；怀特的《小老鼠斯图亚特》，在小老鼠的生活趣闻和冒险经历的叙述中，通过她蓬勃的生命力，象征了勇于做生活的主人、充满信心地迎接生活的挑战的勇敢少年。所以应该正确理解象征的运用，着眼于童话作品的整体去审视其象征意义。童话的象征是在总体上概括某一事物或某种情感，而不是每个细节都象征什么，阅读时，不能对号入座。鉴于儿童表象联想的能力，童话的象征不能使作品变得朦胧晦涩，恰到好处的象征才能使童话获得更高的审美价值。

(四)对比

作者在塑造童话形象和编织故事时，把真与假、美与丑、善与恶、正义与邪恶、忠厚与狡猾等进行对比，从而使对立面形象突出，同时也能使情节跌宕起伏，有波有澜，耐人寻味。在描写正面事物的同时描写反面事物，把两种截然不同的性格、行为、命运等置于强烈的对比之中，使读者获得深刻的印象。这种在对比中相互衬托、互为渲染的手法，大大强化了童话的表达效果。阿拉伯童话《阿里巴巴和四十个强盗的故事》，叶永烈的科学童话《圆圆和方方》中，就是运用了对比手法。对比有通篇对比与局部对比两种，通篇对比如张天翼的《大林和小林》中大林与小林不同经历以及性格命运的对比：大林和小林是一对双胞胎，大林、小林两兄弟失去父母后，小林被迫成为一个奴隶，在作为奴隶的生活中，他一直没有放弃坚定的生活信念，经过不懈的努力，他终于摆脱了奴隶的身份，找到了一份工作，快乐地生活着。而大林呢，为了成为富翁，和狐狸商量，想法做了富人的干儿子。最后，喜欢金钱的大林，因舍不得离开与世隔绝的富翁岛，守着他的一堆财宝，活活饿死了。局部对比如安徒生的《皇帝的新装》中小孩子的率真与周围人的虚伪的对比。

(五)反复

反复是童话中用得相当普遍的手法之一。反复的手法既有加深感情、强化形象的作用，还有加深印象、帮助记忆的作用。因此，在给低幼儿童阅读的童话中使用率更高。反复在童话中有几种特殊的表现形式。

(1) 相同或相近词语的反复，如严文井的《小溪流的歌》中写小溪流不知疲倦地奔流的词语在童话中反复出现，造成了一种复沓的情感流动和跌宕的哲理意味。再如托尔斯泰的《拔萝卜》①，这则童话的基本情节十分单纯、简洁，就是萝卜长得太大，拔不起来。可是，大作家托尔斯泰却把它处理得有声有色。你看，萝卜被夸张得硕大不可思议，不仅播种它的老爷爷拔不动，连老奶奶、小孙女、小狗儿、小猫儿合力去拔，也拔不动，最后，小耗子帮了一把，才把它拔起来了。他们相互呼喊——"老奶奶，老奶奶，快来帮忙拔萝卜""哎！来了，来了"……一个拉着一个，"嗨哟，嗨哟"拔呀拔的情态，与年龄幼小的孩子真是声息相通。在童话中，作家只是把"拔呀拔，还是拔不动"这一行为动作不断地加以循环反复，它们构成一幅活泼生动、欢快热烈、情趣融融的景象，圆满地体现出稚拙美和纯真美。

(2) "循环反复"，故事情节转了几个弯，周而复始，终点又回到起点，如《渔夫和金鱼的故事》等，让整个故事在反复中深化。

(3) "三"的反复，如三个问题、三个考验、三个兄弟、三只小羊等都代表多数，是一种特殊的反复，强化某种问题的艰巨性或差异性。如黄衣青的《小公鸡学吹喇叭》，这则童话写一只小公鸡去学吹喇叭，第一次去学不成，第二次去又学不成。这种反复法，往往是用三次，一件事重复三次，一句话重复三次，所以又叫三段法。

童话的创作手法远远不止以上几种。出于情节内容等方面的需要，同一篇童话中的创作手法也不是单一的。在一篇童话中交叉使用多种表现手法，是极为常见的。

---

① [俄]阿·托尔斯泰文，周尤图. 拔萝卜[M]. 北京：教育科学出版社，2015.

(六)神化

运用神化或魔法的艺术手法进行创作,赋予童话形象以超自然的力量。运用神化手法时,常常借助于魔法宝物,如《七色花》中的小珍妮,获得了有七片不同颜色透明花瓣的花朵,就能随心所欲地实现自己的愿望;《神笔马良》中的神笔就是赋予马良超人力量的宝物;《哈利·波特》中的魔法扫帚能带着小主人飞翔。新时期童话作家的魔法道具往往选用现代色彩的科学技术,《皮皮鲁外传》中的皮皮鲁乘坐"二踢脚",像火箭那样离开地球直奔太阳,《魔术老虎》的神奇魔法,总是不断地在童话世界创造奇迹,等等。

(七)变形

变形即形象的异变。童话创作中,常常运用幻想、夸张等手法把人形变成其他各种事物,或者使人体的某部分变形。前者称为全部变形,后者称为部分变形。如《格林童话》中"青蛙王子"是因为中了魔法而由王子变成了青蛙,"六只天鹅"是六个中了魔法的王子的变形,二者都属于全部变形。《木偶奇遇记》中的匹诺曹说了谎话鼻子就变长,用的是部分变形。运用变形可以使故事情节发生奇异的转变,也可形成浓郁的幻想气氛。

(八)怪诞

怪诞是运用尖锐的形象夸张,使现实中的实际现象具有离奇古怪、玄妙幻想的形式。童话创作中有人物形象的怪诞、环境的怪诞和情节的怪诞之分。例如,英田特来维丝的《随风而来的玛丽波平丝阿姨》中的玛丽阿姨,当"东风在樱桃树光秃的树枝间呼呼吹过",她就随风飘进了院子;西风骤起,她就飞过树梢,飞上屋顶,最后飘过山头不见了。贾透法叔叔因为过生日非常高兴,肚子里充满了笑气,就像气球一样飞起来,悬在半空看报纸,最后想到不愉快的事才回到了地面。还如把坏脾气装上开关,把地球的时钟根据需要拨动……这一切从人物情节到环境的怪诞,使童话意境更神秘而富有诗意。

第三节 童话教学案例和教学分析

一、教学案例

案例一:小班语言活动课《好饿的毛毛虫》

学习材料:童话《好饿的毛毛虫》

好饿的毛毛虫.mp4 好饿的毛毛虫.pptx

好饿的毛毛虫

月光下,一个小小的卵,躺在树叶上,一个星期天的早晨,暖暖的太阳升起来了,啪!从卵壳里钻出一条又瘦又饿的毛毛虫。他四下寻找着可以吃的东西。星期一,他啃穿了一个苹果。可他还是觉得饿。星期二,他啃穿了两个梨子,可他还是觉得饿。星期三,他啃穿了三个李子,可他还是饿。星期四,他啃穿了四个草莓,可他还是饿得受不了。星期五,他啃穿了五个橘子,可他还是饿呀。星期六,他啃穿了一块巧克力蛋糕,一个冰淇淋蛋筒,一条酸黄瓜,一片瑞士奶酪,一截萨拉米香肠,一根棒棒糖,一角樱桃馅饼,一段红肠,一只杯形蛋糕,还有一块甜西瓜。到了晚上,他就胃痛起来!

第二天，又是星期天。 毛毛虫啃穿了一片可爱的绿树叶，这一回他感觉好多了。现在他一点儿也不饿了——他也不再是一条小毛毛虫了。他是一条胖嘟嘟的大毛毛虫了。他绕着自己的身子，造了一座叫作"茧"的小房子。他在那里面待了两个多星期。然后，他就在茧壳上啃出一个洞洞，钻了出来……他已经是一只美丽的蝴蝶了！

课程类型： 语言活动课

教学对象： 小班(3～4岁)

活动目标：

1. 通过观察理解故事内容，尝试说出故事中的语句："星期×，它啃穿了×个××，可是它还是很饿。"

2. 初步了解毛毛虫变蝴蝶的过程。

3. 体验阅读带来的快乐。

活动准备：

1. 《好饿的毛毛虫》课件。

2. 毛毛虫变蝴蝶的视频。

3. 背景音乐《毛毛虫》。

4. 幼儿小时候和长大的照片。

5. 场景布置：一个苹果、两个梨、三个李子、四个草莓、五个橘子、一片树叶。

活动过程：

一、导入

体验成长的变化。

教师出示幼儿小时候的照片和现在长大的照片。

提问：小朋友刚出生的时候很小，你们知道自己是怎么样长大的吗？

小结：我们的成长需要爸爸妈妈的关心和照顾，需要吃一些有营养的食物，经过漫长的时间，我们才会慢慢地长大。

二、学习童话故事

1. 教师向幼儿出示封面，介绍童话故事。

这个故事讲的是有一条又瘦又饿的毛毛虫，从卵里爬出来，四下寻找可以吃的东西，它吃了很多很多东西后慢慢长大，最后化成蝴蝶的故事。

2. 教师讲一遍故事。

小朋友，今天我们就来学习这篇非常有趣的童话故事《好饿的毛毛虫》，小朋友先仔细地听老师讲一遍。

老师这一遍语速要慢一点儿，让幼儿跟上老师的思路，认真听一遍。

3. 分段欣赏故事。

出示图一，并提问：

小朋友你们看到画面上都有什么？树叶上有什么？那这会是什么呢？

用 PPT 展示每幅图片的内容，让幼儿讲出每一页的内容，培养幼儿的观察能力和语言表达能力。

出示图 2～13，并提问：

(1) 小朋友你们猜卵里会有什么出现？

(2) 毛毛虫这是要去做什么呢？

(3) 星期一，毛毛虫吃了什么？吃了多少？

(4) 星期二的时候毛毛虫吃些什么呢？吃了几个？

(5) 星期三的时候毛毛虫吃了什么？吃了几个？

(6) 星期四的时候毛毛虫吃了什么？吃了几个？

(7) 星期五的时候毛毛虫会吃些什么？吃了几个？为什么？你是怎么知道的？

(8) 星期六毛毛虫吃了很多东西，我们来看看都有什么？毛毛虫一下子吃了这么多东西，我们猜猜它会怎么样呢？现在它的表情怎么样呢？为什么肚子疼？

小结：小朋友在平时吃东西的时候可不能像毛毛虫那样一次吃太多，吃饱了就可以，不然肚子会不舒服的，所以吃东西要适量。

(9) 星期天，毛毛虫吃了什么？为什么会觉得舒服了？

小结：因为叶子是对毛毛虫很好的食物，我们小朋友也要多吃蔬菜身体才会健康。

(10) 又小又瘦的毛毛虫变得怎么样了？

(11) 让我们来猜猜毛毛虫睡了一觉以后发生了什么神奇的事情，它变成了什么？(播放毛毛虫变蝴蝶的视频)

三、语言训练

小朋友，我们来回忆一下这个故事。

教师出示图片，带领幼儿再一次回忆故事的内容，尝试说出星期×，它吃了什么？吃了几个？帮助幼儿进一步了解毛毛虫变蝴蝶的过程。

四、结语

小朋友们，今天我们学习了一个非常有意思的童话故事《好饿的毛毛虫》，小朋友们，回家后请你把这个故事讲给爸爸妈妈听吧。

教师带领幼儿随着音乐，做毛毛虫吃东西、变蝴蝶的动作。

案例二：中班语言活动课《想飞的小象》

学习材料：童话《想飞的小象》

想飞的小象.mp4　想飞的小象.pptx

想飞的小象

有一只小象，刚刚生下来。第一天，他看到了许多小动物。到了第二天，他认识了许多花儿、草儿。第三天呢，妈妈带他到河边，他看见了河水和高山。小象说："世界真大呀！"这时，一只小鸟在天空中飞来飞去。小象想："要是我也会飞，可以看更多的东西，多好呀！"

小象爬到树上学飞，"哎哟"一声，摔了一个大跟头。蛇看见了说："小象，我们有自己的本事。我不会飞，可是我会在树上睡觉。"狮子说："我也不会飞，可是，我能跳过宽宽的大河。"老虎说："我不会飞，可是，我会游泳。"爸爸妈妈对小象说："我们大象力气大，这是小鸟不能比的。"小象明白了，他跟着爸爸妈妈运木头。他用长鼻子一钩，大木头就搬走了。大家都喜欢他。小象："我是小象真幸福。"

(资料来源：南京漫尚文化传媒有限公司. 熊小米成长记：2 想飞的小象艾莉. 南京：江苏少儿出版社，2018)

课程类型：语言活动课

教学对象：中班(4～5岁)

活动目标：

1. 能专心倾听故事，理解故事内容，对有生活哲理的趣味童话感兴趣。

2. 知道每个人都有自己的优点。

3. 学说完整句："我不会……，可是我会……"

活动准备：

1. 在活动前，幼儿对动物(小鸟、蛇、老虎、狮子等)的一些本领有所认识。

2. 教具：小鸟、大象、蛇、老虎、狮子，挂图。

活动过程：

一、导入活动

师：今天老师给小朋友带来了一个可爱的小动物，你们看看是谁？(大象)

师：你们看这只大象和平常见到的有什么不一样？(长着一对翅膀)师：今天看到这只长着翅膀的大象它想做什么？(想飞)

师：现在请小朋友认真听故事，听完故事后告诉老师是哪只动物想飞。

二、讲故事——《想飞的小象》

1. 第一遍讲述故事，提醒幼儿专心倾听。

师：故事里面讲的是谁啊？(小象)它为什么想飞？(想看到更多的东西)

2. 教师结合活动挂图，第二遍讲述故事。

师：故事里还有些什么小动物呢？(有狮子、有蛇、有老虎等)那让我们来听听它们是怎么对小象说的？

幼儿在自由讨论问题的过程中，教师视时机出示挂图，"瞧！就是这只想飞的小象。"讲述过程中，在对话处放慢速度，引导幼儿模仿故事对话语言。

师：小象看见天上的小鸟，它想什么？

师：蛇会飞吗？它会什么本领？蛇是怎样对小象说的？

师：狮子它会什么本领？狮子是怎样对小象说的？

师：老虎它会什么本领？老虎是怎样对小象说的？

师：小象有什么本领？

师：小象的力气大，用鼻子一钩，大木头就被搬走了。

师：它最后还想飞吗？(不想了)。

师：为什么？(因为它知道了自己的本领)。

3. 第三遍讲述故事，重点讲述对话内容。教师边操作桌面玩具边提问幼儿。动物们都对小象说了什么？教师出示桌面教具，请小朋友回忆故事，并对出现的人物进行排序。

师：现在老师把这些小动物请出来。

师：故事先出现了谁？

师：让我们一起来讲一遍故事，老师小声地讲，小朋友们大声地讲。

在提问的过程中教师操作桌面教具帮助幼儿再次巩固故事，内容及人物对话。

三、谈话活动"我的本领"

师：小朋友们真棒，每只小动物都有自己的本事。可是，我还不知道小朋友都有哪些本事呢？能告诉我吗？

鼓励幼儿大胆地、声音响亮地在集体面前说说自己的本事，启发幼儿用"我不会……，可是我会……"的句型讲述。

四、活动延伸

今天老师讲的故事是想飞的小象，小象一开始总是羡慕别人，后来小象知道自己的本领后变得看得起自己，而且感到很幸福！回家后我们把这个故事讲给爸爸妈妈听，好不好？

案例三：大班语言活动课《丑小鸭》

学习材料： 童话故事《丑小鸭》(略)

课程类型： 语言活动课

教学对象： 大班(5～6岁)

丑小鸭.mp4　　丑小鸭.ppt

活动目标：

1. 通过观察和想象进一步理解故事内容，能在集体面前大胆地说出自己的想法。

2. 感受找到妈妈的快乐，体验母子亲情。

活动准备：

1. 前期经验：在区域活动中欣赏过《丑小鸭》的故事。

2. 教具：有关《丑小鸭》故事的道具、《丑小鸭》故事片段。

活动过程：

一、回忆故事内容

提问：故事里有谁？发生了什么事？

(在区域活动中，孩子通过图书、图片、表演区的内容，了解了故事《丑小鸭》的基本内容。本环节一方面是教师通过简单的提问导入活动，是孩子对故事内容的回忆，另一方面也是对孩子语言能力的培养，如语言的完整性、组织语言的能力等)

二、欣赏故事片段，进一步理解故事内容

1. 片段一(鸭爸爸亲热鸭宝宝情节)

关键提问：

(1) 鸭爸爸、鸭妈妈爱它的宝宝吗？你是怎么看出来的？

(2) 鸭爸爸、鸭妈妈看到自己的宝宝出生，它们心里怎样想，猜猜它们会对鸭宝宝说些什么话？(学做鸭爸爸，鸭妈妈)

(3) 爸爸妈妈也一定很爱你们，他们是怎样来爱你的？

2. 片段二(鸟妈妈喂食情节)

提问：(1)发生了什么事？(2)鸟妈妈为什么把小鸭子赶走了？猜猜鸟妈妈发现丑小鸭的时候会说些什么？

3. 片段三(丑小鸭哭泣情节)

提问：(1)丑小鸭怎么了？它为什么这么伤心？猜猜它心里在想些什么？(2)丑小鸭这么伤心，你会怎么做？(引导孩子说些安慰的话)

4. 片段四(丑小鸭找到妈妈的情节)

提问：(1)发生了什么事？(2)猜猜丑小鸭见到妈妈时的心情，它会对天鹅妈妈说些什么

话？妈妈见到丑小鸭的时候会对它说些什么？(学做丑小鸭和天鹅妈妈)

(本环节主要以情感为主线，在欣赏四个片段的过程中，孩子通过观察与想象，尝试表演故事中的角色，让孩子充分融于故事情节中，以此来进一步理解故事的内容，激发孩子爱妈妈的情感，感受找到妈妈的快乐，体验一种母子亲情。另一方面也给孩子提供了一次在集体面前大胆说出自己想法的机会)

三、活动延伸：欣赏小桃花剧团表演故事《丑小鸭》

童话剧具有生动、形象、直观、有趣、寓教于乐的特点，能极大地满足幼儿的好奇心，因此孩子们非常喜欢表演童话剧。本环节一方面让孩子完整欣赏故事表演，再次感受故事中的美好情感，另一方面是激发孩子们下次表演的兴趣。

二、教学分析

(一)童话教学的应用

作为适合幼儿阅读欣赏的童话作品，它的来源有两个：一是作家专为幼儿创作的。例如，瑞典作家林格伦的著名童话《长袜子皮皮》就是给年幼的小女儿讲的一个个小故事，之后才形成文字的。金斯莱的《水孩子》是特意为四岁的小儿子创作的。米尔恩则以他的儿子及其玩具熊为影射对象创作了中篇童话《小熊温尼·菩》系列作品。二是将不适合幼儿听赏的作品，改编为适合幼儿听赏的童话故事。比如，根据《西游记》故事改编的《孙悟空大闹天宫》《猪八戒吃西瓜》等。那么在童话教学中，我们就要把握幼儿的年龄和童话的特点，有针对性地开展教学。

童话的多种艺术手段中重视对夸张和拟人手法的运用。没有夸张，幻想就会失去光彩，年龄越小的孩子越喜欢拟人化的童话。通过强烈的夸张和拟人化的艺术手法来表现虚构的幻想境界，突出神奇的童话想象，能使儿童感到紧张有趣，亲切可信，当然其他的手法也应注意交叉使用。

(二)童话教学的重点

1. 注意引导幼儿学习语言

童话的语言浅显、生动、形象，对于发展幼儿的语言有积极作用。教师在指导阅读的过程中，要重视引导幼儿学习语言，朗读是学习、吸收语言的有效方法。朗读童话，要用接近口语的语气，速度应放慢一些，像述说自己的亲身经历一样，要读得亲切，表达出应有的感情。有的角色还可以分角色朗读，有些童话从儿童的年龄特点出发，有意识地将一些情节和语言稍加改变，教师可用来训练复述，以培养幼儿的口头表达能力。

2. 引导幼儿欣赏童话新奇有趣、单纯明快的情节

童话的情节新颖、巧妙、奇特，吸引小读者的注意力。童话是否精彩，关键在于情节是否出色，平淡无奇的情节是无法激起孩子的阅读兴趣的。儿童的智力发展水平决定了童话的情节应单纯明快。童话的篇幅短小，一篇作品只讲一个故事或一个游戏，只能有一条线索，不能有过多的枝节，情节不能过于曲折。如果是中篇童话或长篇童话，每一个小故

事也要相对独立和完整，故事与故事之间的联系不大。童话的情节多有喜剧色彩。这里的喜剧色彩是指童话中有更多的夸张变形，更多的游戏成分，更多的妙言隽语，给孩子们带来更多的欢笑。所以在学习童话时，要注意引导幼儿欣赏童话新奇有趣、单纯明快的情节。

如野军的《会滚的汽车》讲述了一只滚动的木桶当汽车的故事。木桶在路上滚来滚去地玩，小鸡看见了，它请木桶把它送回家。小鸭和小鹅也上了木桶，三只小动物高高兴兴地在木桶里唱歌。狐狸听见了，就骗木桶说肚子痛，让它送自己上医院。到医院门口，看见狐狸圆鼓鼓的大肚子，木桶才发现小动物都被狐狸吃了。木桶气坏了，它用力一滚，压住了狐狸的尾巴，狐狸疼得大叫，三个小动物就从它嘴巴里跳了出来。大木桶又带着三个小动物高高兴兴地滚动起来。这个童话的情节一点儿也不复杂，却深受幼儿的喜爱，原因就在于把滚动的木桶当成汽车、一次一次地跳进木桶、小动物从狐狸嘴里出来的情节设计符合儿童的游戏心理，满足了他们的好奇心和求知欲，让他们在阅读中体会到了游戏的快乐。

3. 引导幼儿欣赏童话中稚气朴拙的童话形象

童话中人物形象奇特，或外形奇特，或有奇特的本领，或有奇特的经历。这样的人物不仅有利于引起小读者的注意，还能满足他们的好奇心。童话中的人物形象是多种多样的，可以是小猫小狗，也可以是小花小草，或者是男孩女孩。无论是"超人""常人""拟人"，童话中的形象都应是鲜明生动、有个性的，就像我们熟悉的匹诺曹、丑小鸭一样血肉丰满。幼儿童话的形象一般是粗线条勾勒的，突出幼儿行为、心理和性格的某一方面特点。这些形象身上，充分体现了儿童稚气朴拙的特点。《猜猜我有多爱你》中栗色的小兔子，伸开手臂、举起胳膊、倒立……用尽各种方法来证明自己对妈妈的爱。它的行为幼稚得可笑，却让人感动得流泪。所以，童话教学是幼儿学习、欣赏童话中稚气朴拙的童话形象的最佳途径之一，教师要注意引导幼儿品味、欣赏童话中可爱奇特的人物形象。

(三)童话教学的难点

1. 要重视培养幼儿的想象力

在培养幼儿的想象力方面，童话具有非常有利的条件。童话教学，可以抓住幻想的部分反复阅读，在了解内容、学习语言的同时，丰富幼儿的想象力，还可以抓住适合展开想象的句、段，引导幼儿将语言文字转化为形象的画面。一篇好的童话，之所以能更具有非凡的魅力，往往是与它有丰富的想象、奇特的幻想分不开的。创作者在童话这个广阔的天地里，可以不受时间、空间的限制，自由地选择对象进行大胆而丰富的想象，而这些想象除了不能离开现实生活的土壤，还必须符合儿童的心理状态。也就是说，作者要善于用儿童那种稚气的、充满好奇的眼光来观察世界，用儿童的心灵来思考、感受客观世界。凭借儿童独有的心理、情绪、思维方式去展开想象，借助幻想去塑造那不存在于现实生活中却具有现实意义的形象。

如作家王一梅的童话《胡萝卜先生的胡子》，说胡萝卜先生的胡子蘸上了有营养的果酱后，长得很长很长。一个男孩剪了一段做了风筝线，鸟妈妈剪了一段做晾衣绳，胡萝卜先生自己把它绑在眼镜腿上，防止眼镜掉下来。胡萝卜先生的胡子实在是太有用了。吃有营养的食物，能长大个，是妈妈们常说的话吧。可是谁能想象，蘸了营养的胡子居然长那么长，被派上诸多用场，作者的构思真是令人惊叹。故事中体现的奇特的想象力，使孩子获得了极大的快乐和满足。在童话教学中，要充分意识到想象力的重要性，并重视对幼儿想象力的培养。

2. 要处理好幻想和现实、虚构和真实的关系

童话故事是通过幻想虚构的，但它反映了现实生活中的种种真实。童话教学，要处理好幻想和现实、虚构和真实的关系，指导幼儿通过读童话，联系现实生活，受到启发、教育。

童话创作要求具有一颗"童心"，紧紧扣住儿童的年龄特点、心理特点和思维特点。作家方轶群说："儿童特点，年龄特点愈幼小愈突出，为他们写和编，愈须用他们的眼睛来看，耳朵来听，脑子来想。"(方轶群著《为了孩子又拿起了笔》)儿童知识不多，但想象力发达，他们分不清想象中的事物和现实中的事物，在他们心中，万事万物都和自己一样。这种无处不在、无所不能的想象，带有明显的幼稚性和夸张性，这也是儿童欣赏童话的心理基础。在我们的创作活动中，把握孩子的这些特点，进行大胆的幻想，才能引起孩子们的共鸣。同时，在童话教学中，教师也要帮助幼儿处理好童话和现实、真实和虚构之间的关系。

3. 注意引导幼儿学会运用对比

有比较才会有鉴别，有比较才会有发现，在童话学习中，要让幼儿学会运用比较的方法，品味揣摩文中的重点词句，领悟语言文字的表达方法和技巧。比如，在学习童话《丑小鸭》时，就可以引导幼儿通过丑小鸭前丑后美的对比，感悟美的不容易，让幼儿感悟丑小鸭的成功，可以将嘲笑过小鸭的小动物前后表现的对比，感悟成功的喜悦。

三、教学建议

1. 通过童话朗诵，培养幼儿的口头语言表达能力

童话世界是瑰丽而生动的，在童话作品中，天地日月、风云雷电、山川鸟兽、花草虫鱼，都可以被赋予"人"的性格，"人"的思想感情，并以其鲜明的形象和独特的个性活跃在幻想生活的舞台上，所以总是特别受到孩子们的欢迎。

朗读童话除了用普通话语音朗读、把握作品的基调、使用朗读的基本技巧外，关键是"化妆"好角色。朗诵时可以适当地把声音"化化妆"以加强表现力，朗诵的音色因角色不同而有变化。为了逼真地表现出作品中的角色，可以进行模仿、夸张，例如，朗诵乌鸦的话时，声音可以尖一些，因为乌鸦体形很小；而朗诵蜗牛的话时，可以把声音放低一些、慢一些，因为蜗牛总是慢腾腾的。这样立刻就可以使两个角色声音拉开距离，形成对比，不但可以塑造不同的角色，还可加强作品的艺术效果。

通过童话朗诵，可以培养幼儿的口语语言表达能力。

2. 通过形象，感受童话的美和趣

童话通过丰富的想象、幻想和夸张来塑造形象。童话中的形象给人印象深刻，可爱的白雪公主、追求爱情放弃生命的海的女儿、长鼻子的匹诺曹、爱臭美喜欢新衣服的皇帝等，这些经典形象，幼儿很熟悉，因此在童话教学时，就要引导幼儿充分欣赏由想象、幻想、夸张塑造出来的形象，感受童话的美和趣。

3. 通过想象，进入童话世界

想象是孩子认识世界的重要方式。在童话教学中，孩子也是通过想象来认识童话世界的。引导孩子开动脑筋、放飞想象是童话教学重要的方法，也是童话教学的本质。童话最主要的特征就是幻想，它既是童话的形式，也是童话的内容。作者用幻想构思故事，塑造人物。幻想世界的建造和展示，幻想手段的表现和运用，能产生美妙的意蕴和奇特的光彩，使平凡普通的故事变得精彩夺目。在指导孩子阅读欣赏童话时，要紧扣幻想的特点，引导孩子进入作品，体验其中的喜怒哀乐，品味童话的奇幻、荒诞之美。

4. 通过表演，更深入地感悟童话

敢于表演，童话的语言比较符合孩子的审美情趣，品读可以让孩子感受到童话语言的生动鲜活，表演可以让孩子对童话有更深的感悟。表演是孩子与生俱来的一种能力，教师应该合理引导孩子，让孩子表演自己喜欢的角色。

5. 通过模仿，学习童话的表达

幼儿学习的特点就是即学即用，指导应用是幼儿学习的一个重要步骤。尤其是语言学习，就是要让幼儿通过自由的模仿去学会语言应用，学会主动表达。如学习麦克·格雷涅茨的童话《彩虹色的花》，就可以让幼儿模仿童话里主人公，用童话里的句子，和别人问好、打招呼。

本章小结

童话因其浓厚的幻想色彩深受幼儿的欢迎。幻想是童话的基本特征，童话是用幻想来反映生活的，幻想必须以现实生活为基础，幻想和现实的结合必须和谐自然。童话的幻想要素包括表现的夸张性、情节的神奇性、事理的逻辑性、内容的象征性。现代童话的艺术特征：多层次的结构安排，多样化的主题，个性鲜明的人物形象。超人体童话、拟人体童话、常人体童话具有不同的美学特点。童话故事、童话诗、童话剧虽表现形式不同，但都对幼儿具有巨大的吸引力。欣赏幼儿童话，要引导幼儿品味幻想之美，把握童话形象，欣赏荒诞之美，感受独特的风格。拟人、夸张、象征、对比、反复、神化、变形、怪诞等表现手法使童话的幻想得以形象生动地体现。

幼儿园童话教学重点：学习语言，欣赏新奇、单纯的情节，欣赏稚气朴拙的想象。教学难点：重视培养幼儿的想象力，处理好幻想、虚构和现实的关系，学会运用对比。教学建议：通过童话朗诵，培养幼儿的口头语言表达能力，通过形象，感受童话的美和趣，通

过想象，进入童话世界，通过表演，更深入地感悟童话，通过模仿，学习童话的表达。

思考题

1. 举例说明童话的特点。
2. 童话形象有哪几种类型？各举两个例子。
3. 阅读一篇你喜欢的童话作品，分析童话的幻想可以用哪些手法表现？
4. 选择一个你喜欢的童话和同学们一起表演。
5. 编写一个童话教案。

第五章 幼 儿 故 事

第一节 幼儿故事概述

幼儿故事是一种具有悠久历史的儿童文学体裁，以其起伏多变、充满童趣的情节在小读者中播撒着文学的种子，因而它在儿童文学中占有着十分重要的位置。幼儿喜欢听故事，故事有着无尽的魅力。故事像五彩的贝壳，把幼儿引向知识的海洋；故事像绚丽的泡泡，唤起幼儿美好的梦。故事和儿歌一样有着源远流长的历史，是幼儿接触得最早的文学样式之一，爱听故事是幼儿的天性。故事是一种叙事性文学体裁，以叙述事件为主，注重叙事技巧的运用，强调情节的生动和连贯，适合口头讲述。

一、幼儿故事概说

(一)儿童故事的概念

故事是叙述性文学体裁的一种，它侧重于事件过程的描述，强调情节的完整性、连贯性、生动性和趣味性，比较适合口头讲述。幼儿故事则指内容单纯，篇幅短小，情节生动有趣、完整连贯，与幼儿的接受和欣赏能力相适合，供幼儿阅读或聆听的叙事性文学样式。它是儿童文学中运用最普遍、流传最广泛的非常受孩子喜爱的一种艺术形式。

幼儿故事有广义、狭义之分，广义的幼儿故事包括幼儿能够接受以及适合于幼儿聆听或阅读的神话、传说、童话、寓言、笑话等叙事性作品；狭义的幼儿故事是指内容偏重写实、适合幼儿听赏和阅读的故事。本章主要探讨的是狭义的幼儿故事。

(二)幼儿故事的发展

幼儿故事与童谣一样有着源远流长的历史，因为它同样是在人民口头创作中孕育发展起来的，在我国几千年的社会历史中，伴随孩子成长的除了一些神话传说、民间故事，还有就是具有一定幻想因素，以讲述飞禽走兽生活、习性为主的动物故事和现实性较强的生活故事，如兔子尾巴为什么短，巧媳妇的故事，聪明人的故事，等等。此外，叙写古代儿童聪明的故事逐渐被编入启蒙读物中，如元代卢韵的《日记故事》，明代萧良友的《蒙养故事》，其中"曹冲称象""司马光破缸救小儿"等为历代孩子所知晓。

我国现代幼儿故事，从 1909 年最早的以学龄前儿童为对象的刊物《儿童教育画》创刊开始。此后，各种适合儿童欣赏的故事陆续刊登在报刊上，如陆费奎的《我小时候的故事》、徐志摩的《吹胰子泡》、陈伯吹的《破帽子》、叶圣陶的《小蚬回家了》，但数量和佳作较少。

新中国成立以后。幼儿故事创作走上正轨。为适应幼儿读者的需求，作家们开始关注幼儿的生活。20 世纪 50 年代到 60 年代，出现了一些精美之作，如方轶群的《小碗》、安伟邦的《圈儿圈儿圈儿》。新时期以来，直接表现幼儿现实生活的故事大量涌现，佳作迭出。比如，杨福庆的《谁勇敢》、李其美的《鸟树》、任哥舒的《珍珍唱歌》、马光复的《瓜瓜吃瓜》。值得一提的是，在幼儿故事的创作阵营中，有一支来自幼儿园教师、小学教师的队伍，如胡莲娟、任霞苓、倪冰如、郑春华、谭小乔。她们熟悉、了解幼儿生活，作品质量也比较高。

孩子们是天生的故事迷，他们总是围着大人恳切地提出要求："给我们讲个故事吧！"等到他们识字了，就会到处搜罗故事来读。正因为有儿童的阅读需求，各种各样的故事也在接受实践中愈来愈成熟，愈来愈丰富，愈来愈完美，其创作手法也日趋多样。可以说，孩子们接触最早最多的文学样式就是故事。

故事能让儿童在繁重的学校生活之外获得一方乐土，可以不假思索地袒露天性，获得心灵上的解放与情绪上的愉悦。所有这些都是其他文学形式难以替代的。

二、幼儿故事的特征

幼儿故事是备受儿童喜爱的一种艺术形式。它故事性强，情节连贯，以叙事为主要表现手法，这与成人所阅读的故事差别不大。但作为以儿童为对象的幼儿故事，又有其区别于成人的艺术特征。

(一)题材广泛，偏重写实

一方面，幼儿故事的题材广泛，中外历史、社会生活、花草树木、飞禽走兽，等等，只要符合儿童的理解水平和接受能力，都可以作为幼儿故事的题材。另一方面，考虑到儿童的生活范围狭小，对外界的认识常常依赖于直接的生活经验，因此，幼儿故事往往以儿童熟悉的生活和能理解的事物为主要创作题材。

幼儿故事偏重写实，内容的现实性是它区别于幻想色彩强烈的童话和寓言的重要标志。幼儿故事往往是从现实生活中提炼幼儿熟悉的或感兴趣的材料，按照生活的本来面目表现生活，具有很强的现实性。即使是以动物生活为写作对象，也基本上按照现实生活的逻辑進行创作。

幼儿故事中也会有想象的成分，例如，李其美的《鸟树》，故事中冬冬和扬扬把小鸟埋进泥土里，幻想着"这棵树长大了，会开出很多很多鸟花，鸟花又会结出很多鸟果，鸟果熟了，裂开来就跳出了很多很多小鸟"，但是这种幻想和童话中的幻想不一样，这些幻想的景象融于故事当中，是故事中的一个有机环节，充分表现出孩子的天真。故事结尾写冬冬和扬扬长大了，再来到幼儿园，他们已经知道那不是鸟树，而是一棵葡萄树。故事生活气息浓郁，现实性很强。

(二)故事完整，情节生动

幼儿故事历来深受儿童欢迎，其中一个很重要的因素就是幼儿故事有完整生动的情节，孩子们总是喜欢听那些有头有尾的完整故事，他们总是期待着事件的结局。"后来呢？""后来怎么样？"这是孩子们听读故事时不断发出的追问。与儿童审美思维的直观性相一致，每则故事几乎都围绕一个中心来展开，注重事件的轮廓的完整，不求细节的详尽描写，更忌讳成段的议论和心理刻画，即使是必要的环境描写，也十分简洁，这些都使故事的高潮与结局得以尽快到来。

完整性是幼儿故事在整体轮廓上的特征。从文学本体来看，故事由各种生活事件组成，而生活事件的完整性是构成故事的基本前提。因此，幼儿故事一般都要反映事件产生的原因、事件发展过程中的曲折以及事件最后的结局等。换言之，即要反映出特定矛盾冲突的发生、发展和转化的全部过程。只有包括着事件的开端、发展、高潮、结局，乃至尾声的故事，才是有序而完整的。从接受对象来看，故事的完整性能满足儿童的阅读需求。因为儿童在阅读或听故事时，总是希望能了解事件发生的原因和结果，看到事件发展的全过程，因而完整的故事能吻合儿童的阅读心理。

《煎饼帽子》就是一篇能充分体现故事完整性特征的作品。作者在故事一开篇写道："迈克喜欢吃煎饼"，这是故事产生的原因；"妈妈摊煎饼的时候，他就站在一旁看"，这是为故事的开端；随之，故事发展了，在这一过程中，作者先详尽地描述了迈克观看妈妈摊煎饼的全过程，继而写迈克产生了摊煎饼的欲望，于是，他也要来试一试，此时故事进入高潮[①]：

迈克用双手抓住锅把儿，也学妈妈的样子，用劲把煎饼抛向空中。怪了，怎么煎饼没有落下来？抬头一看，哟，煎饼贴在天花板上哩。正在这时候，煎饼又落了下来，"啪"的一声，扣到了他的头上。"这下可好了，你有一顶煎饼帽子了。"妈妈说。随着高潮的出现，故事趋向尾声：不甘心失败的迈克，又试了一次：这次抛向空中的煎饼正好落进了锅里。他做成了第一张煎饼。"你成功了。"妈妈高兴地说。

这篇故事虽然篇幅短小，但事件完整且连贯，情节生动，充满儿童情趣，它能使儿童在阅读中获得一种完整有序的审美感受，从而得到较大的心理满足。

由于儿童的注意力易于分散和转移，平淡无奇的故事很难把他们吸引到作品的情境中去，必须有处于不断运动中的起伏跌宕的情节贯穿始终，才能引导小读者高高兴兴地读或听到结尾。好的情节总是允许孩子们参与行动，感受冲突的发展，意识到高潮的出现，接

---

① 韦苇. 经典伴读[点亮心灯][M]. 长沙：湖南少年儿童出版社，2006.

受令人满意的结局。冲突是情节的源泉,也是故事中最扣人心弦与激动人心的地方。而情节的生动性就是指事件在其发展过程中,以新奇有趣、惊险曲折、温暖动情等特点所营造的动人心魄、引人入胜的效果。它能使作品在小读者头脑中留下深刻的印象。儿童往往带着一种急迫的心情听讲或阅读故事,他们急于了解故事的结局,但又不愿意马上知道结局。这种矛盾的心理使他们对充满悬念、一波三折的故事抱以极大的兴趣和热情,而天然地排斥平淡无奇的故事。因此,儿童故事要想吸引那些坐不住的孩子,使他们兴味盎然地听下去、读下去,必须具有生动的情节。

为了增加故事的可读性,作品常设置悬念来引起儿童的好奇心,因为儿童都有打破砂锅问到底的心理,悬念的设置就是利用了这一心理来激发儿童的阅读兴趣。悬念的设置,还使儿童变被动的接受者为主动的参与者,使儿童的思维能力和解决问题的能力得到锻炼和提高。如任苓霞的《一亮一暗的灯》中,"阁楼上到底是什么在一亮一暗"是贯穿故事始终的悬念。由"没人却有动静"设下悬念,到最后解开这个悬念,使故事情节生动,极具吸引力。

(三)富于幼儿情趣

幼儿故事追求儿童趣味,即指幼儿故事情节必须使儿童读者或听众感到愉快、有意思、有吸引力和感染力等审美特征。因为幼儿阅读或聆听故事,并非为接受教育,而是为了从中寻找愉悦。幼儿的注意力容易分散和转移,平淡无奇的故事很难把他们带进作品的境界中去,童趣盎然的故事才能激发他们的兴趣和热情。因此,幼儿故事必须富有幼儿情趣。

幼儿故事追求趣味性,是由阅读对象的审美情趣所决定的,幼儿童喜欢想象、神奇、惊险与充满游戏性的快乐生活,因此,他们渴望所读到听到的也具有这些快乐的情趣。趣味性是幼儿故事吸引小读者的基础,它依托于作品的情节、人物的语言和行为,以及作品所采用的艺术表现手法,而其直接的效果则是给幼儿读者带来笑声,引起他们阅读或听讲故事的兴趣。幼儿接受教育一般是被动的,他们不可能主动地为了接受教育而去阅读或听讲故事,而更多地是为了在故事中寻求愉悦,这一点,学龄前期的儿童尤其如此。因此,幼儿故事很强调趣味性,常以其"趣"来抓住幼儿的注意,引领他们走进作品的世界并对之进行思想、精神方面的教育和熏陶。

例如,捷克作家彼齐什卡的《六个娃娃七个坑》,写七个小男孩,在大热天来到河边沙滩上玩耍。他们筑道路、修碉堡、跳到河里戏水……领头的符兰齐克开始数他的伙伴,数来数去只有六个。着慌了的孩子们一个个也都数起来,都只数出六个。于是他们用树枝在河里捞,扎猛子到河里摸,结果捞到了一只破皮鞋。他们急得大哭……打鱼的老伯让他们上岸来,每人在沙滩上坐个坑,然后让他们数坑,结果数出七个坑来。原来孩子们数人数时都忘了数自己。这是一个情趣盎然的故事,作品从标题开始就设置悬念。而七个孩子每人只数出六个数却恰恰忘了数他们自己的情节,使故事波澜迭起。作家将七个孩子特有的行为、语言和心理活动通过富有喜剧性的情节艺术地反映出来,使短小的故事充满了幽默、风趣和滑稽。这样的故事,充满了童趣,人物的言语行为、心理活动都极为符合儿童的心理发展特点,因而很受小读者的欢迎。

幼儿故事中的趣味性来自作家对拟人、夸张、反复、讽刺、幽默、诙谐、闪回等艺术手法的灵活运用,尤其是拟人和夸张,运用得当,会大大增强故事的趣味性。《大头儿子小头爸爸》，光看题目，就极富幽默感。儿子是大头，而爸爸反而是小头，夸张、对比引起强烈的反差，富有情趣，令人忍俊不禁，大大增强了作品的趣味性。

(四)语言浅近、明快、口语化

幼儿故事以叙事为主，常常用绘声绘色的讲述形式传达给儿童，幼儿故事多由成人讲述给儿童听，所以它在语言上最突出的特点就是口语化，语言应该浅近、明快、质朴、通俗，少用长句和抽象的词语，多用短句，多用动词、象声词，没有生僻的词语，表现力强，儿童生活气息浓郁，易让儿童接受。经过艺术提炼的艺术化的口语，既明白晓畅又有艺术美感。如任霞苓的《一亮一暗的灯》[①]：

小晴有了伴，胆子大些了。她们俩轻手轻脚地走到楼梯跟前，跨上一步，再跨上一步，又听见"悉悉沙沙"的声音了。小晴又害怕起来，说："兰兰，你比我胆子大，你走在前面，我走在后面。"兰兰也害怕了，说："小晴，你个子矮，我个子高，矮的排在前面，高的排在后面。"她们俩，你推我，我挤你，忽然听到小阁楼里"扑托"一声，灯暗了，吓得一起转身往外逃。

故事中多用短句，便于幼儿理解，对话就是幼儿的口语，表明两个孩子谁都不愿意走在前面，"跨""推""挤"等动词形象地反映出孩子的害怕的心理状态，"悉悉沙沙""扑托"两个象声词的使用渲染出紧张的气氛，设置了悬念。

三、幼儿故事的分类

幼儿故事的分类方法有很多，根据不同的方法，可以分为不同的类型：从表现形式上分，有文字故事和图画故事；从创作者的角度分，有民间故事、改编故事和创作故事；从内容上分，有生活故事、历史故事、动物故事、人物故事和知识故事等。以下是几种常见的幼儿故事类型。

(一)幼儿生活故事

幼儿生活故事是以现实中的幼儿为主要形象直接反映幼儿生活的故事。它直接来源于现实生活，大都取材于幼儿的生活或与幼儿生活有关的社会生活、反映发生在他们身边的生活事件的短小故事。一般又分为以写人为主的生活故事和以写事件为主的生活故事。但不论是写人还是写事，均通过对儿童生活的艺术概括，张扬美的精神，肯定美的行为，表现美的心灵。它在幼儿故事中数量最多，是幼儿故事的主体。

幼儿生活故事以幼儿的日常生活和活动为题材，可以写幼儿的家庭或幼儿园的生活，也可以写幼儿的社会活动；可以写幼儿的优点，也可以写幼儿的缺点。幼儿生活故事是对幼儿生活的艺术再现，反映的内容为幼儿所熟悉，自然使幼儿产生一种真实感和亲切感，并从中受益。幼儿生活故事是幼儿认识社会、适应社会的最直接的"生活教科书"，既可以从正面引导幼儿，也可以启发幼儿改正缺点。它可以作为幼儿生活的一面镜子，幼儿在聆听故事时，可以在艺术化的故事中找到自己的影子，对照自己的思想行为，正确认识自己。

---

① 鲁兵. 365 夜故事[M]. 上海：少年儿童出版社，1980.

幼儿生活故事除了具有幼儿故事的一般特征，还具有其特有的艺术特征。

首先，幼儿生活故事具有较强的教育针对性，教育性更为明显。在幼儿文学各种体裁中，幼儿生活故事最贴近幼儿生活，是幼儿在家庭和幼儿园内外的生活写照。不少作品是作者撷取幼儿日常生活中的某些现象、片断、事例编织而成，有的甚至直接运用真人真事进行构思，其创作意图往往缘于幼儿成长教育中需要解决的问题，如是与非，诚实与说谎，如何引导幼儿积极向上，追求真善美，等等。所以与其他幼儿故事相比，幼儿生活故事的教育性更为明显。如安伟邦的《圈儿圈儿圈儿》，大成的行为会让幼儿觉得可笑，同时懂得要好好写字、认真学习；俄罗斯作家奥谢叶娃的《三个伙伴》，通过三个孩子不同表现的对比，能让幼儿明白怎样做才是真正地关心同伴。当然，幼儿生活故事的现实针对性强，教育性明显，并非一味说教，而是通过设计有趣的故事情节和刻画生动的人物形象来表现的，主题寓于作品浓郁的幼儿生活气息中，幼儿才能接受其中的教益。列夫·托尔斯泰的《李子核》中万尼亚偷偷吃了一个李子，当父亲问起时，他"脸涨得像海虾那样红"，说自己没吃，当听到父亲说"谁要是不会吃李子，把核也咽下去，那么过了一天，他就会死的"，他"脸色发白"，说出了真相。故事中没有说教的道理，没有批评的话语，嘴馋、缺少自制力但又天真幼稚的万尼亚的行为能够让幼儿在笑声中得到引导和启迪。

其次，幼儿生活故事往往具有浓郁的幼儿生活情趣。现实生活中幼儿天真的思想、纯净的心灵、稚气的情感、稚拙的行为，无不让他们感到情趣盎然，他们会迅速融入故事情境中，引起心灵的共鸣。幼儿生活故事的情趣主要蕴藏在故事情节和人物言行的描述里。《鸟树》是幼儿教师李其美写的故事，生活气息浓郁，孩子对小鸟的亲近表现出幼儿对于小动物的喜爱，小鸟死后，两个孩子很难过，表现出他们的善良，他们"种小鸟"的天真幼稚的行为表现出他们的纯真，故事情节洋溢着浓郁的生活气息，幼儿能在故事中或多或少地找到自己的影子，体验美好的情感。安伟邦的《圈儿圈儿圈儿》取材于作者当小学教师时亲眼所见之事，有的孩子把不会听写的字画上圈。经过艺术化的加工，作者让故事中的大成念出"圈儿木鸟，圈儿圈儿，圈儿圈儿圈儿，圈儿害虫，大家叫它圈儿医生"，产生幽默的喜剧效果。听这个故事的孩子都会发出愉快的笑声，同时也会受到教育。这些故事都源于生活，而又高于生活，具有很强的感染力和吸引力。

(二)幼儿民间故事

民间故事是一种流传于民间，具有一定传奇性和幻想成分的题材广泛的叙事性口头文学形式。这类故事往往没有确定的时间、地点，人物类型化，常常运用反复、比较等手法创造艺术效果。这里所说的幼儿民间故事是指经过整理加工的适合幼儿听赏的民间故事。幼儿民间故事结构单纯、语言简洁、线索单一、情节有趣，深受幼儿喜爱。例如《聪明的阿凡提》：

从前，有一个新疆维吾尔族的人非常非常聪明，他的名字叫阿凡提，经常骑着一头小毛驴。那时候的大官非常坏，经常欺侮老百姓。阿凡提经常想出聪明的办法来帮助老百姓。大官派人把阿凡提抓来，大官对阿凡提说："阿凡提，有人说你很聪明，如果你回答不出我的问题，我就杀掉你。"大官看阿凡提一点都不害怕，就问了一个很难的问题："天上有多少星星？"阿凡提马上回答："天上的星星和你的胡子一样多。"大官又问："那么，我的胡子有多少呢？"阿凡提一手抓起自己小毛驴的尾巴，一手指着大官说："你的胡子就和小毛驴尾巴上的毛一样多。要是不相信，你就数一数。"

故事可以让幼儿认识到阿凡提的机智勇敢，启发他们明辨是非，分清善恶。

(三)幼儿动物故事

幼儿动物故事指取材于动物世界，以动物为主人公，描写它们的生态、习性，或借动物形象象征人类社会生活和社会关系，适合幼儿听赏的故事。这类故事或描述动物的生态、习性，或借动物形象间接反映人类社会生活或社会关系。幼儿动物故事一般篇幅短小，结构单纯，有一定的幻想性和趣味性。

与一般介绍动物的科普作品不同，动物故事要有"人物"，有情节。有的动物故事由于作者在对动物的摹写中注入了人的情感和社会意识，借动物形象来象征人类的社会生活和社会关系，故而其动物已不是单纯的自然之物，而具有了某种象征性。

幼儿动物故事又分两种类型，一类是通过描写动物的生活和行动以及它们之间的相互关系，生动有趣地介绍各种动物的形象、习性等的故事。例如，朱新望的《小狐狸花背》，写一只名叫"花背"的小狐狸在其成长过程中的一系列经历。作者将对狐狸的生活习性、捕食的方法、所喜食物的种类的叙写及其对狐狸天敌的介绍融入故事的情节中，同时还写了金龟子和红蜘蛛的生死搏斗、写了山猫偷鸡的行为、写到其他动物的生存竞争等，整个故事均从客观的角度介绍动物。而缅甸动物故事《兀鹰为什么是秃的》，讲兀鹰原先是一只羽毛虽不很美丽却也不太难看的飞禽，当它换羽毛的时候，每只鸟都送给它一根羽毛。于是，拥有五颜六色羽毛的兀鹰骄傲了，它想统治鸟类。此时，愤怒的鸟们不但收回了自己的羽毛，还纷纷用嘴啄它，使它变得光秃秃的，成了又老又丑的"秃鹰"。作品对秃鹰的解释显然带有很强的主观色彩，属于从主观上解释动物形态的动物故事。

一类是借助动物形象间接地反映人类社会生活和社会关系的故事，这类故事在动物故事中数量较多。例如，藏族动物故事《麻雀和老鼠打官司》，写麻雀与老鼠为小事争执起来，请了一只"猫判官"来评判是非，却都被"猫判官"吞进了肚子。

这里，作者借对动物世界的描绘折射人类社会中的某些现象，作品因而具有了较深的寓意。同样，西班牙动物故事《狼和奶酪》、越南动物故事《兔子和大象》、俄国屠格涅夫的《小鹌鹑》等，也都具有类似的特点。

幼儿动物故事可以开阔幼儿的视野，增长见识，培养人文情怀。例如，俄罗斯作家比安基的《小熊洗澡》(片段)：熊妈妈停下，用牙齿叼起一只小熊的脖子，直往河里扔。小熊尖叫着，四脚乱蹬，但是熊妈妈不马上将小家伙扶上岸来，直到小熊洗得干干净净，熊妈妈才让小熊爬上岸来。另一只小熊怕洗冷水澡，就撒腿往林子里跑了。熊妈妈追上小家伙，啪！打了它一巴掌，接着像叼前一只一样，扔进了水中。

故事借猎人在林间观察到的小熊洗澡的经过，表现出小熊仔的幼稚顽皮，既给幼儿以知识，又带给幼儿快乐。

(四)幼儿历史故事

幼儿历史故事是指以历史事实为依据编写而成的适合幼儿阅读和聆听的故事，它主要包括历史人物故事和历史事件故事两类。历史人物故事以历史上真实的人物为主体，表现人物在一定历史时期的活动和经历，帮助幼儿认识历史人物。比如，韦苇的《小列宁的秘密》中小列宁为妈妈做了一只椋鸟笼，表达出对妈妈的爱。历史事件故事则以反映历史上有一定影响的事件为主，讲述起因、经过和结果，帮助幼儿了解历史事件。比如，孙根喜的《诚实节是怎么来的》讲述 8 岁的埃默纽目睹养父母杀害小贩后不愿撒谎，被养父母打死，市政府为他建造塑像和纪念碑，并把 5 月 2 日定为诚实节，纪念埃默纽。

无论是人物故事还是事件故事，都必须以一定的史料为依据且准确无误。幼儿历史故事可以帮助幼儿增长历史知识，学习历史人物的美好品德。

(五)幼儿科学故事

幼儿科学故事是一种以简单的科学知识为内容的幼儿故事，具有科学性和故事性，属于科学文艺的一种形式，是科学和文学的结合。这种故事把科学知识寓于生动有趣、引人入胜的故事情节中，让幼儿在欣赏故事的同时，获取简单知识，并受到科学的启蒙和熏陶。《小花猫的胡子》讲述了妈妈不让小桃给小花猫剪胡子，介绍了"猫胡子的长短跟它们身体的胖瘦一样"这一科学知识。茅以升的《兰兰过桥》中介绍了"潜水桥"和可随身携带的塑料桥，可以激发幼儿的求知欲。

第二节　幼儿故事欣赏

幼教工作者在给幼儿讲故事或进行故事教学前，要能够精心选择适合幼儿、能够给幼儿以启迪和艺术感染的故事。欣赏幼儿故事，容易走入一个误区，那就是看作品有没有教育意义，能对幼儿的思想、行为进行教育的故事就是优秀的，反之，则不是。这就过于强调了幼儿文学作品的教育作用。幼儿不是为了受教育而听故事的，这一点非常关键。幼儿故事属于文学作品，我们要善于发现美的所在，体会艺术的魅力。这就需要学会欣赏幼儿故事，具备一定的鉴赏能力。那么，从哪几个方面入手对幼儿故事进行欣赏呢？

一、欣赏幼儿故事中的情节美

故事之所以吸引幼儿，是因为故事中有情节，有人物。特别是情节的一波三折、跌宕起伏，最能调动幼儿的兴趣。幼儿的感性认识强于理性认识，形象思维强于抽象思维，他们更喜欢故事性强的作品。作家在创作时也非常重视故事性，往往运用一些叙事技巧来增强故事性，让故事引人入胜。阅读幼儿故事，我们首先要具体感受情节发展的一波三折，能分析、体会使用叙事技巧的妙处所在。

幼儿故事中常常设置悬念，充分引起幼儿的兴趣，同时也让情节更生动。设置悬念是叙事性作品常用的技巧，即"卖关子"，埋伏笔。如任霞苓的《一亮一暗的灯》通过设置悬念让故事妙趣横生。"爸爸妈妈不在家，天黑了，小晴怕起来了。"渲染出一种紧张的气氛。此时小晴发现阁楼的灯一亮一暗，悬念产生：为什么阁楼的灯一亮一暗？小晴刚刚想上去看看，就听到"悉悉沙沙——扑托！"的声音，吓得转身就逃。再生悬念：这声音又是怎么回事？小晴叫来了好朋友兰兰，可两个人还是害怕。又是"扑托"一声，灯灭了。俩人吓得一起转身往外逃，悬念加强。她们又找来虎娃，虎娃是男孩子，但听两人一说也害怕了。悬念进一步得以强化：连胆子大的虎娃都害怕，怎么办？最后，三个孩子手拉手并排走上楼梯，发现是小花猫咬住电灯的拉线开关，让灯一亮一暗。谜底得以揭开。

又如朱庆坪的《张老师的脸肿了》，开篇就是一个悬念，"真怪！张老师左边的脸今天突然肿了起来。是给人打了一巴掌吗？不会的。是给刺毛虫刺了一下吗？那更不会了"。小朋友们猜一定是被达达气的，接着就是孩子们为解决张老师的脸肿了这一问题所做的努力，最后，孩子们才知道张老师脸肿的原因是牙齿疼。随悬念的揭开，故事结束。

幼儿故事经常采用巧合、误会来推动情节发展，使故事曲折生动。如梅子涵的《东东西西打电话》，写的是东东和西西两个小朋友因家里安装电话而约定给对方打电话的事情，作者让东东和西西两个孩子的心理和行动完全同步，从而制造出喜剧效果。东东和西西同时告诉对方自己家装电话了，要给对方打电话；回到家又同时发现忘记问电话号码，于是再跑出去问，接着是同时打电话，都一直听到"嘟嘟嘟"的忙音，最后作者又安排他们两个都选择等待对方打过来，以等待结束故事，既在情理之中，又在意料之外，童趣盎然。

朱庆坪的《张老师的脸肿了》中孩子们误以为张老师的脸是因为达达不听话而被气肿的，这一误会推动情节发展：达达上课不做小动作，但老师的脸还是肿着；达达又把自己心爱的卷笔刀送给同学，希望能让张老师好起来。当然，老师的脸肿的原因和达达没有关系，但是孩子们天真幼稚的想法所造成的误会让孩子们对老师的真挚的情感格外感人。

在幼儿故事中，经常通过人物言行的对比，展开情节。例如，杨福庆的《谁勇敢》，敢捅马蜂窝的小松在马蜂炸了窝之后"捂着脑瓜就逃"，不敢捅的小勇在紧急关头保护钢钢，被马蜂蜇肿了脸，痛得哭了，两相对比，幼儿自然明白什么才是真正的勇敢。又如俄罗斯作家奥谢耶娃的《三个伙伴》，对于丢了点心的魏佳，郭良一边吃面包一边表示"真糟糕"，米沙则告诉魏佳，"你大概放在口袋里，不小心丢的。往后得放在书包里"。沃罗佳什么也没说，掰了一半面包给魏佳。同样是关心，哪一种才是魏佳最需要的，在对比中十分清楚。情节简单，没有一句说教，但是能对幼儿产生积极的影响。

法国作家艾斯库迪叶写的《云端掉下一只烤鸡》是一篇趣味十足的生活故事，故事构思巧妙，情节引人入胜，语言幽默风趣。作家特别善于利用生活本身所提供的一切，把作为文学作品的故事写得如生活一般的不由得你不信。

一篇好的幼儿生活故事，它的构思应该是精巧的、不落俗套的、耐人寻味、情节是具有趣味性的。精巧的构思会让幼儿生活故事呈现出新意和趣味。这在《云端掉下一只烤鸡来》就表现得很突出，这个故事里呈现的可视画面实在是奇趣和妙趣无穷，"高耸入云的摩天大楼上突然垂下一只用毛线捆绑的烤鸡来，这烤鸡经过每家窗前时，都会引出好多惊奇的目光"。让我们感叹故事的构思真是精巧，故事趣味十足，这样安排故事情节，怎能不让幼儿喜欢呢？

二、欣赏幼儿故事中的人物美

幼儿生活故事不是小说，并不强调人物形象的塑造。幼儿文学作品中比较多的是类型化、平面化的形象，也就是具有某些共同特征或类似特征的人物形象，便于幼儿识别、理解和记忆。但是，优秀的幼儿生活故事里常常会出现形象鲜明、性格突出的人物形象，给读者留下深刻的印象，比如，《蓝色的树叶》里的不肯借铅笔的小气的卡佳、《张老师的脸肿了》里的调皮而又善良的达达和《珍珍唱歌》里的忸怩腼腆的珍珍，等等。

任哥舒的《珍珍唱歌》(片段)：珍珍心里很想唱，可是觉得屋里人多，怪不好意思的。她就扭着腰说："嗯，嗯，我不唱。"妈妈把她往屋子中间推："别装腔，快唱一个。"珍珍直往妈妈身后逃，撅着嘴说："你越推，我越不唱。"客人拍了几个手，珍珍还是在扭腰。……石娃就唱了起来。他刚唱了两句，大家哄地一下笑开了，他真的走调儿了。珍珍学着老师的样儿喊："走调儿啦……"可是石娃还是咿咿呀呀唱下去，还挺认真呢！一唱完，大家哗哗地朝他鼓掌。接着，大家又要珍珍唱了。珍珍说："你们统统闭上眼睛，我就唱。"大家全都闭上了眼睛。有几位客人眼睛睁开一条缝。珍珍忙嚷："不行不行，你们朝墙坐，不准回头瞧，我就唱。"故事通过动作描写刻画出一个忸怩腼腆的幼儿形象，"扭腰""往妈妈身后逃""撅着嘴"极为传神，让人物"活"起来，还有人物的语言也体现出人物的性格。故事还运用了对比衬托的手法，用虽然唱歌走调但是很大方地在众人面前演唱的石娃和珍珍形成鲜明的对比，孰是孰非，幼儿自然能分辨。

罗佳的《乡下来的丹丹》，用心理描写、动作描写刻画出一个从乡下来到城里的丹丹的形象。故事细致地表现出丹丹心理的变化，丹丹一开始因为爸爸、妈妈的话觉得"幼儿园怪吓人的"，等进了幼儿园，看到花园一样的幼儿园，看到那么多小朋友，丹丹"好像不那么怕幼儿园了"。但是丹丹心里的恐惧还没有完全消失，还是担心着"被关起来"，怕被"老师骂"。随着丹丹随地小便、上课脱袜子两件事发生，老师没有骂他也没有把他关起来，丹丹终于不再担心，最后丹丹对来接他的爸爸妈妈说："你们明天也到幼儿园来吧！幼儿园可好哩！"

幼儿生活故事篇幅不长，人物的性格主要是在情节发展中用人物的行动和语言来表现。《谁勇敢》中的小勇，"把钢钢拉到身后，抢起手中的小褂，拼命抽马蜂"，"拉""抢""抽"的动作体现出他的果断和勇敢，小勇虽然勇敢，但是因为被马蜂蜇了疼得直"哭"，这就使得人物形象更为真实。与小勇形成鲜明对比的小松，在捅了马蜂窝之后"丢下竹竿，捂着脑瓜就逃"，"丢""捂""逃"的动作表明他之前的动作不是勇敢，而是莽撞。两个孩子的形象都很鲜明，都是通过行动和语言体现出来的。

幼儿生活故事中对于人物外貌的描写往往是粗线条的，但应尽量传神。比如，马光复的《瓜瓜吃瓜》中对瓜瓜的描写：[①]"他生下来的时候，胖墩墩，圆滚滚，就像个西瓜。""瓜瓜可爱吃西瓜啦，他一下能吃几大块。吃完了，把小背心往上一拉，挺着圆鼓鼓的肚子，用手一拍，嘭嘭嘭地响，说'西瓜在这儿呢！'"这些对瓜瓜动作、语言的描写，可以幼儿想象出一个食欲旺盛的调皮的小男孩形象。

三、欣赏幼儿故事中的情趣美

幼儿故事贴近幼儿生活，常常将幼儿的天真的想法、稚拙的情态在故事中真实地表现出来，让作品具有浓郁的幼儿情趣。前文中的《东东西西打电话》《张老师的脸肿了》中的幼儿幼稚的想法和行为，既推动了情节的发展，又让故事充满了童真童趣。

再如郑春华的《小鸭子毛巾》，托儿所阿姨把小鸭子毛巾收去洗了，小朋友们午睡起来后到处寻找小鸭子毛巾，有的说小鸭子毛巾飞走了，有的说小鸭子到河里洗澡去了，大

---

① 马光复. 瓜瓜吃瓜[M]. 上海：少年儿童出版社，1983.

家一齐站在门口喊："小鸭子毛巾，快——回——来！"，看似幼稚可笑的情节，却是幼儿心理的艺术再现，充满幼儿情趣。

幼儿的心灵是单纯的，我们可以用一张白纸来形容，他们真诚而善良地看待周围的一切事物，这种童真为成人所感叹，也成为幼儿文学作家笔下的主要表现内容，于是，许多作品中有着纯真的感情，给人以美的感受。《张老师的脸肿了》中写孩子们猜测张老师脸肿了的原因，让读者能体会到孩子们对老师的真诚的关心，为这种朴素而又真挚的对老师的感情所感动，而孩子们最后确定张老师的脸是被达达气肿的，这可笑的原因使作品充满独属于幼儿的情趣之美。

著名儿童文学作家陈伯吹说，如果审读儿童文学作品不从"儿童观点"出发，不在"儿童情趣"上体会，不怀着一颗童心去欣赏鉴别，一定会有"沧海遗珠"的遗憾。

四、欣赏幼儿故事中的细节美

细节描写是指抓住生活中的细微而又具体的典型情节，加以生动细致的描绘，它具体渗透在对人物、景物或场面描写之中。幼儿故事中的细节描写主要是描写人物的声音、语言和动作。如郑春华的《大头儿子和小头爸爸》系列故事中的《两个人的小屋》里的一段：

在一个冬天的晚上，外面下着大雪，风像一百只老虎在吼叫。被窝里，大头儿子和小头爸爸搂抱在一起，像树洞里的两只熊。大头儿子帮小头爸爸焐热一只脚，又焐热一只脚；小头爸爸替大头儿子焐暖一只手，又焐暖一只手。

这里把幼儿熟悉的生活场景艺术化地表现出来，用形象的比喻"风像一百只老虎在吼叫"写出冬天夜晚的寒冷，搂抱在一起的父子俩"像树洞里的两只熊"，相互取暖，多么温暖而又温馨的画面！父子亲情真挚动人，趣味无穷。

朱庆坪的《张老师的脸肿了》里也有出色的细节描写：达达的脸"腾"的一下子就红了，他眼睛瞪得大大的："我……我不知道老师的脸会肿起来的呀！"说着，眼泪都快滚下来了。新新连忙说："达达，别哭，这不要紧的，只要你以后不欺负小娟，张老师不生气，脸就不肿啦！"达达使劲点点头。上课了，张老师走进来，脸还是肿着。达达认认真真地听老师讲课，小娟的小辫子就在前面晃来晃去，达达一动也不去动它。可是，一直到下课铃响了，张老师的脸还是肿着。达达连忙跑到张老师面前，说："张老师，我今天没有拉小娟的辫子！"张老师笑笑，摸摸达达的脑袋，就走了。达达的语言、动作表现出达达的天真与对老师的真挚的感情。特别是看着"前面晃来晃去"的小辫子，"达达一动也不去动它"，十分传神地写出了调皮的达达努力克制自己的那种状态。这篇故事取材于小学生的生活现实，不会写的字画个圈儿代替，经过作者的加工，爱看书而不爱写字的大成听写写不出来，老师让他把自己写的满是圈儿的话读出来，同学笑声一片。全文不满 300字，通篇用幽默诙谐、质朴明快的叙述语言和惟妙惟肖的对话，活画出了一个不认真学习的孩子的种种窘相，洋溢着浓郁的儿童生活气息。这种具有谐趣的素材来源于儿童生活，儿童天真的想象、稚气的思考和他们特有的行为动作，经过细节上的艺术加工，都能带来趣味性和教育意义。

幼教工作者要善于从幼儿的角度出发，感受作品，发现作品的美，在自己具备鉴赏能力的基础上，引导幼儿去欣赏体会。

第三节　幼儿故事教学案例和教学

一、教学案例

案例一：小班语言活动课《雪花》

课程类型：语言活动课

学习材料：幼儿故事《雪花》

雪花.mp4　　雪花.pptx

雪 花

　　白花花的雪花从天上掉下来，树枝上、屋顶上、大地上都盖上了一层白色。小黄狗从屋里跑出来说："汪汪汪，下糖了，下糖了！"小花猫从屋里跑出来说："喵喵喵，下盐了，下盐了！"大母鸡听见了，咯咯咯地说："是盐？是糖？让我尝一尝。"它啄了些白雪花尝了尝，说："不是盐，不是糖，不咸也不甜，吃在嘴里冰冰凉！"一个小男孩和一个小女孩从屋里走出来，乐呵呵地对它们说："下雪了，我们来堆雪人吧。"

教学对象：小班(3～4岁)

活动目标：

1. 理解故事内容，模仿故事中角色的对话。

2. 能根据画面内容发挥想象，大胆表达。

3. 感受冬天雪景的美丽。

活动准备：

《雪花》挂图、用小黄狗、小花猫、大母鸡制作的胸饰。

活动过程：

一、看图讲述

出示挂图并依次操作小图，引导幼儿看图讲述。

教师：白色的雪花从天上掉下来，什么地方盖上了一层白色？

　　　谁来了？猜猜它看见下雪了会说什么？

　　　真是这样吗？我们一起听听故事里是怎么说的。

二、欣赏故事

1. 结合挂图完整讲述故事，引导幼儿注意听对话。

教师：白色的雪花从天上掉下来，树枝上、屋顶上、大地上都盖了一层白色。小黄狗从屋里跑出来，说了什么？小花猫和大母鸡呢？

2. 分段讲述故事，引导幼儿模仿故事中的对话。

三、角色表演

1. 出示胸饰，请幼儿自由选择角色，鼓励幼儿大胆模仿角色对话进行表演。

教师：记住你扮演的是谁，看谁表演得最像。

2. 请个别幼儿到前面来表演。

四、讨论

教师与幼儿讨论雪花的特点。

教师：小黄狗为什么说下糖了？小花猫为什么说下盐了？大母鸡为什么说不是盐也不是糖？

五、活动结束，教师小结。

案例二：中班语言活动课《蜗牛和苹果》

课程类型：语言活动课

活动材料：中班幼儿故事《蜗牛和苹果》

蜗牛和苹果.mp4 蜗牛和苹果.pptx

蜗牛和苹果

"叭！"一个苹果从树上掉下来，落在蜗牛家的菜园里。蜗牛好高兴呀，它有了新朋友。一天早晨，蜗牛发现苹果生病了，身上有一大块巧克力色的斑点。蜗牛说："你别怕，我去叫乌龟医生来救你！"蜗牛来到了乌龟医生家说："乌龟医生，救命呀，我的朋友生病了！"乌龟一听立刻背起药箱，和蜗牛一起往蜗牛家赶去。傍晚的时候，它们来到了蜗牛的菜园。这时，苹果全身都变成了巧克力色，软软的，像一团烂泥。蜗牛大哭起来。乌龟医生看了看，笑着说："苹果正在腐烂，好让它的宝宝钻进泥土里。"蜗牛惊呆了，原来苹果是一位妈妈呀！后来，蜗牛的菜园里真长出了一棵小苹果树。

教学对象：中班(4～5岁)

活动目标：

1. 理解故事内容，学习看图讲故事。

2. 能根据图片推理故事内容。

3. 体会蜗牛对苹果树的关爱之情。

活动准备：

《蜗牛和苹果》挂图、苹果种子若干。

活动过程：

一、谈话

出示苹果种子，引导幼儿谈话。

教师：这是什么水果的种子？把它种在土里会长出什么？

二、阅读

逐幅出示《蜗牛和苹果》挂图，引导幼儿观察、讲述图片内容。

三、理解

1. 教师讲述故事，引导幼儿理解故事内容。

教师：蜗牛的新朋友是谁？它是怎么来到蜗牛家的菜园的？

一天早晨，蜗牛的新朋友——苹果出了什么事？蜗牛是怎么说的？它又是怎么做的？

乌龟医生是怎么说的？苹果妈妈的宝宝是谁？

小苹果树是怎么来的？

2. 教师与幼儿共同小结：

苹果妈妈的宝宝是苹果种子，苹果妈妈腐烂以后，让自己的种子钻进泥土，生根发芽，最后成长为一棵苹果树。

四、讲述

1. 教师幼儿讲述故事。

2. 幼儿讲述故事。

3. 教师总结。

五、活动延伸

回家后，给爸爸妈妈讲一讲《蜗牛和苹果》的故事。

案例三：大班语言活动课《小熊长大了》

课程类型：语言活动课

学习材料：幼儿故事《小熊长大了》

小熊长大了.mp4

小熊长大了

暑假过去了，幼儿园要开学了，小熊还在树洞里呼呼大睡。动物朋友们都来了，他们大声喊："小熊，小熊快起来，我们上幼儿园去吧！我们现在是中班的小朋友啦！"小熊从树洞里出来一看，呦！小马、小兔和小象这些朋友都来了。小马说："你们瞧，我长大了，腿也长了，背也宽了，可以背大木头了。"小马背起一根大木头，飞快地跑了一圈。小兔说："你们瞧，我也长大了，我的脚丫子变大了，跳得更高了。"小兔抬起脚，让大家看看她那双大大的新鞋，又高高地跳起来摘下几个果子。小象说："我也长大了，我的鼻子更长，更有力气了。"小象把长鼻子伸到小河里，吸足了水，往天上一喷，呀，好像下了一场大雨。小熊对着河水照了照自己，嘟囔着说："就是我没长大，好像还和原来一样。"朋友们对小熊说："穿上衣服快走吧！"小熊赶快穿衣服，咦，衣服怎么变紧了啊，小熊扣完扣子打了一个喷嚏，"嘣"，扣子都喷崩开了。小熊抬脚穿鞋子，鞋子怎么变小了啊，好不容易才把脚伸进去，小熊一走路，鞋子顶破了，脚指头都露在了外面，小熊真着急。这时，熊妈妈拿出早已准备好的新衣服、新鞋子，还有一顶新帽子，说："小熊，快来穿上吧。"小熊穿上新衣服、新鞋子，带上新帽子。这时刮来一阵大风，把小熊的帽子吹跑了。小熊追着帽子跑，风把帽子刮过了小河，小熊一着急，使劲一跳，跳过小河，追上了帽子，小熊说："啊！原来我也长大了。"长大了，大家都长大了，小动物们一起高高兴兴地上幼儿园去了。

教学对象：大班(5～6岁)

活动目标：

1. 理解故事内容。

2. 能用动作、表情、语言表达小动物们成长的喜悦心情。

3. 体验长大的快乐。

活动准备：

教具与学具：《小熊长大了》游戏卡；小熊、小兔、小象、小马的头饰。

幼儿前期经验：事先排练好情境表演(四个小朋友，分别扮演小熊、小兔、小象、小马四个角色，内容同故事前四段)

活动过程：

一、欣赏

请四个小朋友戴头饰扮演小动物，进行情境表演。

教师：仔细看一看、听一听，这几个小动物都说了什么？

二、倾听

出示游戏卡，有表情地讲述故事。

教师：老师给小朋友讲一个《小熊长大了》的故事。小朋友仔细听，故事里都有谁，故事讲了一件什么事？

三、交流

引导幼儿用动作、表情、对话来表达小动物成长的快乐心情。

教师：小动物们都是怎么说的？

小熊也长大了吗？你是怎么知道的？

四、讲述

请幼儿边操作边练习讲述故事。

教师：请小朋友边操作小游戏卡片边讲述故事。

五、讨论

引导幼儿讨论自己是否长大了。

教师：我们幼儿园里最大的孩子是谁呢？你们觉得自己长大了吗？

二、教学分析

语言是人们进行交流和沟通的工具，幼儿期是学习语言的最佳时期，这一时期语言能力的发展对孩子今后各种能力的发展、知识的获得、兴趣的培养、心理结构的发展等具有决定意义。故事教学在幼儿园语言教学中占有主要地位，是发展幼儿创造思维的重要手段。爱因斯坦说过："想象力比知识更重要。"因为想象力可以开拓创造性思维、发展幼儿的智力。幼儿创造思维能力的发展和语言能力的发展是同时的，思维的发展能促进语言构思能力、逻辑性和语言表达能力的发展。故事本身以其生动的语言、具体的形象和有趣的情节而深受幼儿的喜爱，因此，故事教学在幼儿园语言教学中占有重要地位，是发展幼儿创造性思维的重要手段，开展故事教学对于培养幼儿良好的品德、提高幼儿的语言表达能力、丰富扩大幼儿的知识面具有积极的促进作用，而要真正发挥这些作用必须采取恰当的方法、遵循正确的原则。

(一)幼儿故事教学的应用

幼儿园的故事教学内容广泛，不仅包括幼儿生活故事，还包括幼儿动物故事、幼儿历史故事、幼儿科学幻想故事等。它是幼儿园教育必不可少的组成部分，对儿童的发展具有重要的作用。爱听美妙的故事是孩子的天性，故事是幼儿最易接受的一种艺术形式，开展故事教学活动意义是多方面的。

1. 对幼儿实施良好的品德教育

幼儿正处于发展成长时期，由于知识和经验有限，培养他们良好的道德品质和良好的行为习惯，只用口头说教是难以达到的。要收到好的教育效果，就必须使其知道什么是好的，什么是不好的，什么行为是对的或是不对的。而故事是集中地、典型地反映现实生活，并以活生生的形象来反映思想情感的艺术形式。由于是非鲜明，感染力大，幼儿在聚精会神地听故事的同时，往往会为正义和善良而快乐和欢呼，为小主人公悲惨的遭遇而流出感伤的眼泪，为故事中人物的机智而点头或对愚笨而摇头。幼儿听过某些故事后，对待事物的态度也往往会有所改变，如知道关心别人了，爱清洁了，不是那么爱哭了，等等。这些都从侧面反映了故事在幼儿思想品德教育中的积极作用。

2. 提高幼儿的语言表达能力

幼儿正处在语言发展阶段，他们的语言质量不高，词汇贫乏，有时表达的句子还不符合语法结构，在此，幼儿故事可以成为孩子们的"语言教师"。通过故事读物和视听资料进行语言教学，往往比仅针对个别语法要点进行练习更有趣，也更有效。故事能为幼儿提供真实、自然、丰富的语言输入，帮助他们学习把话说得清楚并富有表现力。幼儿在记住故事的同时，也记住了优美的艺术语言。这对丰富幼儿的词汇极有帮助。在幼儿园的故事教学中，幼儿不仅要听故事，还要根据语言教学要求，练习复述故事。这对幼儿清楚准确发音、连贯表达，是十分重要的。所以，幼儿同的故事教学对幼儿语言能力的综合提高大有作用。

3. 丰富幼儿的知识

丰富幼儿知识，启迪智慧，是幼儿故事教学的重要功能。幼儿正处在人生的早期阶段，他们知识贫乏，认识能力有限。因而年幼的孩子常常不断地向成人提出"是什么"和"为什么"等问题。为使孩子对大千世界有所了解，满足孩子的求知欲望和好奇心理，给孩子们讲述故事能生动地告诉他们"是什么"和"为什么"，从而为孩子打开知识的窗口。在丰富知识的同时，故事教学还可以提高幼儿的认知能力。幼儿在听故事时，会在感性认识和形象思维的基础上，进行思考和评价。虽然这样的思考是初步的，结论甚至是幼稚的，但对于提高幼儿的认知能力却是有意义的。此外，幼儿的知识越广泛，想象也就越丰富。可见，故事教学是激发幼儿大胆想象、启迪幼儿智慧的有效方式。这一点在童话、寓言和科学幻想故事中更为明显。它们能把幼儿带进一个神奇而诱人的世界，引导他们去思考、去向往。故事中生动的形象，浓郁的情趣，自由放任的幻想，可以帮助幼儿理解现实生活中的道理，培养他们的想象力。

4. 培养幼儿的学习兴趣

兴趣和动机的激发在幼儿的学习中至关重要。幼儿的学习在很大程度上是由好奇心与兴趣诱发的。只要是适合幼儿的故事，他们肯定会兴趣盎然、聚精会神地去听或去阅读，从而使其形象思维与创造性联想得到充分的调动。

(二)幼儿故事教学的重点

1. 激发兴趣，引导幼儿"敢说、想说、多说"

兴趣是幼儿最好的老师，在兴趣的作用下，幼儿会情不自禁地相互交流、彼此讨论，从而激发说的欲望。在进行故事教学时，要注重捕捉幼儿的兴趣点，千方百计地为他们创设宽松的说话氛围，使他们敢说、想说、多说，从而燃起想象的火花。比如，让幼儿学说幼儿故事中角色的对话。幼儿故事中除了有故事场景的描述和独白成分外，其他部分通常是通过各种小动物们的对话来讲述故事事件发生的时间、地点、经过等，因此故事中小动物们你一句我一句的有趣对话是幼儿练习生活基本口语的训练素材。例如，在故事《金色的房子》中的主人公是小姑娘、小狗、小鸟、小猴。故事开始部分是小狗主动向小姑娘打招呼，"小姑娘您早，您那金色的房子真好"这一句简单的问候话通过幼儿练习学说后，会让他们养成与人主动打招呼的好习惯，在向别人问早的时候会脱口而出。其中小鸟的问话"你不怕我弄脏房子吗"，小狗的问话"你不怕我闹得你睡不着吗"……幼儿通过练习学说后对疑问句语气的表达有所领感悟。在日常生活中当自己产生疑问的时候通常会加疑问字"吗""呀"等进行语气修饰。因此经常创设、提供幼儿学说故事中角色的对话是幼儿口语练习的一个简单而又实用的举措。

2. 结合幼儿生活经验开展故事教学，使教学活动更加真实、生动

很多幼儿故事都是和幼儿的生活息息相关的，来源于幼儿的日常生活，幼儿对此比较熟悉，感到亲切。那么，在故事教学时，就可以结合幼儿的生活经验开展，如故事《洋葱头找朋友》的教学活动中，可以请幼儿发挥想象："洋葱头还会有哪些朋友？还会发生什么事？"幼儿结合生活经验大胆地进行故事创编，在创造想象的过程中体验了找朋友的愉快心情。生活是教育的源泉，与幼儿现实生活中有类似经历的故事教学更能让幼儿感兴趣，创造思维也能在轻松的氛围中得到提升。

3. 注重环境的创设，让幼儿有如身临其境

比如，在故事《树妈妈的信》活动中，我们可以创设了秋天的场景，通过听音乐、看图片来感受秋天的意境，让幼儿想象："自己如果是叶娃娃，会帮妈妈把信送到哪里呢？"幼儿经过自己的想象讲述了一个个生动的故事："我帮妈妈把信送到幼儿园，小朋友拿着信说'树妈妈来信了，树妈妈来信了'"……幼儿在迁移想象的过程中，不仅加深了对故事的理解，还更好地促进了创造性思维的发展。运用环境创设的方法，可以调动幼儿的积极性、创造性和想象力，让他们学得更加轻松和主动。

4. 角色扮演

幼儿故事表演是幼儿非常喜欢的语言活动形式。它是以声音表情、面部表情和身段表情来创造性地再现文学作品中人物形象的一种表演活动。

在幼儿故事教学中，幼儿之间的角色扮演可以刺激幼儿的思考和语言表达能力。

(三)幼儿故事教学的难点

1. 丰富幼儿的想象，拓展幼儿创造思维

幼儿故事教学是丰富幼儿想象，拓展幼儿创造思维的好时机。在活动中，教师要设计安排如何调动幼儿的想象，引导幼儿积极思考。如在《小熊搬家》教学中，当小熊妈妈要小熊一次性搬走所有玩具时，老师让幼儿注意观察：小熊的玩具中有什么？哪些玩具是可以相互搭配装走的？于是让幼儿帮小熊想办法，怎样装玩具才能一次性把玩具搬走。在提问中，教师应把握时机，抓住幼儿情感特点提问，由浅入深，循序渐进，开阔了幼儿的思路，使整个活动更加完整、情趣化。

2. 开展游戏教学，调动幼儿的创造思维

从古到今只有不爱学习的孩子。但从来没有不做游戏的孩子，也没有不喜欢游戏的孩子，孩子们离不开游戏，游戏是幼儿的基本活动形式，在游戏的过程中，孩子们是自己的主人，可以自主能动的活动，发表自己的看法。幼儿园的课程与游戏是密不可分的，作为课程实施重要活动之一的游戏，应该充分发挥孩子们的主动性和创造性，引导幼儿参与多种游戏，鼓励幼儿在游戏中反映生活，为幼儿在游戏中运用的知识及能力提供机会和条件。从而实现让幼儿在愉快、自主中全面健康发展。游戏活动和日常生活活动、教学活动一样，在幼儿园课程中是缺一不可的，可见，游戏已成为孩子们"生命"的一部分。自主性、趣味性、虚构性、社会性、实践性等是游戏特有的属性，处在幼儿期的孩子身心都有一定水平的发展，对周围一切事物好奇、好动、好模仿，幼儿故事恰好可以满足幼儿的这种需要。

教师在幼儿故事教学活动中，可以充分发挥游戏的作用，设计游戏情境。如在故事《小蚂蚁搬豆》中，老师就可以设计这样的一个游戏情境：小蚂蚁在寻找食物时，发现很大的一粒豆，小蚂蚁能想出很好的办法来搬豆。那么在我们平时生活中，也会碰到一些困难的，老师想请小朋友把这张桌子搬出去，你会怎样搬呢？请出幼儿来体验。幼儿通过学习故事，懂得了小蚂蚁搬豆的方法，也马上运用到了实际生活当中。这样一个活动的体验，使幼儿既掌握了知识，又开发了幼儿的创造性思维。

3. 注重个体差异，提高创造思维能力

在故事教学活动中，幼儿的创造思维水平是有很大差异的，比如，有的幼儿擅长创编故事、语言表述，有的幼儿擅长动作表现。作为教师，要尊重每位幼儿的发展特点，因材施教，关注他们的发展，及时进行鼓励，刺激他们去尝试、去大胆想象。

三、教学建议

在幼儿故事教学中，要学习使用幼儿故事教学活动的组织方法和注意要点。

(一)幼儿故事教学活动的组织方法

组织幼儿故事教学，可以将情景游戏、课堂表演、口语交际、环境沉浸等多种形式贯穿于教学中，其具体方法有三种。

1. 提问法

提问法是故事教学中应用最多的一种方法。提问法主要在以下几种情形中运用：一是故事教学开始时，以提问引出作品，为讲述故事内容做铺垫。二是帮助幼儿理解作品时，采用提问的方法，帮助幼儿层层深入地理解故事的主要内容。在这个过程中，教师的提问应能引起幼儿对作品内容的回忆，如"故事中的主人公说了什么话？而后又发生了什么事？最后怎么样了？"也可以通过提问帮助幼儿领悟故事的主题，如"为什么会这样?你是怎么知道的呢?"教师还可以采用提问的方式引导幼儿将自己对作品的内心体验表达出来，如"喜欢故事中哪个人物，为什么喜欢?"等。三是引导幼儿复述故事或续编故事时，为保证幼儿将故事的主要情节讲述出来，教师可以采用提问的方法帮助幼儿回忆作品中的主要内容。此外，在续编故事中，教师还可以采用创造性提问的方法，启发幼儿的想象。例如，在著

名故事《狼来了》中，教师可以这样问："男孩的羊被狼吃掉了，为什么没有任何人去帮他。这时男孩一定后悔说谎话，欺骗人们。如果他当初不说谎话，真的有狼来了，会是什么样子呢？"不过，创造性提问只适合于年龄较大的幼儿，对小班孩子，一般采用回忆性和体验性的提问，以帮助幼儿理解并体验故事的主要内容。

在使用提问法时，教师要注意以下两点内容。

第一，幼儿故事教学的主要目的在于让幼儿理解和欣赏故事中的主要内容，同时获得审美愉悦，领略作品的教育意义。因此，教师在教学中不应过多地提问，尤其不要过多地运用回忆性的提问。因为这种提问很容易千篇一律，如果按照"故事里有谁，他们在干什么，结果怎样，这个故事告诉我们什么道理"这种公式提问，幼儿很容易对生动、有趣的故事产生厌烦心理，进而对故事活动失去兴趣。因此故事教学中，教师要将回忆性提问与体验性提问、创造性提问结合起来，尽量少用回忆性提问，将单调、机械的模式化问题转为启发式问题，从而保证教学过程的生动、活泼有趣。

第二，教师还要注意提问法使用的时机和技巧。一般说来，在教师讲述故事时不要提问，尤其是对那些内容丰富、情节紧凑的故事。若教师在讲述中发现某个幼儿不认真听讲，可以采用注视或手势暗示的方法，也可以提高声音或突然停止讲述以引起幼儿的注意，但不要因此而停下来问这个幼儿几个问题或让他把前面的故事复述一遍。这种做法不但无效，还会使其他幼儿对故事的兴趣降低，破坏故事的完整性。教师在提问时也不要连珠炮式地在同一时间向幼儿提出几个问题，而要按顺序统筹安排。在第一次讲述完后向幼儿提一些问题，这些问题一般是回忆性的，问题不可太多，2～3 个即可，第二次讲述完后再提一些问题，这些问题主要是让幼儿体验故事的主要情感，但同样地，问题也不要太多，最多3～4 个，否则故事教学课就变成了单调乏味的提问课。

2. 讨论法

讨论法也是故事教学运用较多的一种方法，一般在中班和大班使用。讨论法一般运用于理解作品阶段和续编故事阶段。在幼儿已基本理解故事的主要内容后，为进一步调动幼儿情绪，以深入理解作品内涵，教师一般可采用讨论的形式，让幼儿积极地动脑筋思考故事中的重点及难点问题。讨论中，教师要鼓励幼儿充分地发挥自己的想象力，设身处地地替故事人物出主意、想办法，使幼儿在积极动脑筋参与的同时加深对作品的理解。例如，故事《小老鼠做蛋糕》，教师在讲完故事后可以引导幼儿讨论："小老鼠是怎么想办法做蛋糕的？蛋糕做好后，小老鼠是怎么吃的？你喜欢故事里的小老鼠吗？为什么？如果你是小老鼠，你拿鸡蛋做什么？"而在续编故事阶段，教师运用讨论法是让幼儿就故事的情节发展做一个简要的分析，然后再运用自己的想象力进行合理性的续编。讨论有助于幼儿拓宽自己的思路，加深对故事情节的理解，从而在续编时能做到故事结构完整，结尾与中间、开始部分形成合理的呼应。

教师在运用讨论法时要注意以下两点。

一是幼儿讨论后，要引导他们进行归纳、总结。仍以《小老鼠做蛋糕》为例，在幼儿讨论之后教师要引导他们归纳出几个问题：小老鼠看到鸡蛋想到做蛋糕——聪明的老鼠；小老鼠将蛋糕分给大家吃——热心肠的老鼠；老鼠用两个半圆的碎蛋壳做汽车——敢于想象创造的老鼠。一旦幼儿归纳出以上几点，那么幼儿对这个故事的主要内容和基本结构就有了更深入的了解。

二是讨论中要充分发挥所有幼儿的积极性。如果有可能，教师应该让幼儿分组进行讨论。对那些不擅长言辞的幼儿，教师要给予积极的关注，鼓励他们将内心的感受讲出来。

3. 中断法

中断法可运用于中、长篇故事的讲述中。这些故事由于篇幅较长无法讲完，因此教师在情节扣人心弦处有意停下，且每次中断时巧妙设置疑问、悬念，让幼儿猜想，可以发展幼儿的思维能力。短篇故事讲述中也可以采用这种方法以引导幼儿进行思考、联想。比如，教师可以就故事的情节提问："这是怎么回事呢?这是为什么呢?"然后做短暂停顿后说："听我讲下去就知道了……"也可以就后面要讲的情节提问，如"猜一猜。接下去会怎样呢?"让幼儿简短地议论后说："是这样吗?听我往下讲就知道了……"

教师在运用中断法时，要记住这种中断是在需要的时候做暂时中断，而不是随意中断，中断的目的是为了提高教学效果。因此，中断法的运用要适时、适当，要少而精，不宜频繁使用。

(二)开展儿童故事教学应注意的几个问题

1. 选择适合不同年龄段的幼儿故事

在选择用于教学的故事时，教师需要考虑这样三个方面：故事的可听性；教学主题；幼儿的年龄层次。可听性涉及故事语言的难易程度、语言结构的复杂程度、故事内容的精彩程度和故事的长度等因素。判断故事的语言难易程度应以幼儿的现有水平为依据。根据维果茨基的"最近发展区"理论和克拉申关于第二语言习得理论中的输入假设，幼儿是通过理解略高于其现有水平的语言输入进行语言习得的。因此，故事语言的难易程度应控制在幼儿的语言水平之内，又要包含新的语言知识。如果幼儿理解不了故事中大部分语句，再精彩的故事也会令他们失去听或读的兴趣。

此外，图片和体态语言也是帮助幼儿听懂有一定语言难度的故事的有效手段。从结构和内容上看，应选择逻辑清晰、内容浅显、有趣的故事。从小班到大班，故事内容的复杂性应该是呈梯度上升的。从故事的长度来看，用于课堂讲述的故事不宜太长，因为听故事是一个紧张兴奋的过程，幼儿能集中注意力的时间有限，太长的故事会使他们疲倦，失去听讲的兴趣。书面阅读的故事可以稍长一些，因为幼儿可以重看前面的内容。另外，只有情节突出的故事才具有可读性，正如英国教育家安德鲁·莱特所说，大段的描述是运用故事教学时所忌讳的，用于幼儿教学的故事尤其如此。

教学主题是教师选择故事的重要依据。教师应根据本单元的教学主题选择相关的故事，这样，既能降低故事的难度，又能扩大幼儿的知识面。选择故事时，教师应选择线索清晰的故事，以便于孩子根据故事线索理解、复述或转述故事的内容。幼儿的年龄也是选择故事时必须考虑的因素。对于低龄幼儿，宜选择重复率高(包括词、句与段落的重复)且朗朗上口的故事。这对幼儿牢固掌握基本的词汇和句型结构以及形成正确的节奏感很有帮助。

2. 精心设计故事教学中的活动

活动的设计是故事教学的关键。语言教学环境下的"讲故事"不同于作为娱乐消遣的"讲故事"。后者的主要目的是"乐"，除了听或读以外，一般没有其他活动；而前者可以说是"寓教于乐","教"才是目的，围绕故事所展开的各项活动是达成"教"这一目的的途径。

准备活动：准备阶段的活动一般在呈现故事内容前进行，主要有两个目的：一是清除幼儿理解障碍；二是让幼儿对故事的内容有一个大致了解。扫除语言障碍的准备工作主要是针对影响理解故事内容的关键词和关键句而言的，对不影响幼儿理解或图画中可以猜测出意义的生词不必解释。需要注意的是，即使是教幼儿生词的活动，也要既有意义又有趣，并尽可能与故事内容相关。

在讲述故事过程中，教师还可以设计出如下活动：在幼儿听故事时，教师向他们出示相应的教学卡片，帮助他们理解；让幼儿通过画面猜测故事的大意；将打乱顺序的图片按自己的理解重新排序；结合故事的关键词猜测故事内容等。富有新意、手脑并用的活动是具有趣味性和挑战性的。比如，边听边做出相应的动作；根据故事情节找出相应的图片或拼图；根据动作或描述做出判断，等等。这些活动的目的不是评价幼儿答案的对错，而是激发幼儿的兴趣，引发他们思考，同时降低听的难度，提高故事的可听性。

讲故事时教师身体语言的运用可增强故事的感染力，提高故事的理解度。讲故事比读故事更具个性特点，教师可观察儿童的反应，并随时采取相应的调控措施，如重复和辅以动作等。讲故事要求教师有较高的口语水平和较高的表演才能，对于口语水平一般的教师，应在讲完故事后，多让幼儿听录音磁带，这样有助于培养幼儿的倾听能力。在理解的基础上，教师可以设计表达活动。例如，可让幼儿根据图画复述故事或简单描述人物或事物、为故事添加一些内容、根据故事内容分角色表演等。这些活动都有利于提高幼儿的听说能力，也有益于训练幼儿的推理和想象能力。为降低活动的难度，激活幼儿的创造性思维，当幼儿试图复述故事时，教师可以给予一定的提示。这些活动应尽量以小组为单位来进行。此外，幼儿是喜欢表演从录像中看到的短剧和故事的，通过表演他们将从中获得一种成就感。

3. 引入竞争机制，激发幼儿参与活动的热情

任何一种活动形式，时间久了，孩子都会厌倦。冷漠的情绪会使活动效果大打折扣，引入竞争机制，这一难题便会迎刃而解。竞争能激活幼儿潜在的能力，能激起幼儿的进取心。幼儿好胜心强，大都不甘落后，所以在设计活动时，可采用激励机制，并配以各种形式的奖励，对优胜者给予赏识，对进步者给予鼓励。有时是几句鼓励的话，有时是一朵小红花、一颗小星星，这些都会使孩子们获得一种成就感，始终保持对故事的兴趣，将听、讲故事作为一件快乐的事情。总之，在幼儿园开展故事教学活动，要以幼儿为主体，以兴趣为中心，从幼儿的心理和生理特点出发，遵循幼儿语言发展的规律，改变传统的学习方式，让幼儿通过体验、参与，生动活泼地进行学习。

本章小结

幼儿故事因情节性和趣味性而特别受幼儿的喜爱。幼儿故事具有题材广泛、偏重写实，故事完整、情节生动，富于幼儿情趣，语言浅近、明快、口语化等特点。幼儿故事包括幼儿生活故事、幼儿民间故事、幼儿动物故事、幼儿历史故事、幼儿科学故事等类别。幼儿

故事欣赏的重点：欣赏幼儿故事中的情节美，欣赏幼儿故事中的人物美、欣赏幼儿故事中的情趣美、欣赏幼儿故事中的细节美。

幼儿故事在幼儿园活动中应用广泛，可以对幼儿实施良好的品德教育，提高幼儿的语言表达能力，丰富幼儿的知识，培养幼儿的学习兴趣。幼儿园幼儿故事教学重点：激发兴趣，引导幼儿"敢说、想说、多说"；结合幼儿生活经验开展故事教学，使故事教学活动更加真实、生动；注重环境的创设，让幼儿有如身临其境；角色扮演。幼儿故事教学活动组织方法：提问法、讨论法、中断法。开展幼儿故事教学应注意幼儿故事的选择、教学活动的设计、激发幼儿参与活动的热情等问题。

思考题

1. 举例说明幼儿故事的特点。
2. 说说欣赏幼儿故事可以从哪些方面进行？
3. 选择一则幼儿故事，讲给同学听，比赛谁讲得最好。
4. 从幼儿日常生活出发，创作一则幼儿生活故事。
5. 编写一个儿童故事的教案。

第六章 图 画 书

第一节 图画书概述

一、图画书的概念

图画书是当代儿童普遍阅读的图书门类之一，越来越受到家长、教育工作者和阅读推广者的欢迎和重视。图画书在英文中称为"Picture Book"，在日文中称为"绘本"，在我国一般称为"图画书""图画故事"。广义的图画书包括各类含有图画的书籍，如带插图的文学书、连环画、漫画书、动画书、玩具书、字母书、认知图画书，等等。狭义的图画书指的是儿童故事类图画书。本书所探讨的图画书的概念为狭义的文学故事类图画书，即包含角色、情节、环境、主题等文学要素的图画书。

当今环境下，图画书通常是指以儿童尤其是幼儿为主要对象，由文字和图画共同参与讲述一个故事的儿童读物，即"图文合奏来共同讲述一个完整的故事"①。它利用绘画和文学语言两种媒介进行相互补充，由图与文相结合而产生完整而有意味的故事。图画、文字、故事、意义是构成图画书的基本要素。

---

① 彭懿. 图画书：阅读与经典[M]. 南昌：二十一世纪出版社，2006.

图画书与带插图的文学书、连环画、漫画书都不同。图画书与带插图的文学书的最大区别在于图画的作用和图文关系的不同：图画书中的图画本身就承担着直接表现意义的任务，具有很强的表述性，它不是装点，不是说明，而是主体，是图画书的生命。可见，图画书是以图为主、文字为辅的儿童读物，甚至有的图画书是一个字也没有的无字书。"不需要文字，图画就可以讲故事"，这是图画书的一个典型特点。而带插图的图书作品中，图画只是表现内容的辅助手段，其作用在于对作品进行直观的演绎、补充和说明，文字才是作品的主体，插图是从属于文字的。从图画的表现形式来看，图画书的画面具有连续性，而带插图的书中的画面则以间隔的形式出现在作品中。日本图画书研究者松居直用下面两个公式道出了图画书与带插图的书的差别：

文+画=带插图的书

文×画=图画书

比如，《母鸡萝丝去散步》就是图文关系处理的经典作品(见图 6-1)。单看文字，作品讲述了一个这样的故事：

母鸡萝丝出门去散步，她走过院子，绕过池塘，越过干草堆，经过磨坊，穿过篱笆，钻过蜜蜂房，按时回到家，吃晚饭。

单从文字来看，这个故事平淡无奇。但让我们来看一看画面中讲述的故事：一只狐狸一直尾随母鸡萝丝的步伐，萝丝浑然不知依旧悠然自得，身后却热闹非凡、惊险又滑稽。

(1)　　　　　　　　　　　(2)

图 6-1　《母鸡萝丝去散步》

从画面来看，这个故事跌宕起伏，狐狸一会被钉耙砸扁鼻子，一会栽进池塘，一会扎进干草堆，一会被面粉埋住，一会落进手推车，一会被蜜蜂追得狼狈逃窜。画面之上，狐狸追捕猎物的危险紧张与母鸡的气定神闲对比强烈，萝丝的安然无恙与狐狸的丑态百出又在对比中让人捧腹不止。可见在图画书中，图和文是相互融会贯通、相互协调发展的，二者配合表现特定的内容和指向一定的意义。正如培利·诺德曼在《阅读儿童文学的兴趣》中说到的："一本图画书至少包含三种故事：文字讲的故事、图画暗示的故事，以及两者结合后所产生的故事。"

连环画、动漫书与图画书在图文比例和图片的连续性、情节性上虽然相似，但连环画是以文字作为叙述主体，图画居于辅助地位；而动漫书虽然是以图片为主，文字多以对白和画外音的形式出现，但在图画的作用与主题思想上与图画书有着本质的区别。动漫书的图画采用多画格动感排列，具有叙事和评论的双重效果，主题思想大多是尖锐和现实的，带有强烈的幽默性和讽喻性。正如著名儿童文学家梅子涵所指出："绘本与一般意义上的配图文字书不同，它不同于连环画，更不是动漫书，其显著特点是绘本的图画不是对文字的解释，而具有独立的价值，优秀的绘本是艺术、文学、教育三者独特完美的结合。"

二、图画书的分类

图画书的种类很多，根据内容不同可分为文学故事类图画书、科学类图画书、认知类图画书；根据画面数量的多少可以分为单幅图画书、多幅图画书和连续图画书；根据颜色可以分为彩色图画书和单色图画书。其中，文学故事类图画书根据有无文字可以划分为有文图画书和无文图画书。

(一)有文图画书

这是图画书中最常见的一种形式，既有图画又有文字，图文并茂、相互配合而又具有一定的独立性。图画作为一种特殊的故事语言，用形状、颜色、线条等形象来描绘世界、反映变化、表达情感，直观地显示出文字所不容易表达的意境、变化和美感；而文字则用清晰的语义来协调表达出图画所难以言说的思想、韵律和感情等，使儿童能够更好地理解作品所传达的内容与主题。曾两次获得凯迪克金奖的美国画家芭芭拉·库尼用一个比喻形象地说明了文字与图画之间的关系：图画书像是一串珍珠项链，图画是珍珠，文字是串起珍珠的细线，细线没有珍珠不能美丽，项链没有细线也不存在。

以日本作家五味太郎的图画书《鳄鱼怕怕·牙医怕怕》为例来看，这本图画书艺术地展现了文字与图画的相互配合、相互增色，使作品在简单平实中出人意料又别有智慧。作者用画面刻画了原本凶恶的小鳄鱼因为牙疼害怕去看牙医，到了诊所后看到牙医、看着椅子、害怕补牙、被牙钻钻痛、捂着嘴巴等整个过程中的各种表现及思考，以及补好牙后行礼、走出诊所的表现。同时，作者也刻画了这一过程中的牙医虽十分惧怕鳄鱼却不得不为他拔牙的各种动作和表现。只看图画我们只能看到一个害怕看牙医的小鳄鱼和一个害怕给鳄鱼看牙的牙医，不会有更多的停留；可当我们看到通篇重复而简短的话语文字后，就让心中所有的恐惧与紧张化成笑容，因为文字的描写效果与画面效果形成了巨大的反差，令人不禁开怀。文字是这样表述的：

鳄鱼、牙医：我真的不想看到他，但是我非看不可。

鳄鱼、牙医：啊！

鳄鱼、牙医：我一定得去吗？

鳄鱼、牙医：我好害怕。

鳄鱼、牙医：我一定要勇敢。

鳄鱼、牙医：我做好最坏的打算了。

鳄鱼、牙医：哎哟！

鳄鱼、牙医：这是一件多么可怕的事。

鳄鱼、牙医：不用太久……

鳄鱼、牙医："唷！"

鳄鱼、牙医：多谢您啦！明年再见。

鳄鱼、牙医：我明年真的不想再见到他……

鳄鱼：所以我一定不要忘记刷牙。

牙医：所以你一定不要忘记刷牙。

除了最后一页，鳄鱼和牙医的台词与心理活动是完全一样的，其他页面中作者都将其分布在左右两个不同部分，并且配以不同的字体来进行区分，把二者完全一致的文字台词与截然不同的心理感受表现了出来，把这场鳄鱼与牙医之间的心理较量幻化成了一个快乐的生活教育小品。之所以能表现出这种变化和反差，正是由于图画和文字的有机融合、相互协调。这就是有文图画书的魅力。

再如《小房子》(维吉尼亚·李·伯顿/文、图，阿甲/译)(见图6-2)，写出了对经济急速发展和城市快速扩张的担忧，让我们领略到生命与自然的美好，传达出热爱环境、热爱生命的理念。小房子每天站在山冈上看风景，除了日月星辰和四季的变化，小房子还看到乡村的景物随着挖马路、开商店、盖高楼、通地下铁……而一点一点地改变。结果，小雏菊和苹果树不见了，取而代之的是都市的乌烟瘴气和行色匆匆的人们。还好，小房子主人的后代发现了小房子，把她又移到了乡下，静静地欣赏大自然的风景。这本图画书从画面看，日出日落、月圆月缺、春夏秋冬，还有时间的流逝、物候的变迁，都以直观、具象的方式呈现在孩子面前。从文字看，以一座小房子的口吻与视角表达了对自然宁静的乡间生活的热爱与向往。从整体看，小房子可爱的拟人化造型、太阳活泼而顽皮的表情，各种汽车和交通工具，包括圆廓形的道路及整体构图，乡村生活明丽清新的色彩和城市建筑厚重低沉的色彩，都与文字版式的灵动飘逸相呼应，在图文紧密的配合中诉说着时间的飞逝、空间的变化和对田园牧歌生活的无限怀念与热爱。

图6-2　《小房子》

(二)无文图画书

无文图画书是图画书中的特殊种类，它既包含只有图画没有文字的无字书，还包括那些有少量文字，但文字在全书中不充当叙述功能的少字图画书。松居直在他的《我的图画书论》中曾说："无文字的图画书，即使没有文字也有故事、有语言。它只不过是没有印上文字而已，实际上却仍然存在着支撑图画表现的语言。"一部分的无文图画书适合尚未识字或识字不多的低幼儿童，而一部分的无文图画书则对读者有相对较高的要求，要求读者有一定的阅读基础和辨析能力。对于不识多少字的幼儿来说，无文图画书对幼儿的成长具有特殊的价值和意义，不仅有利于激发幼儿的阅读兴趣，而且有助于幼儿想象力、观察力和思考力的培养与提升，同时可以不断丰富幼儿的审美感受和艺术鉴赏力。

雷蒙·布力格的《雪人》是一本温暖浪漫又具有童真童趣的无文图画书，如图6-3所示。它用彩色铅笔勾勒了167幅大小不同的图画来展现故事。除图画外，没有一个文字，却生动地展现了故事发生的场景的变化，人物动作和神情的变化，极富真实感和现场感。男孩带着雪人参观自己的世界，雪人像个孩子一样充满了好奇；雪人带着男孩飞越了城市和原野，雪人像个长辈一样对男孩充满了关爱，现实与梦想在一幅幅的画面中交织，处处流露着浓浓的温暖和深深的情谊。书中故事情节的发展与推动，人物情感的表达通过一幅幅画面展开，令人如临其境，如感其情。

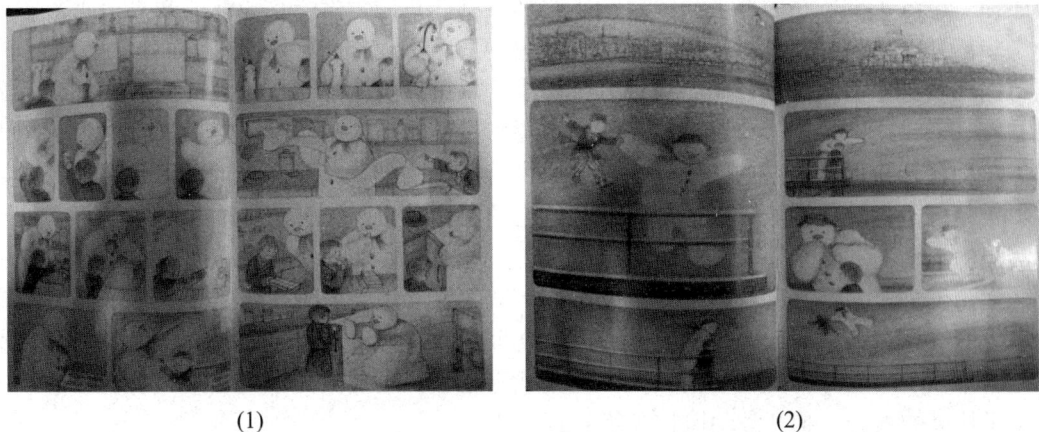

图 6-3 《雪人》

再如比利时著名的素描家嘉贝丽·文生的《流浪狗之歌》(见图 6-4)，是一本寓意深远的无字图画书。全书没有一个字和任何色彩，只有简练的素描和纯白的纸张。正是这极简的黑白线条，却展现出极大的线条张力；精湛的构图，表达了丰富而深刻的内涵。图画书描绘了这样一个故事：一辆汽车疾驰在偏僻的郊野路上，一只狗从车窗被丢了出来，车子加速离开，狗儿拼命地疯狂追赶，可车子却丝毫没有停下的迹象，而是越开越远，狗儿不得不黯然放弃，望着那无尽的漫漫长路。它不再奔跑，停在路边，也许在期待主人的回心转意。

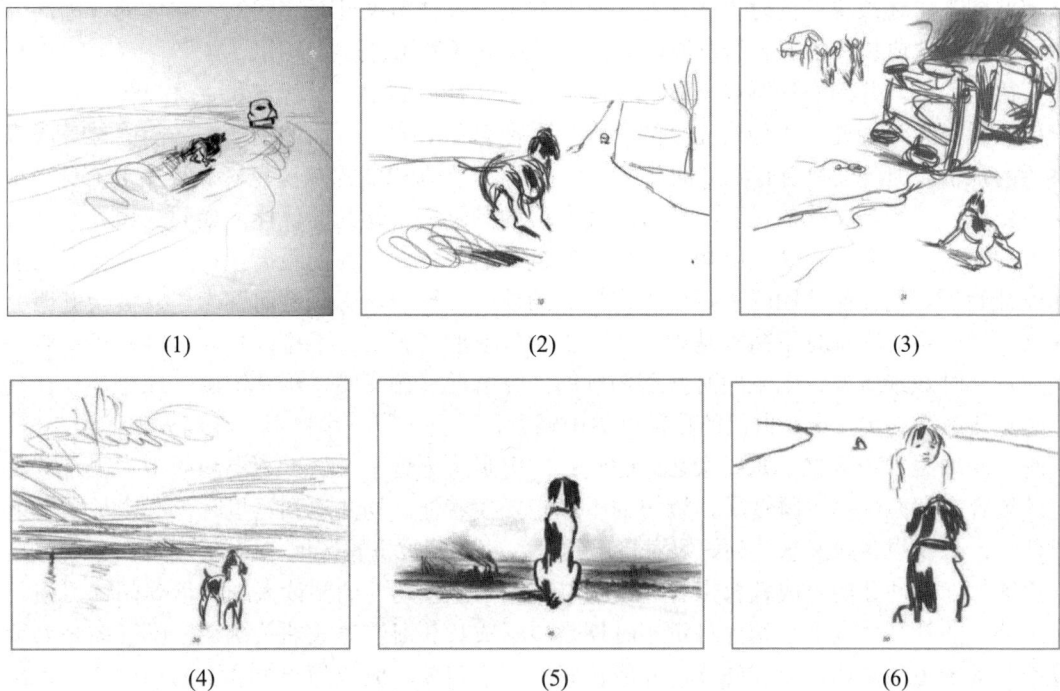

图 6-4 《流浪狗之歌》

远远开过来一辆车子，在离近后狗儿忽然跑了出去，车子急速一闪，与对面的汽车迎面而撞。小汽车翻倒在公路上，还冒起了浓烟。狗儿焦急地看着这一切，却不得不落寞地一步步离开。人们拥挤在车祸现场，远处蜿蜒的道路上也排起了汽车长队。站在远处的狗儿悲痛地回头望着这一切，向着更远方跑开了。从此，狗儿过起了流浪的生活。每当看到熟悉的人影时，它会驻足或跟随看着他们的背影，期待他们的转身。然而，背影依然越走越远，狗儿转身面对苍茫的大地嚎叫，之后带着孤独的影子默默离去。地广天阔，狗儿只有影子相伴，奔驰在袤远无人的郊野外。度过了萧瑟秋风，度过了落日晚霞，留下的是一串沉痛的脚印。

太阳出来了，狗儿向着阳光走去。坐在上坡上看着远方的城市，它默默走了回去。街巷里安静又陌生，一个人凶恶地吼着它。狗儿惊惧地跑开了，又跑到了远方的大路上。不远处一个孩子看着坐在大路上的狗儿，慢慢地走近、又走近，面带笑容来到它的跟前，又露出了怜惜的眼光，狗儿激动地扑在孩子的怀里。

这本图画书获得了纽约时报年度最佳童书插画奖，美国《父母选书》杂志年度图画书金奖，美国号角杂志年度童书银奖。也许，正是因为它的无字留给了我们无限的联想，正是因为它的无色彩勾起了我们无限的怅惘……

三、图画书的作用

自 1658 年第一本带插图的儿童书——捷克教育家夸美纽斯所编写的《世界图绘》问世至今，图画书已有 300 多年的历史。图画书被称为孩子"人生的第一本书"，它要求图画与语言、文学性与艺术性有机的统一。作为最适合幼儿阅读的图书形式，图画书用图画和文字共同来讲述故事，同时诉诸幼儿听觉和视觉，其情节展开是空间的、立体的，因此，图画书对幼儿成长及各方面的发展均有其他形式不可替代的独特作用。

第一，从幼儿的心理发展来看，图画书是幼儿开启心智、了解自我、寄托情感的精神家园。周作人认为儿童"仍是完全的个人，有他自己的内外两面的生活，一面固然是成人生活的预备，但一面也自有独立的意义与价值"[1]。图画书集形象、色彩、故事于一身，是儿童生活、思想与文化的呈现。适宜幼儿发展的图画书是幼儿的伙伴，如同一扇开启幼儿心智的窗户，打开它，幼儿好像进入自己的世界之中，同外界的距离接近了，与世界的互动就开始了。幼儿阅读图画书可以丰富自身的体验，陶冶情感，进而逐步建立健全健康的人格，为一生的幸福打下精神基础。如大卫·香农的《大卫，不可以！》深得孩子喜欢，大卫洗澡时戏水玩耍，吃东西时做食物玩偶，睡觉前又蹦又跳，玩具铺满一地等场景让孩子感觉熟悉又真实，像在自己的日常世界中畅游，看到了另一个自己。结尾大卫伸出手臂，期盼委屈的眼神中等来了妈妈亲切的呼唤："宝贝，来这里。"下一个画面中大卫带着满足的笑容在妈妈怀抱中睡觉了，妈妈的手轻轻抚摸着他。幼儿看到这里时，心会被紧紧地抓住，也会联想并深深感受到妈妈对自己的爱，感受到被妈妈怀抱包围的幸福。

第二，从幼儿的养成教育来看，图画书有助于激发幼儿的阅读兴趣，培养阅读习惯，促进幼儿的社会化发展。幼儿和童年时期是孩子成长和习惯养成的关键期，阅读图画书可以帮助孩子主动阅读，爱上阅读，养成良好的阅读习惯，成长为一个真正的阅读者，为孩

[1] 周作人. 儿童文学小论：中国新文学的源流[M]. 北京：北京十月文艺出版社，2011：42.

子未来的终身学习之路打下良好的基础。在阅读图画书的过程中，孩子不只是单纯地听故事，也在图画的视觉刺激下参与到图画书所讲述的故事中，在图画和语言的双重媒介中去掌控故事，在阅读参与中获得主动权，开阔眼界、积累知识的同时获得自我认同感和身心的愉悦，激发更强的阅读兴趣和阅读动力。图画书所表现的有关社会人际关系类内容有助于促进幼儿的社会化发展。幼儿通过画面一边观察获取图画故事信息，一边获得人物、动作、社会环境和生活细节的经验，感知到人际社会的情感交流以及人际关系处理方式，为其社会性发展起到潜移默化的推进作用。

第三，从幼儿的能力发展来看，图画书有助于促进幼儿的想象力、语言能力、思考能力和审美能力发展。图画书的图画具有连续性和叙事性的特征，迎合了儿童主要依靠感性形象来感知世界的审美特点。图画书中直观的形象特征和色彩、线条等美术特征又能在幼儿读图的同时促进其审美能力的提升。瑞士儿童心理学家皮亚杰认为，处于前运算阶段的儿童思维具有泛灵论的特点，即儿童无法区别有生命和无生命的事物，常常把人的意识动机、意向推广到无生命的事物上，认为外界的一切事物都是有生命的。这个阶段的儿童的思维呈直观形象性，感觉正在迅猛发展，观察力也在逐步形成。因此，幼儿在阅读图画时，会极大地调动幼儿的想象力。松居直是这样描述图画书的这种作用的：图画书不是用来欣赏绘画的图书，插图的作用在于帮助孩子们在心中想象故事的世界。可见，图画书有助于促进幼儿想象力的发展。

同时，图画书是让幼儿眼耳并用的文学形式，是多感官的学习媒介，幼儿阅读图画书时一般采用的是听赏的阅读形式，文字的韵律、节奏与画面上的造型、色彩等，在视觉与听觉上都深深吸引着孩子。看图有助于促进幼儿的想象力和审美能力的发展，听故事会让幼儿产生丰富的语言体验。在看和听的同时孩子们逐渐学会把语言和图画联系起来，进而对文字符号和文字意义产生兴趣，这种把语言符号、图画符号、文字符号联系起来的思维能力，将会不断促进孩子思考能力的提高。阅读图画书的过程也是孩子们语言学习、词汇学习、积累语言素材的过程。

第四，从亲子关系的角度来看，图画书有利于亲子关系的交流与和谐，促进儿童身心的愉悦和产生积极的情感体验。图画书不是让孩子独自看，幼儿欣赏和接受图画故事仍然需要大人的帮助，最好有成人的陪同、成人的阅读和讲述。因此图画书阅读是爱和情感的教育。当代社会生活节奏快，父母与孩子之间的平和融洽的爱的交流时间较少，阅读图画书能带给家长与孩子一个完善的阅读空间，一个独立的亲子交流时间，让孩子与父母进行感情上的交流与沟通。成人与孩子在共同阅读时，会有语言的交流、心灵的沟通，有的还有身体的接触，让孩子感到无比温暖和快乐。因此，图画书的阅读就是爱的交流，能够促进幼儿身心的愉悦。在父母与孩子共读过程中，亲子关系拉近了，亲子情感相互交融，都有助于幼儿产生积极的情感体验，为幼儿良好性格和健康情绪的发展奠定基础。

第二节　图画书的构成、特征及鉴赏

一、图画书的文本构成

一本图画书基本由封面、环衬、扉页、正文和封底五个部分构成。

(一)封面

封面是我们拿到一本图画书时最先映入眼帘的部分，也是一本书给我们的"第一印象"。好的封面是一本图画书的眼睛，会吸引读者继续读下去。一本图画书的封面上，除了介绍图画书的创作者、出版者，更为显著的是书名和图画。书名或者说明了故事的主人公，或者说出了一个大概的故事。封面中的图画则一般和书名相互配合，画出了主人公的形象或故事中的某个情节，又或者是画出了某个能揭示图画书情感内涵的场景。这样来看，仅仅从封面中，我们就可以推测出故事的情绪基调、主要情节或主人公的主要性格特征。

比如《月下看猫头鹰》(简·约伦/文，约翰·秀能/图)的封面上，一尘不染的雪地上方，一轮明亮的大大的圆月映照着正在翻越山坡的父女，孩子很兴奋地把小手伸向父亲，父亲也把自己的手伸向女儿，如图6-5所示。尽管背景是深蓝色的深邃夜空、一棵粗壮的只有枝干的黑色的树和两棵小树的枝干，但整个封面却营造了一幅纯净无瑕、静谧温馨的氛围，圆月的清辉将黑夜的可怕驱散，父女之间的欢乐温情将冬日的寒冷融化，传递出诗情画意的浓浓亲情，也传达了整本书的恬静温暖的感情基调。题目加上画面也就自然揭示出了全书的主要情节是父亲带着女孩在一个有着皎洁月光的夜晚去森林中看猫头鹰的故事，在诗一样的意境中传递出了诗一样的美好亲情，引起人们诗一样的回忆。

再如《好脏的哈利》(吉恩·蔡恩/文，玛格丽特·布罗伊·格雷厄姆/图，任溶溶/译)的封面上是两只侧身面对面站立的小狗的形象：左边是一只带黑点的白狗，右边是一只带白点的黑狗。除颜色外，两只小狗的动作、表情都是一样的，如图6-6所示。这个封面引人思考：这一黑一白是两只小狗还是一只小狗呢？原来，这个封面是在向我们明确故事的主人公和暗示故事的情节发展：俏皮、可爱、亲切的小"脏"狗哈利是一只有黑点的白狗。它最大的缺点是不爱洗澡。有一天，为了躲掉洗澡，它把刷子藏在后院，溜出家门去外面玩，可却把自己弄得很脏，从一只有黑点的白狗变成了一只有白点的黑狗。哈利玩累了玩饿了，又担心家里人是不是以为他当真离家跑掉了，它急忙跑回家，可谁知，主人竟然认不出它了。它使尽浑身解数表演起它最拿手的那些绝活，可家人还是没有认出它……这就是封面上的两只小狗，其实都是哈利，只是脏得连家里人都认不出它了，更何况读者呢！

图6-5　《月下看猫头鹰》封面

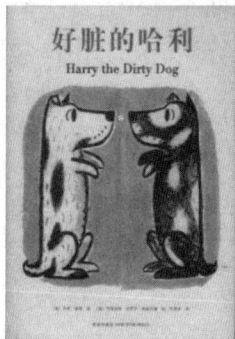

图6-6　《好脏的哈利》封面

(二)环衬

环衬也称"蝴蝶页"，是封面与书芯之间的衬纸，通常一面粘贴在封面的背后，一面是活动的。连接封面的叫前环衬，连接封底的叫后环衬。许多图画书的环衬只是白纸或单色色纸用作装饰，有的颜色也象征着故事的基调。如汉斯·比尔的《小猪闹闹》的前后环衬都是明亮的黄色，象征着故事是欢快而轻松的，图画书描绘了小猪闹闹顽皮又淘气的一天，洋溢着幽默风趣和快乐的游戏精神。有的图画书的环衬是图案，如安东尼·布朗的《我爸爸》和《我妈妈》，环衬分别是爸爸和妈妈睡衣的图案，给孩子以温馨又熟悉的感觉。还有的图画书的环衬承担着故事叙述的一部分。例如，图画书《我有友情要出租》(方素珍/文，郝洛玟/绘)(见图 6-7、图 6-8)的环衬上是一幅青翠的郊外的画面，近景中有聊天的友人和一位正在远望的人，他身后桌子上有一架相机、电脑和绘画物品等；稍远处有正在收拾行李的两个人；远景中是一个骑着自行车的小女孩向林间小道的深处远去，小女孩去干什么呢？她会遇到谁呢？这个环衬正是交代了故事的开始，因为父母来树林中做研究，小女孩有机会遇到了树林中没有朋友的大猩猩，开启了她和大猩猩的友情故事……

图 6-7　《我有友情要出租》环衬

图 6-8　《我有友情要出租》扉页

(三)扉页

扉页是正文之前的一页，又叫主书名页，通常印有图画书的书名、作者、译者及出版社的名称等文字信息。扉页上还有图画，有的是从书中截取出来的一幅画面，有的是作家单独创作的一幅画，其功能是揭示故事主人公的形象、展示故事主要情节或是作为故事的引子吸引读者细读与思考。比如，《我有友情要出租》的扉页上就是茂密的树林和一条林间小路，在小路的一头是骑着自行车过来的小女孩咪咪，另一头是正在林中走路的大猩猩。这个扉页是在继续环衬故事开头的基础上交代了故事的主人公，并且画面上女孩远远地在大猩猩背后的情景也吸引着孩子们很想知道接下来会发生什么。再如图画书《月亮的味道》(麦克·格雷涅茨/文、图，漪然，彭懿/译)的扉页中，一个黑暗的正方形的背景上有一个大大的月亮，但它的一半是暗色的，一半是明亮的白色，吸引着孩子们的注意力，也能引导孩子发现月亮的变化。图画书《100 万只猫》(婉达·盖格/著，王国平，缪文双/译)的扉页上除文字外，是一棵像伞一样的树下坐着一只不安的漂亮小猫，两旁的小花都靠向了它并在陪伴中衬托着它的美丽，如图 6-9 所示。这就给读者留下了一个大大的悬念：为什么只有一只小猫呢？不是 100 万只吗？从而引人思考与继续读下去。

图 6-9　《100 万只猫》扉页

(四)正文

正文是图画书的主体，是扉页之后、后环衬之前所有文字与图画的内容，图画书的完整的叙事与主题表达、情感流露是通过正文来完成的。这里不做细谈。

(五)封底

封底是一本图画书结束的地方，有的只有一幅图，有的还印有相关的推荐文字、获奖信息或评价等，封底有时也是故事内容的某种延续。比如，谢尔·希尔弗斯坦的经典之作《失落的一角》向我们讲述了一个寻找的故事，一个圆缺少了一个角，为了寻找缺失的那一角，它踏上了征途。漫漫长路上各种各样的风景，遇见了形形色色的角，但从来没有一个合适而且愿意成为它一部分的角。终于有一天，它找到了那个适合的角，非常圆满，但圆却发现自己不能停下来嗅野花的香味，蝴蝶也不能停在它身上和它说话。它轻轻放下已经寻到的一角，又独自上路继续它的征途……这本书的封底，是那一条无尽的黑线上被留下的那一个角孤零零地矗立在路上，它留给读者更多的想象和期待，有了这一角就能完美的圆最终却放下了自己苦苦追求的"完美"，带着"遗憾"再出发延续它的故事，如图 6-10所示。

有的封底和封面相互照应，例如《蚯蚓的日记》(朵琳·克罗宁/文，哈利·布里斯/图，陈宏淑/译)是一本很有趣的图画书，曾荣登纽约时报畅销图画书排行榜榜首，如图 6-11 所示。它以一条小蚯蚓的口吻，用日记的形式写了它对世界，对朋友，对家人，对天敌，对人类，对自我，对未来的充满童趣的认识，在幽默诙谐的语调中，不仅传达出有关不同生物和地球的相关知识，还能帮助孩子培养乐观、正向的态度，及多元思考的习惯。它的封面是没有手和脚的蚯蚓拿着长长的笔开始写字(见图 6-12)，封底是小蚯蚓在 6 月 5 日的日记中写道："我有一种被偷看的感觉"……封面和封底在照应中延续并引人思考：谁偷看了？当然是读者了。思考后更令人感觉趣味盎然。

图 6-10 《失落的一角》封底   图 6-11 《蚯蚓的日记》封底   图 6-12 《蚯蚓的日记》封面

二、图画书的特征

(一)形象的直观性与趣味性

学前儿童一般不识字，欣赏故事往往通过直观形象的画面，亲子共读时，边看图画边听成人讲述；当他们自己翻阅时，则主要通过图画形象来感受。幼儿对于视觉形象有他们独特的鉴赏心理定式，既可以扭曲、变形、夸张，又具有客观的相对比例。因此，幼儿图画书中的形象更具直观性和趣味性，画面所展示的人物、动作及环境都是具体形象的，无论写实或是夸张，都让幼儿感到逼真传神，一看画面就清楚明了；而图画书想要吸引幼儿，无论是图画还是文字都需要浓郁的趣味性，注重幼儿情趣视觉化的艺术表现，让幼儿感到生动有趣，在故事中找到自己的快乐。比如，《逃家小兔》(玛格丽特·怀兹·布朗/文，克雷门·赫德/图)中，小兔子和妈妈在幻想中展开了一场欢快而又奇特的"捉迷藏"游戏，一大一小两只兔子的形象既写实又浪漫，既具直观性又饱含趣味性。小兔子上天入地，扮成小河里的一条小鳟鱼、高山上的一块石头、花园里的一朵花、一只飞翔的小鸟、一只小帆船、马戏团的空中飞人和小男孩，但身后那个紧追不舍的妈妈就会变成捕鱼的人、爬山的人、园丁、一棵树、一阵风、走钢索的人和小男孩妈妈，总能够找到并抓住它。故事结尾小兔子依偎在妈妈的身边说我还是做你的小宝贝吧，妈妈喂了他一根象征爱的胡萝卜。小兔子和妈妈的每次变化都很直观，绘图者还精心设计了黑白图和彩图的先后出现，当彩色的跨页出现在孩子面前时，会带来强烈的视觉冲击和惊喜，更能吸引孩子的注意和阅读兴趣。书中的文字和画面也极具趣味性，小兔子变成小鳟鱼时，妈妈变成捕鱼的人，却扔给鱼儿一根胡萝卜，"渔夫"妈妈的幽默与贴心，令人开怀。

《要是你给老鼠吃饼干》(劳拉·乔菲·努梅罗夫/文，费利西亚·邦德/图，任溶溶/译)同样形象直观，故事轻松有趣，受到孩子们的热捧。首先从费利西亚·邦德的绘图来看，那一幅幅用颜色和钢笔画出来的简简单单的图让小老鼠和它的生活习惯形象又搞笑地展现在孩子们面前：老鼠照镜子后觉得自己需要一把小剪子剪头发时，他头顶上只有短短的一根头发，可是在下一页，他却在镜子前面咔嚓咔嚓地剪，头发在他周围纷飞！小老鼠画好自己温馨又美好的一家人后，要签上自己的大名时那种骄傲开心的表情一览无遗。每张画面都画活了这只顽皮又捣乱的小老鼠。从好玩又循环的故事内容来看：小男孩不过是随手给了小老鼠一块饼干，这个穿着一条又肥又大牛仔裤的小老鼠却得寸进尺：你给它一块饼干，它还要一杯牛奶；你给它一杯牛奶，它还要一根吸管，喝完了还要餐巾，照镜子……没完没了的要求，越来越多的乱七八糟，到最后一片狼藉，精力旺盛的小男孩睡着了，精力旺盛的小老鼠依然精神饱满，坐在男孩膝盖上得意地吃起了饼干。到处捣乱的小老鼠和简单出奇的连环故事让幼儿感到生动真实、乐趣横生。

(二)构图的连续性与叙事性

这也是图画书区别于插图书的特点。成人受阅读习惯的影响往往从文字读起，但幼儿因为识字少，关注更多的是图画。因此，幼儿图画书更加注重画与画之间的连续性与叙事性，让幼儿可以依据图画所提供的信息，去感受空间环境和人物、故事的发展变化，从而来管窥整个世界。如《朱家故事》(安东尼·布朗/文、图，柯倩华/译)将超现实的想象与现实的场景结合，描写了朱家爸爸和儿子们被妈妈照顾得无微不至，但他们的坐享其成与大声索求也让妈妈不满和失望。任劳任怨的妈妈突然消失留下一纸留言："你们是猪。"自此朱家父子变成了猪，生活一片狼藉。当朱家父子在地上闻食物时，缺席的妈妈回来了，朱家父子又变回了人，这时，朱家爸爸和孩子都愉快地做着家务。安东尼·布朗用画面神奇地展现了朱家父子变形的全过程，同时也将事情的发展、人物的性格与心情、人物的行为动作都通过画面展示了出来，让我们能从画面的连续性中明了朱家父子变成猪、又从猪变回人的全景叙事内容。尤其是随着情节发展出现的猪的图案、人物形象的魔幻般变化以及场景色彩显而易见的变化都不断地为图画书创造着趣味与意义。

从构图上讲，图画故事应注意场景调度，尽可能在时间、场景、视角上有所变化。避免故事情节始终在同一场景展开，避免使人产生单调乏味的感觉。如汉斯·比尔的《小棕熊的梦》，时间上和场景上跨越了树叶飘落的秋天、皑皑白雪覆盖的冬天、温暖夏天的南方海边，故事中小棕熊开着旧卡车载着旅伴们一路向南高歌而走，快乐行走的梦幻旅程，沿途上车的不同旅伴，美好新奇的广阔远方，这些时间、场景的多次变换，形成了一种流动的节奏感，使静止、瞬间的绘画艺术表达具有了持续性与叙事性，让幼儿向往与留恋。

(三)整体的传达性与审美性

幼儿图画书整体的传达性是指图画故事的整体感、图文关系的有机融合、图画书的整体设计如封面、封底等。优秀图画书画面的幅与幅之间是延续相通的，所有图画构成一个故事的整体来传达情节与意义。如周翔的《荷花镇的早市》讲述了一个平淡恬静的故事：城里的小男孩阳阳跟随父母回江南水乡给奶奶过七十大寿。清晨，他跟着姑姑到集市去买东西，阳阳一路上的所见所闻向读者描绘出都市生活所缺失的乡土风情和新鲜事物：水巷边的房屋、坐船出行的水路交通、自酿的米酒、斑驳的船影、刚出壳的小鸡、露天的大戏、接新娘的花轿……一幅幅阳阳眼中温馨的水乡集市场景，构成了一派诗意盎然、朴素温暖的水乡风情图。清澈流动的水乡水，淳朴自然的水乡人，打造了平淡质朴的水乡生活。这是喧闹的城市生活中难以找寻的安静之地，是繁华都市里难以感受的质朴之情。回忆里的乡土的气息与美好，将是记忆里永不褪色的风景，这是这本透着淡淡绿色的《荷花镇的早市》带给我们的平淡和谐的审美体验。

图画书中的文字部分有的简洁、有的丰富，但都与图画有机结合，相互融汇，相互激发，发挥出图画与文字的各自优势，整体传达出图画书的情感与意蕴。例如，李欧·李奥尼的《小蓝和小黄》利用图画颜色的特殊叙事能力直观地表现了小蓝和小黄相拥抱而融合的情节，如果没有文字的解说与激发，小蓝和小黄两个色块可能不会被想象为两个好朋友，黄和蓝融合变成绿可能也不会被想象成两个好朋友之间的拥抱，一个小的绿色块与两个大的形状不一的蓝色块同在一个土黄的底面上大概也不会被想象成小蓝回家不被父母接纳的故事……可见，简单的画面融合了文字故事，就发挥出图画的颜色叙事功能和文字的明确叙事功能，使这个简单色块表述的故事深入浅出、耐人寻味。既传达出友情的温暖，还传达出"爱可以使人改变""改变的最初也许不为所有人所接纳"等值得深思的人生智慧。

从整本书的角度来看，图画书的封面、扉页、封底等组成部分构成一个整体，激发幼儿想象与思考，吸引幼儿观察与回味。例如，艾瑞克·卡尔的《好饿的毛毛虫》，一颗小小的蛋逐渐变成一只小小的毛毛虫，不停地爬，不停地吃，最后变成了一只五颜六色的美丽蝴蝶。在画面的流动中，毛毛虫到蝴蝶的蜕变过程呈现在孩子面前。画面与文字相互促进，如第一页在"清辉月光照射下的绿叶与一颗明亮的卵"的画面旁边，配上文字"月光下，有一个小小的蛋躺在叶子上"，诗意又和谐。更有创意的是这本书将其中的四张纸裁剪成了五分之一页面宽度、五分之二页面宽度、五分之三页面宽度、五分之四页面宽度，来配合文字中的一个苹果、两个梨子、三个李子、四个草莓和五个橘子，并且在每个水果上都挖了一个毛毛虫钻过的小洞，设计独特，整体传达出毛毛虫生活习性的同时，增加了幼儿的阅读兴趣和整本书的审美性。

三、图画书鉴赏

图画书是以图为主、文字为辅、图文并茂的优秀儿童读物，它集艺术性、文学性、趣味性、教育性于一体，因画面精美，故事生动，情感丰富而备受幼儿喜爱，成为幼儿早期阅读的主要形式。那么，如何对一本图画书进行鉴赏呢？总体原则是既要注重视觉艺术性，又要注重故事叙述性，即先图后文，图文并重，关注细节。

(一)先图后文，完整地阅读图画

1. 关注图画书的构成

鉴赏一本图画书最好先读图，注意读图的顺序，从封面开始，同时注意封底的信息。前面已经讲过，封面是明确故事主人公和推测故事内容的主要起点，有的图画书会把故事的结尾放在封底上等待读者去发现。如宫西达也的图画书《吱——吱——》，它的封面是一只身材庞大的猫睁着一双发光的眼睛，一只手放在嘴边露出阴冷的笑容，稍远的草地上有三只老鼠，一只在兴奋地说着什么，两只露出思考的表情，如图 6-13 所示。看到这样的封面后我们会想这只大猫和三只小老鼠之间会发生什么故事呢？三只小老鼠会不会被这只身材庞大的猫吃掉呢？之后我们翻到封底会看到(见图 6-14)：草地上的一棵香蕉树下，那只大猫带着悲伤的眼光和泪光在独自吃着香蕉。大猫为何悲伤？小老鼠们去哪了？再看完故事我们就知道了，这是一个大猫和三只小老鼠之间温暖的友情故事。大猫因为没有见过老鼠，和三只老鼠成了朋友一起去香蕉树那里摘香蕉。大猫为了摘香蕉摔伤了，昏迷不醒，小老鼠们为了救大猫拼命地吱吱叫，引来了一大群猫，为了不被猫吃掉，小老鼠们不舍又不放心地离开了。结尾就是封底的画面，大猫在香蕉树下坐着吃着香蕉，也思念着朋友……

图 6-13 《吱——吱——》封面

图 6-14 《吱——吱——》封底

在图画书中，环衬与扉页也是述说故事的一部分，在整体设计中具有突出主题的作用，但易被忽略。环衬的颜色和图案与故事的感情色调相互协调，有的环衬图画则隐藏或暗示着故事的环境或开头。如乔治哈朗斯勒本的《初次见面》，前环衬是正文的铺垫，后环衬是对整个故事的总结。扉页有的和封面的图画一致，有的在展示故事的重要情节或主要形象，有的暗藏玄机，需要细心观察。总之，要注意图画书的每个构成部分，不放过每一个画面。阅读鉴赏图画书正文时，要注意画面里有什么，画面细部与整体有什么关联，画面前一幅与后一幅是如何联系起来的，又是如何铺陈讲述这个故事的。

2. 关注图画传情达意的方式

图画是特殊的语言，从绘画的角度去鉴赏图画书还需关注图画所用来传情达意的主要方式：色彩、线条、构图、视角等。了解线条、形状、色彩如何传达感情后，就能更好地探索图画表象之外的深层内涵，进而理解图画书所传达的情绪及价值。色彩是图画中最具表现力的因素之一，带给我们的视觉冲击力比图形更强。在图画书的创作中，色彩营造氛围和传达情感的作用尤为明显，特定颜色的结合还可以唤起不同心理反应。如我们看到绿色则感到清新、充满生命力，联想到和平、恬静；看到黄色会感到明亮、温暖等。比如，琼·穆特的《石头汤》中，采用暗灰色调，画面色彩朦胧，流露出淡淡禅意，令人心情平静和安定。再如，《妈妈的红沙发》(薇拉·威廉斯/图、文，柯倩华/译)是一个由主角小女孩自述的弱势家庭经历灾难后踏实努力，乐观奋斗的点滴生活故事。全书以小女孩喜欢的黄色和妈妈喜欢的红色为主色，给人以光明的希冀和温暖的感受。红沙发的图案出现在很多页面的边框，象征着温暖、舒适和奋斗。在回忆那场大火的页面上，饱和的红色异常刺眼和令人震颤，让人不由得感受到大火的熊熊烈焰与无情破坏。地上的黑色让人联想到燃烧后的灰烬，令人压抑(见图6-15)。紧接着的是房内的一片焦黑，采用的也是灰黑的主色调，但窗口处的外婆、妈妈和小女孩的身后，却是广阔明亮的蓝天，暗示着一家人对未来生活的信念是晴朗的，积极向上的(见图6-16)。图画书的最后，淡灰色的底色上有两张照片，一张是外婆、妈妈和小女孩一起开心地坐在红沙发的照片，一张是小女孩和妈妈的合影，周围是灰色带有星月图案的边框，一张黄色纸张相连，这些色彩似乎向我们传达着：尽管生活是灰暗的，但只要一家人努力奋斗就可以幸福快乐，明天会是明亮的黄色。整本书中，色彩在不断打造着环境，反映着故事情节的发展，暗示着人物命运，传达着主旨情感。

图6-15 《妈妈的红沙发》图画1   图6-16 《妈妈的红沙发》图画2

线条用来勾勒轮廓、塑造物体，也可表达进行中的动作。线条形式多种多样，如直线条、斜线条、弧线条、稀疏和浓密的线条、封闭和开放的线条等。不同的线条能够营造不一样的氛围，如水平线条让人有静止感、生命延伸感；斜线条有运动感、飘跃感；粗线条有力度感、沉稳感，细线条有纤弱感、精致感。如克罗格特·约翰逊的《阿罗系列》则是利用图画线条构建和表现故事的典型代表。阿罗的故事完全建立在线条的变化上，他笔下的线条或延伸、或变形、或增减，不断地变幻出新形象，推动故事发展，表现人物心情和感受。如《阿罗有枝彩色笔》中阿罗在树下画了一条吓人的龙看守苹果树，巨龙的牙齿和

身体都采用的尖锐的三角线条，令人害怕；"他拿着彩色笔的手，也吓得不停地抖"，于是，一条波浪线出现在画面上。这条新线条表现了阿罗内心的恐惧。在《阿罗在马戏团》中，阿罗画了一条很细的线条站在上面像在走钢丝，让人紧张与担心；阿罗掉了下去，这时的线条就换成了弧线，让人放松下来，原来弧线变成了大象的鼻子接住了他。贯穿画面的那些简简单单的线条带着提示的作用，引导着儿童情感世界的波澜起伏。

图画书中的视角指的是画面中的俯仰角度，主要包括平视、仰视、俯视三种视角，其作用是配合主题，使主题更具有视觉冲力。以莫迪凯·葛斯坦的《高空走索人》为例，这是一本追求梦想与心灵自由的勇气之书，为了重现高空走索那激动人心又紧张万分的一幕，也让人们能够切身体会那种漫步空中、惊险梦幻的感觉，全书使用了平视、仰视、俯视多种视角来展现高空走索人的自由陶醉状态和观众的惊讶佩服状态。当这个街头艺人看到纽约的双子高楼时，画面选取的是仰视的视角，来凸显高楼的高度和想要在高楼间走索的艰险，同时仰视的视角让主人公的形象也变得更加高大，突出了主人公想要实现梦想的坚定身躯和强大信念；当菲利浦和两个朋友来到楼顶架设那条两厘米宽的钢索时，更多的画面选用了俯视的角度去表现，下面的楼房、车顿时变得很小，凸显了建筑之高和梦想实现的艰难，让人感觉到高度，心跳加速，也为画中走钢索的主人公将会面临的危险捏把汗。一切准备就绪后黎明来临，菲利浦穿上黑色紧身衣裤，拿起 9 米长的平衡竿准备开始这场高空走索时，他和高楼的形象都非常高大，让人感受到主人公跨越艰难险阻的努力与魄力。"初升的太阳映照在大楼上，菲利浦迈出了第一步"采取了俯视的视角，画面中一个坚定的大脚走在细细的钢索上，下面的高楼、公路、汽车是那么遥远与渺小，烘托出脚步的伟大与勇气的可嘉(见图 6-17～图 6-19)。当警察冲上楼顶时，菲利浦在钢索上行走、跳跃、奔跑、致意的画面采用了平视的视角，让读者感受到他获得的自由感觉和成功享受，这片天地似乎就是属于他的，也感受到他梦想实现后灵魂的自由飞翔(见图 6-20)。

图 6-17 《高空走索人》1　图 6-18 《高空走索人》2　图 6-19 《高空走索人》3　图 6-20 《高空走索人》4

(二)图文并重，注重文字的韵律与力量

文字是图画书中讲述故事最直接的工具，虽然图画书以图画的叙事功能为主，但是文字的叙事讲述，尤其是出色的文字部分，同样可为图画书增色几许。在读懂图以后再读文字，这样图文结合才能感受到更立体，更丰满的故事。好的图画书不只图画有韵律，文字也具备韵律节奏。文字与图画之间的融合与呼应使图画书更具张力和力量。幼儿对文字认知的过程是声→形→意，幼儿的思维是形象化思维，这就要求图画书的文字在具备解释完善图画意义的同时要符合儿童的审美认知特点——声音上具有韵律美感和形象想象。让我们来看玛格莉特·怀兹·布朗的《逃家小兔》的部分文字：

从前有一只小兔子，他很想要离家出走。有一天，他对妈妈说：我要跑走啦！

如果你跑走了，妈妈说，我就去追你，因为你是我的小宝贝呀！

如果你来追我，小兔说，我就要变成溪里的小鳟鱼，游得远远的。

如果你变成溪里的小鳟鱼，妈妈说，我就变成捕鱼的人去抓你。

如果你变成捕鱼的人，小兔说，我就变成高山上的大石头，让你抓不到我。

如果你变成高山上的大石头，妈妈说，我就变成爬山的人，爬到高山上去找你。

如果你变成爬山的人，小兔说。我就变成小花，躲在花园里。

如果你变成小花，妈妈说，我就变成园丁，我还是会找到你。

……

这是一个小兔子和妈妈玩语言捉迷藏的简单故事。美国的《学校图书馆》杂志对它的推荐词说"兔子妈妈和小兔子之间富于韵味的奇妙对话，构成了一个诗意盎然的小故事"。文中运用了顶针、排比的修辞手法，使文字具有了循环往复的韵律；源源不断的奇幻的比拟让文字具有了无限的张力与可能，引领孩子来到一个自由想象的童话世界。

再如《爷爷一定有办法》中的部分文字：

当约瑟还是娃娃的时候，

爷爷为他缝了一条奇妙的毯子……

……毯子又舒服、又保暖，还可以把噩梦通通赶跑。

不过，约瑟渐渐长大了，

奇妙的毯子也变得老旧了。

有一天，妈妈对他说：

"约瑟，看看你的毯子，又破又旧，好难看，真该把它丢了。"

约瑟说："爷爷一定有办法。"

爷爷拿起毯子，翻过来，又翻过去。

"嗯……"爷爷拿起剪刀开始咯吱、咯吱地剪，

再用针飞快地缝进、缝出、缝进、缝出。

爷爷说："这块料子还够做……"

……一件奇妙的外套。

约瑟穿上这件奇妙的外套，开心地跑出去玩了。

不过，约瑟渐渐长大，奇妙的外套也变得老旧了。

有一天，妈妈对他说：

"约瑟，看看你的外套，缩水了、变小了，一点儿也不合身，真该把它丢了！"

约瑟说："爷爷一定有办法。"

爷爷拿起外套，翻过来，又翻过去。

"嗯……"爷爷拿起剪刀开始咯吱、咯吱地剪，

再用针飞快地缝进、缝出、缝进、缝出。

爷爷说："这块料子还够做……"

……

作者用重复而富有节奏的文字来叙述，既温馨又朗朗上口。文字简短，但符合幼儿易接受的特点；文字富有节奏，在重复中不失时机地变换对象，使幼儿在接受内容的同时又不感觉单调。对"爷爷一定有办法"的坚信和重复，在不断变化的平凡故事中传递出了那

份平凡又深沉、朴素又持久的温暖亲情。同时，文字故事中还留有很多的省略号给故事留白，不仅为读者提供了丰富的想象空间，还大大增加了阅读时的趣味性。

(三)于细节处挖掘意义

在图画书中，常常隐藏着一些小细节，有的与作品的主题无关，有的协助营造着情节氛围，有的增添着幽默趣味，有的暗示传达着故事情感，这让读者能开拓出更微妙的独立想象空间，挖掘出更深的内涵或者不一样的意义。

例如，安东尼·布朗的《大猩猩》讲的是一个小女孩渴望陪伴的故事，其中的细节非常之多。在安娜一个人蜷缩在偌大一个屋子里看电视的那张画面中，房间很大很空，安娜很小很孤单，阴影中的墙面上是各种张牙舞爪的怪物，而安娜周围的那一小片光亮的墙面上是盛开的太阳花与飞舞的蝴蝶，好像预示着安娜未来的心情会像阳光一样温暖、像蝴蝶一样开心。当安娜把玩具大猩猩扔到墙角的玩具堆去睡觉时，"深夜里，发生了一件很奇怪的事"，文字并没有陈述这件奇怪的事，而是透过三幅小画面中玩具女娃娃看到大猩猩逐渐变大，从睡眼惺忪到瞪大眼睛再到头发直立的表现来告诉大家这件奇怪的事情。当大猩猩要带安娜出去站在门口换衣服时，大猩猩的形象和挂着的爸爸的衣服一致，门外的树影和屋内墙壁上的画都处理成了大猩猩的样子。大猩猩带安娜飞行的页面上，黑暗的房屋背景中可以找到大猩猩的影像；当他们去看电影时，电影海报也变成了大猩猩，电影内容是超人大猩猩，自由女神雕像也换成了大猩猩，在坐满的观众席中，还可以找到大猩猩和安娜的背影；还有最后爸爸俯身问安娜去不去动物园时，爸爸不仅换上了和安娜一样红色的上衣，在他裤子口袋里还插着一根香蕉！这些细节都扩充了文字所不能描绘的很多深层次内涵，也让我们更深刻地体会出想要父亲陪伴的安娜内心深处的情感变化。梦幻与现实在安娜眼中亦真亦幻，令人感受到家长忙于工作造成孩子内心孤单的严峻现实。

佩吉·拉特曼的《晚安，大猩猩》也以丰富的细节让大小朋友们着迷。如钥匙和笼子的颜色是一致的，每个动物的笼子都有专属的颜色，这也是大猩猩顺利打开每一扇门的原因。更为有趣的是如影随形的香蕉、小老鼠、月亮和气球：本来气球一头拴在大猩猩的笼门上，一头系着香蕉，大猩猩打开门后气球就飘走了，随情节发展越飘越远，越变越小；还有可爱的小老鼠各种各样保护香蕉的动作，趣味十足。这本书文字不多但幽默耐读，很多细节伴随故事跳跃着，闪烁着令人快乐的温情光辉，孩子在细节挖掘中可以体验更多趣味。

第三节　图画书教学案例和教学研究

一、教学案例

案例一：小班语言活动课《谁咬了我的大饼》

学习材料：图画书《谁咬了我的大饼》

课程类型：语言活动课

教学对象：小班(3～4岁)

活动目标：

1. 认真倾听故事、理解故事主要内容，感受故事情节的趣味性。

谁咬了我的
大饼.mp4

谁咬了我的
大饼.ppt

2. 在游戏中，尝试用书中重复的语言对故事情节进行表述。

3. 积极参与到游戏中来，体验扮演角色的乐趣。

活动重难点：

重点：通过提问的方式引导孩子说出故事中的主要对话；体会故事的诙谐幽默。

难点：能够用书中的语言对故事情节进行讲述。

经验准备：

认识小动物，知道常见小动物的牙印是不一样的。

物质准备：

1. 教学白板、故事教学视频、音乐背景。

2. 自制有缺口的大饼、小动物胸饰。小鸟、小兔子、狐狸、鳄鱼、河马动物的家。

活动过程：

一、开始部分

教师介绍故事主人公，激发幼儿倾听故事的愿望。

1. 出示主人公小猪，"今天来了位新朋友，它遇到一个大难题，想请小朋友们帮帮它"。

2. 老师模仿小猪："小朋友们大家好！昨天我做了一张大饼，可是睡了一觉醒来，大饼变成了这样(出示大饼教具)，是你咬了我的饼吗？"(让幼儿初步感知句型)

3. 师："小猪好着急呀，咱们一起帮帮小猪好不好？到底是谁咬了小猪的大饼？"

二、基本部分

(一)出示教具讲演故事

一次出示小鸟、兔子、狐狸、鳄鱼、河马 5 种动物，模仿小猪问："是你咬了我的饼吗?"教师在讲演动物的同时也在大饼上摘下相对应的小动物的牙印形状，把摘下的牙印形状跟大饼上残缺的一块进行对比，教师提问："一样吗？"

重点引导幼儿说："嗯，果然不一样。"故事讲述一遍之后，帮助幼儿回顾故事内容。

重点指导：利用讲演、讨论、猜想的方式引导幼儿学说故事的主要对话，感受故事情节。

重点提问：

1. "是你咬了我的大饼吗？"

2. 猜想狐狸咬下来的大饼是什么样的？比前面的大还是小？

3. 河马的嘴巴那么大，它咬下来的会是什么样？(幼儿自由猜想)

(二)观看完整绘本故事内容

1. 教师："哎呀，大饼都快吃完了，小猪的大饼原来是圆圆的，可现在变成了这个样子，这个是小鸟咬的，这个是兔子咬的，都不是这些小动物咬的，那到底是谁咬的呢？我们来看一个有趣的故事绘本，小朋友们仔细看，到底是谁咬了小猪的大饼。"(留下悬念)

2. 看图画书讲故事。教师提问："小朋友，现在你们知道是谁咬了小猪的大饼了吗？"

幼儿："是小猪自己。"

(三)游戏：谁咬了我的大饼

儿歌：我是一只小小猪，做了一块香香饼。

睡醒发现少一块，是谁咬了我的饼？

游戏玩法：请几名幼儿分别扮演故事中的小动物并佩戴对应的小动物胸饰，剩下的幼儿扮演小猪边走路边唱儿歌(跟随背景音乐)，依次来到小动物的家问："是你咬了我的饼吗？"，分别扮演小鸟、兔子、狐狸、鳄鱼、河马的小朋友说："不是我，你看"，扮演小猪的小朋友说："嗯，果然不一样。"

三、结束部分

最后终于找到了，原来是我(小猪)咬的饼？你们说小猪糊不糊涂呀？

活动延伸：小朋友回家和爸爸妈妈一起制作香喷喷的大饼。

案例二：中班语言活动课《是谁嗯嗯在我的头上》

学习材料：图画书《是谁嗯嗯在我的头上》

课程类型：语言活动课

教学对象：中班(4-5岁)

活动目标：

1. 与小鼹鼠一起寻找肇事者，初步学习对比，了解各种动物的"嗯嗯"是不一样的。

2. 理解故事内容，学习表达不同动物的"嗯嗯"的形状；感受故事的趣味性。

3. 知道随地"嗯嗯"是不文明的，养成"嗯嗯"的良好习惯。

活动准备：

1. 《是谁嗯嗯在我的头上》图画书、课件、视频。

2. 各种动物的头饰、"嗯嗯"道具(用大小不同、颜色各异的沙包代替)。

活动过程：

一、导入，在有趣的声音中感知"嗯嗯"，激发幼儿的阅读兴趣。

1. 请幼儿倾听不同声音，引出故事名字。

辨听各种声音：鸟叫声；闹钟声；流水声；嗯嗯声。

2. 小朋友你们知道嗯嗯是什么意思吗？

教师利用儿歌小结：你也嗯嗯，我也嗯嗯，一天一次，肚子清爽，健健康康。

3. 呈现图画书：今天，老师给小朋友带来了一个关于嗯嗯(出示嗯嗯汉字)的有趣故事《是谁嗯嗯在我的头上》。

二、利用课件分段欣赏故事，了解各种动物的嗯嗯是不一样的。

(一)观察封面

(1) 你在封面上找到嗯嗯了吗？

(2) 在什么地方？ ——对，他叫小鼹鼠，和小老鼠差不多。

(3) 为什么它的头上会有嗯嗯，这个嗯嗯会是谁的呢？

你们看，这个嗯嗯是什么样子的(长长的，土黄色的，像香肠似的)。

小朋友都来当小侦探，帮助小鼹鼠查一查到底是谁干的。

(二)教师讲述图画书的基本部分

1. 讲述后提问：仔细想想，小鼹鼠都问了哪些动物？

出示提前粘贴的动物图片，根据幼儿的回答展示相应的动物；

同时进一步学说角色对话："是不是你嗯嗯在我的头上？""不是，我的嗯嗯是这样的。"

2. 图片匹配：出示打乱顺序的各种嗯嗯图片，请幼儿先说一说，然后指一指。

讨论：它们的嗯嗯都是什么样的？说一说。

鸽子：鸽子的嗯嗯又湿又黏，是白色的嗯嗯。

马先生：马先生的嗯嗯像马铃薯一样，又大又圆。

野兔：野兔的嗯嗯像豆子一样，小小的，黑黑的。

山羊：山羊的嗯嗯像咖啡色的小球。

奶牛：奶牛的嗯嗯好像巧克力蛋糕呢，圆圆的一盘。

猪先生：猪先生的嗯嗯软软的一坨，像小山一样。

小结：原来，动物的嗯嗯是不一样的，也没有一个跟小鼹鼠头上的嗯嗯是一样的。

3. 小侦探们，小鼹鼠应该怎么办？谁能帮小鼹鼠找到"嗯嗯"的主人呢？

(三)教师讲述故事的结尾部分

1. 讨论：是谁帮助了小鼹鼠？

2. 到底是谁的嗯嗯在小鼹鼠的头上？

3. 来看看小鼹鼠是怎样找大狗理论的？发生了什么有意思的事情？

4. 讨论： 如果你是大狗，你又会怎么做呢？

如果你是小鼹鼠，你又会怎么做呢？

三、请幼儿完整欣赏故事视频，进一步感受故事的幽默和有趣。

1. 讨论：小朋友，你今天嗯嗯了吗？大狗随便嗯嗯，对吗？动物和我们人类不一样，我们应该嗯嗯在哪里呢？嗯嗯完以后应该怎样做呢？

2. 儿歌小结：嗯嗯在哪里呀，嗯嗯在哪里，嗯嗯在那厕所的马桶里；随手冲厕所呀，随手冲厕所，哗啦哗啦我的嗯嗯不见啦。

四、请幼儿共同表演故事《是谁嗯嗯在我的头上》。

发给幼儿动物头饰，轻松快乐的音乐作背景，教师引导幼儿进行故事表演。

案例三：大班语言活动课《我爸爸》

学习材料：图画书《我爸爸》

课程类型：语言活动课

教学对象：大班(5～6 岁)

我爸爸.mp4　　我爸爸.ppt

活动目标：

1. 边看图边听故事，欣赏图画书的同时理解作品所表达的内容。

2. 大胆表达自己的想法，能用简短的语言描述画面。

3. 感受爸爸的"棒"与"爱"，萌发爱爸爸的情感。

活动准备：

1. 《我爸爸》的图画书、课件。

2. 大班小朋友爸爸的照片若干、音乐歌曲、图画纸、彩色笔。

活动过程：

一、导入

1. 《爸爸去哪儿》的歌曲导入，提问：小朋友们，你们的爸爸都带你们去哪玩了呀？

2. 猜爸爸的照片，说爸爸。

3. 今天有个来自英国的小朋友 Piteer，他和小朋友一样认为自己的爸爸是世界上最棒的爸爸，我们一起来看看他的爸爸都喜欢干什么？是一个怎样的人？

二、观察封面、扉页，了解信息

1. (出示封面)我们看，Piteer 的爸爸和你爸爸一样吗？他穿着什么样的衣服？

2. 这是扉页：画的是一个烤面包机，烤出了一片带花格子的面包，仔细看看，你发现了什么？(面包的花纹与爸爸睡衣上的花纹一样)

3. 面包跑哪去了？它一跳就跳到了爸爸的早餐桌上了。这就是我爸爸(出示封面上爸爸的图片)光看外表，谁能来说一下，你看到的爸爸是什么样子的？

4. 自然随意的，可 Piteer 认为他的爸爸很棒！(出示第一页"这是我的爸爸，他真的很棒"！)他的爸爸到底棒在哪里呢？让我们一起去了解一下。

三、共读故事，随机设疑

1. 第一组图——教师边引导幼儿看图边生动讲述。

(1) 出示第一幅图：爸爸叉着腰，用手指着前面。指名表演爸爸的动作。

想象大野狼平时走路的样子。(表演大摇大摆)大野狼怎么往外走的？(垂头丧气)

观察图画还能发现什么？引导幼儿用心观察，找太阳和小猪、小红帽图案。

(2) 出示第二幅图：你看到爸爸在干什么啊？"他可以从月亮上跳过去。"(自豪的语气)

(3) 出示第三幅图：爸爸不但敢跟月亮比高低，他还敢干什么呢？

老师发现袜子上藏了一个小秘密，谁能发现？(引导幼儿找到袜子上的太阳)

(4) 出示第四幅图：看一下图里的大力士，你会怎么形容他？(力大无穷)

你们敢跟他比摔跤吗？"他敢跟大力士比摔跤。"(读出惊讶、崇拜的语气)

(5) 出示第五幅图：爸爸还敢干什么？谁来说一下？

小结：爸爸不怕大野狼，敢从月亮上跳过去，敢走高空绳索，敢跟大力士比摔跤，比世界上跑步冠军跑得还快，你们觉得爸爸怎样呢？(勇敢)

齐读：我爸爸真的很棒！

2. 第二组图——看图说话。

(1) 出示第一幅图：他的爸爸变成了什么？(引导幼儿仔细观察图画)

你感觉到了什么？(教师读出亲切的语气，强调我爸爸像……一样……)

(2) 出示第二幅图：爸爸变成了什么？用"我爸爸像……一样……"的句子练习说话。

出示第三、四幅图：现在我们自己看着图，像上面两幅图一样，帮作者说说他的爸爸。

指导幼儿看图说：我的爸爸像猩猩一样强壮。我的爸爸像笑眯眯的河马一样快乐。

再读：我爸爸真的真的很棒！

3. 第三组图——故事续编。

接下来，我的爸爸还怎么样呢？先不看书，你觉得爸爸还像什么？(幼儿续编故事)

4. 第四组图——深入体会。

下面还剩下几幅图，往下看，爸爸还"棒"在哪里？

再读：我爸爸真的真的真的很棒！

四、感情提升，体会父"爱"

1. "你的爸爸是怎样爱你的"，启发幼儿说说爸爸为自己做的事，体会爸爸的爱。

2. "你会怎样爱自己的爸爸呢？"启发幼儿说说怎样表达对爸爸的爱。

活动延伸：为爸爸制作一张小卡片或画一幅爸爸的画送给他。

二、教学分析

(一)图画书教学的应用

教育部颁发的《3-6岁儿童学习与发展指南》指出，成人应为幼儿创设自由、宽松的语言交往环境，鼓励和支持幼儿与成人、同伴交流，让幼儿想说、敢说、会说并能得到积极回应。应为幼儿提供丰富、适宜的低幼读物，丰富其语言表达能力，培养阅读兴趣和良好的阅读习惯，进一步拓展学习经验。图画书阅读符合幼儿身心发展特点，这促使很多幼儿园对图画书的教学越来越青睐和热衷。

图画书蕴含着多元化的教育资源，它既是幼儿园语言活动课和艺术活动课的重要内容，又是区域活动和睡前活动的重要形式之一。通过看图讲故事的形式对幼儿进行语言和美术的学习和训练，又可以根据图画书的不同内容进行社会活动课、科学活动课、健康活动课等。如美术欣赏活动课，在引导幼儿辨别使用颜色，培养幼儿使用色彩的兴趣时，可以将李欧·李奥尼的《小蓝和小黄》讲给幼儿听，当小蓝和小黄抱在一起变成了绿时，孩子会感到神奇又兴奋。让孩子动手去试验这两种色彩混合后的变化，会极大增强孩子对色彩的兴趣。在社会活动课中引导孩子对社会各种职业的认识时，可以选用图画书《我们的妈妈在哪里》，以"各行各业"为架构进行主题设问和教育，小孩在找寻妈妈过程中，到过哪些地方？遇到了哪些人？最后他们在哪里找到妈妈？你还知道哪些职业？通过图画书故事内容进行设问来让幼儿形象直观地认识各种职业，还可以通过开展职业配对的活动来让幼儿深入理解不同职业的特点。健康活动课中，希亚文·奥拉姆的图画书《生气的亚瑟》可以让幼儿在画面中感受生气等坏情绪的破坏力，从而引导孩子改善情绪，拥有健康情绪。

在图画书的教学应用中，不能将五大领域直接切分开，也不能单一将图画书万能使用，教师应有效利用图画书所蕴含的多元化资源，在图画书教学的材料选择上区分图画书的题材、类型，有重点有侧重地突出一本图画书的某一个或两个领域，有的放矢地展开教学。如益智类图画书更适宜于结合幼儿园科学领域的活动进行开展；故事类图画书更适合于幼儿园社会、语言或健康领域活动的开展；诗歌、童谣类图画书更适宜语言、艺术领域活动的开展。教师还可以对家长开展教育指导，家园携手共同通过图画书来培育儿童。

(二)图画书教学的重点

1. 提高语言运用能力和交流能力

图画书的文字创作者使用幼儿容易理解的词汇，熟悉的语句结构，贴近幼儿思想的语言，巧妙涵盖主题，汇聚成情节完整与趣味丰富的故事。幼儿通过阅读无形中便发展了语言理解能力，在回答老师提问与联想、猜测、复述故事的过程中发展表达能力。

如《逃家小兔》中的简单句式"如果你变成××，我就变成××"，让整个故事充满趣味。教师可以利用图画书中一次又一次的变化，让幼儿猜测"如果你是兔妈妈，你会怎么变，让小兔回家呢"？在幼儿的思考与回答中锻炼自我表达能力，提升语言逻辑和思考能力。教学山姆·麦克布雷尼的经典图画书《猜猜我有多爱你》时，引导幼儿感受其语言的魅力并让幼儿进行模仿表达对妈妈的爱，通过听教师读，和老师共读以及自己说等多种表达方式，引导幼儿领悟图画书语言表达的形式与精髓。讲述《要是你给老鼠吃饼干》时，就可以利用故事的结构，让孩子猜测接下来会发生什么。还可以用"要是……"的形式做模仿图画书编故事的游戏，规则很简单，首尾相连，顶针接龙，故事的结尾必须回到故事的开头，像图画书里一样，一块饼干，既是故事的结尾也是它的开始。这样，就可以让孩子在天马行空的想象中，轻松愉快地进行语言的表达与训练。

2. 审美的熏陶

图画书中的图画通常设计精美，物像形态生动，色彩鲜明协调，构图合理，直接作用于幼儿的视觉，加之故事情节生动新奇，这些特点迎合了儿童表象思维活跃的特征。幼儿阅读图画的过程，就进入了一个艺术欣赏的过程。因此，图画书教学的重点之一就是通过图画使幼儿爱上阅读，让幼儿接受纯美的审美的熏陶与艺术的欣赏。

如芭芭拉·库尼的《花婆婆》是一个关于作者的传记式故事，全书围绕"如何使世界变得美丽"这一理念展开，主人公跋山涉水，远离家乡，最终寻找到答案。整个故事不仅画面美、语言美，而且情感美，既充满了温馨恬静的情调，又传递出一种坚毅执着的追求精神。书中无论是室外葱绿清新的自然与广阔大海的画面，还是室内小艾莉丝坐在爷爷腿上听故事或花婆婆给孩子们讲故事的画面，或是那开满路边或山野的鲁冰花，都是色彩缤纷的，笔触细腻。爷爷当年嘱咐小艾莉丝"做一件让世界变得更美丽的事"，小艾莉丝长大后坚持不懈地种花，在她力所能及的地方撒满了鲁冰花的种子，而且花婆婆相信，伴随着小鸟和风的飞行，鲁冰花的种子会撒遍世界各地，世界会变得更加美丽，这是美在空间上的无限扩展；艾莉丝白发苍苍后，她的小外孙女也像她当年答应爷爷一样"又快又大声"地答应了她"要做一件让世界变得更美丽的事"，她的美丽事业有了延续与传承，这是美在时间上的无限延伸，这就是对于美丽和美好的热爱和追寻。幼儿阅读这一图画书时，会受到画面美的熏陶，也会体验到情感美的追寻。欣赏的同时，幼小的心底也会播种下美的种子和让世界变得更美的目标。这就是这本图画书教学的重点，即让幼儿在艺术与情感上受到美的熏陶。

3. 思维和创造力的启发

图画书中的故事想象力丰富，思维具有较大的开阔性和跨越性；图画书中故事横跨国界，穿越各种文化背景；图画书的故事有人类现实的生活，也有自然世界的故事，也有各种大胆的幻想生活。透过文字与画面，幼儿得以进入不同的世界，让想象无限放飞，让思维无限放大，让创造力得到无限启发。

如在进行图画书《小黑鱼》教学时，小鱼们总是被大鱼吃掉，这就提出了一个问题：小鱼怎样才能在大海里自由自在地玩，同时又不被大鱼吃掉呢？教师与幼儿展开讨论，幼儿们都很想帮助小鱼们想办法，就使幼儿的想象力和创造力在讨论与表达时得到启发和开拓。

在进行《小房子》的阅读或讨论时，从春夏秋冬四个季节变化的图片可以让孩子直观认识四季以及每个季节的特征；认识夜晚星空的变化，月亮的变化等。还可以结合当天的环境情况向孩子解释雾霾的形成及危害，引导幼儿从小树立环境保护的意识。

4. 态度情感与社会化的培养

说教式的品德教育，灌输式的价值观教育，批评式的指责教育，既僵化了教学方式，又拉远了与幼儿的距离。然而，借助审美化、生活化、趣味化的图画书内容，幼儿在阅读或聆听故事中就可以吸收、激荡、转化各种观点和品德价值观，并将此种能力运用于自身日常生活上的应对。通过图画书《第一次上街买东西》(筒井赖子/ 文；林明子/图)，让幼儿和小主人公一起感受"第一次"独自上街买东西的伟大探险过程，走在马路边上，有一辆自行车迎面冲过来该怎么办？跌倒了，膝盖破了皮该怎么办？手中的硬币掉了该怎么办？终于走到小卖店门口，要怎样跟老板开口买东西？这些情节自然亲切，就像发生在小读者们身边一样，就会自然地教会或者鼓励小读者们要像小主人公一样勇敢地迈出第一步，对于幼儿的社会化有很大的促进作用。同时还能引导幼儿积极尝试、勇敢走出第一步的做事态度，为幼儿成长给予自信、勇敢和快乐。

(三)图画书教学的难点

图画书教学的难点在于图画书的选择和合理的活动设计上。幼儿教师的文学素养与对图画书的认识程度和教学理念制约了图画书教学。在图画书的选择上，应选择与幼儿的身心发展相适应，以幼儿兴趣为出发点的图画书进行教学；在教学活动的设计上，也应以幼儿为一切活动的基点进行讲读、阅读、游戏、说话、绘画等活动，对图画书的图画、语言、细节进行合理解读，培养幼儿认知、情感、社会性等多个方面的能力。

三、教学建议

(一)选择与幼儿能力水平及生活经验相契合的图画书

幼儿年龄不同，能力发展水平和兴趣点也不同，接受阅读能力不同，因此，应选择与幼儿能力水平及生活经验相契合的图画书进行教学，才能达到趣味性与教育性的统一。对各年龄段幼儿选择图画书的建议如下。

小班——尽量选择画面物像清晰明显，色彩协调鲜明，背景简单，文字较少，故事有趣的图画书，以激发幼儿学习兴趣，便于幼儿接受。

中班——尽量选择画面主体突出，配色和谐，自然与人文环境协调，语言较简短且有韵律的图画书，主人公除以拟人化的动植物为主外，还可选择与幼儿生活接近的人物生活故事图画书，激发幼儿对于事物间联系的观察力，教育幼儿学习运用情景性语言进行表达。

大班——可以选择画面丰富，人物或社会生活故事为主的图画书，充分调动幼儿的观察力和想象力，让幼儿有尝试故事续编、角色语言或情景对话，引导幼儿个性化和创造性的阅读，开阔幼儿思维和想象。

如"大卫"系列图画书中的《大卫不可以》就非常适合小班和中班幼儿，书中的主人公大卫淘气可爱，做了很多令人啼笑皆非和调皮的事情，经常被妈妈批评，但也非常渴望妈妈的拥抱。这些画面和思想非常贴合幼儿的实际生活，符合幼儿的生活经验，更能引起幼儿的兴趣，也更容易被幼儿接受和理解。宫西达也的《你看起来好像很好吃》等恐龙系列图画书形象特色鲜明，故事温情，更适合大班幼儿。

(二)看图不遗漏，关注细节重思考

图画书中的图画不仅形象优美，视觉上给人以美的享受，形式上具有故事讲述的功能，

设计上也往往别出心裁。因此在教学时应引导幼儿完整地观察画面，封面、扉页、环衬、正文以及封底，不急于翻页，仔细看图，关注细节，猜测故事内容，探索故事奥秘，体验阅读发现之趣。如图画书《11只猫做苦工》的封面上只有十只猫，另一只猫在封底上，只有将封面与封底连起来才能看到一个完整的画面。菲比·吉尔曼的《爷爷一定有办法》中，故事的主旋律小男孩约瑟的毯子一次次变小、变旧，图画书下方老鼠一家可用的布料越来越多，书的封底也是老鼠一家快乐的照片。引导幼儿关注图画的每个细节，以此丰富故事内容，使情感体验更加丰富饱满，使阅读更加生动有趣。

(三)用心导读，注重讲述的生动性

松居直在《图画书的快乐》中阐述道："图画书是通过优美的语言和图画表现出来的，这些语言和图画只有成为朗读者自己的感受读给孩子听，才能被接受。当朗读者把图画书所表现的最好的语言用自己的声音和情感来讲述时，这种快乐、喜悦和美感才会淋漓尽致地发挥出来，图画书的体验才会永远地留在聆听者的一生当中。"这就要求教师要用心去感受图画书的内容和情感，用心向孩子们表达出来，才能激发孩子的兴趣，感染孩子的情绪。在讲述图画书时，幼儿教师要用动作、神态等辅助语言来"演"故事，用生动、夸张的手法来呈现故事，用语言的变化来演绎情节的发展，让幼儿进入自己的生动讲述中。美国教育心理学家杰洛姆·布鲁纳曾这样阐述：一开始，教师得先为儿童读故事，慢慢地，用比较戏剧化的方式，来呈现整个作品。在儿童还没有能力完全自我阅读之前，教师利用"最近发展区"，协助儿童了解故事，帮助他们逐渐成为一位真正的读者。

(四)设计游戏化的互动

教师可在图画书的形象、色彩、细节等可挖掘处设计一些语言互动或游戏互动，引导幼儿猜想，帮助幼儿提升观察力、激发想象力。如一些图画书善于使用重复式的结构和语言来推动画面与故事的发展，既能增强图画书的节奏韵律感，又能让孩子感到熟悉亲切。这时，教师就可以利用这种结构设计合理的游戏活动或语言问答来抓住孩子的注意力。

如《爷爷一定有办法》中爷爷总会拿起外套，翻过来，又翻过去，再拿起剪刀咯吱、咯吱地剪，再用针飞快地缝进、缝出、缝进、缝出。然后说："这块料子还够做……"这里就可以引导幼儿去猜想"还够做什么"来激发他们的想象力。阅读《爱心树》读到大树与幼儿捉迷藏这一画面时，就可以引导幼儿玩捉迷藏的游戏，启发幼儿模仿图画书中的行为或者让幼儿自由对话，使幼儿能在游戏中真切地感受大树和男孩在孩童时亲密无间的关系。当幼儿带着切身体验再次阅读时，理解才会更深入，情感感受才会更强烈。

这里只是几个简单的教学建议，在具体的图画书教学过程中，除了要把握图画书的主要情节与情感特点外，教师还要根据幼儿园班级的具体学情、自身特长魅力、孩子的情绪等现实情况来调整自己的教学，使幼儿能更好地理解与接受。

本章小结

图画书是幼儿非常喜爱、接触最多的幼儿文学，其图文并茂的特点带给幼儿独特的欣

赏趣味。无论是有文图画书还是无文图画书其图画的叙事和表意作用都非常突出。阅读图画书，可以让幼儿开启心智、了解自我、寄托情感，激发幼儿阅读兴趣、培养幼儿阅读习惯，还能促进幼儿的想象力、语言能力、思考能力、审美能力的发展，阅读图画书还有利于亲子交流和亲子关系的和谐，促进幼儿身心愉悦和产生积极的情感体验。图画书的文本构成比较特殊，包括封面、环衬、扉页、正文和封底，阅读时不能遗漏任何一个部分。图画书的特征：形象的直观性与趣味性，构图的连续性与叙事性，整体的传达性与审美性。图画书的鉴赏方法：先图后文，完整地阅读图画(关注图画书的构成和传情达意的方式)，图文并重，注意文字的韵律与力量，于细节处挖掘意义。

图画书在幼儿园活动中应用广泛，既是幼儿园语言活动课和艺术活动课的重要内容，又是区域活动和睡前活动的重要形式。图画书教学重点：提高语言运用能力和交流能力，审美的熏陶，思维和创造力的启发，态度情感与社会化的培养。在幼儿园图画书教学中，应注意：选择与幼儿能力水平及生活经验相契合的图画书；看图不遗漏，关注细节重思考；用心导读，注意讲述的生动性；设计游戏化的互动。

思考题

1. 什么是图画书？它与带插图的书有什么不同？
2. 图画书的特征有哪些？结合作品谈一谈。
3. 简述图画书阅读的作用。
4. 选择一本你喜欢的图画书进行文本构成分析和鉴赏。
5. 编写一个图画书教案。

第七章　幼　儿　散　文

学习目标

➢ 了解幼儿散文的分类。
➢ 了解幼儿散文的教育作用。
➢ 了解幼儿园幼儿散文教育活动现状。
➢ 了解幼儿散文在幼儿园活动中的应用。
➢ 了解幼儿散文教学的基本内容和过程。
➢ 理解幼儿散文的文本特征和美学特征。
➢ 掌握幼儿散文的概念。

重点与难点

➢ 幼儿散文的文本特征和美学特征。
➢ 幼儿散文的教育作用。
➢ 幼儿散文在幼儿园活动中的应用。
➢ 幼儿散文教学的基本内容和过程。

第一节　幼儿散文概述

幼儿散文是幼儿文学体裁之一，它以丰富的内容、自由的形式、真挚的情感、流畅的语言和优美的意境为幼儿呈现了一个真实而多彩的世界。对幼儿情感的熏陶、审美趣味的提升有着不可小视的作用。为了能让幼儿体会到幼儿散文独特的魅力，学前教育者不仅要了解幼儿散文的含义、特征，揣摩不同类型幼儿散文的欣赏方法，也要能针对幼儿的审美需求设计出有趣味并能被接受的教育活动方案。

一、幼儿散文的概念

(一)散文

散文由来已久，在中国自先秦就已经有了散文的佳作，不过中国古代散文只是区别于韵文的一种文体，专门指不押韵、不讲究排偶的散体文章，如果从这个意义来讲，散文是广义的。直到"五四"时期，确立了文学的"四分法"，把散文看作与小说、诗歌和戏剧并列的一种文体，包括杂文、随笔、游记、传记等，使散文具有了现代的意义，所以"五四"以后的散文概念我们称作是狭义的。

关于散文的概念很难找到一个确切的说法，不过对于散文所具有的特点往往能达成共识：首先，散文具有抒发真情的特点。任何一个散文作品都凝结了作者真实的情感，抒写了真实的感受，都是作者"有感而发"的结果。其次，散文笔墨真实。散文最接近生活的真实，正是因为真实可感才能触发作者的真情，无论是写景状物，还是叙事议论都与作者真实的生活境遇有关。再次，散文自由灵动。散文取材广泛，形式多样，结构与表现手法没有固定的模式和限制，语言简练、优美、朴素，使散文形成了独特的风格，"形散而神不散"是对散文特点最准确的凝练。最后，散文具有个性化。散文是作者真实情感的表达，就会带有作者鲜明的个性特点，所以作者不同，散文作品会具有不同的风格特点。

(二)幼儿散文

幼儿散文是以幼儿为阅读对象，根据幼儿审美需求和欣赏水平创作的，篇幅短小、侧重表达幼儿的生活情趣和心灵感受的散文。

幼儿散文属于现代散文，出现的时间比较晚，是在"五四"运动之后随着儿童散文而产生的。五四后一些学者和作家有意识地开始为儿童进行散文创作，如刘半农的《雨》(1920年)，郑振铎翻译的泰戈尔的《纸船》(1922年)，冰心的《寄小读者》(1923年)等作品。但由于文化传统、社会环境等多种因素，儿童散文相比童话等文体发展速度是缓慢的，而且儿童散文的创作的对象都是年龄稍大的儿童。直到20世纪80年代，伴随着大量海外优秀精短散文的翻介，出现了一批优秀的儿童散文作家，创作了大量精美的幼儿散文作品，幼儿散文才逐渐崛起。进入新时期，幼儿散文发展更为迅速，幼儿散文作品题材广泛，形式多样，表现手法和语言的运用更为灵活自由，不仅符合幼儿的心理，更体现了幼儿的审美情趣，使幼儿散文可以作为一种单独的文学样式与儿歌、幼儿童话、幼儿诗、图画书等并列，成为幼儿文学中的一种重要的体裁。

二、幼儿散文的特征

(一)总体特征

幼儿散文是散文的一种，其创作对象是幼儿，这两点构成了幼儿散文的总体特征。

1. 幼儿散文的散文化特征

幼儿散文是现代散文的分枝，虽然阅读对象是6岁以下的幼儿，但是因为受体裁的限定，幼儿散文也要遵循、具备现代散文的主要特征。上文对散文总结的基本特点——抒情性、真实性、自由性、灵活性以及对作者张扬的个性，也都是幼儿散文本身所应该具有的。

2. 幼儿散文的幼儿化特征

幼儿散文不仅不同于成人散文，甚至也不同于儿童散文。它在继承散文一般特点的同时，也着重发展了自己的独特性，而这独特性是由幼儿身心发展特点决定的，不为任何作家个人的意愿所左右，这一特点就是幼儿散文的幼儿化，也正是由于幼儿散文的幼儿化特征，使幼儿散文独具不同的文本特征，尤其是美学特征。如吴然的《珍珠雨》：用了拟人、比喻等手法写出了下雨和雨后的情景：要下雨了，小鸟"扇着潮湿的风"飞翔在河岸上，向朋友们报告下雨的喜讯，雨停了，小鸟"扇着雨后的阳光"从彩虹里飞出来，"珍珠般的雨点"挂在草叶上、花瓣上、柳条上，挂在"刚从雨里撒欢回来的小红马身上"，挂在房檐上。蜜蜂说花儿更香了，小马小牛说草儿更嫩了……下雨和雨后都是生活中真实的场景，作者能用幼儿梦幻式的眼光打量这个世界，描绘出雨中和雨后美丽的景象，文中还有以小朋友身份出现的"小鸟""蜜蜂""小马驹""草莓"等的形象，恍如童话里的仙境，伴随着他们天真甜美的语言，更突出雨的重要作用，也让散文更具幼儿特点，激发幼儿对雨的喜爱之情。

(二)幼儿散文特征

1. 题材丰富

幼儿散文与成人散文一样，题材十分广阔、无所不包，家庭、幼儿园、社会、自然等，凡是幼儿熟悉或者能够引起幼儿兴趣的内容都可成为幼儿散文的写作对象。另外，幼儿处于人生初期，涉世尚浅，幼儿散文可以同其他文学体裁一样成为开阔幼儿眼界、丰富幼儿知识和情感的窗口，即使是科学内容或者富有哲理的思想也可以纳入幼儿散文的写作范围。如鲁兵的两篇幼儿散文《春娃》《冬娃》，均与自然中的季节有关，作者都用了拟人而具体的方式，为小读者呈现了春天与冬天不同季节的画面：春娃喜欢画画喜欢音乐，"他走过树林，给树林涂上嫩绿色；走过小溪，教会小河唱歌"。冬娃非常顽皮"抱着树枝儿摇呀，摇呀"，他让大树快快落叶，好给春天发芽积蓄养分。这两篇散文既展现了大自然的神奇、有趣，让小读者认识了不同的季节特点，燃起了小读者对自然的热爱之情。

2. 形式自由

幼儿散文不仅题材丰富，写作方法也十分灵活、自由。在写法上可以是抒情、也可以叙事，可以说明，也可以议论。在表现形式上可以是普通的记叙文，也可以是游记、书信、日记、随笔等。在修辞手法上对比喻、拟人、夸张、摹绘、重复的运用更是灵活多变。这样灵活多变的形式使幼儿散文也具有不同的风格，从而更容易引起幼儿的阅读欣赏兴趣。如望安的《大卧佛》就是一篇幼儿游记散文，作者用描写和"对话"的方式记录了小朋友游览大卧佛的情景。在这篇游记散文中，作者从幼儿的心理出发，通过对比的手法突出了大卧佛的主要特征：大卧佛非常大，由五十万片铜做成，个子比三个大人还高，胳膊比小朋友的身子还粗，大耳垂比小朋友的手还大。大卧佛雕刻得非常逼真，大脚丫、大手指像真的一样。小朋友喜欢大卧佛，想让沉睡几百年的大卧佛起来跟他们玩，给他们讲故事。散文线索单纯，对话有趣，把人物景观描绘得生动活泼，同时也让幼儿感知世界的辽阔与多彩。

3. 内容真实

幼儿散文的内容要贴近幼儿的生活，真实可感。无论取材什么主题，采用何种形式，幼儿散文的内容都应该是对幼儿真实生活的再现，反映了幼儿对生活的认识和态度，表达了幼儿内心的情趣和需要，仿佛幼儿正在亲身经历和感受着。如郭风的《竹叶上的珍珠》和《牵牛花》，在这两个作品中，作者所描述的内容都是幼儿在日常生活中所能见到的真实情景，一个是早晨竹叶上的露珠，一个是清晨的牵牛花，作者把它们想象成珍珠和喇叭，既对真实生活进行了加工塑造，又不违背生活的逻辑，拉近了艺术描写与幼儿的距离，文中符合实际生活的诸多想象更加贴近幼儿心理，会让幼儿感到既熟悉又亲切可爱。

再如林颂英的《等妈妈》①用叙事的方式写出了孩子"等"妈妈回来时急迫的心情，这是一个孩子的一种日常行为，但作者巧妙地把这种心情从大街上那朵熟悉的伞花里，从妈妈上楼的脚步声中，从孩子把自己藏起来的矛盾心理中，自然又生动地流露出来，稚拙而动人。

我趴在阳台的栏杆上，等妈妈下班回家。

天上"沙沙"地下着小雨。大街上出现了好多好多彩色的大"蘑菇"，有火红的，有天蓝的，有翠绿的，有紫色的……多么美丽的大"蘑菇"呀！那一朵朵彩色的大"蘑菇"在大街上流动。

啊，我看到妈妈了！那白底蓝花的大"蘑菇"，就是我妈妈撑的雨伞呀！不一会，我听到妈妈上楼梯的脚步声，噔、噔、噔……我赶紧躲在阳台的门背后，跟妈妈藏猫猫。我等到了妈妈，真高兴。但是，如果妈妈看不到我，会不会着急呀？……

4. 情感真挚

真实的内容反映了作者真挚的情感。幼儿散文中真挚的情感是由两个方面的情感相融合而成的，一方面是作者本身的真实情感的流露，一方面是作者要反映出幼儿的真实生活所寄寓的幼儿的情感，这两种情感不相矛盾，是"真"的融合和统一，是作者把自己的真与幼儿的真无缝连接、融合的结果。所以一篇优秀的幼儿散文作品不仅反映了幼儿想要的真实生活，通过幼儿视角的叙事、写景、状物也抒发了作者内心的真情。如屠再华的《秋天真美丽》把优美的景物与热爱自然之情，流动地、细腻地、缠绵而又深切和谐地表现出来：秋风姐姐摇落了树叶，树叶变成彩色的蝴蝶漫天飞舞，秋风姐姐吹动了小河，小河欢快地玩耍。妈妈告诉小朋友大树的落叶可以变成小树的肥料，帮助小树长高，小河养出的鲜鱼肥蟹可以变成美味，帮助小朋友长大。

再如班马的一篇幼儿散文《飞去的硬壳甲虫》，描写一个孩子在夜晚入睡前，通过敏锐的听觉探查到了一只甲壳虫飞进了屋子并落入水中，孩子寻声而去"救"了甲壳虫之后安稳入睡。作品中并没有任何情感的渲染，只真实地描述了"救"甲壳虫的片刻过程，但字里行间无不透露着孩子对自然、对生命的热爱，而这种热爱已经融入生活之中，平淡而真挚。

5. 篇幅短小

成人的散文"心游万仞，思接千载"，所以写起来常常是洋洋洒洒，但对于幼儿散文来讲显然不能这样。幼儿散文由于受到读者对象年龄、心理发展特点的制约，其篇幅必须要短小精悍，以三百字左右为宜，短的可以只有一百字左右，长的也不过六七百字，很少超过千字。幼儿散文篇幅的短小也决定了它的内容必须集中、必须单纯，只要能针对最富有特征的人、事、景、物来描述即可，不必对事件的来龙去脉交代得十分清楚。如俄国普里什的幼儿散文《第一朵花儿》作品不到百字，就把看见第一朵花开的惊喜呈现在读者的眼前——那不是抖动的树叶，也不只是蝴蝶在飞，更不是眼花，而是一朵花开的喜悦。

还有叶圣陶的《糖说的话》也不到百字，作者就把糖的来源、味道生动活泼地展现在幼儿的面前。

---

① 方卫平. 大轮船睡着了——中国儿童文学分级读本(幼儿卷小班)[M]. 杭州:浙江少年儿童出版社,2011.

(三)美学特征

1. 意境美

散文讲究意境，幼儿散文当然不能例外。成人散文一般追求深邃、饱满、恢宏的意境，而幼儿散文往往通过童心、童真和童趣的自然流露所创设的独特的氛围和独特的情愫来拨动小读者和听者的心弦，使其动情动容，在惊喜欢乐之余，品尝到一种韵味，如同一股清清的溪流淌过心田。[①]孩子是纯真的，这是他们的本性，也是孩子区别于成人最美好的品质，在幼儿散文中折射出来的童真美是幼儿散文的生命，也是区别于成人散文的显著特征。其次，有趣味的生活，是每个小朋友一直所向往的，优秀幼儿散文中所蕴含的天真活泼、纯洁无私的童趣美，不仅是孩子们喜欢的，也值得成人好好地去玩味。幼儿散文中的童趣能让幼儿在优美的文字中得到精神的畅游，所以一篇优秀的幼儿散文作品就是孩子在精神上的一种游戏。再次，童真、童趣都源于一颗童心，童心是童真和童趣的发源地，作为成人作家就要通过作品保护好孩子那颗最美的童心，而作为创作者自己本身也要拥有一颗童心，它是创作的灵魂。如李慰宜的幼儿散文《闹元宵》一共一百多字，用幼儿最质朴的对话式的语言展现了幼儿充满想象的思维：小伙伴排着队走，花灯就会变成一条龙；小伙伴围着圈儿走，花灯就会变成一朵花；小伙伴背靠背转着走，花灯就会变成大车轮。为读者勾勒出幼儿园元宵节闹花灯时幼儿喜悦的心情和欢乐的情境，是童心、童真、童趣的完美结合。

2. 情感美

每篇优秀的幼儿散文都凝结了作者的真性情，都是作者真挚情感的体现。作者在作品中会把自己对生活独特的体验和感受结合幼儿的审美情趣无掩饰地袒露出来，或悲或喜，或充满愿景，或有所缺憾，但无论是什么情感，只要是真切的就会营造出情感美，而这种美也构成了欣赏的主要内容。如班马的作品《蜡笔》[②]，充满了男性气质，表现了小男孩热爱自然、向往成熟的热烈情感：

我有一盒十二色的蜡笔。

世界突然扩大了。我能画灰色的军舰和军舰上的大炮。

看！画上的这个人，有着乱草一样的黄胡子，有一双地质学家的褐色的眼睛——那就是明天的我！

他的脸是黑里透红的。

他的帐篷是草绿的。

他的狗是银白的。

3. 语言美

散文是抒情的美文，散文的美很大程度上要依赖于它的语言美，幼儿散文也不例外，蕴含童真、童趣和童心的意境都是通过语言来表现的。幼儿文学中的语言往往明丽单纯、曲婉清秀，如同明净的天空、清澈的溪流，慢慢照进、淌入幼儿的心灵深处，滋养着心灵，孕育着成长。幼儿散文中的语言运用是有要求的，即语言既不能单纯地模仿幼儿习惯使用

---

① 李文华. 幼儿散文浅论[J]. 陕西教育学学院学报，2001-5-17 卷(第二期).

② 斑马. 小朋友[M]. 上海：少年儿童出版社，1987-11.

的"猫猫""狗狗"等的"娃娃腔"，也不能完全按照成人的语言去写。优秀的幼儿散文作品中的语言往往是既保留幼儿语言本身稚拙、纯真的特点，又在此基础上显现出成熟的生动与形象，其语言美最为突出的表现就是模声与绘色。如夏辇生的《项链》[①]：

大海，蓝蓝的，又宽又远。沙滩，黄黄的，又长又软。雪白雪白的浪花，哗哗笑着，涌向沙滩，悄悄撒下小小的海螺和贝壳。

小娃娃嬉嬉笑着，迎上去，捡起小小的海螺和贝壳，串成彩色的项链，挂在自己的胸前。快活的脚印落在沙滩，串成金色的项链，挂在大海的胸前。

作者在这篇作品中描绘了很多颜色"蓝蓝的"大海，"黄黄的"沙滩，"雪白雪白"的浪花，"金色"的项链，为幼儿营造了一个多彩的海边景象。"哗哗笑着"的浪花，"嬉嬉笑着"的娃娃，从声音上也为小读者营造了海边幼儿玩耍时的快乐场面。

第二节　幼儿散文欣赏

一、幼儿抒情散文

抒情散文是以抒发作者真实情感为主要目的的散文。幼儿抒情散文是以抒发幼儿纯真、美好、真挚情感为目的的散文。这类散文不以曲折的情节或者生动的人物取胜，而是通过对写实性意象的描绘来完成抒情的目的，既可以写景抒情，也可以融情入景，重在引起幼儿曾经体验的或能够体验的真切情感。因为是写给幼儿看的散文，所以散文中描绘的意象一定要真实可感，其中抒发的情感也要积极、健康、阳光、欢快。如张绍军的《瞧，我上街了》[②]：

瞧，我上街了。

我不是妈妈抱的，也不是爸爸抱的，是我自己走的。

我把脚儿抬得高高的，让爷爷、奶奶、叔叔、阿姨，还有大哥哥、大姐姐看看，我用自己的脚走上街啦！

这篇散文借上街这件小事，抒发了三岁左右幼儿挣脱大人怀抱，能用自己的双脚走路上街的豪迈感情，也写出了一个孩子发现自己长大的喜悦之情。

幼儿散文中美好的情感来源于幼儿自我中心主义引发的"泛灵化"思维特点。在幼儿的眼中，世界上的万事万物都和自己一样有生命有灵性，能够思考、说话、情感丰富，所以幼儿的生活中总是充满了诗性的光辉，幼儿散文如同幼儿诗一样，总带有诗意的曼妙色彩，为读者呈现出优美的意境，不同的是这种诗意的曼妙色彩来源于作者亲身经历过的或者真实的事件。如徐青山的《风在哪儿》作者以"风在哪儿"的反复询问描绘出有风的各种意象——天上的云跑、地上的柳条飘、水上的波光粼粼，而无论哪种意象都是真实的——风无处不在。这篇散文虽然短小，用词也比较简单，但刻画生动，意境优美，表达了作者对风的喜爱。

---

① 夏辇生. 幼儿画报[M]. 北京：中国少年儿童出版社，1985-7.
② 张绍军. 娃娃画报[M]. 上海：上海报刊发行局，1985-10.

二、幼儿叙事散文

幼儿叙事散文是用散文的形式向幼儿叙述生活中发生的事。这些"事"反映了幼儿在家庭、幼儿园、社会、自然中的生活场景，都是幼儿熟悉的生活，不仅真实，往往具有浓厚的生活气息。幼儿生活是丰富多彩的，反映他们真实生活的叙事散文作品也丰富多彩。幼儿叙事散文以写人和记事为主，它的特点是有情节，但不需曲折也无须完整，情感色彩较浓，能从不同的侧面引发幼儿对生活的热爱。如圣野的《阳光集》中描写了一个小女孩犁犁，不小心被风伯伯关在了门外面，当犁犁弄清为什么被关在门外后说道，"风伯伯，我是好孩子，下一次不要把我关在外面"，充分表现出犁犁的天真可爱。

再如望安创作的《小太阳》叙述了一个孩子陪伴姥姥晒太阳吃橘子的故事，虽然只是生活中一个小小的片段，但却把祖孙二人之间的亲情描写得淋漓尽致。

三、幼儿童话散文

童话体散文是指用散文的语言来讲述童话故事，也可以说是采用拟人手法来创作的散文，这类散文就是散文与童话的结合体。童话散文兼具散文和童话的特点。首先，从形象上看。童话散文中的形象具有童话的特征，无论是植物还是动物都是以拟人的形象出现，但表现的却是幼儿的真实生活和情感，不能违背现实生活的逻辑，如小鸟可以唱歌，可以说话，但是小鸟不能拥有魔法变成仙子，这也是幼儿散文和童话的主要区别。其次，从情节上看。与其他类型幼儿散文相比，童话散文虽然较有情节性，但与童话相比，它又不追求情节的完整，反而简单平淡得多。

在幼儿散文中，童话体散文创作占据着首要位置。这也与幼儿的"泛灵化"思维特征是分不开的。因为在幼儿的眼里，世界上的一切都和自己一样是有生命的，既能说话，又能思考。在幼儿内心世界中，小草会哭，小花会笑，青蛙可以说话，小鸟可以唱歌。作家们正是"捕捉到了孩子们这一给景物以生命的特有想象"和可贵的童心，为孩子们创作出不少优美的童话散文。如郭风的《初次的拜访》《花的沐浴》，望安的《松·竹·梅》，冰波的《流星花》，罗佳的《桃树下的娃娃》、杜虹的《春风娃娃报信》等，都是童话体散文的成功之作。楼飞甫的《春雨的色彩》，巧妙地通过一个拟人体童话故事描绘出春天的美丽："一群小鸟在屋檐下躲雨，他们在争论一个有趣的问题：春雨到底是什么颜色的？"小白鸽说春雨是无色的，小燕子说春雨是绿色的，小麻雀说春雨是红色的，小黄鹂说春雨是黄色的，春雨悄悄地告诉大家"我本身是无色的，但能给春天的大地带来万紫千红……"，就在大家的争论中，描绘出了草地、柳树绿了，桃花、杏花红了，油菜花、蒲公英黄了，五彩缤纷、姹紫嫣红的春天的美丽。

四、幼儿写景散文

幼儿写景散文是指侧重描绘自然风景的散文。写景散文一般都反映着作者对客观景物的主观感受，这种主观感受也是作者对生活的一种美学评价，作者可以把自己主观对美的感受通过写景散文细腻地描绘传递给幼儿，让幼儿能在相对静的景致中感受其中的美好。优秀的写景散文能够弥补幼儿生活经验的不足，提高幼儿的对自然的观察力、感受力和想象力，还能帮助幼儿开阔视野，丰富他们的知识和见闻；从语言发展上还能帮助幼儿积累词汇，丰富语言，培养幼儿热爱祖国、热爱自然、热爱语言文字的情感。这里我们欣赏一下金波关于树木的三篇散文作品：

《我走进大森林》[①]：

当我遥望远方的山峦，我看见那里铺满了毛茸茸的苔藓一样的绿。

我走向绿色的群山。

当我投入了山的怀抱，我才发现那儿原来是一颗颗笔直的大树，挤挤挨挨地生长在一起。

我走进大森林，走进一个生命的世界。

这里，每一棵树都用它顽强的生命力发展着，成长着，向着土地，向着天空，向着一切空间，伸展着它们的根和枝叶，即使遇到严寒酷暑，狂风暴雨，它们也勇敢地站在那儿，从不退缩。

森林，一个多么神奇的世界！你们有和我们一样丰富的经历、一样有趣的故事吗？

我常常这样问每一棵树。

《树的家庭》[②]：

我走进森林的世界。

我从来都没见过这么多的树：有红松、有椴树、有柳杉、有白桦……

它们组成了一个和睦的大家庭。

红松像慈祥的老爷爷，

椴树像魁梧的爸爸，

柳杉像美丽的妈妈，

而小白桦，像伶俐的妹妹。

走进树的家庭，我想起我的家。

《雨后的大森林》：[③]

太阳照耀着雨后的大森林。

我看见每颗水珠儿里，都好像藏着一个小小的太阳。

有一只红嘴的小鸟飞来，落在树枝上，它震落了叶子上的水珠儿。

啊，那一个个小小的太阳都摔碎了吗？怎么我没听到丁丁冬冬的响声呢？

在树下，我找不到水珠儿，他们悄悄地渗进了泥土。

每一颗雨滴都属于大森林，无论在叶子上，还是在大树下。

在这三篇作品中，作者分别从不同的角度描绘了森林，第一首由远及近描绘了森林整体的样貌，向幼儿展现了森林的精神风貌；第二首以拟人的手法描绘了森林家庭的组成，形象展现了每种树的特点，丰富幼儿的知识；第三首则从幼儿的视角描写了雨后的森林，

---

① 金波. "我喜欢你"金波儿童文学精品系列——做一片美的叶子[M]. 南京：江苏少年儿童出版社，2010.

② 金波. "我喜欢你"金波儿童文学精品系列——做一片美的叶子》[M]. 南京：江苏少年儿童出版社，2010.

③ 金波. "我喜欢你"金波儿童文学精品系列——做一片美的叶子》[M]. 南京：江苏少年儿童出版社，2010.

文中的太阳、水珠、小鸟、泥土共同构成了雨后森林中生动的意象，对启发幼儿的想象力大有好处。

五、幼儿知识散文

向幼儿以介绍知识为主要目的的散文就是幼儿知识散文。幼儿涉世之初对世界和生活有诸多不了解，这些不了解也诱发了幼儿诸多的好奇心，幼儿知识散文能通过寓知识于形象的描写开拓幼儿的眼界，丰富幼儿的知识，满足幼儿的好奇心。这类散文不同于科普知识介绍的说明文，它往往都篇幅短小，语言生动简练，用幼儿的视角来立意，写法自由灵活，多用拟人、比喻、摹绘等的手法，介绍的知识也都新奇有趣，满足幼儿的需要。如方轶群的《冬爷爷的图画》，借助"冬爷爷作画"的方式，向小读者渗透了窗花形成的物理现象和过程。屋子里炉火正旺，窗外北风呼啸，冬爷爷在玻璃窗上画画的秘密是"屋子里的水蒸汽跑到窗前，一下碰到玻璃上，很快变成六角形的、漂亮的小冰花"。作品对于相关知识内容的介绍，规避了刻板的介绍，而是把知识融入有趣的情节中，通过文中爸爸的引导，渗透给幼儿，并启发幼儿去发现现美、观察周围的事物，激发他们探索的热情。

第三节　幼儿散文教学案例和教学分析

一、散文教学案例

案例一：小班散文欣赏《春娃娃》

学习材料：散文《春娃娃》

春娃娃爱笑，笑出了暖暖的太阳。

春娃娃爱哭，一撇嘴就细雨沙沙。

春娃娃爱跳舞，把舞台打扮得漂漂亮亮。

啊，跳吧！草儿绿了，花儿开了；

小溪叮咚地弹琴，小鸟叽啾地歌唱。

跳吧，跳吧！春娃娃要把快乐带给大家。

春娃娃.mp4　　春娃娃.pptx

活动领域：语言

活动对象：小班(3～4 岁)

授课教师：五常市幼儿园　邱玥

活动目标：

1. 初步学习感知散文《春娃娃》，了解春的特征；

2. 喜欢散文《春娃娃》，萌发对春的热爱之情。

活动准备：

1. 材料准备：PPT 课件《春娃娃》、散文朗诵背景纯音乐《雨的印记》；

2. 经验准备：知道春天的特征。

活动过程：

一、谈话式导入

问题：小朋友们，春天是什么样子的？幼儿联系已有经验回答问题。

小结：春天有绿绿的草地，小花都开了，大树都发芽了，天气很温暖，容易下雨，小鸟从南方飞回来了，河流都融化了……

二、欣赏、理解幼儿散文《春娃娃》

1. 教师播放 PPT，有感情地朗诵散文《春娃娃》，请幼儿完整欣赏。

2. 教师再次朗诵散文，并请幼儿认真听一听散文里描写的春天是怎样的，并分析理解散文《春娃娃》。(分析某情节相应播放 PPT 图片)

问题(1)：春娃娃爱笑，笑出了什么？(暖暖的太阳)

问题(2)：春娃娃爱哭，一撇嘴就怎么样了？(细雨沙沙)

问题(3)：春娃娃爱跳舞，一跳舞就怎么样了？(把舞台打扮得漂漂亮亮的)

问题(4)：春天一跳舞，草儿怎么了？花儿怎么了？小溪是怎么了？小鸟怎么了？(小草绿了，小花开了，小溪叮咚地弹琴，小鸟叽啾地歌唱)

问题(5)：跳吧，跳吧！春娃娃把什么带给了大家？(快乐)

3. 请幼儿随着轻音乐《雨的印记》跟读散文《春娃娃》，让幼儿通过跟读，感受散文语言的优美和春天的意境。

4. 分组表演。提示幼儿有感情地、有节奏地表演散文《春娃娃》。

三、结束活动

教师总结：春天真是一个美丽温暖的季节，小朋友们喜欢《春娃娃》这篇散文吗？回家表演给爸爸妈妈听吧！相信你一定能最有感情地表演出《春娃娃》的！还可以和爸爸妈妈一起编一编春娃娃的散文来和我们一起分享哦！

案例二：中班散文欣赏《蒲公英》

活动材料：散文《蒲公英》

蒲公英.mp4　　蒲公英.pptx

青草地上长着许多野花，我最喜欢蒲公英。

蒲公英开着淡黄色的小花朵，多么有趣的蒲公英，它的花朵凋谢后，花托上会结出雪白的绒毛似的球。田野的风吹着，那雪白的绒毛在天空中飞扬起来，比柳絮还轻，飞着飞着，又像一朵一朵的雪花，从空中轻盈地降落下来。明年，这儿会长出更多的蒲公英。

活动领域：语言、艺术、科学

活动对象：中班(4～5 岁)

授课教师：五常市幼儿园　马春梅

活动目标：

1. 理解散文内容，并能用清晰的声音朗诵散文作品，感受散文的意境；

2. 了解蒲公英的基本特征，用拓印的方式理解、表现蒲公英花开花落时样子；

3. 培养幼儿欣赏美、表现美的能力。

活动准备：

1. 前期经验准备：幼儿了解蒲公英的生活习性。

2. 材料准备：教学课件，蒲公英开花和花落后的图片各一张，轻音乐、欢快音乐《一同去郊游》，绿色的垫子铺成的"草地"(能让幼儿全部坐下)，拓印的材料(黄、白水粉颜料，圆形、花型拓印工具若干、画有蒲公英叶子的背景图)

活动过程：

一、活动导入

幼儿听着欢快的音乐跟着老师去"郊游"，大屏幕上出现春天的草地。

提问：小朋友们，我们一起去郊游吧。这有一片绿油油的草地，我们坐下来休息一下吧。小朋友们你们现在的心情是什么样的呀？这片草地上开了这么多小野花儿，你们最喜欢哪一朵？为什么呢？(青草地上长着许多野花，我最喜欢蒲公英)

幼儿四散坐在地上，说说自己此刻的想象与感受，并引出散文《蒲公英》。

二、欣赏、理解散文作品

1. 欣赏幼儿散文《蒲公英》

教师播放课件，让幼儿生动地欣赏幼儿散文作品。

2. 根据幼儿经验结合散文内容帮助幼儿理解散文作品

提问(1)：蒲公英的花朵是什么颜色的？蒲公英是一种什么花？请你来形容一下吧。(蒲公英开着淡黄色的小花朵，多么有趣的蒲公英)

提问(2)：它的花朵凋谢后花托上会长出什么？(绒毛似的球)你觉得这绒毛似的球像什么？请你用优美的语言形容一下它吧。(它的花朵凋谢后，花托上会结出雪白的绒毛似的球)

提问(3)：这雪白的绒毛球，被田野里的风一吹，会怎么样？(田野的风吹着，那雪白的绒毛在天空中飞扬起来)

提问(4)：像柳絮一样轻的它们飞着飞着，像什么一样降落到大地上？(飞着飞着，又像一朵一朵的雪花，从空中轻盈地降落下来)

提问(5)：它们降落的地方明年春天会长出什么？(明年，这儿会长出更多的蒲公英)

3. 再次完整地欣赏散文(播放轻音乐)

在幼儿理解散文内容的基础上，伴随着音乐，教师请幼儿再完整的欣赏一遍散文，感受散文的意境。

三、通过幼儿拓印蒲公英感受散文作品

提问：听完了这首散文你的感受是什么？你想变成小蒲公英开在青青的草地上，还是想吹一吹那些雪白的毛绒绒的雪球？看它们随风飞舞，轻轻降落？

1. 请幼儿在画有蒲公英苗的背景图上用工具蘸黄色颜料拓印出美丽的蒲公英花，再用圆形工具蘸白色颜料拓印出白色绒毛球。

2. 幼儿根据散文内容，随着优美的轻音乐，边拓印边朗诵散文《蒲公英》1～2遍。

四、我是小小朗诵家

1. 请幼儿分组清晰地朗诵散文，尽量能包含感情。

2. 教师小结。

案例三：大班散文欣赏活动《七月的云》

活动材料：散文《七月的云》

七月的云.mp4　　七月的云.pptx

七月的云，像一位神通广大的魔术师，一会儿，变成一群雪白的绵羊；一会儿，变成一棵会跑的树；一会儿，变成一位慈祥的老奶奶；一会儿，变成一只顽皮的小兔子……啊，我要是一朵云，那该多好呀：一会儿，变成这个，一会儿，变成那个。亲爱的妈妈，这样，您还能认识我吗？

活动领域：语言

活动对象：大班(5～6岁)

授课教师：黑龙江省军区幼儿园 刘蕾

活动目标：

1. 欣赏散文，理解散文中的数量词："一群""一棵""一位""一朵""一只"，并能用较完整的语言回答问题；

2. 理解散文中优美的拟人句，感受作品的趣味性；

3. 根据自己的想象仿编、创编散文，感受散文的意境。

活动准备：

1. 经验准备：带幼儿到户外观察云朵的变化。

2. 物质准备：云朵图片、音乐、云朵变化的视频。

重难点分析：

1. 重点：

(1) 对云朵有细致的观察和了解，能结合自己的经验理解散文中关于云朵的比喻手法。

(2) 能简单复述散文内容。

2. 难点：

理解并正确运用数量词"一群羊""一棵树""一朵云""一只小白兔"等。

活动过程：

一、观看散文视频，引起幼儿欣赏散文的兴趣

提问：你观察过天上的云朵吗？它们看起来像什么？

幼儿根据自己的经验自由谈论，教师鼓励幼儿用较完整的语言叙述，并运用一些形容词。

二、欣赏散文，初步理解散文内容(配乐)

1. 教师朗诵散文两遍，一遍轻声朗读，一遍伴随音乐朗读，让幼儿充分感受散文的优美，感受七月云的有趣变化。

2. 教师帮助幼儿理解散文内容。

提问：七月的天空格外晴朗，云朵像魔术师一样，都变成了什么样子？

引导幼儿回忆散文内容。

3. 进一步欣赏散文，理解文中优美的语句。

教师出示云朵图片，引导幼儿边听配乐散文边观察相关的画面。

提问：云朵一开始变成了什么？(让幼儿试着模仿小羊)不一会又变成了什么？(幼儿模仿会跑的树，感受散文的有趣)它还变成了什么？(继续模仿"老奶奶""小白兔")

鼓励幼儿用散文中的语言回答问题。

理解散文中的数量词：一群羊、一棵树、一朵云、一只小白兔……

4. 仿编、创编散文。

提问：小朋友们，如果你是七月的云，你想变成什么？为什么？

引导幼儿用散文的语言表述自己的想象。

把幼儿仿编或创编的句子融入散文中，让幼儿感受到语言创编的有趣、美好。

5. 再次朗诵散文，感受作品的意境

幼儿与教师一起，边看图边跟着音乐朗诵散文 1～2 遍。

三、活动延伸

提问：你还见过什么样子的云朵？云朵有时还会呈现不同的颜色，你们见过吗？(例如，日落时出现的云霞、雨天出现的乌云)

幼儿回忆已有经验，自由回答、交流。

二、幼儿散文的教育作用

幼儿期也是学前期，是幼儿学习语言最为关键的时期。在这一时期为幼儿提供优秀的语言范例，能有效地促进幼儿发音清晰、词汇丰富、用词准确、口语表达完整，从而促进幼儿语言能力的全面发展。《幼儿园教育指导纲要(试行)》语言领域的教育内容与要求中指出："引导幼儿接触优秀的儿童文学作品，使之感受语言的丰富和优美。"幼儿散文就是儿童文学中语言丰富、优美的体裁之一。

幼儿散文题材丰富、形式灵活、内容真实、语言精美，主要适合 4～6 岁的幼儿听赏。在这一阶段对幼儿进行恰当的幼儿散文教育，不仅能促进幼儿语言能力的提高，也有利于发展幼儿思维、培养幼儿的审美能力。

(一)促进幼儿语言能力的发展

与幼儿文学其他文体相比，幼儿散文在发展幼儿语言方面略胜一筹。首先，幼儿散文能丰富幼儿的词汇，提升幼儿的词汇量。由于幼儿散文题材丰富，涉猎广泛，远到太空，近到小草，都可以成为写作的主题，所以幼儿散文所涉及的词汇也丰富优美，不仅能开拓幼儿的眼界，也能从语言上扩充幼儿的词汇量，丰富幼儿的语言。其次，幼儿散文既有诗歌语言的精练优美，又不受韵律节奏的限制，自由、舒放、句式变化大，在欣赏过程中还能培养幼儿创造性想象，通过仿编、创编的过程进一步提升语言的组织能力、表达能力。再次，幼儿散文被称作"牙牙学语的范本"，与故事语言比较幼儿散文往往以其精短优美特点凸现，这正是对幼儿散文语言美的丰富性特色的充分肯定，其营造的意境能够激发幼儿对中国的语言文字的热爱。如班马的《大山奇想》，作者用如诗如画的语言描写了大山的景色，让读者如临其境，"平平淡淡、林深谷幽，千回百转，玲珑剔透"这些词汇不仅让幼儿感受到大山的奇美，也能丰富幼儿的词汇和语言。文章还以幼儿的角度来与大山对话，展开了对自然和世界的幻想，激发幼儿向自然和世界问"为什么"的激情，从而可以引导幼儿进行语言的仿编和创编，也展现了幼儿向往自由，热爱大自然的感情。

(二)促进幼儿思维发展

语言和思维密不可分，二者的功能是统一的，语言作为抽象思维的承担者，在交际的过程中使思维成果外化和物质化。语言作为思维的介质，从思维的整体过程来说，首先是思维的工具；其次，整个思维过程以及思维成果都要由语言来体现；再次，思维必然要通过语言来表达。所以一个人对语言的掌握直接关系到他的思维和智力的发展。心理学研究证明，2～3 岁是儿童口头言语发展的质变期，4～5 岁是儿童口头言语发展的第二个质变期，也是书面言语发展的质变期。幼儿产生语言之后，对各种信息有了一定的理解度，幼儿对客观事物的感知和理解也更加清晰、完善。同时，由于语言的参与，为幼儿提供了许多间接经验，可以帮助幼儿更好地感知和认识世界。幼儿散文词汇丰富、语言生动优美、风格多样化正适应了处在这两个"质变期"的幼儿发展语言的需要，而幼儿词汇的增加，语言表达能力的提高，必将促进其思维和智力的发展。如韦苇的《小松鼠，告诉我》，先以幼儿对小松树的好奇的提问，介绍了小松鼠背上黑黑的长长的三条竖纹、蓬松的轻盈的大尾巴、闪亮的机敏的小眼睛的作用，又以幼儿对拴在男人笼子里的小松鼠的关切，道出离开大森林的小松鼠的伤心和无奈"这里闻不到松脂的清香。/这里嗅不到大森林的气息。/这里看不到最蓝的天空"。这篇幼儿散文能很好地帮助幼儿拓展对松鼠的认识，并能呼唤幼儿对破坏自然环境的痛恨和对动物、自然热爱、保护的情感。

(三)培养幼儿审美能力

审美能力是指人从事物中获得美感的能力。审美能力主要包括三方面内容：审美感受力和鉴赏力、审美表现力和创造力以及正确的审美观念。审美能力是以主观爱好的形式体现出来的对客体美的认识、评价和再创造，是理性与感性、认识与创造的统一。它既具有鲜明的个性特征，又具有时代性、社会性、民族性。

幼儿作为审美主体具有一定特殊性，幼儿审美能力是幼儿通过感受对待外界一切新鲜事物做出美与丑的判断，与幼儿与生俱来的本能有着一定的联系。所以，幼儿审美评价能力往往较低，他们常常根据自己的审美倾向，用好看、像不像、好人与坏人的标准来评价审美对象，其主要体现在审美感受力、鉴赏力和创造力这三个方面。

散文是抒情性的美文，其景美、物美、情美、意也美，而最能给人以直观美感的，是语言的美。幼儿散文的语言首先遵循幼儿文学语言的整体特色，浅显生动、朴实自然，同时又具备散文的优美凝练，是幼儿语言和散文语言相融合的艺术性语言。所以，无论是幼儿散文中艺术语言的运用，还是优美意境的营造，都是培养幼儿审美能力的幼儿文学体裁。

首先，幼儿散文能够提升幼儿审美感受力。幼儿的审美感受力主要是指幼儿在幼儿散文作品的体验过程中，对幼儿散文作品外在因素的感知能力(如作品中的色彩、形态、造型、声音等)以及通过体验对作品本身内在因素(如内涵、意义、价值观、情感方面等)的感知能力。幼儿散文艺术性语言的美首先作用于幼儿感官层面，从幼儿的感官出发描摹形象、点染色彩，富有形象性、色彩感、音乐美，调动幼儿感官感受语言带来的直观愉悦。如薛卫民的《五花山》，作家以丰富的视觉语言描写了美得如此鲜艳的一座山，春天时，它是淡淡透着嫩黄的绿；夏天时，它是浓浓的绿，浓得落上的雨点都会被染绿；秋天时，它是多彩的，有金黄色、杏黄色、火红色、紫红色、翠绿色……作者通过不同颜色的变化，让小读者在美的语言情境中感受到大自然的色彩美。同时，作者还通过同一种颜色的不同变化，让小读者对颜色的感受更为细腻，如同一种绿色，还分为淡绿、浓绿、翠绿；同一种黄色还分为金黄色、杏黄色；同一种红色还分为火红色、紫红色……增强了小读者的对色彩的感受力。

再如中国台湾作家陈木城的《春天的小雨滴滴滴》^①营造了一个充满声响效果的世界：

---

① 教育部教育管理信息中心. 全国优秀幼儿语言教育活动课例评析[M]. 重庆：西南师范大学出版社，2011.

雨，已经，下了很久了。淅淅沥沥打在蓬顶上的波浪板上，滴滴答答打在树林里的叶子上，叮叮咚咚打在铁皮的屋顶上。于是，屋子前面的小水沟流动起来了。像一股从地底下涌出来的清泉，高兴得哗啦哗啦，哗啦哗啦，你推我挤。

打开一朵红色的雨伞，走在树林里的小路上，听雨滴打在油加利树上，打在相思树上，打在羊蹄甲上，打在面包树上——淅淅沥沥，啪啦啪啦，哗啦哗啦，发出各种不同的声音，整片森林仿佛成为一座音乐厅。

小雨滴在树叶上集合起来，成为一颗大水珠，顺着叶脉滑下来，打小鼓似的：啪！嗵嗵嗵！咚咚咚！

突然，吹来一阵风，树叶上的水珠通通跌下来了。

嗵嗵嗵！咚咚咚！啪啪啪！所有的鼓都敲起来了，敲在小伞上，敲在地面上，好像地球就是一面鼓，雨滴们叮叮咚咚地在把地球敲响。

站在楼顶上看雨，雨丝细细的，密密的，随风飘洒，如同轻轻地把种子撒在大地上。

大人说，这就是春雨。下了春雨，春天就来了。我喜欢春雨，它在森林里演奏，在大地上播种。

于是，春天听到了雨的鼓声，醒来了。所有的种子都回到大地的床上，让妈妈抱他亲他教他发芽。

我仰着脸，让雨打在我脸上；我伸出舌头，品尝一下这大地的乳汁，凉冰冰的，甜蜜蜜的！

文中"春雨打在波浪板上'叮叮咚咚'，打在叶子上'滴滴答答'，打在铁皮上'叮叮当当'，打在相思树上'淅沥淅沥'，打在羊蹄甲上'啪啦啪啦'，打在面包树上'哗啦啦，哗啦啦'……"，作者抓住春雨落物发出的千差万别的声音特征，巧妙地描绘出了生机勃勃的春天的音乐美，小读者也在"春天的交响乐"中通过"聆听"提升了对春天的感受力。

其次，幼儿散文能够提升幼儿审美鉴赏力。幼儿的审美鉴赏力主要是指幼儿能够与作者精神对话的一种能力，是与作者精神进行心理沟通、感情表达、情感交流的过程，通过这种能力以达到掌握、领悟作者所想要表达的精神思想及对美的追求向往的目的。幼儿散文中寄托了作者各种丰富的真实情感，对大自然的热爱、对生活的赞颂等的情感都可以在幼儿散文中淋漓尽致地体现，小读者通过阅读和欣赏就可以与作者从情感上展开对话，从而提升幼儿的审美鉴赏力。例如，陈伯吹的《夏夜》，描写了"我"在夏夜里热得难以入睡，妈妈用蒲扇为"我"扇风，"我"睡着了，妈妈累了、困了，手中的扇子落了下来，"我"被惊醒，喊热，妈妈被"我"喊醒，于是接着为"我"扇，此时"我"却难以入睡了。这里作者把母亲与儿子之间的爱描写得淋漓尽致，真切感人，特别是孩子的心理变化，让人为美好的母子之情产生动人的遐想。

再次，幼儿散文能够提升幼儿审美创造力。幼儿的审美创造力主要是指在原有的认知、感受、鉴赏美的能力基础之上，不断探索、发现新事物并能够通过实际行动表达自身想法的能力。如鲁兵的《我是一只海船》[①]：

早晨有雾，很浓很浓。

① 鲁兵. 我是一只海船[M]. 石家庄：河北少年儿童出版社，1988.

我在田野里走着，像在航海。

我是一只海船啊！叫什么名字呢？——就叫"冰儿号"吧。

我是眉毛浓黑的船长，又是胳膊粗壮的水手。有几千万小旅客，在我的心里，不，在这只海船上。

小心，小心，前面有礁岩了。

小心，小心！飓风卷着大浪扑来了。

宽阔的海，叫人迷路的海，到处埋伏着摧残和陷害的海！但是，我要走完这段航程。

看，大陆的影子出现了！

我用双手做成一副望远镜，凑在眼睛上，是的，是的，大陆近了！

"呜呜——呜呜——"

我鼓着腮帮呼叫，把自己停泊在阳光的岸边。

这里，树木，麦田，远山，都非常明亮。

作者用优美、简练、富于童趣的文字和象征、夸张等手法描述了一个"儿童船长"在"茫茫大海"中航行的情景。塑造了一个为了达到阳光彼岸不畏艰险、勇往直前的"儿童船长"形象，生动、可爱。其中在"茫茫大海"中行驶的波折过程和到达"阳光彼岸"的胜利心情使人心潮澎湃，不仅能让小读者产生共鸣，也能激发他们无限的想象。

三、幼儿园幼儿散文及教育活动的现状

幼儿散文作为幼儿文学的重要体裁，在幼儿文学的殿堂中以语言简练、意境优美、耐人寻味、能给幼儿以强烈的审美享受和情感启迪等魅力占有一席之地。然而，事实上，在幼儿园的语言教育活动中幼儿散文却遭到冷落，长期处于被边缘化的状态，具体表现和原因如下。

(一)幼儿散文边缘化的表现

首先，幼儿园语言教学活动中幼儿散文教育活动少之又少。幼儿文学教育活动是幼儿园语言教育活动最重要的组成部分(其他还包括谈话活动、讲述活动、听说游戏活动等)，教师可利用幼儿文学教育活动向幼儿介绍各种体裁和题材的幼儿文学作品，并通过对这些作品的欣赏发展幼儿的听、说、读、写等多方面能力。但在幼儿园教育实践过程中，幼儿文学教育活动较多涉及的文体是儿歌、幼儿诗、幼儿童话、幼儿生活故事、图画文学等，对于幼儿散文的教学开展则少之又少。

其次，优秀的幼儿散文教育活动教案也很鲜见。关于幼儿园开展语言教育活动设计的案例书籍琳琅满目，但翻开任何一本教学设计案例的书籍，大部分案例还是以儿歌、幼儿诗、幼儿童话、生活故事、图画书体裁为主，很难发现有优秀的幼儿散文教育活动设计案例。

其次，关于幼儿散文教育的相关研究也很薄弱。从幼儿园教研活动的开展和国内论文查询量上看，关于幼儿散文教学的研究很薄弱。在中国知网中输入"幼儿散文""幼儿散文教学"等关键词语时，显示出来的论文不足百篇，且集中于探讨"幼儿散文的鉴赏和教学方法"，研究范围狭窄、研究方法较少，由此可见幼儿散文教学研究的薄弱性和边缘化地位。

(二)幼儿散文边缘化的原因

1. 幼儿文学的相关资源稀缺

首先，从幼儿文学读物选编内容上来看，幼儿散文当今出版发行量较之其他的幼儿文学体裁来说仍旧偏少，所占比重也较小。众多的学前儿童文学读物中，很难找到幼儿散文作品，优秀的作品就更难找到，有些幼儿散文作品都散见在儿童散文作品集中，篇目也寥寥无几。这与文学作家幼儿散文作品创作量少有关，也与幼儿散文在选编出版上的量少有关，最终可供幼儿教师教学采用的幼儿散文作品也较少。其次，由于上文提到"幼师教参"中很少有幼儿散文方面的活动设计，导致了幼儿教师对幼儿散文知之甚少，在日常教学活动设计中，幼儿散文教育活动基本很少开展，进入不了幼儿教师的视野之中。

2. 幼儿教师幼儿文学素养偏低

有些幼儿教师没有看到幼儿文学，尤其幼儿散文对幼儿发展的意义。对幼儿散文的特点、美学特征认识不清，所能积累的优秀的幼儿散文作品也相当有限，无形中阻碍了老师对幼儿散文教学的组织和开展。

3. 执教老师的语言素养和教学设计水平不高

幼儿散文没有主要的故事情节，也很少蕴含教育幼儿的大道理，它大多都以优美的意境和语言来打动人心，诉说童真童趣，这样就增大了教育活动设计难度，如果设计不科学，则可能导致实现不了活动的重点与难点，甚至导致整个教育活动的涣散、无趣。同时，在对3～6岁的幼儿讲解散文时，还需要执教教师具有一定的语言素养，把握好"力度"，如果过分使用优美动人的语言，对于较低认知水平的幼儿来说，则是抽象难懂的，如若不使用优美的语言，散文之美将大打折扣，把握好这个度是较难的。这些都是幼儿散文教学处于边缘化地位的主要原因。

四、幼儿散文教学建议

(一)与倾听相结合

幼儿散文所承载的很多信息是不能靠教师直接"告诉"幼儿的，而需要让幼儿在反复的倾听过程中逐渐去感悟和体会作品中所蕴含的各种美。一篇优秀的幼儿散文作品，其语言的美、情感的美以及意境的美有机地统一在一起，是一个整体，不可分割，倾听就是实现对作品整体美把握的一个重要的方式和途径，所以对幼儿散文作品学习的过程中不能缺少幼儿听赏的环节。倾听是为了更好地吸引幼儿，教师可以变换不同的方式。首先，教师声情并茂地朗诵，让幼儿通过真实的语言、声音、情感感受幼儿文学作品的美。其次教师还可以配图或者配乐朗诵，让美言与美景在孩子脑海中碰撞，让幼儿在美妙的轻音乐中引发遐想；同时，教师还可以利用现代多媒体技术，让幼儿在有色彩、音响和动感画面的朗诵中感受其诗情画意。如楼飞甫的《春雨的颜色》就是一首适合采用各种方式让幼儿听赏的散文作品(上文有，此处略)。

(二)与朗诵相结合

与倾听结合,必定要与朗诵相结合,"美文"需要用"美语"来传达,才能让听者感受它的美。朗诵可有教师朗诵和幼儿朗诵两个部分。首先教师的朗诵,是为了让幼儿通过听来把握幼儿散文的美。教师在引导幼儿欣赏散文作品时,往往是以教师朗诵(包括配乐朗诵)方式进行,将优美的语言一字不漏传达给幼儿,对于幼儿学习汉语的优美语境、语感,培养语言审美能力具有很好的浸润作用。同时,教师有情感地朗诵幼儿散文,也可以让幼儿以读者的角色进入再创作的情境。

让幼儿自己朗诵幼儿散文作品也很有必要,在幼儿充分感受、理解作品的基础上,教师引导幼儿朗诵有助于提升他们理解、想象,感受作品的形象美、情感美以及音乐美。如冯幽君的《春雨沙沙》[①]就很适合幼儿朗诵:

春雨沙沙,春雨沙沙……

沙沙的春雨,像千万条丝线抛下……

穿梭的燕子衔着雨丝,织出一幅美丽的春天图画,绿的是柳叶,红的是桃花。还织出一条清亮的小河,河里的鱼儿欢快地摇动着尾巴。

河对岸的山坡下,有播种的农民;山坡上,有种树的娃娃……

啊,多么美的图画!

这篇散文描绘了春天的美丽图画,色彩明丽、富有动感,长短句交错、拟声词的运用以及句末的押韵赋予了作品音乐美,节奏明快、音韵和谐。

(三)与仿编相结合

对幼儿散文的倾听、朗诵可以帮助幼儿更好地欣赏散文作品,但欣赏只是幼儿语言教育的一部分,幼儿语言教育的全面开展还包括另外一个重要的环节——创造教育活动,即通过对幼儿散文作品的仿编、创编过程,提升幼儿创造美的能力,从而进一步发展幼儿的语言。

在幼儿语言教育活动中,教师通常会以作品中内在的、隐喻的道理来引导幼儿感受理解,并迁移到日常生活中。所谓迁移经验是学习的一种普遍现象,指一种学习对另一种学习的影响,或习得的经验对完成其他活动的影响。有效地迁移作品经验就是将作品经验科学地、合理地、适切地进行迁移,并在幼儿心中产生积极的影响。在幼儿文学教育活动中,引导幼儿仿编、创编散文,也需要教师帮助幼儿迁移经验,指导幼儿运用所学的艺术性结构语言知识,结合已有经验,尝试扩展自己的想象,并创造性地表达自己的认识和想象,完成从理解到表达,从模仿到创造,从接受到运用的整合过程。如《云朵与风儿》[②]:

天上的云朵真顽皮,天上的风儿真淘气。

呼——呼——风儿轻轻吹,云朵变成小白船,扬起小白帆,飘到远处不见了。

呼——呼——风儿轻轻吹,云朵变成大狮子,张开大嘴巴,吓得羊群都逃散。

呼——呼——风儿轻轻吹,云朵变成胖娃娃,带着小帽子,跟着太阳捉迷藏。

天上的云朵真顽皮,天上的风儿真淘气。

---

① 张云侠,史玲. 如何在散文教学中培养幼儿的审美情趣[J]. 华夏教师,2013-7.

② 教育部教育管理信息中心. 全国优秀幼儿语言教育活动课例评析[M]. 重庆:西南师范大学出版社,2011.

教师在带领幼儿欣赏作品《云朵与风儿》之后，教师在帮助幼儿深入理解、体验作品的基础上，可以进一步引导幼儿迁移作品的经验。如教师可以参照散文作品的框架结构，利用迁移的原则，设置假设性问题，如"云朵会千变万化，它还会变成什么呢？""变成的东西什么样子？""做了什么？"等问题，以调动幼儿个人的经验进行扩展想象，依照散文诗的结构进行简单的迁移，创编出自己的散文词、句、段等，拓展原作品的意境。可见幼儿在仿编和创编的过程中，可以更好地将幼儿带进作品的意境中，灵活运用作品中的诗性语言进行再创造。

(四)与游戏相结合

与游戏性相结合，可引导幼儿在动态情境中体验散文。"美的游戏"是以美感体验为目的的有形式的游戏。幼儿文学是幼儿体验游戏的一种特殊场所。儿童发展心理学相关研究认为，幼儿思维发展始于动作思维，以形象思维为主，逻辑思维刚刚萌芽。因此，直观具体的情境更能刺激幼儿，如通过角色扮演，采用游戏的形式可以很好地帮助幼儿感悟和体会。如陈伯吹的《一匹出色的马》[①]：

一个春天的傍晚，妈妈拉着妹妹，爸爸拉着我，一起到郊外去散步。我们沿着一条小河走去，河水清丽，河岸上栽着一行垂柳，我们在下面走过，垂下来的柳叶扶着了爸爸妈妈的头发，我和妹妹看得都笑了。路的一边是田野，青青绿绿的非常可爱，像一片柔软的绿毯。春天的郊外景色非常美丽，我们一边看一边走，路已经走了不少，却还恋恋不舍地回去。当我们回去的时候，妹妹要求妈妈抱她，她说："我吃力，我走不动了。"妈妈摇摇头说："不，我也吃力，抱不起你走了！"妹妹转过头来向爸爸要求，爸爸不作声，他放下了我的手拿出小刀，从路旁一株柳树上削下一根又细又长的枝丫，把这递给了妹妹说："这是一匹出色的马，你跑不动路了就骑着它回家吧。"妹妹高兴的跨上马，跑跑跳跳的奔向前去，等我们回到家里，她早已在门口迎接我们，笑着说："我早回来了。"

陈伯吹的《一匹出色的马》用诗意的语言讲述了郊游归来"妹妹"要求父母抱，却得到"一匹出色的马"快乐回家的故事。在欣赏作品的过程中，教师可以结合故事情节，给幼儿也准备好"一匹出色的马"，让幼儿在骑马的游戏过程中理解故事内容，并体会妹妹快乐的情绪。如果可以，教师还可以利用骑马游戏的开展，通过幼儿亲身体验，让幼儿谈感受，扩编散文内容，从而为幼儿感知、体验散文诗提供了多方位的有益刺激。

本章小结

幼儿散文题材丰富、形式自由、内容真实、篇幅短小，兼具意境美、情感美、语言美，具有独特的魅力和作用。但是在幼儿园活动中，幼儿散文被边缘化，幼儿园语言教学活动中幼儿散文教育活动少之又少，优秀的幼儿散文教育活动教案也很鲜见。幼儿散文种类繁多，包括幼儿抒情散文、幼儿叙事散文、幼儿童话散文、幼儿写景散文、幼儿知识散文，对幼儿的知识教育、情感陶冶都有不可替代的作用。幼儿散文教学可以促进幼儿语言能力发展，促进幼儿思维发展、培养幼儿审美能力。

① 教育部教育管理信息中心. 全国优秀幼儿语言教育活动课例评析[M]. 重庆：西南师范大学出版社，2011.

幼儿园幼儿散文教学活动要与倾听相结合，与朗诵相结合，与仿编相结合，与游戏相结合，以更好地发展幼儿的听、说、读、写等各方面的语言能力，并获得文学的浸染和熏陶。

思考题

1. 幼儿散文的文本特征。
2. 幼儿散文的审美特征。
3. 幼儿散文类型。
4. 幼儿散文的作用。
5. 请根据一篇幼儿散文作品为大班幼儿设计一篇语言教案。

第八章　幼　儿　戏　剧

学习目标

➤ 了解幼儿戏剧对幼儿的意义。
➤ 了解幼儿戏剧的改编素材。
➤ 了解幼儿戏剧常见的种类及特点。
➤ 了解幼儿实验戏剧。
➤ 了解幼儿园幼儿戏剧活动组织及过程。
➤ 理解幼儿戏剧的特征。
➤ 掌握幼儿戏剧的概念。

重点与难点

➤ 幼儿戏剧的特征。
➤ 幼儿戏剧对幼儿的意义。
➤ 幼儿戏剧的改编素材。
➤ 幼儿戏剧常见种类及特点。
➤ 幼儿园幼儿戏剧活动组织及过程。

第一节　幼儿戏剧概述

一、幼儿戏剧的概念

戏剧，是一种通过演员扮演角色、表演故事来表现生活内容，表达作品思想的舞台艺术。它是以表演为中心，融合了文学、舞蹈、音乐、美术等多种艺术的综合艺术。

幼儿戏剧，是以 0～6 岁(主要是 3～6 岁)的幼儿为观众，适合他们的接受能力和欣赏趣味的戏剧。

戏剧文学，即戏剧排演用的脚本，通常简称为"戏剧"，它是与诗歌、小说、散文并称的文学体裁之一。本章在探讨戏剧问题时的举例更多的是以戏剧文学文本的形式出现。

中国较早引起幼儿观看兴趣的戏是一些木偶戏、皮影戏，它们的表现幽默、滑稽，但内容却往往不适合幼儿。还有就是街边杂耍中的"猴戏"。民国时期戏剧舞台上的以孙悟空为角色的"猴戏"对幼儿也具有很大的吸引力。现代幼儿戏剧的发展是在 20 世纪 20 年代，"五四"新文化运动中，儿童及儿童教育问题受到关注，在儿童文学的发展中，幼儿戏剧也有了一些开创性的作品出现。代表人物是黎锦晖，从 1921 的《麻雀与小孩》及之后的《葡萄仙子》《三蝴蝶》等儿童歌舞剧非常受儿童欢迎。

《麻雀与小孩》的主要情节是，一个顽皮的小孩，出于好奇心，将一只活泼可爱的麻雀诱骗到家里，关进了笼子。小麻雀的妈妈来找它的孩子，麻雀妈妈的母爱感动了小孩，小孩放走了麻雀。这部剧的歌词全部采用口语，动作也非常生活化，将儿童道德品质的培养隐含在生动感人的故事里，易于儿童接受。《葡萄仙子》描写花园里的一位葡萄仙子经历了从冬天到春天、夏天、秋天的留枝、发芽、长叶、开花、结果的成长过程，表达了对大自然的爱和"世间万物都是朋友"的思想。《三蝴蝶》描写了红、白、黄 3 只蝴蝶，在暴风雨降临之际，谁也不愿离开自己的伙伴躲进花朵的故事，歌颂了友谊和坚强。

20 世纪 20 年代《儿童文学读本》中的儿童短剧。

金篮子①(短剧)

(琼儿在树林里采桑子，已经采满一篮子了。)

琼儿　我的桑子，已经采满一篮，可以回去了。

(琼儿正要回去，一个老人提了空篮子进来。)

老人　好孩子！你采着桑子了吗？

琼儿　我采满一篮了，你呢？

老人　我一点也没有。

琼儿　你为什么不去采？

老人　我找不着有桑子的桑树。

琼儿　里面桑子很多，我领你去采。

老人　我走不动了——我身体很疲倦。

琼儿　我把我的桑子给你吧——老伯伯！

老人　我不要，你拿回去罢，你的妈妈要骂的。

琼儿　你拿去了，我好再去采的。

老人　好孩子，你真和气啊！你的篮子给我，你拿我的篮子去罢。

(老人和琼儿换篮子，琼儿拿老人的空篮子)

琼儿　老伯伯，你的篮子是新的。

老人　不要紧，你快去采桑子罢，我现在要休憩了。

(老人坐在树下打瞌睡，琼儿要去采桑子，母亲上来。)

母亲　琼儿你出来长久了，桑子还没有采着吗？啊！怎么还是一个空篮子？

琼儿　我采着的桑子，都送给老人了。

母亲　唉！这孩子怎么把自己的东西，送给别人？你不要吃晚饭了吗？这是我们当晚饭吃的呀。

琼儿　那位老伯伯，身体很疲倦，采不动桑子了，所以我把桑子送给他，我想再去采。

母亲　这倒很好的！你能够帮助老年人。

琼儿　妈妈！老伯伯的篮子给我换了，你看，这是新的。

---

①沈百英等. 儿童文学读本第五册[M]. 北京：海豚出版社，2012.

母亲　啊，这是一个金篮子呀！

琼儿　是金篮子！那么我们该还给他。

母亲　是呀！你去还他，我们不好拿别人的金篮子。

(琼儿摇动打瞌睡的老人)

琼儿　老伯伯！老伯伯！还你的金篮子。

(老人立起来，长衫落下，变成一个仙人。)

母亲　一个仙人！

　　一个仙人！

琼儿　仙人！仙人！

仙人　好孩子！这金篮子是你的了！你要什么吃的、穿的、用的，种种东西，都可以从金篮子里拿出来。我们再会罢。

(仙人去了。)

母亲　好孩子！这是你好心都助老年人的报酬。

(注意：在教室里或者搭好的台上都可以表演。地板上铺些树叶，竹竿上绑些树丫枝，就算树林。琼儿穿的是破衣服，母亲穿的也是旧衣服，仙人穿的是新衣服。(老人是仙人扮的。)琼儿的篮子是通常用的，老人的篮子，用黄纸糊在外面。)

塑造了一个善良、勤劳的儿童形象，表达了善恶有报的传统思想。

二、幼儿戏剧的特征

(一)戏剧演出充满游戏性

幼儿戏剧从内容和形式上都十分接近幼儿的游戏活动。如幼儿童话剧《小熊请客》，创作素材来源于幼儿常玩的"过家家"游戏，"第二场，在小熊家里"，小熊在家里放好了桌椅，摆好了好朋友爱吃的食物，等着招待好朋友们。小猫、小花狗、小鸡来做客的时候都给小熊带来点心当礼物，这就是平时幼儿模仿成人的"请客做客"生活场景玩的"过家家"游戏的再现。而小熊、小猫、小花狗、小鸡用石头把狐狸打跑的拟人化情节也充满了游戏性。所以，有学者指出，幼儿戏剧实际上就是一种经过组织的、具有戏剧艺术特征的高级的幼儿游戏。幼儿戏剧表演更像是幼儿对社会生活的模仿。整个表演像一场庄重的预设的游戏活动。

观众心理的游戏性。幼儿看戏，就是来玩的，而且幼儿看戏多半是处于一种"动态"欣赏状态的，他们会跟随剧情的跌宕手舞足蹈，把自己的思想和情感作用于戏剧中的人物，跟随情节的展开，在他们心里，戏剧的发展和戏剧的结局是他们跟着一起造成的，因此，现代幼儿戏剧经常引进幼儿互动。如台湾幼儿戏剧艺术家朱曙明的独角戏《长毛朱的衣想世界》，在"第6场：衣物小红帽"中，猎人向观众小朋友求助，邀请一位小朋友上台穿上小红帽的披肩扮演小红帽，参与到解救奶奶和逮住大野狼的剧情表演。

著名幼儿戏剧作家苞蕾谈创作经验："对幼儿的游戏加以丰富……是值得重视的艺术方法。"有学者认为，幼儿游戏之所以宜于导入幼儿戏剧，主要是因为幼儿游戏的象征性。游戏是幼儿对成人生活及其对周围世界的刻意模仿。"儿童戏剧的本质就是游戏""哪个小女孩没玩过'过家家'？哪个小男孩不曾挥舞竹棒，喊着'我是孙悟空'？当小女孩穿上母亲的高跟鞋，对着镜子好奇地涂口红，她已经不自觉地完成了一次扮演活动，把自己代入一个成年女性的角色；那个挥舞金箍棒的小男孩，也全然相信他此时此刻就是孙悟空——这正是戏剧演员塑造角色的第一步。"(朱曙明)[1]朱曙明认为幼儿的很多游戏就是戏剧排演，"回想一下自己的童年，你很可能还记得这样的情景：你和邻家的小朋友，把一堆小药瓶当乘客，就可以玩开火车的游戏；用一条小手绢打个结，当作简易的布偶，花手绢是公主，黑手绢是巫婆，也能你来我往地演上好半天。若是在海边堆起沙堡，捉几只虾兵蟹将，就可以上演千军万马攻城略地的大戏了"[2]。

(二)戏剧冲突充满幼儿情趣

戏剧冲突是戏剧的灵魂，也是戏剧最大的看点，幼儿戏剧也是如此。幼儿戏剧的矛盾冲突的特点是单纯、有趣。第一，幼儿戏剧的冲突源于幼儿生活，而幼儿生活本身就是简单的，他们与周围人之间的关系也是简单的，他们的思想是单纯的，他们的情感也是单纯的。幼儿与幼儿之间，幼儿与成人之间所能产生的矛盾是简单的，单纯的，他们对矛盾的认知和感悟也是简单的，单纯的，所以，幼儿戏剧中的矛盾冲突一定是单纯的。如《照镜子》中，小姑娘和镜子里的小姑娘的矛盾冲突非常单纯，就是幼儿日常生活中常见的自己有毛病但是还不爱听到批评。第二，幼儿在生活中遇到的，或者是他们引发的矛盾，很多是由于幼儿幼稚的认知和行为导致的，矛盾冲突中就充满着童真童趣，那么这些矛盾冲突以戏剧的形式表现出来，也一定是充满童真童趣的。如《老公公种红薯》中，小猴子与老公公、小花狗的矛盾冲突，是小猴子把老公公和小花狗种下的红薯种翻出来了，小猴子这样做主要是因为好奇，而且它还不懂得"没有得到别人的许可，就不能乱动别人的东西"的道理，这是幼儿普遍存在的现象。第三，为了让幼儿更好地理解戏剧的内容和思想，幼儿戏剧常常要运用一些幼儿喜欢的表现形式，如拟人、夸张等符合幼儿思维、审美习惯的表现手法，拟人和夸张就具有浓厚的幼儿情趣。如《"妙乎"回春》中，夸大了小猫"妙乎"爱吹牛、不懂装懂的毛病，用夸张的情节发展，突出了"妙乎"不学无术的危害，让幼儿明明白白地看到，要想掌握一个本领，必须老老实实、认认真真地学习才行。

(三)戏剧形象的类型化

幼儿戏剧为幼儿提供的认识生活的方法和途径是在戏剧的矛盾冲突中去判断对与错，好与坏，在人物的行为中，去认识哪个人物的行为是对的，哪个人物的行为是错的，哪些行为是好的，哪些行为是坏的。为了便于幼儿的辨识和理解，幼儿戏剧中的人物形象一定要鲜明。鲜明不只是角色的性格特征要鲜明，如外形的高矮、胖瘦，性格是开朗、活泼还是安静、温和。鲜明还表现在，人物一出场，几句话，几个动作和表情，甚至是外形装扮，就能让幼儿马上有个鲜明的印象，并很快地把这些人物跟已有的生活经验联系起来，迅速地认识并把握住人物形象(好的，坏的)，快速进入剧情，更好地在剧情发展中对人物的行为做出判断，验证对人物的判断，理解戏剧的主题。所以，幼儿戏剧中的人物形象塑造是类型化的，比如，童话故事里的动物形象：狐狸总是贪婪的，狼总是凶狠的，兔子总是胆小的，小狗总是善良的，小熊总是憨厚的，小猫总是顽皮的。现实故事里的幼儿形象经常出

① 王添强，朱曙明. 儿童戏剧魔法棒[M]. 乌鲁木齐：新疆青少年出版社，2016.
② 王添强，朱曙明. 儿童戏剧魔法棒[M]. 乌鲁木齐：新疆青少年出版社，2016.

现的：淘气的，贪吃的，马虎的，聪明的，勇敢的，善良的。虽然每一部戏剧中也注意形象的个性化的塑造(如特殊的语言、动作表现等)，但是，形象代表性性格特点还是最突出的，容易辨识把握的。

(四)戏剧语言的动作性

幼儿戏剧的语言主要包括角色语言和叙述语言，角色语言和叙述语言都带有极强的动作性。

角色语言的动作性。幼儿戏剧多数是靠角色的语言来塑造人物形象，展开故事内容，推动情节发展的。首先，幼儿的行为特点之一就是语言与动作的一致性和共同参与性。在日常生活中，幼儿经常是要把自己正在做的和正在想的通过语言表述出来。所以，动作性的语言可以使人物形象更生动，人物一出场，三言两语就把其性格特点表现出来了。其次，语言的动作化也适合舞台表演，动作性的语言和丰富的表情、夸张的动作一起使人物形象活起来。

叙述语言的动作性。叙述语言不仅要交代故事的发生背景，叙述故事的发展过程，还要刻画人物形象，如描写人物的动作，描写人物的心理。因为这一切都与一直处于动态的幼儿故事、人物、行为有关，所以，语言也具有一定的动作化倾向。

如柯岩的《娃娃店》[①]的开头：

大幕启，二幕紧闭。小胖胖上，正像她的名字一样，小胖胖是个圆头圆脑的孩子。小圆眼，小圆鼻子，小圆嘴巴，红红的脸颊，梳两条小段辫子，一条已经散开了，红色的缎子带拖到肩上。穿一身花花绿绿的衣裳，可是并不整齐，皱皱巴巴的，袖口、肘上、膝上到处都是泥。一手抱个大皮球，一手拿着根棒棒糖，一路吃着一路笑着，蹦蹦跳跳地从侧幕跑上。

小胖胖 (边叫边上)小豆豆，小豆豆，(直奔台前，突然停住)哟，这儿怎么这么些人呀？你们干吗都这样看着我呀？想跟我一块儿玩吗？那就来吧，咱们一块拍皮球，(拍花样球)咦！看你们怎么光笑也不说话呢？啊！我知道了，你们不想拍球，是想吃糖，是不？(用手向后指)那边小摊上就有卖的，可好吃啦，(舔一下)要不我带你们去，(又舔一下)诺，就在那儿，……怎么，也不是。那你们倒是笑什么呀？(看看自己的花衣裳)噢，你们笑我的花衣裳啊，这是我妈妈刚给我做的。(悄悄话)告诉你们可别给人说啊，我妈本来不给我做的，说"给你做新衣裳也白费，一会儿就脏了"。我就磨我妈，我说"妈，妈，给我做吧，我不穿脏，保险不穿脏，一丁点儿也不穿脏……"我妈就给我做了。诺，不脏吧，不脏吧！(自己转来转去地给大家看她的衣裳，突然停住)哎呀，坏啦，我怎么在这儿玩上啦，小豆豆还等着我哪，都是你们逗的我，我可得快点找小豆豆去啦，昨儿我们就约好了，今天一块去买小娃娃。我妈早就答应我了，过节送我一个顶大顶大的。(用手比划)这么大，这么大的……小豆豆，小豆豆，你倒是来呀！

小豆豆上，也正像她的名字一样，小豆豆是个聪明淘气的孩子，不点小个儿。两只大眼睛，滴溜溜地，一副机灵鬼的神气。她穿着短衣短裤，两小辫撅撅着，一摆头像个拨浪

---

① 柯岩. "小迷糊"阿姨[M]. 北京：中国少年儿童出版社，1979.

鼓似的，身上背着自制的竹弓，手上拿着弹弓。

　　小豆豆　　哟，我还当你不去了呢。这么晚才来，人家等啊等的，等得都要睡着啦。

　　小胖胖　　我都叫你好半天啦，也许你真睡着了吧！

　　小豆豆　　得了吧你，我才没睡哪。我就竖着两只耳朵听，你一叫我就出来了啦！

　　小胖胖　　(只好说实话)嗯，我是叫了你几声……嗯，两声，一声小的"小豆豆"，一声大的"小豆豆"。真是叫来的嘛。快走吧！

　　开场的描写和叙述突出了两位小姑娘的性格特点，其中人物的动作描写更是鲜明生动。两个人物一出场，小胖胖的独白，小胖胖和小豆豆的对话，特点鲜明，动感十足，两个人物形象一下子就显现出来了。让小观众记住了她们，在后面的情节展开中，越来越了解了她们。

三、幼儿戏剧的意义

　　幼儿戏剧对幼儿成长具有特殊的意义，所以，现在相关学者主张，很多幼儿园实验性实施了"幼儿园戏剧教育课程"。幼儿戏剧活动对幼儿成长发育的意义是多方面的，主要表现在以下几方面。

(一)满足表现欲

　　幼儿天性中都潜藏着表现欲，因为后天生活条件的限制，有些被掩盖或隐藏了。其实，表现欲是幼儿身心健康发展中必要的素质，可以引导他们更积极地去探索、了解社会生活，实现更好的与社会和生活的关系。在戏剧表演中，幼儿主动充当角色，满足他们表现的渴望，从中获得快乐，发展他们的表现欲。

(二)体验社会角色

　　幼儿在戏剧表演中，其实就是在玩一个由各种角色参与的特殊"游戏"。幼儿在角色扮演中，感受、体验各种角色的约束，在体验中让认识、了解了社会生活规则，什么是对的，什么是错的，怎样做是好的，怎样做是不可以的，有的事情怎样越来越好，有的事情怎么会越来越糟。人与人的关系是怎样的，每个人在其中的表现又是怎样的。在戏剧故事的展开中，他们一点点在亲身经历中，看见了，了解了这些。

(三)得到情感释放

　　在幼儿的所有文学活动中，戏剧表演才能使他们的情感得到彻底释放。在戏剧表演中，幼儿处于完全放松状态，他们可以尽情地去"表演"一个人，他们可以大喊大叫，可以手舞足蹈，可以搞怪做鬼脸，在这种"扮演"中，宣泄他们的各种情感。如果，他们"扮演"的是接近自己性格特点的人，在"表演"中，他们把自己的情感"放大"地表现出来，这种彻底的释放会使他们获得身心愉悦的满足。如果，他们"扮演"的是与自己性格截然不同的人，"表演"带动了他们对别人的内心感受的体验，启动了他们身心发展的突破可能。总之，孩子们在戏剧表演中，获得了彻底的情感释放和交流，找到更多的对世界的联络、表达方式。情感释放可以更有利于培养幼儿的快乐品质。

(四)学习身心调控

戏剧表演需要幼儿根据剧中人物形象需要来表演特定的语言、动作和表情。幼儿的这些语言、动作、表情与他们日常习惯的"自己的"不一定一样，有时，甚至相差甚远，所以，幼儿要学习扮演，在演出时自然地表演出来。不论是扮演与自己相近的角色，还是扮演与自己相去甚远的角色，这种扮演的经历都会帮助幼儿学习、习惯调节和控制自己的身心状态，有利于幼儿身心平衡发展。

(五)锻炼表达能力

在戏剧表演中，幼儿的语言、动作、表情等情感表达能力都得到很好的锻炼和发展。要扮演好剧中的人物，幼儿要努力练习说好台词，表演好动作和表情，这本身就是一种实践性极强的训练。还有，幼儿在戏剧表演中，角色之间的交流，表演者与观众的交流，都在他们的语言、动作、表情的展示中完成，渐渐地，他们学会了更好地表达自我和理解他人。

(六)培养合作意识

戏剧表演需要幼儿的分工、合作才能表演成功。幼儿们在戏剧表演中，学会各司其职，团结协作。在戏剧表演中，幼儿学会了让自己的愿望服从集体的需要，自己喜欢的角色不一定给自己扮演，需要自己扮演的角色自己不一定喜欢。在戏剧表演中，幼儿学会了与他人协作完成表演，台词的对答、表情的对应、动作的呼应等都要一起完成才能取得好的效果。而且，与同伴之间的合作会使幼儿之间的关系更加融洽。

四、幼儿戏剧改编

现在为幼儿园戏剧表演提供的剧本还很少，幼儿园教师可以自己动手编写剧本，尤其是故事表演剧本。在幼儿园教学活动中使用的，或是幼儿生活中能接触到的一些文学材料中，选取具有一定的矛盾冲突的，人物性格鲜明的文本作为改编材料，加以戏剧化的改编、创作。

(一)诗歌素材

选取具有一定情节的幼儿诗，尤其是叙事诗改编成幼儿戏剧。如柯岩的《小弟和小猫》《帽子的秘密》，鲁兵的《小猪奴尼》，李少白的《自己去吧》，张秋生的《只听半句》，罗丹的《兔子和乌龟的第二次赛跑》，高洪波的《小虎问路》等。

(二)童话素材

幼儿熟悉的童话故事都可以改编成幼儿戏剧。如杨红樱的《猫小花和鼠小灰》《长腿七和短腿八》，冰子的《没有牙齿的大老虎》，彭文席的《小马过河》，丁午的《熊猫百货商店》，冰波的《小狐狸的枪和炮》，吕德华的《蜗牛搬家》，方轶群的《萝卜回来了》，叶永烈的《圆圆和方方》，卡达耶夫的《七色花》等。

(三)故事素材

幼儿故事的内容更贴近幼儿生活实际，改编成故事表演，一定会很受幼儿欢迎的。如杨向红的《今天我当妈妈》，陆弘的《谁要我帮忙》，杨金光的《大家一起吃》，李其美的《鸟树》，李少白的《多多没吃巧克力》，任哥舒的《珍珍唱歌》，马光复的《瓜瓜吃瓜》，蔡鸿森的《三只想生病的小狗》，奥谢叶娃的《蓝色的树叶》等。

第二节　幼儿戏剧欣赏

一、常见幼儿戏剧

幼儿戏剧种类很多。按结构形式，可以分成独幕剧和多幕剧。独幕剧，只有一幕一场，人物较少，情节较简单，演出时间较短。如柯岩的《小熊拔牙》、方圆的《"妙乎"回春》、坪内逍遥的《回声》等。多幕剧，由若干场(幕)组成。人物相对较多，情节相对较复杂，演出时间较长，如苞蕾的《小熊请客》、申捷的《小蝌蚪找妈妈》、傅玲的《白雪公主和七个小矮人》等。按题材内容，可以分成现实生活剧、童话剧、历史剧等。现实生活剧，以现实生活为内容，表现幼儿的现实生活。如黎锦晖的《麻雀与小孩》、刘厚明的《小燕齐飞》、郭馨阳的《心愿》、邱建秀的《天蓝色的纸飞机》等。童话剧，以幻想故事为内容，折射式地表现幼儿及社会生活。如黎锦晖的《三蝴蝶》、方圆的《"妙乎"回春》、苞蕾的《小熊请客》、傅玲的《白雪公主和七个小矮人》等。历史剧，以历史故事为内容，如王堃的《小公主》、马少波的《岳云》、邵冲飞的《报童》等。按表演形式，可以分成幼儿话剧、幼儿歌舞剧、木偶剧、人偶剧、皮影戏等。幼儿话剧，以人物(包括拟人化形象)的对话、动作、表情为主要表现手段，塑造形象，展开情节，表现内容。如张继楼的《"我知道"》、孙毅的《一只小猫》等。人偶剧，是真人穿上特制形象道具服，模拟拟人化形象表演。如《青蛙王子》《睡美人》《三只小猪》等。皮影戏，用兽皮(驴皮、牛皮、羊皮)制作各种牵拉活动的形象，表演时运用灯光把形象投射到屏幕上，展现故事内容。如《三打白骨精》《哪吒闹海》等。幼儿戏剧有以下几种。

(一)歌舞剧

幼儿歌舞剧，以音乐、舞蹈、语言、动作等表现手段，塑造形象，展开故事，展现生活。如黎锦晖的《葡萄仙子》、柯岩的《照镜子》、金近的《兔妈妈种萝卜》等。幼儿歌舞剧是最受幼儿欢迎的。第一，音乐和舞蹈营造出欢乐的气氛，对幼儿具有极大的吸引力。第二，音乐和舞蹈的韵律带给幼儿巨大的愉悦感，使幼儿容易进入剧情。第三，音乐和舞蹈的形象性和感染力，加强了戏剧内容的表现力。第四，表演者载歌载舞，也使人物形象更鲜明生动，易于幼儿理解接受。幼儿歌舞剧是一场欢乐的视听盛宴，给予幼儿多重艺术享受。

柯岩的《照镜子》这部歌舞剧情节简单，选取了一个小女孩照镜子发现自己不整洁的样子，梳洗之后变得干净漂亮的生活小片段，演绎了一个生动有趣的故事。照镜子的行为是幼儿熟悉的，照镜子行为暗含的"矛盾"使戏剧冲突自然展开，又充满幼儿情趣。人物形象简单、生动、有趣。两个形象，一个小姑娘，一个"镜子里的小姑娘"，一模一样的形象设计，一模一样的行为动作，表演起来，自然产生戏剧性和喜剧性。歌舞的表演，不仅吸引了幼儿的注意力，也强化了幼儿对剧中人物形象的理解和对故事情节的认识。小姑娘帮腔的唱词和镜子里小姑娘的帮腔的唱词，生动地描述了小姑娘和镜子里的小姑娘的心理，小姑娘的舞蹈动作和镜子里的小姑娘的舞蹈动作，生动地展现了小姑娘和镜子里的小姑娘的思想行为。这些都帮助幼儿更好地了解、认识了小姑娘的形象，理解了戏剧的思想内容。在快乐的戏剧欣赏中获得对生活的认识和思考。去认识，并改掉自己也可能存在的不爱干净，又爱乱发脾气的坏毛病。

(二)童话剧

童话剧，其实就是在舞台上表演的童话故事。故事是幻想的，人物形象是幻想的(包括大量的拟人化形象)，情节展开是奇妙的，人物活动的场景是奇幻的。因其具有强烈的想象性，夸张性，幽默感，很受幼儿的欢迎。

申捷的《小蝌蚪找妈妈》，就是一个非常奇妙的童话故事。在神秘的水底世界，有一个水下孤儿托儿所，那里有只会教 8 以内算数的螃蟹大叔和可怕的大黑鱼。小朋友非常熟悉的戏剧人物呼噜和哈欠来到了湖里，和小蝌蚪一起寻找它的妈妈。呼噜变成了一只乌龟，而哈欠也变成了一条小鱼，它们的性格也随之变得古怪起来。经过一路的寻找，就在它们险些被大黑鱼吃掉时，青蛙妈妈出现了，用它的无敌青蛙腿赶走了黑鱼，然而小蝌蚪却拒绝相认，因为它和妈妈长得实在太不一样。小蝌蚪离家出走，被大黑鱼欺骗，一起去欺负水底的生物，水下世界顿时乱了起来。青蛙妈妈不忍心看儿子如此调皮，伤心离去。妈妈走后，小蝌蚪却发现自己一点都不快乐，它十分痛苦。可怕的大黑鱼原来也有自卑的身世，螃蟹大叔原来是那样的有爱心，湖底最深处的洞里藏着世代传下的秘密……小蝌蚪发现自己慢慢长大了，它变得勇敢、正直，而且长得越来越像青蛙，小蝌蚪这才恍然大悟，是自己伤害了妈妈，但是一切已晚，妈妈已经远去。小蝌蚪在呼噜、哈欠的帮助下，再次踏上寻找妈妈的旅程，小蝌蚪最终找到了妈妈，重新找回了妈妈的爱。

傅玲的《白雪公主和七个小矮人》，女巫拥有一面魔镜，所以，她知道了白雪公主比她美丽，于是白雪公主危在旦夕。七个小矮人是森林里的保护神，他们每人拥有一颗钻石宝贝，但是从来没有人知道，它们怎样才能发挥魔力。七个小矮人收留了逃进森林里的白雪公主，然而女巫恐怖的阴影却时时笼罩着他们的小木屋。白雪公主用她的善良和爱心鼓舞和感动着七个性格不同又不怎么团结的朋友。女巫手下的密探乌鸦得知了白雪公主的容身之处，女巫扮作老太婆拿了一个施了魔法的苹果，走进了白雪公主小木屋。白雪公主的遇害使小矮人们鼓起勇气决心斗败女巫，为了救活白雪公主，他们第一次懂得了团结的意义。当七个小矮人同时举起手中的七颗钻石，魔镜和女巫在七彩的光芒中粉身碎骨了。团结互助能产生巨大的力量，正义善良最终战胜了邪恶自私。传统的故事被赋予了现代思想，感染教育了今天的小观众。

陈传敏的《西游记》，讲述了孙悟空追随唐僧，不畏艰险，跋山涉水，追求信仰的故事。孙悟空横空出世，大闹天宫，不料中了如来佛圈套，被如来佛压在五行山下。唐僧取经来到五指山，救出压在五指山下的孙悟空。师徒走上漫漫西天取经路。孙悟空三打白骨精，大战黄袍怪，智斗红孩儿、铁扇公主、牛魔王一家，最后虽打败了他们，但仍向如来佛求情，让他们一家团聚。如来佛赞赏孙悟空杀心变仁心，立地成佛，唐僧也取到了真经。剧中唐僧所说的："一个人一生总得要有个追求，追求信仰！一个人没有信仰，即使整天吃世界上最好吃的东西、穿最漂亮的衣服，也如同行尸走肉。"和剧中主题歌所唱的："有追求才会有快乐，有信仰才会有力量。"尽管有些深奥，但是，它们会和生动有趣的故事一起留存在幼儿的记忆中，在日后的生活中一点点去感悟。

薛梅的《小兔快跑》，喜欢跳舞的小兔子小筋斗不顾妈妈反对，和小灰狼丢丢一起玩，不小心掉进了熊洞。正在冬眠的熊爷爷看中了小筋斗的皮毛，想留下小筋斗在熊洞里帮自己暖手暖脚。善良的小熊阿嚏不忍看小筋斗难过，偷偷帮她逃出熊洞，二人约定，天黑前小筋斗赶回来。阿嚏在风雪中等着小筋斗，可是，小筋斗只顾玩忘了约定，等它想起来天色已晚，小筋斗不顾妈妈的阻拦，执意要在风雪之夜赶回洞口。小筋斗拼命往回赶，一路上风雪交加，又有秃鹰在头顶盘旋，险些跌入山谷，被寻迹而来的丢丢救起。为约定，小筋斗会冒着生命危险继续前行吗？为了约定，怕冷的小熊会在雪地里苦苦等待吗？这是一个关于诚信的美丽童话故事。

大卫·伍德(英国剧作家)的《饼干小子》，讲述的是一个童心独运、奇趣横生的美妙故事：在一个普通家庭的厨房柜台上，那里有时刻梦想着大海随时准备起锚扬帆的盐罐先生、爱打喷嚏活泼开朗的胡椒面小姐和寂寞地生活在茶壶里的茶袋奶奶，报时钟的布谷鸟先生和饼干小子，还有狡猾凶狠的大老鼠施里普。这一天，布谷鸟先生的嗓子哑了，就要被主人扔到垃圾箱里去了。情形万分危急，饼干小子和柜台上的其他朋友一起，想尽办法解救布谷鸟……在夜深人静的时候，正当布谷座钟像以往一样报时十二点钟，突然间他的嗓子失声不能报时，焦急之中布谷求助胡椒面小姐和盐先生，也就在这时它们发现了主人未烤制好的饼干小子。在他们的帮助下，饼干小子神奇地站立起来和他们结识并成为好朋友。为了使布谷鸟不被主人扔到垃圾堆，饼干小子主动去请求袋茶奶奶的帮助，用蜂蜜治好布谷的嗓子。饼干小子待人的真诚和热心使袋茶奶奶与大家和好如初并治好了布谷的嗓子，使它能够重新报时。在这个烹饪台上还住着一个狡猾贪婪的老鼠施里普，它经常夜间出来觅食并伤害大家，为此大家都惧怕它。施里普发现了饼干小子，便凶猛地追扑上去想吃掉这块甜点心。饼干小子奋力与施里普搏斗，还保护了袋茶奶奶。在大家的帮助下，饼干小子与朋友们战胜了施里普，把他赶回老鼠洞。最后，布谷鸟恢复了声音，饼干小子也躲避了主人把他当早点的危险。大家欢庆胜利。

老舍的《宝船》[①]，创作于1961年，1963年由中国儿童艺术剧院演出，非常受孩子们的欢迎，半个世纪过去了，中国儿童艺术剧院还在演出，仍然受到孩子们的喜爱和欢迎。这是一部三幕五场童话剧，题材来源于江苏铜山民间故事：第一幕第一场，砍柴少年王小二在深山里偶遇白发苍苍老人李八十，他想背老人过独木桥，老人怕给他带来危险没同意，没想到老人失足落水，王小二把老人救了上来。老人送给他一只纸船，告诉他这是宝船，并教给他让宝船变大变小的口诀。第一幕第二场，发大水了，王小二用宝船救了自己和妈妈、大白猫，还有大蚂蚁、蜂王、仙鹤和坏蛋张不三。第二幕第一场，张不三欺骗王小二说大白猫、大蚂蚁、蜂王、仙鹤大家伙都同意把宝船送给皇上，他极力劝说王小二用宝船换些金银财宝让辛苦的妈妈过上好日子，王小二把宝船交给张不三。妈妈告诉王小二他上

---

① 老舍. 宝船[M]. 北京：中国少年儿童出版社，1961.

当了，王小二决定进京要回宝船。第二幕第二场，王小二找到用宝船从皇上那里换取宰相之位的张不三，想要回宝船，穷凶极恶的张不三命随从把王小二打成重伤。李八十、仙鹤、蜂王、大蚂蚁、大白猫等赶到，仙鹤用灵芝草治好了王小二的伤。听说皇上寻找给公主治病的人，王小二跟大家商议，准备借此机会进宫向皇上要回宝船。第三幕，在金殿，王小二用灵芝草治好公主的病，向皇上揭露张不三的恶行，并向皇上要回宝船。但是，昏庸的皇上既不法办张不三，又不想归还宝船，王小二他们在李八十的帮助下惩治了他们，用咒语把张不三变成大灰狼，把皇上变成大野猪，宝船终于回到了王小二他们的手中。

《宝船》情节曲折离奇，富有民间童话的神秘色彩。人物形象鲜明生动，尤其是王小二的形象生动感人。王小二勤劳、善良、勇敢、机智，具有传说中英雄少年的典型性格。王小二是个爱劳动的好孩子，每天清早上山砍柴，卖柴，买米买盐贴补家用。王小二非常善良，乐于助人，看到老人李八十走路艰难，就主动要背老人过独木桥，李八十不慎落水，他毫不犹豫地跳下河去把老人救了上来。洪水中，他用宝船救了好多小动物，还救了冒充好人的坏蛋张不三。王小二非常勇敢，宝船被骗走，他只身一人勇闯京城，去找张不三要宝船。王小二聪明机智，借给公主治病之机，金殿面君，夺回宝船。王小二还是一个贴近现实生活的普通少年，他天真、幼稚、好奇、顽皮。他具有很多现实生活中孩子的特点。他喜欢小动物，他爱家里的大白猫，因为它捉老鼠，可是他也爱老鼠，因为他还不辨是非。他尊敬并热心帮助李八十老爷爷，可是老爷爷说自己年纪大了，胡子都白了，他不解地说"可是，我们家的大白猫也有白胡子"，惹得老爷爷生气。他不知道张不三是好人还是坏人，竟然直接问张不三"你是好人，还是坏人？说实话"。王小二年少鲁莽，他不知道张不三的阴险狡猾，独自一个人闯去找张不三理论，吃了大亏。但是，王小二在经历中慢慢地变得成熟了，"不经一事，不长一智。刚才我吃了亏。为什么？因为事前没有准备好，咱们去找皇上！得想好了办法"！"咱们也得用心思，处处留神，一点别上当！仙鹤常在水里耐心地捉鱼，所以最稳当。蜂王也有心眼儿。大蚂蚁有时候太急。大白猫呢又懒又馋！大白猫，到宫殿里，谁给你吃的也别要，也别打盹！"

大白猫的形象也非常鲜明生动，非常具有儿童特点。它有点馋，有点懒，有点胆小，有点自私。洪水中，王小二让它去救落在水里的大蚂蚁，它不动，怕掉下水，王小二拉着它的尾巴保证它不会掉下去，它才去把大蚂蚁捞上来。它饿了想吃鱼，大蚂蚁给它出主意让它用尾巴钓鱼，它不干，怕鱼把它拉下去。仙鹤说帮它捉鱼，它赶紧过来，给仙鹤舔舔羽毛。它还告诉大蚂蚁，"我吃鱼，你啃骨头"。大家乔装打扮准备进宫，它变形时居然忘了把尾巴变没，王小二提醒它，它还振振有词"不要紧，藏在衣服里就看不见了"。但是，大白猫聪明，富有正义感，是大白猫最早发现了张不三的虚伪，它指责张不三整日在磨盘上坐着什么也不干，揭露张不三偷吃了王妈妈的鱼还诬赖别人。大白猫揭开了张不三的虚伪面具"你呀，不是不馋、不懒、不偷；是又馋、又懒、又偷，还又坏"！

这部剧充满了儿童性，比如，人物的名字就非常具有儿童特点。老爷爷叫李八十，年迈而又有智慧。坏人叫张不三，这是他骗人的假名字，一不馋、二不懒、三不偷。这两个比较重要的人物一出场，就让幼儿记住了。人物形象的塑造也充满了儿童性，用皇上每天吃 24 顿饭，公主每天吃 15 顿饭，表现统治阶级生活的穷奢极欲。用皇上每天只知道吃和睡，什么事也不干，来表现皇上的昏庸无能。用每天喝香油，顿顿吃葱花烙饼，来表现皇上吃得好。这种夸张性的表达符合幼儿心理，易于幼儿理解。人物语言也充满了儿童性，大白猫看到王小二被张不三打伤了，伤心地哭了，大蚂蚁说"别哭！走！咱们找张不三去！他打了小二哥一顿，咱们打他三顿！"。呼唤李八十的口诀是"八十加九十一百七"，把张不三和皇上变成狼和猪的咒语是"八十减九十，不大好减"。儿童性造成了这部剧特殊的幽默感。

这部剧充满了游戏性，整部剧的情节：得到宝船，宝船被骗，夺回宝船，就是一个好人和坏人较量，充满正义战胜邪恶的思想的大型儿童游戏。情节演绎中的游戏性更强，小动物们跟王小二一起去皇宫找皇上，蜂王的口袋里装了五百蜜蜂兵，大蚂蚁在口袋里装了一千蚂蚁兵。公主的病用灵芝草一碰，再跳几下，跑一圈就好了。为了惩罚坏蛋和皇上，把坏蛋张不三变成大灰狼，把昏庸的皇上变成大野猪。这部剧既展现了老舍先生戏剧大师的风采，又饱含童真童趣，成为儿童剧的典范。

(三)木偶剧

木偶剧，是由演员操纵专用木偶来表演的戏剧。木偶就是一些用木头等材料做成的人、动物等各种形象的玩偶，在人的操纵下，表演剧情动作。演员一边操纵木偶，一边给木偶配音。木偶剧中的形象是木偶和演员共同塑造的。由于制作材料和操作方式不同，分为杖头木偶、提线木偶、布袋木偶等。

杖头木偶，木偶的颈部下面接一截木棒或竹竿，演员用手操纵木棒或竹竿来进行表演。杖头木偶的形体有大有小，大的约一米半左右，接近真人大小，有时可以跟真人合作演出，具有以假乱真的特殊趣味。小的约50厘米，在操作台上表演，具有神秘奇特的魅力。杖头木偶是非常受小观众喜爱的。如2016年，中国木偶剧院演出的大型现代原创木偶剧《飞吧丹顶鹤》、大型神话木偶剧《真假孙悟空》都是具有代表性的杖头木偶剧。

布袋木偶是用布制作成角色的形象，套在手指上，用手指的活动来表演的木偶剧。布袋戏的特长是演员用手指直接操纵，因而动作节奏明快，迅捷有力。因为可以单手操控木偶，所以，演员经常双手同时扮演两个角色，演出灵活方便。布袋木偶制作材料易找，制作简单，容易操作，在幼儿园各种活动中常常使用。简单的布袋木偶，幼儿园教师和幼儿都能操作。

很多时候，杖头木偶和布袋木偶联合表演，能收到意想不到的效果。如2016年，中国木偶剧院演出的《大闹天宫》，就运用了布袋、杖头等多种木偶表演形式和处理方法，演出幽默诙谐，活灵活现，深受小观众喜爱。

提线木偶，木偶的关节部位用细线连接，分别拴在不同的小木棍上，表演时，演员在舞台上方，手持小棍，通过细线操纵木偶进行表演。一般提线木偶的形体一尺左右大小，动作轻盈灵活。

木偶剧，角色形象色彩鲜明，易于幼儿区分；动作夸张，易激发幼儿的兴趣。尽管面部表情没有变化，但是，却具有一种特殊的趣味。所以，孩子们非常喜欢观看木偶剧。

中国木偶剧院常年演出木偶剧，很受孩子们的喜爱。如《熊猫和小鼹鼠》，朱雀红和朱雀蓝举着"微飘"在森林里飞来飞去，传递一条叫人惊喜的信息：熊猫的好朋友、可爱的小鼹鼠决定在中国的森林里安家。这个信息一下子成了爆炸新闻，森林里的小动物们乐翻了天，他们动脑筋，为小鼹鼠准备各种奇特的礼物，有的准备了五星级竹床，有的准备了核桃、花生、板栗等干果，也有的准备了新鲜的蔬菜水果，还有的编织了精美的地毯。

狐狸这两天行动诡秘，引起了小动物们的疑心，设立了瞭望哨用望远镜观察，分两路兵马暗地里跟踪，看狐狸到底要搞什么鬼名堂……

《新的大头儿子和小头爸爸》系列之《棉花糖和云朵妈妈》，棉花糖、大头儿子和地瓜三个人是最好的朋友，胆小的棉花糖要变得更勇敢，于是给自己制订了"勇敢计划"！不知道为什么一看到宠物花栗鼠胖胖的、萌萌的圆脸，棉花糖就会手软脚软。看着大头儿子、地瓜和花栗鼠成为好朋友，真是羡慕！在海量爸爸和云朵妈妈的鼓励、帮助下，棉花糖不再害怕花栗鼠，并与它成为好朋友。足球明星蓬克是棉花糖的偶像，棉花糖想让大明星在它用全部零花钱买的足球上签名，却被蓬克忽视了，伤心的棉花糖把足球扔掉了，棉花糖想起了勇敢计划，鼓起勇气大声告诉蓬克，他的行为伤害了喜欢他的球迷们，应该尊重、爱护他们，蓬克接受了棉花糖的建议，好朋友们都夸赞棉花糖的勇敢。唱歌是棉花糖的爱好，可是胆小的它没勇气登上舞台，在好朋友的鼓励和歌唱家的指导下，它鼓起勇气登上了舞台，神秘嘉宾蓬克也到场助阵，幸运的棉花糖在几百名小观众歌声的鼓励下，认识到可爱的小观众才是真正的歌唱家，最后它大声唱出了《我是太阳》，引爆全场。

《红军的战马》，为北上抗日，在红军长征的路上，首长把自己的战马"一点红"留给了收容队，让伤员们骑。黑子是收容队的一名红军战士，与"一点红"结下了深厚的感情。在突出重围的战斗中，"一点红"救了黑子的命。小白是从白军里过来的战士，黑子与"一点红"的经历感染着他。黑子要回连队当排长上战场，他把"一点红"的缰绳交给了小白。为了早日到达根据地，红军们冒雨爬山，"一点红"带伤和战士们将收容队的山炮拉出泥潭送上山坡；在过沼泽地时，老罗为找出可走的路，陷进了沼泽地，同志们想了各种办法都不行，关键时刻"一点红"和大家一起使劲拉出了老罗。小白在与红军战士的朝夕相处中锻炼得坚强起来，也和"一点红"产生了深深的情义。红军没有给养，面对断粮，他们不畏艰难，挖野菜、吃树皮充饥。为了保护战士们的生命，收容队决定杀掉"一点红"给大家充饥，黑子、小白满眼含着泪水不忍战马离去。历尽艰苦卓绝的斗争，红军长征胜利了！

沈慕埌的《老公公种红薯》[①]，老公公带着小花狗种红薯，被小猴子看到了，小猴子以为他们埋了什么好东西，好奇地挖出来看，被老公公发现了。小猴子愿意跟老公公一起种红薯，可是小猴子性急，刚把红薯种下去，就偷偷地翻出来看看长什么样了，老公公告诉它，红薯长大需要一个漫长的过程，红薯种下去要发芽，长藤，要剪藤，栽藤，翻藤，要施肥，浇水，除虫，还要付出很多劳动，等待很长时间，才能收获红薯。后来，等到红薯长大了，老公公、小猴子、小花狗快乐地来收获红薯了。

这部木偶剧内容单纯，情节简单，人物较少，易于幼儿理解。故事内容又非常生动、有趣，很受幼儿的欢迎。

第一，塑造了一个生动活泼的小猴子形象。小猴子活泼、顽皮，好奇心特强。它一出场，就要看看老公公和小花狗在地里埋了什么东西，非要刨出来看个究竟。红薯种下，为啥没长出来，它也要刨开土弄个明白。小猴子心急没有耐性，刚刚种下红薯种，它就盼着马上长出来。小猴子很幼稚，不知道红薯种种下去要等好长时间，经过很多的劳动才能长出红薯。小猴子还太小，好多事都不懂，不会打水，不会抬水，不会数数，连"你""我"

---

① 吕明. 幼儿文学作品赏析与阅读指导[M]. 上海：复旦大学出版社，2014.

"他"都不会用。但是，小猴子又很乖，很愿意学习和劳动。老公公告诉它"没有得到别人的许可，就不能乱动别人的东西"，它马上虚心答应"我知道啦"。老公公问它愿意不愿意一起种红薯，它一口气说了三个"愿意"。后来，小猴子学会了种红薯，打水、抬水，还学会了数数，学会了怎样使用"你""我""他"。小猴子本来就是幼儿最喜爱的小动物，而这一个小猴子又让小朋友们看到了他们自己的影子，孩子们当然非常喜欢它了。

第二，小花狗的形象设计新颖奇特。小花狗很机警，是它先发现了被小猴子刨乱了的红薯地。小花狗很聪明，它发现小猴子不愿意离开红薯地，就猜到小猴子一定在打着什么主意。最特别的是，小花狗跟小猴子不一样，在整个演出中，小花狗没有说一句话，只是"汪！汪！汪！"地叫。但是，小花狗是会讲话的，因为，小观众都看到了，它好几次在跟老公公耳语。小观众也都听懂了小花狗每一次"汪！汪！汪！"说的是啥：老爷爷问它"我们一起去种红薯，好吗？"，它说"好啊！好啊！"，然后就去拿锄头去了；老公公说"我忘记了，还有红薯种嗬！"，它说，"我马上去拿"；老公公说"来，就把红薯种在这儿！"，它说"好的！好的！"，就开始刨土。他们回来取忘掉的水桶，它说"老公公快看，红薯地咋了？"，老公公跟它耳语"我们假装离开，藏起来看看是谁干"，它说"明白了！明白了！"，它跟老公公把小猴子挡住，它问小猴子"你干吗弄坏了我们的红薯地？"，小猴子辩解说"不是！不是！"，它说"都抓住你了，你还抵赖"。种完红薯种，老公公说可以回家了，小猴子蹲着不动，它说"快走吧，该回家了"；小猴子说"老公公再见"它跟小猴子说"再见"；老公公告诉小猴子种红薯需要很多劳动，"不要着急啊！事情要一步一步的来。"它问小猴子"你听懂了吗？"；当小猴子说把最大的红薯给老公公的时候，它说"同意！同意！"老公公把最大的红薯给它，它说"我不要！我不要！老公公还是给你吧！"；当幕外人说，"把红薯送给幼儿园的小朋友做薯种"时，老公公和小猴子都说"好呀！"它也高兴地说"好呀！"。在这个戏剧的特殊语境下，小观众听懂了小花狗的全部台词，而小花狗的形象也给这部剧增加了特殊的趣味。

第三，幕外人的设计给小观众带来亲切感。幕外人是故事的讲述者，是人物形象的介绍人，是把故事和小观众连接起来的桥梁。开始，幕外人向小观众介绍了戏剧的名字，让小观众知道这部剧讲的是一个老公公种红薯的故事，并向小观众介绍了剧中的三个人物形象。然后，一次一次地，通过给演员戴木偶装扮，把剧中人物一个一个引出来。当红薯种下以后，他用一段叙述把红薯漫长的生长过程带过，让故事直接跳到了收获红薯的片段。最后，当戏剧里所有的人都不知道把最大的红薯送给谁更好，他给大家出了个好主意"把红薯送给幼儿园的小朋友做薯种"，不仅巧妙地结束了戏剧故事，还借此把戏剧故事和戏剧故事里的人物跟小朋友拉得更近了。

第四，这部剧设置了巧妙有趣的互动。首先，是幕外人和戏剧人物的互动，他跟每一个人物打招呼，给他们装扮形象，增加了戏剧的游戏性，给小观众一种特别好玩的感觉。其次，剧中人物与小观众的互动，老公公两次请小观众帮小猴子数数，不仅吸引了小观众的注意力，还让小观众在帮助小猴子解决问题中获得了自豪和快乐。

还有，老公公的形象也具有儿童性，让小观众感到亲切自然。人物对话简洁、生动，易于小观众理解。尤其是老公公给小猴子讲述红薯成长过程的时候，运用了儿歌中问答调的方式，一问一答，避免了长篇讲述的烦闷，明快的节奏也特别适合幼儿欣赏。

(四)戏剧表演

戏剧表演，以幼儿喜爱的故事为材料，在幼儿熟悉并基本能复述故事的基础上，由教师组织、指导幼儿运用对话、动作、表情等呈现故事情节，塑造人物形象的一种表演活动。戏剧表演选材灵活，不需要布景和道具，游戏性、娱乐性强，便于普及，也非常受幼儿的喜爱。经典故事《拔萝卜》《三只蝴蝶》《萝卜回来了》《三只小猪》等都可以进行戏剧表演。

蜗牛快递[①]

皮朝晖

人物：糊涂先生、长尾猴、小燕子、面包狼皮特、蜗牛、灰刺猬

地点：快递公司

(蜗牛开看一家快递公司。这天，"蜗牛快递公司"营业了，邻居们都来看热闹。)

蜗　牛：蜗牛快递，欢迎光临！

皮　特：蜗牛慢吞吞的，快得了吗？

长尾猴：现在都发电子邮件，还有谁寄信呢？

糊涂先生：(拿着包裹走过来)我要办业务。

蜗　牛：您办什么业务？

糊涂先生：我的表兄性急先生今天过生日，请帮我送几个焗面包给他。

蜗　牛：没问题。

糊涂先生：性急先生是很性急的，一定要快点送到。

蜗　牛：我保证很快送到。

　(糊涂先生离开了，邻居们都为蜗牛着急)

皮　特：蜗牛，你怎么办得到啊？

灰刺猬：糊涂先生是不好惹的。

小燕子：蜗牛快递公司刚开张就要倒闭了。

蜗　牛：(向大家拱手)拜托邻居们多多关照。

长尾猴：需要我们做什么，尽管说。

蜗　牛：市内的业务，麻烦面包狼的三轮车送。

皮　特：好吧！

蜗　牛：省内的业务，麻烦长尾猴的汽车送。

长尾猴：好吧！

蜗　牛：国内的业务，麻烦灰刺猬的火车送。

灰刺猬：好吧！

蜗　牛：国外的业务，麻烦小燕子的飞机送。

小燕子：好吧！

邻居们：我们都成了你的邮递员啦！

[①] 皮朝晖，王蔚绘. 长满童话的舞台[M]. 长沙：湖南少年儿童出版社，2012.

> 蜗　牛：大家当了邮递员，我会发工资的。
>
> 皮　特：我马上把货送过去。
>
> (皮特拿上包裹，变成一辆面包三轮车，开走了。)
>
> 蜗　牛：有这么多好邻居都忙，慢吞吞的蜗牛才敢开快递公司啊！

这是一个能读、能讲、能演的故事。情节简单，思想鲜明，幽默有趣。幼儿乐于参与其中来表演，在表演中他们能更好地体会到长尾猴、小燕子、皮特、灰刺猬的热情，学到了蜗牛的智慧。

二、幼儿实验戏剧

儿童实验戏剧，观众一般为5～8岁儿童。

(一)儿童多媒体音乐游戏剧《我爱童话》

2015年，在全国各地巡回演出的大型儿童多媒体音乐游戏剧《我爱童话》，很受孩子们的欢迎。该剧以一本神奇的童话书为基础，巧妙地串联了孩子们熟悉的5个故事《聪明的汉斯》《小红帽》《丑小鸭》《三只小猪》《雪孩子》，5个童话故事的主人公们在童话世界的平行时空里相遇，携手并肩踏上神奇的童话之旅。和以往的儿童剧不同，《我爱童话》让演员们在童话世界与现实世界中玩起了"穿越"，他们只有完成童话任务后，才能返回现实世界。舞台上发生的一切"不知不觉"就将亲情、爱、团结、勇敢、追求自我的精神传达给所有的小朋友。

互动方式丰富多彩。第一，小观众直接参与剧情表演，如跟汉斯、丑小鸭玩滚雪球的游戏，帮助三只小猪搬盖房子的砖等。第二，小观众用微信互动和口号呼唤的方式推动剧情发展。演出推出"微信公众号"以"场内场外多媒体互动"等新形式，让多媒体、移动互联网为孩子服务，让"小精灵"拯救童话人物，让小观众呼唤的"童话童话我爱你"引出下一段故事的出现等。这些互动，突破传统童话剧形式，让孩子不再只是坐着看剧，他们在感观立体化的同时，情感体验也将多样化。

还有，《我爱童话》在舞台效果上推陈出新，采用多媒体舞台视觉效果，将主持人穿越童话书、进入童话地图这一神奇效果立体地呈现在舞台上。多媒体视觉效果配合梦幻的舞台设计，将多彩的童话世界以更加多面的形式呈现在孩子们眼前。

(二)独角戏《长毛朱的衣想世界》

中国台湾"儿童戏剧推广人"、儿童戏剧艺术家朱曙明自编、自导、自演的独角戏《长毛朱的衣想世界》，是一部儿童喜爱的，对幼儿戏剧创作，尤其是幼儿园教师戏剧活动具有极大的启发意义的作品。《长毛朱的衣想世界》[①]，是一部独角戏，也是一部"物品偶"("物品剧场")，用日用物品做戏剧中的人偶扮演角色。让日常生活中的物品入戏，将它们发展为戏剧中的道具甚至角色。

主要内容：

开场：长毛朱工作的一天。长毛朱(勤奋、认真、善良、有童心的售货员)听着音乐，拎

---

① 王添强，朱曙明. 儿童戏剧魔法棒[M]. 乌鲁木齐：新疆青少年出版社，2016.

着几件衣服走上舞台，他满怀希望地等待顾客光临。商场中人来人往，长毛朱不断努力地推销着自己的商品。可是，始终没有一个人愿意停下脚步看看他的衣服。(演员在表演中，不断与小观众互动)

第二场：调皮的手帕。长毛朱用小手帕表演。小手帕从沉睡中醒来，开始到处闲逛。突然间，小手帕发现了一个大"花园"(观众席)。"花园"里有各种各样不同的"花儿"(观众)。于是，小手帕兴冲冲地飞到"花园"(观众席)玩耍。小手帕像一只蝴蝶在"花园"里飞来飞去，和不同的花儿相遇，产生不同的互动。直到筋疲力尽。

第三场：远古怪兽。长毛朱给两只手分别戴上橘色和粉红色的半截手套，又套上两条带绿色珠子的发圈，来扮演两只不知名的"远古怪兽"，一只橘色，一只粉红色。橘色的怪兽发现了睡着的小手帕，狼吞虎咽地吃起来，它渐渐感到肚子不舒服，随后疼痛难忍，竟晕了过去。粉红怪兽出现了，它发现了晕倒的橘色怪兽，赶紧对橘色怪兽实施抢救，橘色怪兽终于恢复了生机。

第四场：手帕布袋戏。长毛朱用小手帕和小刷子表演布袋戏。他把手帕一角打了个结，套在食指上扮演"手帕大侠"。另一只手拿起小毛刷，变身为"刷子大侠"，蹦上桌面，跟手帕大侠比试起来。两位大侠从地面战到空中，难分高下。突然，刷子大侠使出绝招，用刷子直挠手帕大侠的腰。结果手帕大侠被刷得失足摔下来，陷入昏迷。刷子大侠一看自己闯下大祸，就赶紧溜走了。最后，长毛朱对手帕大侠实施紧急心肺复苏术，救了它一命。

第五场：孤独的衬衫。长毛朱一手拎起衬衫的领扣，另一只手提起一只袖子，顿时，一个活脱脱的"衬衫人"就出现在了观众面前。衬衫人遇见心仪的女孩，可是女孩没有回应，衬衫人委屈地大哭起来。长毛朱赶紧把衬衫人带到孩子们面前，让他们亲吻孤独的衬衫人。衬衫人终于破涕为笑了。

第六场：衣物小红帽。(最后，长毛朱用衣服来表演一个家喻户晓的故事——《小红帽》。他用不同的衣物组合成"小红帽""妈妈""奶奶""大野狼"和"猎人"的形象。在随后的表演中，他时而穿上这些衣物真人扮演，时而又用衣物拟人表现，借助这种张形式，以一人诠释多角的方式给大家讲述了这个故事。)长毛朱将编织围巾挂在衣架上，搭起了森林布景，而原先售卖衣物的桌面则变成了小红帽的舞台。长毛朱披上一条丝巾扮成小红帽的妈妈，声音虚弱地告诉小红帽，自己病了，要小红帽带着水果去探望奶奶，于是，乖巧的小红帽提着水果篮，蹦蹦跳跳地朝着森林出发了。森林里，小红帽向大野狼问路，结果上了大野狼的当，绕了远路。大野狼自己则抄近路，要抢在小红帽前到达奶奶家。大野狼来到小红帽的奶奶家，把可怜的奶奶吞进了肚子。小红帽绕了一大圈好不容易找到奶奶家。大野狼戴上帽子乔装成奶奶，躺在床上等着小红帽送上门来当点心。大野狼露出狰狞的面目，张开大口向小红帽扑去。经过一阵追逐，小红帽还是被大野狼吞进了肚子。

此时，路过老奶奶家的猎人觉得非常奇怪，平日经过这里时，奶奶都会邀他进屋喝茶休息，怎么今天没见她出来打招呼呢？

猎人向屋里探了探头，看到了躺在床上呼呼大睡的大野狼，又看到小红帽遗落在地上的水果篮，猜测奶奶和小红帽已经被大野狼吞进肚子里了。

趁着大野狼还在熟睡，猎人展开了救援行动。他划开大野狼的肚皮，将一只手伸进大野狼的肚子里摸索，好不容易先拉出了小红帽。

心急的小红帽一出狼肚子就请求猎人赶紧救出奶奶，猎人表示救奶奶需要两只手，可他一只手需要照顾小红帽，只剩一只手救不了奶奶。

于是猎人向观众求助，邀请一位小朋友上台穿上小红帽的披肩扮演小红帽，这样他就可以空出两只手来救奶奶了。

猎人救出奶奶后，奶奶也催促猎人赶快将大野狼绳之以法。猎人无奈地表示他只剩一只手，抓不住大野狼，于是再次求助观众。一位成年观众上了台，披上奶奶的毛衣，戴上反折的帽子扮演奶奶。

猎人将捕猎网交给奶奶和小红帽，要他们抓住网子的开口躲在树后，等他把大野狼赶过来，就迅速将大野狼罩进袋子里。三人齐心协力，大野狼终于落网了。

与原著不同的是，猎人并没有杀死大野狼，而是将装在袋子里的大野狼挂到树上，要它好好反省一个晚上。

最后，长毛朱脱去猎人的装扮，恢复了原来的角色，像影片倒带一样，逐一收回舞台上所有的布景。他拎着装着大野狼的网子，慢慢隐身到桌子后面。在所有角色即将消失的时候，大野狼无奈地对观众喊："放了我吧！我是冤枉的，我只不过是配合演出而已啊！"

这种形式的戏剧，从剧本的创作到戏剧的演出都把观众作为一个非常重要的因素，观众的参与不仅是戏剧的亮点，更是剧情发展演绎的源泉。而想象把表演者和观众紧紧地联系在一起。"本剧演出形式的脉络，是引领观众从现实进入想象空间，再从想象空间回归现实。从长毛朱拎着衣服出场、推销叫卖，到开始赋予手帕生命，再从手套远古怪兽到手帕布袋戏，最后以一件衬衫小人物的片段故事引出《小红帽》的完整故事，再从虚构的故事情况回到现实的时空场景，这环环相扣、层层相叠的演出设计，就是要带着观众进行一次想象力的超时空之旅。"(朱曙明)[1]

(三) "益智趣味儿童剧"

实验戏剧的探索和创新还有很多，如中国儿童艺术剧院 2017 年 9 月演出的"益智趣味儿童剧"《三只小猪变变变》和《小卡车变变变》(中国儿童艺术剧院官网)等。

《三只小猪变变变》适合两岁半以上的孩子，60 分钟。第一部：变变变。毛巾，海绵，夹子。小朋友们在日常生活中常见的道具眼看着就变成了别的东西。第二部：三只小猪。有一天，猪妈妈对她非常疼爱的三只可爱的小猪兄弟说："妈妈要去很远的地方。你们都长大了，自己盖好房子好好过吧。"老大很懒，于是用稻草盖了简易的稻草房子。老二盖了木房子。只有老三很努力，盖了很结实的砖房子。有一天，来了一只大灰狼。老大盖的稻草房很容易地就被大灰狼吹散了。老大拔腿就跑，跑到老二的木房子里躲了起来。可是木房子也很快被大灰狼弄塌了。老大和老二一起逃到了老三的砖房子。大灰狼重施旧伎，但是砖房子纹丝不动。大灰狼很生气，便想从烟囱溜进去。老大和老二要逃跑，老三对两个哥哥说"不要逃避，我们大家团结起来，就能打败那只大灰狼"。于是三只小猪在暖炉里生火，成功地赶走了想溜进来的大灰狼。

《小卡车变变变》，适合两岁半以上的孩子，60 分钟。第一部：变、变、变。香蕉，苹果，草莓，柿子；黄瓜，白菜，大葱，红薯，胡萝卜；海绵，毛巾，晾衣架，刷子，笊篱，碗，球等，这些日常生活中不可或缺的东西，一旦到了演员的手里，就立刻有了生命，

---

[1]王添强，朱曙明. 儿童戏剧魔法棒[M]. 乌鲁木齐：新疆青少年出版社，2016.

它们会变成大象，变成鸭子，变成鱼，变成会耍杂技的小熊，它们之间还有一段令人兴奋的故事呢。看了他们的演出，你一定对自己身边的东西产生浓厚的兴趣，去思考，去琢磨这些东西会怎样变成生命体。第二部：消防车小吉普。小吉普儿原本就是一辆吉普车，因为被改装成了消防车，所以得名小吉普儿。小吉普儿奉命服役于一个偏远的消防队。那里有云梯高哥、水罐胖哥、救护白姐，它们都比小吉普儿大，各个神气十足，整装待发。与这些哥们儿比，小吉普儿自然显得相形见绌。虽说小吉普儿也想尽快建功立业，但每每被派去火场的都是其他兄弟，小吉普儿只好万般无奈地等待时机。一天山上起火了，因山道狭窄，其他哥们儿都无法接近火势，故小吉普儿被派上了用场，它勇猛作战，顽强拼搏，终于消灭了山火，荣获了功勋。

三、低幼儿童戏剧

为满足低幼儿童的戏剧欣赏需要，中外戏剧创作工作者特别注重低幼儿童戏剧的创作和演出。中国儿童艺术剧院 2017 年演出的新创剧目，儿童魔幻音乐剧《时间森林》，适宜年龄四岁半，演出时间 85 分钟。孪生兄妹唐高高和唐朵朵在去上补习课的路上，不爱学习的唐高高把时间送给了神秘来客逆时针，他一下子就变老了。唐朵朵为了帮助唐高高找回时间，他们一起非法闯入了时间森林。他们在森林里看到时间被生产的过程以及逝去的过程，正当他们欣赏时间森林里的美景时，时间法庭的精灵们抓住了他们，兄妹俩即将接受时间森林的审判。为了救出妹妹，唐高高在逆时针的挑唆下，弄坏了时间制造机，调快了时间的速度，于是，他自己的生命迅速地走向了终点，他后悔地呼唤"把我的时间还给我"。唐朵朵在朋友的帮助下，找到了悔恨不已的唐高高，他们修理好时间制造机，回到了现实。

2015 年丹麦国际儿童戏剧节，表演剧《宝贝空间》，观众为 1 岁以内婴儿，演出时间 40 分钟。这个外形不规则、纯白色的空间，有如一件当代装置艺术品。当观演双方从矮矮的圆洞形的入口进入表演区之后，空间的纯粹与封闭让人们迅速与外界切断了联系，好像进入冥想的世界。演出中，没有台词，只有两位男女演员之间以及演员与观众之间的眼神交流与肢体交流。与缓缓流淌在这个空间中的音乐相伴随的，还有几位婴儿观众的"咿咿呀呀"，以及他们难以预料地与演员们的"互动"。

童话剧《纸月亮》，观众为 3～7 岁，表演时间 35 分钟。主要内容：一个非常非常小的小男孩，但是他的脑子里面充满了很大很大的事情要去思考，以至于让他无法入睡。他有一条金鱼，还有塑料做的一只老虎和一只狮子，他最最喜欢的是他的泰迪熊，无论去哪里他的泰迪熊都会跟着他。他还有很多很多的书，他特别爱他的书，可他还不识字，无法阅读它们，但他非常非常喜欢书里的图画，那些图画可以带他去到很远很远的地方，一个与他的世界完全不同的地方。在书里，他还可以找到为什么爸爸妈妈不能和他作为一个家庭一起生活的原因，书，可以给他带来答案！演出以手持木偶完成，一本桌面一样的大书徐徐展开，小男孩带着他的泰迪熊展开了梦的旅程。

2014 年，北京丹麦儿童戏剧周，《纯净的眼睛》，适合 0～4 岁儿童，25 分钟。《纯净的眼睛》从一个孩子不带偏见的角度作为出发点，分享孩子在初次体验白雪世界时的惊讶和好奇。舞台是由白色气球、白色雪球和身着白色服装的舞者、音乐家交织而成的白雪世界。一个舞者躲藏在白色巨布下，另一个舞者则与这个白色巨布进行互动，当这个外面的舞者找到一条绳然后用它作为围巾，用两个头夹作为眼睛的时候，巨布变成了一个雪人。这种惊奇的视觉转换让在场的小观众为之着迷，他们非常激动和开心地发现这个舞者变成了一个雪人，但是，突然，当雪人被吻后随之融化又变成了舞者。巨布掉落在地上，但看着还是像个雪人，却已经融化了。这种节奏和韵律非常感人，变幻本身就在给观众讲一个故事。

第三节　幼儿戏剧活动案例

在幼儿园可以开展很多幼儿戏剧活动，在节日庆祝、汇报演出等特殊场合，可以有一些经过精心准备、排练的戏剧表演，如小型的幼儿歌舞剧、童话剧、木偶剧、故事表演等。在日常班级活动中，也可以安排一些比较简单的，幼儿可以全员参加的戏剧活动。

案例一：故事表演《我能行》

活动材料：《我能行》

活动类型：故事表演

活动对象：小班(3～4岁)

我能行.mp4　　　我能行.pptx

活动目标：

1. 大声说出角色的话；

2. 用动作、表情来表演角色；

3. 学会按角色表演。

活动准备：

1. 幼儿在语言活动课上学习过幼儿诗《自己去吧》，或者给幼儿朗诵这首诗，让幼儿对表演内容有初步的了解。

2. 把幼儿诗《自己去吧》改写成戏剧表演剧本。

3. 角色分配，教师扮演老师和妈妈，小朋友扮演小猴、小鸭、小鹰。

4. 根据幼儿自愿，给幼儿分配角色。三人一组，根据班级情况，分成若干组，让每一位小朋友都能参加表演。

道具准备：

1. 准备小猴、小鸭、小鹰的头饰，老师的彩色头巾，妈妈的漂亮帽子。

2. 准备大树、池塘、大山背景，可以用画做背景，也可以用画了画的纸板。

活动过程：

(一)导入

小朋友们，现在我们就来表演《我能行》，请第一组表演小猴、小鸭、小鹰的小朋友做好准备。老师现在一边讲故事，一边扮演小猴、小鸭和小鹰的妈妈。

(二)幼儿表演

(三)换组表演

(四)总结

今天，我们小朋友表演了一个小戏剧《我能行》，大家表演得都非常好，尤其是××小朋友，自己编了很棒的台词，××小朋友自己编了很棒的动作。小朋友回家一个人扮演三个角色，把这个小戏剧表演给爸爸妈妈看，也可以请爸爸妈妈和我们一起表演。

附：《我能行》表演剧本(根据儿童诗《我能行》改编)

老　师　(老师戴上彩色头巾)一天，小猴对妈妈说——(小猴上)

小　猴　妈妈，我要吃果子！

妈　妈　(老师戴上漂亮的帽子)嗯，你知道果子长在哪里吗？

小　猴　我知道，我知道，果子长在大树上。

妈　妈　是呀，大树上有很多很多果子，你自己去摘吧。

小　猴　妈妈，果子长得太高了，我够不着。

妈　妈　你去试一试，你能爬那么高的。

小　猴　欧！我爬上来了，我摘到果子啦！(小猴高举着双手，高兴地跑下)

老　师　(老师戴上彩色头巾)一天，小鸭对妈妈说——(小鸭上)

小　鸭　妈妈，我要洗澡。

妈　妈　(老师戴上漂亮的帽子)哦，屋后的池塘就可以洗澡，你自己去吧。

小　鸭　不，妈妈，我不会游泳。

妈　妈　妈妈教过你的，把翅膀张开，两只脚使劲儿划水。

小　鸭　池塘里还有小鱼咬我，我要妈妈跟我一起去。

妈　妈　小鱼不会咬你，小鱼是在跟你捉迷藏。自己去试试，你能行的。

小　鸭　欧！我会游泳了，我还跟小鱼成为好朋友啦！(小鸭摇摆着两臂，高兴地跑下)

老　师　(老师戴上彩色头巾)一天，小鹰对妈妈说——(小鹰上)

小　鹰　妈妈，山那边有什么呀？

妈　妈　(老师戴上漂亮的帽子)哦，山的那边呀，风景可美啦，你飞过去看看。

小　鹰　妈妈，我飞不了那么远吧？

妈　妈　你已经可以飞过这座山了，不信，你去试试看。

小　鹰　妈妈，山的那边太远了，会不会有妖怪？你陪我去吧。

妈　妈　妈妈不能总陪在你身边的，你得学着独自面对。

小　鹰　欧！我终于自己飞过了大山，我要比妈妈飞得更远！(小鹰举起双臂，高兴地盘旋着跑下)

老　师　(老师戴上彩色头巾)就这样，小猴学会了爬树，小鸭学会了游泳，小鹰学会了飞翔。小朋友们学会了表演。

说明：编写剧本时，对小朋友的表情、动作，说话的语气等，不做具体要求，表演时让幼儿自由发挥。

案例二：童话剧《萝卜回来了》

活动材料：《萝卜回来了》

活动类型：小话剧

活动对象：中班(4~5岁)

萝卜回来了.mp4　萝卜回来了.pptx

活动目标：1. 准确、有感情地说出角色的台词；2. 用动作、表情来表演角色；3. 学会合作表演。

活动准备：

1. 把童话改写成话剧剧本。

2. 角色分配，教师扮演旁白，小朋友扮演小白兔、小猴、小鹿、小熊。

3. 给幼儿分配角色。四人一组，根据班级情况，分成若干组，让每一位小朋友都参加表演。

道具准备：

1. 准备小白兔、小猴、小鹿、小熊的头饰及服装(服装可以用彩纸做成)，旁白的头饰。

2. 准备雪地、小房子等布景，可以用画，也可以用纸板。

3. 用小桌子、小板凳当作小猴家的窗台、小鹿家的桌子、小白兔家的床。

活动过程：

(一)导入

小朋友们，我们听过一个很美丽的童话故事《萝卜回来了》，今天我们用话剧表演的形式来讲述这个故事。现在，请第一组小朋友准备好，我们马上要开始演出啦！

(二)表演

(三)换组表演

(四)小结

小朋友们，今天我们大家都参加了小话剧《萝卜回来了》的表演，小朋友们表演得都很棒。小朋友的台词念得很清楚，表情、动作也很到位。我们要像话剧里的小白兔、小猴、小鹿、小熊学习，互相关心，互相帮助。

附：《萝卜回来了》话剧剧本(根据童话《萝卜回来了》改编)

(老师站在舞台的一角，扮演小白兔、小猴、小鹿、小熊的小朋友们站在舞台另一侧，老师用手势指挥小朋友上场，下场。)

(老师用讲故事的语气说:

旁　白　雪这么大，天气这么冷，地里、山上都盖满了雪。小白兔没有东西吃了，饿得很。他跑出门去找吃的。

小白兔　(小白兔蔫头耷脑地上)唉！好饿啊，我得赶紧找点吃的，要不，肚子都饿瘪了。

　　　　(一边找，一边自言自语)雪这么大，天气这么冷，小猴在家里，一定也很饿。我找到了吃的东西，就去跟小猴一起吃。

　　　　(小猴忽然发现了萝卜)咦！这有一个大萝卜，诶！还有一个，太好了！我跟小猴一人一个！

　　　　(跑到小猴家门前，敲门)小猴！小猴！我是小白兔，我找到大萝卜了！咦？小猴不在家。嗯，把这个大的给小猴留下。(小白兔把大萝卜放到桌子上)我回家去吃萝卜喽！(小白兔抱着大萝卜，一蹦一跳地下)

旁　白　小猴哪儿去了？原来呀，小猴正在雪地里找吃的。

小　猴　(小猴一边念叨一边上)呀！今天的雪下得这么大呀，我还能找到吃的吗？

　　　　(一边找，一边自言自语)雪这么大，天气这么冷，小鹿在家里，一定也很饿。我找到了东西，去跟小鹿一起吃。

　　　　(小猴忽然发现了花生)咦！这有好几个花生呢，太好了！我拿回去，跟小鹿一起吃。

(跑过自己家门前)咦？门怎么开了，谁来过了？咦？大萝卜！哪儿来的？嗯，一定是好朋友送来的。嗯，把大萝卜也带小鹿家去，这回我们可以痛痛快快吃个饱啦！

(小猴跑到小鹿家门口，敲门)小鹿！小鹿！我是小猴，我带好吃的来了！咦？小鹿不在家。嗯，把大萝卜给小鹿吧，他一定很高兴的。(小猴把大萝卜放到窗台上)我回家去吃花生去喽！(小猴蹦蹦跳跳地跑下)

旁　白　小鹿哪儿去了？原来呀，小鹿正在雪地里找吃的。

小　鹿　(小鹿一边念叨一边上)呀！今天的雪下得这么大呀，我还能找到吃的吗？

(一边找，一边自言自语)雪这么大，天气这么冷，小熊在家里，一定也很饿。我找到了东西，去跟小熊一起吃。

(小鹿忽然发现了一棵青菜)咦！这有一棵大青菜，太好了！我拿回去，跟小熊一起吃。

(跑过自己家门前)咦？地上怎么这么多脚印呀，谁来过了？咦？大萝卜！哪儿来的？嗯，一定是好朋友送来的。嗯，把大萝卜也带小熊家去，萝卜和青菜放在一起，一定非常好吃！

(小鹿跑到小熊家门口，敲门)小熊！小熊！我是小鹿，我带来了萝卜和青菜，咱俩一起吃吧！咦？小熊不在家。嗯，把大萝卜给小熊吧，他一定能吃饱。(小鹿把大萝卜放在门口)我回家吃青菜去喽！(小鹿一蹦一跳地跑下)

旁　白　小熊哪儿去了？原来呀，小熊正在雪地里找吃的。

小　熊　(小熊一边念叨一边上)呀！今天的雪下得这么大呀，我还能找到吃的吗？

(一边找，一边自言自语)雪这么大，天气这么冷，小白兔在家里，一定也很饿。我找到了东西，去跟小白兔一起吃。

(小熊忽然发现了一只白薯)咦！这有一只白薯，太好了！我拿回去，跟小白兔一起吃。

(跑过自己家门前)咦？大萝卜！哪儿来的？嗯，一定是好朋友送来的。嗯，把大萝卜也带小白兔家去，小白兔最爱吃萝卜啦！

(小熊跑到小白兔家门口，轻轻地推开门)咦，小白兔睡觉呢。不能吵醒他。(小熊把大萝卜放在小白兔的床边，轻手轻脚地走出来，轻声地自言自语)我回去吃白薯吧。(小熊蹑手蹑脚地下)

小白兔　(睡醒了，打了个大哈欠，忽然，看到了床边的大萝卜)咦！萝卜回来了！(小白兔想了想)我知道了，是好朋友送给我的！(看了看窗外)雪停了，我找好朋友玩去啦！(高高兴兴、蹦蹦跳跳地跑下)

旁　白　就这样，小白兔的大萝卜转了一大圈，给小猴、小鹿、小熊送去了温暖，又回到了小白兔的身边，有好朋友的关心，再大的雪天，他们也不会感到寒冷。

(扮演小白兔、小猴、小鹿、小熊的小朋友跑回舞台，跟老师一起谢幕)

说明：演出前老师简单跟幼儿说一下台词，幼儿可以自己自由表达，老师提示一下动作、语气要求，也允许幼儿自由发挥。道具的使用，上下场的路线要跟表演者讲清楚。告诉幼儿下场以后在旁边等着，最后表演结束，一起谢幕。

案例三：木偶剧《谁吃了多多的巧克力》

活动材料：《谁吃了多多的巧克力》

活动类型：木偶剧

活动对象：大班(5～6岁)

谁吃了多多的巧克力.mp4　谁吃了多多的巧克力.pptx

活动目标：

1. 让幼儿感受到木偶剧的快乐；

2. 调动幼儿的幻想；

3. 激发幼儿参与表演的热情。

活动准备：

1. 把故事《多多没吃巧克力》改写木偶剧《谁泄露了多多的秘密》。

2. 角色分配，两位小朋友在老师的指导下提前排练，一个人扮演多多和鹦鹉，一个人扮演妈妈。

道具准备：

1. 准备三个布袋木偶，一个多多，一个鹦鹉，一个妈妈。

2. 准备一张桌子做表演的舞台。

3. 桌子上放一些玩具家具，再放一盒巧克力。

活动过程：

(一)导入

小朋友们，昨天我们班的两位小朋友排练了一个木偶剧《谁泄露了多多的秘密》，现在让他们表演给我们看。然后，感兴趣的小朋友都可以来表演这个木偶剧。

(二)表演

(三)自由表演(可以根据幼儿自愿，两个人表演或者三个人表演)

(四)小结

小朋友们，今天我们每一位小朋友都参加了木偶剧表演，表演得非常好。老师给大家准备了材料，我们一起把它们做成小木偶，然后，小朋友回家跟爸爸妈妈一起表演。来，老师把多多的巧克力分给小朋友们吃，我们一起祝贺多多懂事了。

附：《谁吃了多多的巧克力》木偶剧剧本(根据故事《多多没吃巧克力》改编)

(一位小朋友把布袋套在右手上，扮演多多)

多　多　动画片都演完了，妈妈怎么还没回来。找点什么好吃的吧。(多多左看看右看看)咦！巧克力！太好了！(多多打开巧克力，刚想吃)不行，妈妈不让我自己拿东西吃的。(多多放下巧克力，转了转圈儿)我太想吃了，怎么办？这么多巧克力，我吃一块，妈妈看不出来的。(多多刚把一块巧克力放到嘴里)

(这位小朋友把布袋套在左手上，扮演鹦鹉)

鹦　鹉　多多！多多！

多　多　(吓一跳)哎呀，鹦鹉看见我吃巧克力了。它告诉妈妈怎么办。诶，对了，我叫它不告诉妈妈。(多多拿起一块巧克力)鹦鹉，来，跟我学"多多没吃巧克力"，我就给你吃一口。说——

鹦　鹉　多多没吃巧克力。

多　多　(让鹦鹉咬一口巧克力)，再说一遍，我还让你咬一口。

鹦　鹉　多多没吃巧克力。

多　多　(让鹦鹉咬一口，自己又放进嘴里一块，鹦鹉看见，叫道"多多没吃巧克力"，多多高兴地直翻跟头)太好了，鹦鹉真听话。妈妈一定不会知道我吃巧克力的秘密啦！

(多多高兴地翻跟头，唱歌玩。另一位小朋友把布袋套在右手上，扮演妈妈)

妈　妈　多多，妈妈回来了，你一个人在家乖不乖呀？

多　多　妈妈，我可乖了，我看完动画片就把电视剧关好了。我还帮妈妈喂鹦鹉了呢。是不是鹦鹉——(多多看着鹦鹉)

鹦　鹉　(鹦鹉一边跳一边叫)多多没吃巧克力，多多没吃巧克力。

多　多　(高兴地跟鹦鹉玩)鹦鹉也很乖的哦。

妈　妈　(拉着多多的手)多多，妈妈是不是告诉你不能自己随便拿东西吃？

多　多　(奇怪地看着妈妈，小声嘀咕)咦？妈妈是怎么知道的呀，鹦鹉没告密呀。

鹦　鹉　(鹦鹉一边跳一边叫)多多没吃巧克力，多多没吃巧克力。

妈　妈　(摸着多多的头)多多，你还叫鹦鹉说假话，这就更不对了。

多　多　(低着头，小声地)咦，是谁泄露了秘密？

妈　妈　(面向小观众)小朋友们你们说，是谁泄露了秘密？

观　众　是鹦鹉！鹦鹉！

(又摸了摸多多的头)多多，我们不能替做错事的人保守秘密的。

多　多　妈妈，以后我不自己随便拿东西吃了，我也不叫鹦鹉说假话了。(妈妈刚要说话，多多抢着说)我也不说假话。

妈　妈　好孩子！来，妈妈奖励你两块巧克力。

(表演者摘下木偶，谢幕)

说明：这个木偶剧的内容简单，台词也比较少，主要让幼儿学习怎样用布袋木偶表演玩，一定要突出玩，让所有的小朋友都感受到表演布袋木偶的乐趣。鼓励小朋友自由发挥，让他们沉浸在现实与幻想世界自由转换的乐趣。用老师事先缝制好的彩色口袋，教幼儿怎样制作简单的布袋木偶，可以启发幼儿在日常生活中午发现表演素材，扩展幼儿的戏剧表演空间。

本章小结

幼儿戏剧题材丰富，形式多变，表现形式生动活泼，深受幼儿喜爱。但是不论是社会幼儿戏剧演出，还是幼儿园戏剧活动，都远远满足不了幼儿的需求。幼儿戏剧活动可以满足幼儿的表现欲，可以让幼儿体验社会角色，情感得到释放，学习身心调控，锻炼表达能力，培养合作意识，幼儿园幼儿戏剧活动具有极大的发展空间。幼儿园教师可以自己动手，从幼儿诗歌、幼儿童话、幼儿故事中选取素材改编成幼儿戏剧，组织幼儿表演。

幼儿戏剧特征：戏剧演出充满游戏性，戏剧冲突充满幼儿情趣，戏剧形象的类型化，戏剧语言的动作性。常见的幼儿戏剧，包括歌舞剧、童话剧、木偶剧、故事表演。和一些幼儿实验戏剧，如多媒体音乐游戏剧、独角戏、益智趣味儿童剧，还有低幼儿童戏剧。

思考题

1. 举例说明幼儿戏剧冲突充满幼儿情趣。
2. 了解所在地区幼儿戏剧发展现状。
3. 小组合作编写一个幼儿戏剧活动方案。
4. 选一篇幼儿诗或幼儿故事改编成幼儿戏剧。
5. 小组合作排演一场幼儿戏剧。

第九章　幼儿科学文艺

第一节　幼儿科学文艺概述

一、幼儿科学文艺的概念

(一)科学文艺

科学文艺是科学与文艺的结合。科学研究要运用逻辑思维，因而科学严谨、理性，文学则需要用形象思维，它浪漫、感性。当科学与文学相遇，二者是不是格格不入、水火不容呢？回答是否定的，两者结合不仅不是格格不入，而且是相互交错、渗透交融。其实自从科学诞生之日起就与文学有着密不可分的联系，从而发展成为具有鲜明特征的一种文学体裁。

科学文艺和一般的文学作品不同，也和介绍科学知识的科普读物有所不同，它是指用艺术的手法去反映科学及其相关内容的文学作品的总称。科学文艺一方面接近于文学，另一方面又接近于科学，是科学与文学相互融合的产物。从内容上来看，它是科学的，不仅要为读者介绍科学知识、科学方法和科学成果，也要启迪读者的科学想象和科学智慧，弘扬科学精神；从表现手法说，它是文学艺术的，作品的构思、表现形式的运用以及语言的叙述不仅让读者获得了科学知识，还能得到艺术美的享受和熏陶，所以科学文艺就是寓科学内容于文学艺术表现形式之中，或者说通过艺术构思和文学手法，向读者生动形象地介绍复杂的科学知识。

(二)幼儿科学文艺

幼儿科学文艺是科学文艺中适合幼儿阅读和欣赏的那一部分，即通过艺术构思，用幼儿文学的表现形式来反映科学内容、传播科学知识、进行科学教育的一种文学体裁，是幼儿文学的重要体裁之一。

幼儿科学文艺同科学文艺一样，是科学内容与幼儿文学形式的完美结合，但幼儿科学文艺更需要有自身的独特性。从文学表现形式看，它应该顺应幼儿形象思维为主的心理特征和审美趣味，应把科学内容融于有趣的情节、优美的语言、和谐的韵律、生动的人物之中，使抽象的科学知识形象化。从科学内容来看，向幼儿传授的科学内容要浅显易懂，而且要与幼儿的生活紧密相连，以幼儿可能有的经验为出发点，在向幼儿普及科学知识的同时，更要重视开阔幼儿的科学视野，激发幼儿科学探索的兴趣和爱好，最终使他们得到科学美的享受。

二、科学文艺的发展流变

(一)世界科学文艺的发展

科学文艺虽然在最近一百多年以来才成为文学中一个独立的分支，但是关于科学文艺的起源，则可以追溯到遥远的古代，科学和文学之间并不是泾渭分明，常常你中有我，我中有你。如古希腊时期的荷马史诗《伊利亚特》和《奥德赛》中记录了古希腊时期的科学发展情况，根据《奥德赛》还可以制出气象图，并测出足以驱散希腊船只的大风暴；被称为中古的"百科全书"的意大利诗人但丁的《神曲》反映了中古文化领域的重大成就；文艺复兴时期法国人文主义作家拉伯雷的小说《巨人传》中的部分章节带有科幻的色彩；17世纪德国著名的天文学家开普勒的小说《梦》揭示了已存现实世界和人之图景的塑造媒介及过程，成为科幻小说发展历史中至关重要的文本；18世纪德国的科学家、诗人歌德的代表作《浮士德》中也蕴含着科学的创造精神，如书中描述瓦格纳在烧瓶里人工制造小人，类似现代的试管婴儿，甚至克隆人。可见科学与文学的结合自古有之，为科学文艺的诞生奠定了基础。

科学文艺的诞生，首先需要有一种科学观的意识，从世界科学发展史看，直到17世纪之后，一种关照世界的认知的、科学的方式刚刚兴起，这种方式直到18世纪方才部分地深入社会，19世纪之后才广为人知，所以科学文艺的真正兴起是在科学技术迅猛发展的19世纪。

19世纪英国女作家玛丽·雪莱(1791—1851)于1818年出版的《弗兰肯斯坦》，被认为是世界第一部幻想小说。小说中的叙事者罗伯特·沃尔顿是位英国绅士，他在北极遇到了临死的科学家维克多·弗兰肯斯坦，这位科学家向他讲述了自己的故事：由于对知识的狂热追求，弗兰肯斯坦在炼金术和科学文本领域积多年之功后，以尸骨作为原材料，并用电击的方法创造了一个怪物。由于弗兰肯斯坦不负责任地放弃了它，这个有智力的怪物只能在受到人类社会敌视和迫害的情况下逃到荒域，并形成了反社会和顾影自怜的悲剧性人格。

怪物为了复仇，它杀害了主人的未婚妻，而弗兰肯斯坦也只能不顾一切地向怪物展开了反击行动。小说结尾是弗兰肯斯坦去世及沃尔顿与怪物相遇，怪物扛着主人的尸体说"……除了死，我找不到任何灵魂安息之地"。虽然这部科幻小说的"科学性"还比较模糊，但这部科幻小说无疑是 19 世纪最有影响力的小说，不仅表现了人类对知识的追求和渴望，作者通过对弗兰肯斯坦这个人物的塑造也暗示了人类摆脱非科学的状态进入科学解决问题时代的到来。

在玛丽·雪莱夫人之后的 19 世纪作家儒勒·凡尔纳(1828—1905)是科幻小说大师中最闪亮的一颗星，他一生写了 66 部小说和若干剧本，以及一部 6 卷本《伟大的旅行家和伟大的旅行史》，被誉为"科学幻想小说之父""现代科幻小说的奠基人"。儒勒·凡尔纳于 1828 年出生于法国南特市一个法官家庭。1863 年，他首次发表科学幻想小说《气球上的五星期》获得巨大成功。这促使他继续以浪漫而奇险的游记为题材创作出更多的作品，其中《地心游记》《机器岛》《八十天环游地球》等作品脍炙人口，而其代表作"科幻三部曲"《格兰特船长的儿女》《海底两万里》《神秘岛》，对科学幻想小说的发展做出了重大贡献。凡尔纳以对科学技术的乐观主义态度著称，他的小说语言成熟、故事具有类型化特征，在小说中提供的种种设想为人类追求社会现代化提供了动力。

与凡尔纳同时代的法国科学文艺作家亨利·法布尔(1823—1915)穷尽毕生经历研究昆虫，著成 10 卷巨著《昆虫记》，以生花妙笔展示了昆虫在生存竞争中表现出的奇妙的、惊人的智慧与灵性，成为读者获得知识、增强美感、陶冶情操等全方位价值的科学文艺精品。凡尔纳之后的英国科幻小说家赫伯特·乔治·威尔斯(1866—1946)与凡尔纳相反，对科学技术能否造福人类表现出巨大的怀疑。他的作品主要有《时间机器》《世界之间的战争》《隐身人》《食神》《在彗星到来的日子里》《月球上第一批人》等都充满了对科学的悲观情绪。由于威尔斯是生物学家，还精通历史和人文学科，所以他的作品既有丰富的科学内容，又有强烈的人文色彩，为人类昭示了多个遥远的未来前景，可以说把科学幻想小说的创作推向了一个新阶段。

20 世纪 30 年代，科幻小说的繁荣逐渐由欧洲转向美国，同时科幻小说也进入了发展的黄金时代。首先要提到的是美国电器工程师雨果·根斯巴克，他于 1908 年创建了一份叫作《当代电力》的杂志，经常在杂志中刊登一些科幻小说，后来杂志改名为《科学与发明》，并在 1923 年的 8 月号全部篇幅都刊登了科幻小说。就这样，在他的创办下，第一部纯科幻杂志于 1926 年 4 月面世，起名为《奇异故事：科幻小说杂志》，同时也标志着科学文艺成为独立的文学分支。在这一时期大量优秀的科幻期刊培养了大批优秀的作家，其中的一位代表人物就是美籍著名科普作家艾萨克·阿西莫夫(1920—1992)。他于 20 世纪 30 年代开始进行创作，整整持续了 50 年，著述 400 部左右。他的代表作有《基地》《我，机器人》《神自己》和《黄昏》，以其名字命名的《阿西莫夫科幻杂志》是美国当今科幻文学畅销杂志。他有非凡的驾驭语言和概念的能力，不懈地探索虚构世界和真实世界的精神，为他的作品赢得了广泛的读者，他异乎寻常的想象力同时赢得了成人和儿童的尊敬。阿西莫夫的儿童科幻小说不多，已经翻译成中文的作品有《他们的乐趣》《低能儿收容所》等。

20 世纪 60 年代后英美科幻新浪潮出现，科幻文学中的形式探索丰富起来。在这一时期，很多作家试图摆脱实证科学的束缚，吸收主流文学的新模式，将科幻文学拓展到心理学、历史学、宗教、哲学、政治学等领域。如英国作家迈克尔·莫考克(1939—)的小说《瞧这个人》中引入了宗教学的内容；J.G.巴拉德(1930—)的小说在哲学观点上具有宿命论的倾向等。80年代后，西方科幻文学逐渐与后现代文化相融合，出现了很多反映科学变革的作品，如网络、生物工程、纳米技术等成为科幻的新宠，无论是人们对科幻的观念还是创作的科幻文学作品都更加多元化。

(二)中国科学文艺的发展

科学与文学的结合不仅在国外很早就出现，二者的结合在我国也由来已久。我国最早的一部诗歌总集《诗经》中，就有许多关于动植物、天文、地理等方面的知识；战国时期的《山海经》不仅是我国古代记载神话最多的一部奇书，也是古代地理知识方面的百科全书；北宋科学家、政治家沈括的《梦溪笔谈》是中国科学史上的里程碑，记录了我国古代多方面的科学成就，同时它也是一部文辞优美的科学散文。明代李时珍的药学著作《本草纲目》文字清新流畅，颇具文采，也是一部文学著作。

我国科学文艺作为一种独立的体裁出现是在20世纪初，从译介外国优秀作品开始的。最早介绍到我国的是儒勒·凡尔纳科幻小说，如逸儒译、秀玉笔记的《八十日环游记》等，对我国的科学文艺的发展产生重要的影响。"五四"时期，新文化运动高举科学和民主的大旗，为我国科学文艺的发展奠定了思想基础和社会基础，儿童科学文艺(含幼儿科学文艺)也是在这个时候产生的。鲁迅在这一时期不仅呼吁科学文艺的创作，还创作了一些科学小品，如《人的历史》《科学使教篇》《蜜蜂与蜜》。茅盾也翻译了威尔斯的短篇小说《巨鸟岛》，题名为《三百年后孵化的卵》，并撰写了一些科学小品。

20世纪30年代，我国科学文艺尚处于萌芽阶段，但现代科学文艺的翻译和创作相当活跃，如董纯才翻译出版了伊林的《十万个为什么》，在1937年还写了一篇关于狐狸的生物童话《狐狸夫妇历险记》；顾均正出版了《科学趣味》《科学之惊异》《电子姑娘》；1936年，高士其进入创作科学小品的旺盛时期，先后出版了《我们的抗敌英雄》《细菌与人》等科学小品；1940年，顾均正出版的《和平的梦》是我国最早的科幻小说集。新中国成立以后，特别是50年代中后叶，我国涌现了一大批青年科学文艺创作者，出版了不少科学诗、科学童话、幻想小说和科学小品，使我国科学文艺进一步得到发展。如1950年，高士其创作了科学童话诗《我们的土壤妈妈》；方惠珍和盛璐德创作了脍炙人口的科学童话《小蝌蚪找妈妈》；1954年，郑文光创作了小说《从地球到火星》，是中国大陆第一部科幻小说；1956年四川人民出版社出版了科学童话集《在哪里过冬》；1959年又出版了郑延慧的科学童话集《在快活的消息上》。

"文化大革命"期间，我国科学童话创作断层10年。"文化大革命"结束后，我国科学的春天到来了，科学教育受到学校和社会的重视，涌现出很多优秀的儿童科学文艺作品。1978年，叶永烈的小说《小灵通漫游未来》出版，赢得了广泛的读者好评，其科学童话集《烟筒剪辫子》《铁马飞奔》《找不到的伙伴》《水晶宫的秘密》《谁的脚印》等在70年代中后期也相继出版，为中国科学童话贡献了大量的佳作；1979年，郑文光继《从地球到火星》的故事框架，发表了长篇科幻小说《飞向人马座》，场面更加宏大、人物更多，人物性格刻划也更加出色。80年代，随着各种少儿报刊的纷纷创办，科学童话更出现了一派热闹的景象，作家作品层出不穷，创作风格也千姿百态。如阳光的《小蟹找壳》；朱志尧的《蝴蝶儿学音乐》；郭以实的《鸟儿的侦察报告》《鲁莽国王的命令》《最高的奖赏》；

余俊雄的《小多利找妈妈》；1981 年，科学普及出版社还汇集了我国 30 年代以来的科学童话佳作出版了《科学童话选》；1987 年，张之路的长篇小说《霹雳贝贝》出版问世，1988年同名电影也搬上荧幕，成为中国第一部儿童科幻片，在小观众的成长中留下了深刻的印象。20 世纪 90 年代之后，我国儿童科学文艺作家完成了换代，儿童科学文艺的创作在数量和质量上也获得很大提高，为我国儿童科学文艺开辟了更广阔的空间。

三、幼儿科学文艺的特征

幼儿科学文艺，是"科学"内容与"文艺"形式的有机结合，它既不同于一般的科学论文和科普读物，也不同于其他的幼儿文学作品，具有其自身的独特性。

(一)严谨的科学性

幼儿科学文艺作品"和其他文艺读物一样，要做到简单明了、深入浅出、轻松愉快、生动活泼，也要故事化和形象化。它和其他科学读物一样，要有丰富而正确的科学内容。这就是说：要向文学汲取文学性；向科学汲取科学性"[①]。幼儿科学文艺的科学性，是指它要以科学理论、科学实验为依据，揭示事物的本质，并符合事物之间相互作用的规律。这就是说幼儿科学文艺向幼儿介绍的科学知识，传播的科学道理，让他们了解的科学的发展史及未来的科学发展状况必须都是准确无误、不违背科学事实的，只有这样幼儿科学文艺才能担负起激发幼儿科学兴趣，使幼儿养成科学的思维方式并促使幼儿尊重科学、热爱科学、利用科学去求知、探索和创造。可见，严谨的科学性是幼儿科学文艺的基础和灵魂。如孙幼忱的科学童话《"小伞兵"和"小刺猬"》，文中的蒲公英头上有蓬松松的白绒毛，秋风一吹，这些绒毛就飘呀飘，像小伞兵一样降落在不同的地方，等到第二年春天再发芽。还有小苍耳，枣核大的身体，浑身长满尖尖的刺，像个小刺猬，它会利用刺挂在动物的身上把它带到不同的地方，然后落进土里等待第二年发芽。作品中虽然用了比喻的手法，但对两种植物的描写完全符合植物本身的特性，让幼儿在审美享受中获得关于蒲公英和苍耳的知识，具有科学性。

幼儿科学文艺作品反映的科学内容不仅要量大，而且也要面广。由于科学本身的范围就十分广泛，所以幼儿科学文艺中所涉及的科学知识和内容也十分广泛，从小到大，从古到今，从现在到未来，从天上到地下，从高山到海底，包罗万象，既能涉及自然科学的广大基础学科，也能涉及社会科学的各个领域，这些都为幼儿科学文艺提供了强大的素材和理论支撑。幼儿欣赏到大量的幼儿科学文艺作品就会从中获取各种各样的科学知识，不断扩大科学视野。但同时也要注意到，科学内容的量大和面广不能影响幼儿科学文艺本身的科学性，还应以科学性作为保证和基础。如杨红樱的《绿色卫士》以幼儿喜欢的童话的形式，向小读者介绍了女贞树的本领及它们对城市和人类的作用，并热情歌颂了女贞树勇于奉献的精神：女贞树是"城市绿色的卫士"，有着最强的吸收二氧化碳的能力，同时又是制造氧气的工厂，通过光合作用，调节了空气中的二氧化碳和氧气，不断地更新空气，净化空气。女贞树是"天然的除尘器和消声器"，能自动地吸收过滤了空气中的尘埃和污染物质，吸收和阻挡声音。女贞树为了人类的健康宁愿在尘土飞扬喧闹嘈杂的城市扎根，还

---

① 高士其. 孩子们需要有思想性的科学文艺作品[J]. 读书. 1958.

请小鸟给山林里的伙伴捎信，请它们也到城市里来守护人类的健康。

(二)生动的文学性

幼儿科学文艺的重要任务虽然是向幼儿传播简单的科学知识，讲述简单的科学道理，但它不是用科学理论和逻辑思维的方式讲授科学知识，而是借助幼儿文学的各种表现手法来完成的，所以赋予科学内容以生动的文艺形式，使幼儿科学文学具有较高的文学性是其特性之一。

幼儿科学文艺中的文学性指的是作家运用文学的手段来传达科学知识，即把科学中抽象的概念、枯燥的知识、深奥的道理等通过生动、形象、富于情趣的文艺手法灵活地表现出来，以适合不同层次读者的需要，让小读者在感受乐趣的同时获得科学知识，并激发起探究世界的好奇心和兴趣。科学性偏重抽象思维，讲究严谨，文学性则偏重形象思维，讲究浪漫的色彩，这就要求作家不仅要具有一定科学知识，还要具有较高的文学素养，善于通过巧妙的构思和剪裁把抽象的概念和枯燥的知识化作生动形象的故事，能够用文艺的眼光观察世界，把感受世界的诗意与科学素材很好地融合起来，使得幼儿科学文艺作品既具有科学的真，又具有文学的美，以美引真，以真启美。所以一篇优秀的幼儿科学文艺作品必定是具有一定欣赏性的、艺术水平较高的文学作品。科学文艺在内容上要求高度的科学性与运用生动活泼文艺形式和形象化的艺术手段并不相悖，即使采用幻想、夸张、拟人等特殊表现手法，也可以不损害作品的科学性。如高士其的科学诗《我们的土壤妈妈》，诗人用生动有趣的比喻，亲切地把土壤比作"妈妈""女工""店员""助产士""保姆"……多方面地揭示了土壤的作用和功能，把深奥的科学知识、丰富的科学内容化为浅显易懂的生活常识，让小读者在盎然的情趣中接受了科学知识的熏陶。再如刘心武的创作的科学童话《小猴吃瓜》①：

小猴跑到西瓜地里，他头一次见到西瓜，感到很有趣，摘下一个西瓜就要吃。

旁边一只小牛见他把滚圆的西瓜往嘴里送，就对他说："你大概不会吃西瓜吧？我来教你——"

小猴说："不用你教！不用你教。"说着他一口咬下一大块西瓜嚼嚼吐掉了，生气地把咬破的西瓜往地上一扔，撇着嘴说："不好吃！不好吃！"

小牛告诉他："谁让你吃皮呢？吃西瓜，应该吃里头的瓤啊！"

小猴一蹦一跳地跑掉了，边跑边说："吃瓜要吃瓤，这谁不知道。"

接着，小猴子吃香瓜吃的是瓤，吃核桃吃的是皮，吃鸭梨吃的是核儿，因为它不明就里地记住了小牛说的"吃西瓜要吃瓤"，小驴说的"吃香瓜应该吃皮"，小喜鹊说的"吃核桃应该吃里面的核儿"。小猴子吃瓜果吃错了，不认真查找原因总结教训，还自以为是地乱下结论"西瓜没味儿，香瓜净籽儿，核桃麻嘴儿，鸭梨酸牙儿"，还说以后再也不吃这些瓜果了。《小猴吃瓜果》既是一篇科学童话，也是一则寓言。作者用拟人手法塑造了一只粗心、性急、爱面子的小猴形象，生动有趣，十分符合猴子应有的性格逻辑。由于没有耐性，故事中的小猴每次都吃不到果实好味道的那一部分，使故事充满戏剧性。这则小

---

① 方卫平选评. 大轮船睡着了——中国儿童文学分级读本(幼儿卷小班)[M]. 杭州：浙江少年儿童出版社，2011.

故事不仅向小读者揭示虚心受教的重要性，还通过发生在小猴身上的一连串事情，向小读者传递了不同瓜果有趣的食用知识，把知识融于生动有趣的故事中，寓教于乐。

(三)鲜明的教育性

幼儿正处于长知识、长智慧的时期，他们的思维能力有限，但他们的好奇心强、想象力丰富，做什么事情都愿意探个究竟，幼儿科学文艺正是为了满足幼儿求知与成长的需求发展起来的。幼儿科学文艺的教育性首先就是用文艺的形式去传播科学知识，开拓幼儿的知识视野，激发幼儿探究科学知识的兴趣，引导他们随着作品所引导的内容，不断去观察、实验、思考，去探索更深奥的内涵，培养他们发现问题、简单分析问题和解决问题的能力。如韩国李尚培创作的一套《自然科学童话》丛书，讲述了 36 个关于自然中动植物生活习性、特点的故事——《蚁后统管的蚂蚁王国》《美丽蝴蝶的日记》《叮叮当当的风铃草》……让幼儿在有趣的故事中增长了关于昆虫和植物的科学知识，更激发了幼儿对自然探索的热情。

伊林在《论儿童科学读物》中说："我们对儿童科学读物提出的第一个问题应该是：它的教育意义是什么？是吸引小读者关心科学，还是使小读者厌弃科学？它是否能够帮助他们建立人生观？是不是能教会他们思考和工作？总之，它是否能促进少年读者的成长和发展。"伊林这段话虽然针对的是儿童科学文艺，但也适用于幼儿科学文艺，揭示了幼儿科学文艺要具有教育性，并且也阐明了这种教育性不是狭义的，而是广义的，也就是说幼儿科学文艺的教育性不仅体现在科学层面，而是全方面的教育。如刘心武的《小猴吃瓜果》，既向幼儿介绍了吃瓜果的食用知识，也教育幼儿要懂得虚心受教；高士其的《时光老人的礼物》，既向小读者介绍了有关时间的知识，又教育幼儿要珍惜时间；叶永烈的《圆圆和方方》，既介绍了方形和圆形的几何知识，还通过方形和圆形比试谁更厉害告诉儿童人各有所长，要相互帮助；莫克的《花丛中的流星》不仅介绍了世界上最小的蜂鸟的体态、生活习性以及对人类的作用，也教育小读者要爱护自然，关爱动物。

幼儿科学文艺的教育性与其他幼儿文学体裁一样，教育性的体现绝非是枯燥、刻板的说教，而是要密切结合科学内容灵活、形象地来表达，既要向读者解释客观事物的规律性，又要站在一定的思想高度，深入地分析所描写的题材，巧妙地运用艺术表现形式。如杨红樱的科学童话《犀牛和犀牛鸟》既描述了犀牛与犀牛鸟之间的共生关系，也向幼儿渗透了相互帮助的重要性：犀牛的皮有许多皱褶，无数的寄生虫和吸血虫藏在里面，犀牛鸟在犀牛皮的皱褶里啄来啄去，把藏在犀牛身上的寄生虫和吸血虫统统吃光，犀牛鸟在帮助犀牛的过程中也吃饱了肚子。幼儿在这篇童话中既学习了科学知识，也获得了对自然生物的认识和生活哲理的理解。

(四)无穷的趣味性

具有趣味性的文学作品总是能让人感受到回味无穷、趣味无尽，它以一种亲和力，使读者在新奇、快乐的情绪下，不仅获得信息，同时也得到美的享受。科学性、文学性和教育性在幼儿科学文艺中是和谐统一的，是幼儿科学文艺的基础，但仅有这三个方面还不够，优秀的幼儿科学文艺还需要融入无穷的趣味性，这样才能对幼儿产生强烈的吸引力，让他们在欢愉的氛围中学习科学知识，受到思想教育。

幼儿科学文艺无穷的趣味性与幼儿的本性及思维特点密切相关。幼儿天生好奇好问，喜欢游戏，他们思维的特点是形象、具体，以无意识记忆为主，有意注意时间比较短，所以幼儿更喜欢关注能引起他们兴趣的地方。基于此，一篇优秀的幼儿科学文艺作品在介绍科学知识的同时，一定会注重选取的科学内容以及文学艺术构思的趣味性，这样才能激发幼儿阅读、欣赏的兴趣，从而对科学知识产生学习的愿望和探索的兴趣。

幼儿科学文艺的趣味性主要体现在艺术构思的巧妙上，也就是通过文学艺术形式把科学知识本身的趣味性挖掘出来，循序善诱地把小读者探究知识的积极性调动起来，引发他们去思考和探索。首先，语言运用要优美、活泼。幼儿科学文艺虽然是向幼儿普及简单的科学知识，但在语言的运用上不能过于专业、枯燥，而应该讲求优美、活泼，这样才会让幼儿感到亲切，有阅读和欣赏的渴望。如高士其的科学诗《时光老人的礼物》："你把东风带给树枝，让小鸟快活地飞上蓝天；你把情操带给原野，让千万朵鲜花张开笑脸；你把阳光带给山谷，让积雪化成淙淙的泉水；你把细雨带给田地，让种子闻到泥土的香味……"这样的语言既优美又活泼，让小读者感到诗情画意，把他们带进一种美的境界。其次，情节设计生动、曲折。幼儿科学文艺中的科学知识不是用直接阐述的方式来介绍的，它总是让所介绍的科学内容融入生动的故事情节之中，伴着故事情节的发展慢慢呈现，让小读者在潜移默化中获得科学知识。如冰波的《企鹅寄冰》，通过南极洲的企鹅为非洲的狮子寄冰闹出误会的故事情节，为小读者呈现了企鹅与狮子生活气候带的不同以及水的不同形态，在趣味中融入科学精神。再次，形象塑造可感、鲜明。幼儿科学文艺总是塑造出鲜明可感的形象，使抽象的形象具体化，使枯燥的内容生动化。如伊林的《隐身人》，作者把风比喻成了"隐身人"，既具体可感又富有神秘的趣味，让小读者在阅读过程中深刻理解了风的功能和作用。最后，艺术手法的多样、丰富。幼儿科学文艺为了使其内容丰富，形式生动，可以借助诸多幼儿文学体裁展现其科学内容，幼儿诗歌、幼儿童话、幼儿故事等都可以与科学内容有机结合。同时，幼儿文学中运用的多种艺术表现形式也能够被积极地广泛地运用，拟人、比喻、夸张、对比、摹绘等，为幼儿科学文艺的增添了更多儿童趣味。如幼儿科学诗歌《色彩谣》，创作者把相关色彩变化的知识融入幼儿喜欢的诗歌之中：红黄变橙，黄蓝变绿，红蓝变紫，红黄蓝变黑。通过拟人的手法，形象展现了不同色彩融合后的变化，儿歌中的"变"字也体现出魔术般的神奇性，让幼儿在趣味浓浓的歌谣中了解颜色融合变化的知识。

第二节　幼儿科学文艺欣赏

幼儿科学文艺的形式是多种多样的，它是科学内容与幼儿文学体裁的一种有机杂交，可分为幼儿科学童话、幼儿科学诗歌、幼儿科学故事、幼儿科学小品、幼儿科学寓言等，下面介绍几种主要的体裁。

一、幼儿科学童话

(一)幼儿科学童话的定义

童话从内容来看可分为文学童话和科学童话。文学童话是借助幻想以反映社会生活为主要内容的童话，在童话中占有很大的比重。科学童话又叫作知识童话或自然童话，是一种以童话的形式来介绍科学知识的文学形式，是儿童科学文艺中的一个重要品种，也是幼儿科学文艺中一个重要的种类。科学童话与文学童话是一对孪生姐妹，都是童话的一个分支，都具有童话的一般特点，它与一般文学童话的区别在于要向儿童普及一定的科学知识或传达科学精神，并通过这些知识启迪儿童的智慧。

幼儿科学童话的主要阅读对象是学龄前期和学龄初期的儿童，因此它的知识内容比较浅显，情节结构比较单纯，语言也比较通俗易懂。它不仅负有为儿童普及科学知识的任务，同时还能培养儿童科学兴趣，启迪儿童智慧。如《企鹅寄冰》，童话借助企鹅为狮子寄冰却变水的故事，让儿童了解到企鹅与狮子不同的生活环境和水的不同存在状态，同时也萌发儿童对水的存在形态的探索，非常适合学龄前儿童阅读。

(二)幼儿科学童话的特点

幼儿科学童话作为童话的一个种类，既要遵循童话创作规律，具有童话的一般特征，也具有自身的独特性，即具有科学内涵，所以科学童话就是把科学内涵与童话构思结合起来。

1. 童话构思

从童话的本质特征来看。幻想是童话的本质特征，因此，幻想也是科学童话常用的艺术表现手法。科学童话的幻想是合乎幼儿特点的幻想，通过巧妙的比喻、拟人等手法，将一些复杂、深奥的科学知识转化为生动、具体的形象，适于幼儿理解，并能激发他们的想象力。

从结构和形象来看。科学童话往往使用单一的线索贯穿全文，结构比较简单，情节也比较单纯，形象塑造生动、具体，符合幼儿接受特点。如方惠珍与盛璐德的《小蝌蚪找妈妈》的线索就是围绕"找妈妈"这个主线展开，通过误会法把青蛙的特点逐一介绍。同时，作品中的各种人物形象都是人性和物性的结合，既通过物性展现了动物的特征，又通过人性的一面展现了寻找妈妈的曲折。

从艺术手法来看。科学童话要张开幻想的翅膀，就需要调动比喻、夸张、拟人等艺术手法，去构思富有趣味的幻想情节，创造动人的童话意境和童话形象。在科学童话中运用最多的是拟人化的表现手法。所谓拟人化，就是选取典型事物，根据事物的本性与特点，以艺术夸张的手法，通过人物形象将典型事物表现出来。在科学童话中，无论是有生命的还是无生命的，有形的还是无形的，具体的还是抽象的，都可以通过拟人化而成为有思想、语言和行为的人物形象，从而将抽象、复杂的知识和概念展示给儿童，让他们在富有趣味的阅读中了解科学知识，感悟人生道理。

2. 科学内涵

幼儿科学童话是科学内涵与童话构思的结合体，因此要特别注意不能因为童话的幻想和虚构而忽视其自身的知识性、科学性。所以在通过童话的形式表现科学知识时，要正确运用知识材料，以精确的科学知识为基础，把所描述的对象写得准确、具体、鲜明，拟人的运用要符合各自的物性特征，这样才能让年幼的孩子易于区分虚实真假，获得正确的科学知识。如鲁克的《谁丢了尾巴》，作者展开了丰富的幻想，编织了一只小猴子为一条尾巴找失主的故事。通过寻找的过程，真实地介绍了不同动物像船上的舵；啄木鸟的尾巴是硬羽毛，"又短又秃"，捉虫时就像坐了尾巴的特征和功能；小鲤鱼的尾巴是"扁扁的，还分两个叉"，它的功能好一个小板凳；小松鼠的尾巴像条"大毛毯"，往下跳的时候像个降落伞；灰兔妈妈的尾巴下长着一撮白毛，让小灰兔识别方向……这些描写既生动形象，又具有动物的物性特征，使科学的内涵与艺术的形象有机地结合在一起。

幼儿科学童话是为幼儿创作的，所以其科学内涵与童话构思的和谐统一还要具有儿童性，即生动有趣，富有儿童情趣，符合幼儿思维特点与审美接受机制，而非常人生活的简单化。只有从儿童出发，创作的作品才能更吸引孩子，感染孩子，从而激发并培养他们对科学探索的兴趣。

(三)幼儿科学童话的题材分类

幼儿科学童话的题材非常广泛，小到微生物，大到宇宙太空，从富有生命的动植物到没有生命的山石河海，从具体可感的客观存在到抽象无形的理论概念，可谓包罗万象。从已有的创作来看主要有以下几类。

(1) 生物题材。生物题材基本都是以动物或植物为主要写作对象。由于儿童天生贴近自然，对动植物非常喜爱，而且动植物对幼儿来说比较熟悉，在日常生活中都能接触到，所以这类题材是最受科学童话作家青睐的，这类作品在科学童话中最为常见，如早期的《小蝌蚪找妈妈》。

(2) 环保生态题材。随着人类生存环境的日益恶化，环境保护问题成了人们关注的话题，很多儿童文学作家也把这一题材引入科学童话中，让幼儿从小树立环保的意识，如《垃圾斯国王覆灭记》。

(3) 新材料和高技术题材。随着科学的进步，很多新科技、新材料进入了人们的生活，并改变着人们的生活，把这些新的科学知识带给儿童不仅能扩大他们的眼界，也让儿童认识到科技的力量，如叶永烈的《新孙悟空》对人造地球卫星的介绍。

(4) 抽象知识题材。抽象知识题材多以数学知识为代表。抽象的知识对于儿童来说是比较难以理解的，因此把抽象的知识穿上童话幻想的外衣，生动有趣，易于儿童的接受和理解，如叶永烈的童话《方方和圆圆》介绍了圆形物体和方形物体的优势和用途。

二、幼儿科学诗歌

幼儿科学诗歌，就是以幼儿诗或儿歌的形式来表现科学知识的诗歌。高士其在《科学诗》的序言中曾说："'科学诗'包括'科学儿童诗'在内，是现代文学中一个新的品种，它的特点是把科学和诗歌结合起来，把一般人认为枯燥无味的科学，变成生动活泼富有诗意的东西。"可见，科学性和诗性是幼儿科学诗歌的两大特征，幼儿科学诗歌是科学与幼儿诗歌亲密结合的产物。但这种结合不是两者简单的相加，而是集中了两者的优势，既以优美凝练的诗句来描写和表现科学内容，以丰富的情感把科学知识融入诗的意境之中，达到水乳交融的状态。

首先从其科学性上来看，幼儿科学诗歌不同于其他诗歌，它要以科学为内容，所涉及的科学知识、科学原理要准确无误，具有高度的科学性，不可以为了追求诗歌的抒情性而忽略了其科学性。幼儿科学诗歌的内容主要有两大方面，其中一方面是传播科学知识，简明科学道理，揭示科学奥秘，描述科学家及人类的科学活动，这方面内容占据的比重较大；

另一方面是借科学题材抒发情感，歌颂科学成就或是科学工作者的献身精神，鼓舞幼儿向科学进军的诗歌，这类诗歌所占比重不大。有人认为幼儿科学诗歌应该只反映第一方面的内容，不应该把第二类内容归属为幼儿科学诗歌的范畴，但从幼儿科学文艺的科学性上来看，赞美科学精神，鼓舞儿童科学的想象力，引导他们进行科学探索也是幼儿科学文艺本身存在的意义和价值，所以在幼儿科学诗歌中的体现亦应该如此。"科学诗的范畴不宜划得太窄、太死，而要留有足够的弹性，这样更有利于科学诗的茁壮成长。不管是科学叙事诗、科学抒情诗、科学哲理诗、科学童话诗、科学幻想诗，还是科学商品诗等都是科学诗。"[①]在幼儿科学诗歌中也应该保持这样的灵活性。

其次，优秀的幼儿科学诗歌也必须遵守幼儿诗歌创作的一般规律。诗的对象是人，包括人的心灵、人的情感、人的命运以及人对外界和自身的思考，所以科学诗，尤其是幼儿科学诗歌在传递科学内容的同时要理解诗歌把握世界的特殊性，要用诗歌的方式对科学内容进行"改造"和"溶化"，认识到无论其内容何等"科学"，最终，它都必须是"诗歌"。这就要求幼儿科学诗歌要有浓郁的情诗、优美的意境、精练的语言，并讲究节奏和韵律，读来诗情浓郁，不可因为科学内容而忽略了诗歌的美感，能够使小读者在欣赏的过程中不仅获得科学知识、激发了科学探索的热情，也应该获得美的享受和滋养。

科学儿歌《光线妈妈和影子宝宝》通过一个有趣的故事讲述了光线和影子的关系，光线妈妈想抱抱影子宝宝，可是影子宝宝总是跟光线妈妈躲猫猫，光线妈妈往前站，影子宝宝就往后跑，光线妈妈从后面伸出手，影子宝宝又悄悄地朝前面跑，光线妈妈去左边找，影子宝宝就往右边躲，光线妈妈去右边找，影子宝宝又往左边跳。幼儿在游戏般的儿歌里习得了知识，获得了快乐，还发现了科学的美。

三、幼儿科学故事

幼儿科学故事是以讲故事的形式去表达科学内容，是科学内容和幼儿故事形式相结合的产物。幼儿科学故事首先也要尊重科学性，其叙述的史实必须准确，知识也必须正确。其展现的科学内容也是多种多样的，可以包括科学技术上的发现、发明及其发展，常见自然现象的科学道理，动植物的生活习惯或其他物体的特征、性能，以及科学史上的奇闻逸事等。同时，幼儿科学故事又要有较强的故事性，它既不同于科学报告文学，也不同于科学幻想小说，它可繁可简，可长可短，形式很活泼，比较着重于有头有尾的、娓娓动听的叙述情节，其中的人物描写与情节发展都要为体现的科学内容服务，而且情节的发展要张弛有度、起伏跌宕、趣味盎然。如伊林的《在你周围的事物》就以生动活泼的故事形式讲述了一个自认聪明却愚蠢无比的德国林务官整理森林的经过，他认为森林里的杂草、落叶、枯木是多余的，就把它们全部砍掉烧光，结果几年之后森林里的树木都干枯了。小读者通过动听的故事不仅理解了森林的概念，也懂得了事物之间的彼此联系，更激发了儿童保护森林、爱护自然环境的意识。再如萧建亨的《影子的故事》[②]：

奇妙的无影灯

---

① 王泉根. 儿童文学教程[M]. 北京：北京师范大学出版社，2009.
② 1949—1979科学文艺作品选[M]. 北京：人民文学出版社，1980.

外科医生做手术，常常觉得影子在妨碍他们。灯光照在手上，手的影子投到伤口上，黑黑的影子使外科医生老是分不清哪是血管，哪是神经，一不当心就会造成手术事故。外科医生向工程师求救："老兄，请您给想想办法吧。"工程师记起了这样的情景：房间里如果有一盏灯，人就会投下一道又黑又浓的影子；如果有两盏位置不同的灯同时照着，人就会向两个方向投着两道淡淡的影子，——这时一盏灯产生的影子被另一盏灯的光冲淡了。工程师又记起：如果在一个四面装着很多灯的通明的房间里，人的影子就会更分散，更淡。有了！工程师在手术台上方装上更多的灯，排成一个大圆圈，让灯光从不同的方向射向外科医生的手；外科医生的手也向四面八方投出一圈极淡极淡的影子，这影子是这样的淡，就像完全消失了一样。

假如你有机会到医院手术室去参观的话，你就会看见，每张手术台上方都挂着一盏大大的、圆形的灯；现在你可以知道了，那就是奇妙的无影灯。

肖建亨的《影子的故事》讲述了影子怎样帮助人类确定时间、判断历史、测量月球上的山峰、制造现代化的精巧零件以及为孩子们演影子戏。这篇科学小品是《影子的故事》中的一部分，向小读者呈现了手术室"无影灯"诞生的简单过程，科学味道十足。

四、科学小品

科学小品又称知识小品，是以散文随笔的形式来表达科学内容的一种科学文艺类型。这种类型一般篇幅短小，结构自由，手法灵活、活泼，内容精当，能够迅速及时地反映科学上的新事物、新思想和新动态，被称为科学文艺中的轻骑兵。科学小品的读者不限于儿童，也可供成人欣赏阅读，是人们比较喜爱的文学样式。

科学小品题材十分广泛，不拘一格，自然科学各个门类、各种学科、各方面内容都可以通过这一形式来表现，它还适于论证科学的思维方法，探讨科学与人的关系，反映科学技术的发展，等等。科学小品也十分注重科学的真实性，它没有幻想或虚构的成分，没有曲折跌宕的故事情节，也不注重人物形象的塑造，然而它雅俗共赏，具有巨大的魅力。这是因为它采用了散文这种开合自由度较高的表达形式作为载体，运用活泼的笔触，富有色彩的语言，形散而神聚地就科学领域的某一事物、发现进行叙述或描写，而且立意新颖、构思巧妙，读来让人眼界大开，心情愉悦。

幼儿科学小品的题材广泛，篇幅更为短小、言简意赅，知识内容深入浅出、通俗易懂，语言生动、形象，赢得小读者的青睐。如《有趣的小闹钟》，全文只用二百多字介绍了一种振动式的小闹钟对耳朵有问题、听力差的人十分有用。再如韩国儿童文学作家李尚培的《勤劳的屎壳郎》用了简短的文字描述了屎壳郎的特点及生活习性，不仅满足了小读者对屎壳郎吃粪便的好奇，也把科学道理生动有趣地表达出来。作品通过生动的描写介绍了屎壳郎的特点和习性，屎壳郎天生以吃粪便为生，它的嘴部和腿部的锯齿状构成帮助它们更方便地分割和滚动粪便。它们勤劳能干，会用粪便为虫卵盖房子。作品还用简洁的说明介绍了屎壳郎的繁衍，它们每年 7 月份产卵，虫卵变成幼虫后就食用大屎壳郎早准备好的粪便(房子)，然后成长为虫茧，9 月份虫茧醒来就成为小屎壳郎从虫茧中钻出来。因为作品写得生动有趣，幼儿不仅获得了一种生物知识，还获得了观察生物、尊重生物的思想。

第三节　幼儿科学文艺教学案例和教学

一、幼儿科学文艺教学活动设计案例

案例一：小班综合活动《白鸟妈妈的多彩新衣》

白鸟妈妈的多彩
新衣.mp4　　白鸟妈妈的多彩
新衣.pptx

活动材料：故事《变色鸟》

灰色的天空有白云，灰色的大地有树林。一只白鸟向前飞，飞呀！飞呀！白鸟落在树枝上，吃了一颗红果子。好香好甜哪！白鸟长出了一些红羽毛，又吃了几颗黄果子。好甜好脆呀！白鸟有了红羽毛、黄羽毛，再吃了一些蓝果子。好脆好香呀！白鸟吃多了，成了变色鸟。身上的羽毛，除了红的、黄色、蓝的，还加上了橘色、绿色和紫色。变色鸟吃个不停，这个颜色的果子也吃，那个颜色的果子也吃，什么颜色的果子都吃！啦啦！哪来的声音，哇！是彩色鸟在空中唱歌呢！彩色鸟在树枝上唱歌，黄色的音符往下洒，让大地开了许多黄花，彩色鸟在空中唱歌，蓝色的音符，到处飘，把天空染成了蓝色。蓝天下的大地，有红花，有黄花，有绿绿的树林，有彩色的远山，看起来比什么都美丽。它要唱一首春天的歌，走，让我们把这首好听的歌唱给更多的朋友。

活动领域：语言、科学、美术

活动对象：小班(3～4 岁)

授课教师：哈尔滨市人民政府机关第二幼儿园　冯学平

活动目标：

1. 结合《变色鸟》的故事情节，感知三原色混合所产生的色彩变化；
2. 欣赏故事，能认真倾听故事中对颜色的描述，初步感受文学作品的美；
3. 玩吃果子游戏，体验色彩涂鸦的乐趣。

活动准备：

1. 幼儿操作红、黄、蓝颜料各六瓶(颜料瓶)；
2. 小白纸鸟人手一只，大纸鸟(鸟妈妈)一只；
3. 棉签若干(每三根用透明胶绑起来)；
4. 红黄蓝果树三棵；
5. 鸟巢四个(用稻草做成)；
6. 轻柔的背景音乐。

活动过程：

一、情境扮演导入故事

教师拿着一只大白鸟走进教室。

互动问题：瞧，我是谁？(教师出示一只大白鸟于胸前)再看看我是谁？(小鸟)它是什么颜色的？(白色)白鸟妈妈也想和你们一样有一件漂亮的花衣服，我们一起来看一看，听一听，它是怎么做的？

二、欣赏故事

教师完整讲述一遍故事，让幼儿感受文学作品的美。

互动提问：白鸟都吃了什么颜色的果子？(红黄蓝)鸟妈妈吃完果子后发生了什么变化？

(吃红果子，羽毛变红……)帮助幼儿理解故事。

三、玩吃果子游戏，体验色彩涂鸦的乐趣

1. 教师示范。

教师指导语：灰色的天空有白云，灰色的大地有树林，一只白鸟妈妈向前飞，飞呀！飞呀！白鸟妈妈落在树枝上，"啊呜啊呜"吃了一颗红果子，好香好甜哪！白鸟妈妈长出了一些红羽毛……

老师用棉签在"白鸟妈妈"身上画上一些红颜料。

互动问题：白鸟妈妈吃了一颗红果子，发生了什么事情？(鸟妈妈的羽毛变成了红色)

"鸟妈妈"带领幼儿来到"鸟窝边上"，每人拿一个小白鸟。

2. 认识红色。

教师指导语：飞呀飞呀，我们飞到一棵红果子树下面，吃了两颗红果子。好香、好脆啊，"啊呜啊呜"！(教师引导幼儿拿着小白鸟"吃红果子")

教师指导语：赶快让小白鸟的身上长出一些红色的羽毛来。(教师引导幼儿认识红颜料宝宝，并且利用棉签将红色的颜料涂到小白鸟的身上)

3. 认识黄色。

教师指导语：白鸟宝宝们，我们要继续往前飞咯，赶快跟上妈妈哦，可别走丢啦！

互动问题：我们又来到了什么颜色的果树下啊？(黄色果树下)

"小白鸟们"在"鸟妈妈"的引导下一起吃黄颜色果子，并引导幼儿认识黄色颜料，用棉签将黄色的颜料涂到小鸟的身上。

4. 认识蓝色。

教师指导语：白鸟宝宝们，我们还要继续往前飞咯，看看前面还有什么样的果树。

教师引导幼儿认识蓝色，吃蓝色的果子，并把蓝色颜料涂在小鸟的身上。

5. 教师指导语：吃了那么多果子，我们请鸟宝宝回到鸟巢休息一下，好吗？(引导幼儿将鸟宝宝放进鸟巢里)

四、集体交流认识颜色和颜色的变化

1. 教师指导语：呦，你们都太了不起了！瞧，刚才白鸟宝宝已经变成了一只漂亮的彩色鸟啦。而且每一只彩色鸟的衣服都是不一样的哦！

2. 互动问题：我们一起来看看，你的彩色鸟身上都有那些漂亮的颜色？(请幼儿说一说喜欢哪种颜色的彩色鸟)咦？刚才我们一起吃了红色、黄色、蓝色的果子，怎么变出绿紫色的衣服？谁发现了这个秘密？(出示鸟妈妈)谁愿意在鸟妈妈身上变出好看的颜色？

3. 教师与幼儿一起总结：红色和黄色变成橘黄色；蓝色和黄色变成绿色；红色和蓝色变成紫色。

案例二：中班综合活动《小蝌蚪找妈妈》

活动材料：幼儿科学童话《小蝌蚪找妈妈》(略)

活动领域：语言、科学

活动对象：中班

授课教师：五常市幼儿园 王飞越

小蝌蚪找妈妈(文艺).mp4

小蝌蚪找妈妈(文艺).pptx

活动目标：

1. 通过讲述故事并逐一出示图片，感知青蛙的外形特征及生活本领；

2. 了解并掌握蝌蚪变青蛙的顺序；

3. 热爱科学，愿意观察、关心小动物生长。

活动准备：

1. 池塘背景图一份，蝌蚪，鸭子、金鱼、螃蟹、乌龟，青蛙及青蛙各部位分解图各一张；

2. 演示小蝌蚪变青蛙的整个过程的 PPT；

3. 胸饰、黑色小尾巴。

活动过程：

一、故事导入

1. 教师：池塘里有一群可爱的小蝌蚪，可是它们遇到了一点小麻烦，找不到自己的妈妈了，小朋友们愿意帮助它们找一找吗？那让我们来听一听小蝌蚪的故事，帮助它们找到妈妈吧。

2. 教师边讲故事《小蝌蚪找妈妈》边用图片分步骤演示故事情节。并用问号代表，为小蝌蚪的妈妈留悬念。

(1) 在遇到鸭妈妈后贴上宽宽的嘴巴和两只大大的眼睛。

(2) 在遇到金鱼后贴上白肚皮。

(3) 在遇到螃蟹后贴上四条腿。

(4) 在遇到乌龟后贴上绿色的背影。

(5) 让幼儿观察组合后的图样，大胆猜测小蝌蚪的妈妈是谁。并把完整的青蛙图片贴在上面。

通过谈话，引导幼儿说出关于对青蛙的了解：小蝌蚪的妈妈是青蛙，它可是个捉害虫、保庄稼的小能手。

教师：小朋友们帮助小蝌蚪找到了妈妈，可是你们知道为什么小蝌蚪和妈妈长得不一样吗？　教师鼓励幼儿通过自己的已有经验来回答。

二、PPT 演示，了解蝌蚪变成青蛙的过程

播放 PPT，演示小蝌蚪变青蛙的整个过程：小蝌蚪——先长后腿——再长前腿——尾巴不见了——变成青蛙。

让幼儿在看演示的过程中形象感知蝌蚪是如何变成青蛙的，并让幼儿用自己的语言描述出这一过程。

三、巩固学习

1. 以游戏的形式巩固蝌蚪的生长顺序，并让幼儿模仿青蛙的叫声和吃害虫的动作形态。

(1) 教师：我们是一群可爱的小蝌蚪，我们在池塘里快乐地游着(幼儿佩戴小尾巴、蜷缩在地面上蠕动)。

(2) 教师：长着长着我们长出了后腿(幼儿伸展双腿)

(3) 教师：长着长着又长出了前腿(幼儿伸展手臂)

(4) 教师：哈哈！尾巴也不见了(师幼一起把尾巴拉掉)变成了一只青蛙啦(把胸饰转到青蛙那边)。

2. 听故事角色扮演。

教师旁白，请幼儿边听故事，边分角色扮演故事内容。

四、结束活动

1. 教师小结：通过今天《小蝌蚪找妈妈》的故事，我们一起了解了小蝌蚪变成青蛙的过程，让我们有了很大的收获，我们并且知道了青蛙是捉害虫的能手，庄稼的好朋友，对我们人类来说是有益的，所以要爱护它、保护它。

2. 播放音乐，教师带领幼儿一起模仿青蛙的叫声及跳跃和做捉害虫的动作形态。

案例三：大班综合活动《蝙蝠是什么？》

活动材料：科学童话故事：《蝙蝠的故事》

很久以前，鸟类和兽类因为发生一点争执，就爆发了战争。

有一次，双方交战，鸟类战胜了。

蝙蝠是什么.mp4 蝙蝠是什么.pptx

蝙蝠突然出现在鸟类的堡垒："各位，恭喜啊！能将那些粗暴的兽类打败，真是英雄啊！我有翅膀又能飞，所以是鸟类的伙伴！请大家多多指教。"

这时，鸟类非常需要新伙伴的加入，以增强实力，所以很欢迎蝙蝠的加入。可是蝙蝠是个胆小鬼，等到战争开始，便不露面，躲在一旁观战。

后来，当兽类战胜鸟类时，兽类们高声地唱着胜利的歌，蝙蝠却又突然出现在兽类的营区，说："恭喜各位！把鸟类打败，实在太棒了！我是老鼠的同类，也是兽类！敬请大家多多指教。"

兽类们也很快乐地将蝙蝠纳入自己的队伍中。

战争在持续，每当兽类胜利了，蝙蝠就加入兽类；每当鸟类打赢，它又成为鸟类的伙伴。

直到最后，战争结束了，兽类和鸟类言归于好。双方也都知道了蝙蝠的行为。

当蝙蝠再度出现在鸟类的世界时，鸟类很不客气地对它说："你不是鸟类！"

被鸟类赶出来的蝙蝠只好来到兽类的世界，兽类则说："你不是兽类！"然后，它们赶走了蝙蝠。

最后，蝙蝠只能在黑夜里偷偷地飞着。

活动领域：语言、科学

活动对象：大班(5～6岁)

授课教师：黑龙江省政府机关第三幼儿园 宋丽双

活动目标：

1. 通过对比了解鸟类与兽类的基本特征以及区别；

2. 了解蝙蝠的基本特征，知道蝙蝠是兽类动物；

3. 能够仔细观察，学会思考，并能准确、完整地运用语言表达自己的观点。

活动准备：

1. PPT课件：(1)蝙蝠的图片：蝙蝠的"翅膀"、牙齿、吃奶等的图片；(2)鸟类与兽类对比图片：嘴巴等特征对比的图片。

2. 鸟类与兽类特征的分类卡片4大张(每组一张)；狮子、斑马、兔子、狗、鸡、鸭、鸽子和鸵鸟的图片4份(每组一份)。

活动过程：

一、通过故事激发幼儿探索的兴趣

1. 教师有感情地讲述科学童话故事《蝙蝠的故事》，并提问：小朋友们，你们觉得蝙蝠是鸟类还是兽类？为什么？

2. 幼儿分组讨论后，教师请幼儿完整地表述自己的观点，教师倾听幼儿的表述和争论的内容，不予以评价(为幼儿自己找寻答案提供空间)，但教师要对幼儿语言表述的准确性和完整性给予一定的评价。

教师总结：有的小朋友认为蝙蝠有翅膀所以是鸟类，还有的小朋友认为蝙蝠长得像老鼠所以是兽类，那到底蝙蝠是鸟类还是兽类呢？真是很难判断。老师为大家准备了一些动物的图片，我们先来分一分它们中哪个是鸟类，哪个是兽类，然后再来判断一下蝙蝠是哪一类吧。

二、通过对比观察，幼儿根据已有经验来区别鸟类和兽类

1. 教师介绍操作材料和操作方法。

教师把幼儿分成四组，每组都有一张分类卡片和 8 种动物图案，请每个小组商量一下，把鸟类的动物图片粘在"鸟类"这个词的下边，把兽类的动物图片粘在"兽类"这个词下面，并说出自己的理由。

2. 幼儿分组操作，教师巡回指导。

3. 幼儿完成后，教师请每个小组的代表讲述哪些动物是鸟类，哪些是兽类，并说出自己的理由。

教师总结：小朋友认为鸡、鸭、鸽子、鸵鸟是鸟类因为它们都有翅膀；而狮子、斑马、兔子和狗是兽类，因为没有翅膀，不会飞。

三、师幼共同讨论鸟类与兽类的特征和区别

1. 教师通过提问引发幼儿思考，探讨鸟类与兽类不一样的地方。

(1) 教师提问：鸟类身上有什么？兽类身上有什么？让幼儿找出相对最为容易的区别。

教师总结：鸟类身上有翅膀，大部分鸟都会飞，鸟身上有羽毛；而兽类身上没有翅膀，兽类身上有皮毛。这是鸟类和兽类的两点不同。

(2) 出示 PPT，引导幼儿观察鸟类和兽类的嘴巴，教师让幼儿通过自己的观察，比较异同，并进行交流。

教师总结：鸟类没有牙齿，兽类有牙齿。这是鸟类和兽类的第三个不同。

(3) 出示 PPT，请幼儿关注它们小宝宝的不同生育方式，找出不同，并进行交流。

教师总结：鸟类的宝宝是从蛋里孵出来的，是卵生；兽类小宝宝是直接从妈妈肚子里生出来的，是胎生，而且还要吃奶，这是它们的第四个不同。

2. 总结鸟类与兽类的不同——四点不同。

不同一：鸟类有翅膀，兽类没有翅膀；

不同二：鸟类有羽毛，兽类有皮毛；

不同三：鸟类没有牙，兽类有牙；

不同四：鸟类是卵生，兽类是胎生，小宝宝需要吃奶。

四、出示蝙蝠图片，引导幼儿为蝙蝠正确归类

1. 出示蝙蝠的图片，分析蝙蝠特征。

(1) 观察蝙蝠身上的毛。幼儿总结：蝙蝠的身上是皮毛，不是羽毛。

(2) 观察蝙蝠的嘴。幼儿总结：蝙蝠有牙齿。

(3) 观察蝙蝠的生育方式。幼儿总结：蝙蝠是胎生，蝙蝠宝宝需要喝奶长大。

(4) 了解蝙蝠"翅膀"的真相。教师总结：蝙蝠没有"翅膀"，蝙蝠的"翅膀"是四

肢之间的皮囊。

2. 通过观察和分析，请幼儿判断蝙蝠是鸟类还是兽类。

师幼共同总结：蝙蝠没有翅膀，身上长着皮毛，嘴里有牙齿，胎生宝宝，宝宝需要喝奶长大，所以蝙蝠是兽类不是鸟类。

活动延伸：

请幼儿阅读图书《米歇尔与小莱尼》，进一步了解关于蝙蝠的知识。

二、幼儿科学文艺对幼儿的价值

幼儿科学文艺既可以使幼儿从中得到科学的启迪，获得一定的科学知识，又能在满足幼儿的好奇心的同时获得艺术的享受。从科学文艺作品的特点看，幼儿科学文艺既具有文学的价值，可以提高幼儿的审美意识、文学素养，又具有科学的价值，开阔幼儿眼界，普及科学知识，并引导幼儿从小就产生对科学的兴趣，养成科学的理念与思维方式。

(一)满足幼儿好奇心

儿童是世界未来的主人，他们拥有知识的多少、是否具有探索、创造精神直接影响到未来世界的发展。我们必须引导未来一代从小爱科学、学科学、用科学，使他们能够具有丰富的科学文化知识，树立攀登科学高峰的雄心壮志，在这方面幼儿科学文艺的价值和作用是不可忽视的。

(二)普及幼儿科学知识

幼儿科学文艺的题材十分广泛，无论是天文、地理、物理、化学、生物、数学知识，还是当今新生的网络等知识，都可以通过幼儿科学文艺的形式传播，它是帮助幼儿获得科学知识的良好途径。虽然一般的科普读物也可以起到介绍科学知识的作用，但由于缺乏文学的趣味性和欣赏性，也受幼儿认知的局限，所以对幼儿的吸引力不大，幼儿也不易接受。而科学文艺能把科学知识溶化在生动的故事之中，通过形象的拟人、比喻、夸张等手法让枯燥的知识变得通俗有趣，不仅符合幼儿的心理特点和认知水平，也能激发幼儿阅读和欣赏的兴趣，让幼儿在快乐中潜移默化地获得了科学知识。如《小蝌蚪找妈妈》这篇科学童话，通过小蝌蚪找妈妈生动有趣的故事，不仅让儿童认识到蝌蚪与青蛙的关系、青蛙的外部特征，也可以启发儿童对部分与整体关系的哲学思考。再如《小水滴旅行记》，作者通过拟人的手法塑造了小水滴，并通过小水滴的旅行形象地展现了水的三态变化整个过程，让幼儿对水的状态有了科学的理解，也让幼儿在故事中获得丰富的体验。

(三)促进幼儿思维发展

科学文艺是科学和文学两大要素的结合，是理性思维与感性思维的结合，而幼儿的思维可以是在感性思维里融入理性的增长，是诗性与理趣的穿梭和携手。幼小儿童的科学绝不是纯客观的科学，科学文艺形式是符合幼儿认知规律的。伊林说过，不但诗人需要比喻，比喻也常常帮助科学家。运用比喻、拟人等艺术性语言构成的文学作品对幼儿进行科学启蒙教育，符合幼儿的认知规律，使儿童在获得审美快乐的同时，又丰富了科学知识，从而促进幼儿感性思维和理性思维的和谐发展。

同时，幼儿科学文艺也能促进幼儿创造性思维，激发幼儿科学想象。幻想，在科学文艺中，尤其在幼儿科学文艺中占有很重要的成分，尤其幼儿科学童话离不开建立在科学基础上的幻想。这种幻想能引起幼儿丰富的科学想象，照亮他们思维的领域，沟通他们通向理想的道路。20 世纪新出现的许多科学奇迹，如电视、潜水艇、飞机、导弹、宇宙飞船等都曾在 19 世纪科幻小说家儒勒·凡尔纳的作品中予以生动的描绘或预测过，使读者能够展开丰富的想象，激发科学创造的实践。美国潜艇发明者西蒙·莱克在其回忆录中第一句就说道："儒勒·凡尔纳是我一生事业的总指导"，其科学创造正是受到儒勒·凡尔纳《海底两万里》中对大型潜艇的详细描绘的启发；无线电的发明家马可尼也说："凡尔纳使人有预见，他希望人们能够创造新事物，而且鼓舞人们去实现伟大的幻想。"幼儿正处于想象力丰富的阶段，相信一部优秀的幼儿科学文艺作品对幼儿科学想象的激发是无穷的，而这种激发将成为他们未来积极行动的力量，推动着人类社会的进步。

(四)培养幼儿科学精神

每个科学知识和科学成果的背后都有人类孜孜不倦追求的脚步、严肃谨慎的求真态度以及千百次面临失败的种种考验，而这些都凝结为人类可贵的科学精神，它是人类科学进步的不竭源泉和动力。幼儿科学文艺不仅要担当普及幼儿科学知识的重任，还要通过作品中人物、情节等反映出的科学探索精神，帮助他们树立科学的世界观，培养他们热爱科学、立志为科学献身的精神品质，而这些正是其他幼儿文学体裁所不具有的价值。

(五)让幼儿获得审美体验

达世新在《科学文艺与现代传媒》一文中指出，在人类认识的发展历史长河中，很长时期内，美被看作只对艺术情有独钟，而与自然科学毫无关联。随着时间的洗礼，自然科学与美学的内在关系渐渐显示了出来，科学美是一种理性美，"主要表现为人类建立的自然科学理论体系和自然界的统一与和谐，以及科技实践本身的审美价值。作为艺术群体中的一员，科学文艺率先从整体的意义上，引进了这种理性美"[①]。兰芳在《立体的结构多样的美感——论儿童科学文艺的文本结构》中指出："儿童科学文艺作品以准确严谨的科学知识为文本基础，经过作家的文学语言表达后，形成了充满感性的文本，营造出美好的艺术世界，使儿童科学文艺作品通过科学性和文学性，给读者带来审美体验。"[②]正是由于科学文艺作品本身的艺术感和美感，幼儿在教师的带领下学习和体验科学文艺的内容时，自然也会获得审美的体验。幼儿科学文艺作为儿童文学的一部分，也具备儿童文学的教育价值，即让幼儿获得审美体验。

三、科学文艺在幼儿园的教学现状

(一)幼儿科学文艺在幼儿园应用的现状

1. 科学文艺教育活动和相关研究较少

尽管幼儿园拥有一定数量的幼儿科学文艺作品，但是由于教师没有认识到幼儿科学文

---

① 达世新. 科学文艺与现代传媒[J]. 华中师范大学学报，1995.

② 兰芳. 立体的结构 多样的美感——论儿童科学文艺的文本结构[J]. 赤峰学院学报，2011.

艺对幼儿的重要价值，所以在开展教学活动时，较少应用幼儿科学文艺进行教学。相关研究表明"幼儿教师对于幼儿科学文艺的内涵、特点以及教育价值理解方面都存在误区，没有正确认识到幼儿科学文艺的理论知识。理论知识的匮乏导致教学实践活动开展的较少，对于幼儿科学文艺的应用也就较少"[①]。

同时，不仅教师对幼儿科学文艺的应用比较少，有关科学文艺在幼儿园的教学研究也偏少。虽然有关幼儿园教学的研究很丰富，但是大多集中于幼儿园童话教学研究，幼儿园绘本教学研究，幼儿园儿歌教学等，其他文学作品教学中的应用研究很少。

2. 科学文艺教育在教学中存在的问题

(1) 教学目标过分关注认知性目标。

当前，幼儿园教育小学化倾向严重，普遍存在着过于重视幼儿认知能力的现象。科学文艺由于其自身包含科学的内容，在教育教学活动开展过程偏重幼儿认知能力的现象更为突出。对于认知能力的偏重主要体现于教学目标的设定上，虽然大多数教师在教学设计中按照"认知""技能""情感"三个方面撰写教学目标，但在具体现实的教育教学中，教师还是按照幼儿有没有理解作品中的知识内容为最主要的评价目标，即在组织科学文艺教育时过分强调幼儿能够获得科学知识的多少，忽视幼儿的技能操作能力和情绪情感的发展。这个问题不仅存在于幼儿园教育，而是我国教育体制中普遍存在的问题。

(2) 科学文艺教育内容陈旧，忽视、脱离幼儿的经验与理解。

首先，在为数不多的幼儿科学文艺教育教学中，老师选取的内容比较陈旧，依然以几十年前的《小蝌蚪找妈妈》内容为主。经典虽然需要传承，但新的内容也需要融入，尤其在科学技术飞速发展的现代社会，教师要多把反映现代科技在社会中作用的内容融入幼儿园课堂，从而激发幼儿对科学的热爱。

其次，教学内容过分强调内容的精确性，脱离幼儿的经验与理解。在幼儿园中存在幼儿教师给予将教材上提到的科学知识强硬地灌输给幼儿，忽视幼儿的实际情况，有很多高于幼儿实际生活的科学知识是晦涩难懂的，受固有教育理念(传授科学知识)的影响，幼儿教师倾向于将难懂的科学知识授予幼儿。让幼儿相信童话的美好未必是有害的，要是凡事死扣科学性，那么幼儿的童年生活将遗失诸多的美好。

(二)原因分析

1. 适合幼儿阅读、学习的幼儿科学文艺作品稀缺

科学文艺这个词汇自 20 世纪 30 年代从苏联传入中国之后，逐步成为中国儿童文学和科普创作中一个不可或缺的重要组成部分。但遗憾的是，在过去二十年中，由于商品经济的盲动和作家、出版界的短视，科学文艺虽然有一部分仍在继续发展，但多数门类进展缓慢，有些甚至已经消失。像科学诗歌本来不是非常重要的科学文艺门类，但由于科学的美、科学过程的动人，科学诗歌在中国科学文艺领域中仍占有一席之地。现在，在少年和普通科普刊物中，科学诗歌已非常少见，针对幼儿创作的科学诗歌就更为少见。还有发端于"五四"时期的科学小品，出现过高士其、贾祖璋、茅以升等大家的科学小品，如今在中国也

---

① 杜丽. 幼儿科学文艺在幼儿园教学中的应用研究[D]. 山东师范大学，2016.

已近绝迹，这种现象令人感到惊心。当前，在整个科学文艺领域中，能保持继续发展的只有一个门类，那就是科幻小说。但幼儿由于年龄特点的局限，科幻小说还进入不到幼儿的视野，更无法作为欣赏、教育的素材。俗话说，巧妇难为无米之炊，面对当前儿童科学文艺(包括幼儿科学文艺)发展现状来说，在幼儿园开展科学文艺教学实属艰难。

2. 幼儿教师对幼儿科学文艺的认识具有局限性

当前一个现实情况是，很多幼儿教师不知道在幼儿文学中还包括幼儿科学文艺一种体裁，知晓幼儿科学文艺的老师对于幼儿科学文艺的本质也认识不清，例如，《小蝌蚪找妈妈》的作品很多教师只能认识到它是一篇童话作品，而意识不到是幼儿科学文艺作品，导致在幼儿园很少开展幼儿科学文艺的教育教学活动，即使按照幼儿园要求去开展也容易摸不着头脑，抓不住幼儿科学文艺本身的精髓。

幼儿教师对科学文艺认识的薄弱与就职前的高职院校培养息息相关。很多高职院校没有开始儿童文学或幼儿文学课程，或者高校教师认为幼儿科学文艺无关紧要，在儿童文学或幼儿文学课程中忽略、剔除了幼儿科学文艺的教学内容，这也是导致一线幼儿教师对幼儿科学文艺认识不清的重要因素。

四、幼儿科学文艺的教学建议

《幼儿园教育指导纲要(试行)》关于语言领域的内容与要求中，明确指出"引导幼儿接触优秀的儿童文学作品，使之感受语言的丰富与优美"。同时，《幼儿园教育指导纲要(试行)》中关于科学领域的指导要点中，也明确提出"幼儿的科学教育是科学启蒙教育，重在激发幼儿的认识兴趣和探究欲望"。幼儿科学文艺作为文学与科学的融合物，既可以促进幼儿在语言领域的发展，也可以提升幼儿对科学领域的认识，并能不断提高幼儿的科学素质，为今后幼儿进一步学习文化知识做铺垫。在教育教学过程中教师要把握住幼儿科学文艺这一优势，从幼儿身心特点出发，教学建议主要如下。

(一)创设教学环境，激发幼儿的好奇心和探索欲望

环境对幼儿的学习起到潜移默化的作用，教师在科学文艺教育教学活动中要善于把握环境的因素，通过创设适宜的科学文艺的教学环境来引起幼儿科学探索的兴趣。教师首先需要为幼儿创设一个轻松愉悦的科学文艺环境来吸引幼儿的注意力，以激起其探究的好奇心，把幼儿引入一个科学文艺的教学课堂。例如，在讲授《蝙蝠的故事》这篇科学文艺作品前，教师可在教室中各处布置好蝙蝠的图片，让幼儿找出，通过对图片的观察描述蝙蝠的样子，并初步判断蝙蝠是鸟类还是哺乳动物。在幼儿探索欲望高涨之时教师可以开始进入正式的授课内容，让幼儿通过仔细聆听故事找到答案。再如讲授李尚培的《滴滴答答，吹喇叭》一个关于牵牛花的童话故事时，教师可以在故事教学之前先让幼儿先走到院子、花园中认真观察牵牛花。在观察过程中，让幼儿自由交谈，把想知道的事情记下来，带着问题听故事。学习故事之后，教师还可以让幼儿再次走入真实牵牛花的世界，重新观察牵牛花。这样，在故事的引导下，在亲身的观察中，幼儿对学习充满了热情，也会达到良好的学习效果。由于教师为幼儿创设的这种科学文艺环境轻松、自由，并有效地把全体幼儿都带入了这种在玩中探究声音的学习环境中来，把沉闷的科学文艺课堂变得生动有趣起来，

幼儿探究学习的欲望极大地增加，愿意主动地接受教师对科学知识的讲解，并在这个过程中加入自己的思考，这种教学方式就很好地为幼儿进一步学习科学文艺知识做好了铺垫。

(二)教学目标注重语言领域与科学领域的融合

幼儿科学文艺是幼儿文学的一种形式，是为了帮助和教育幼儿从小爱科学、学科学、用科学，丰富幼儿的科学知识，运用文艺创作的艺术手法去表达科学、反映科学，将科学知识溶于文学艺术形式之中。教师在幼儿科学文艺教育教学过程中既要重视幼儿科学文艺内容的科学性，设立科学知识的目标，也不能忽视幼儿科学文艺本身的文学性，还要设立促进幼儿语言发展的目标，应做到二者兼顾。如《小猴吃瓜果》的教学设计，教师设定的科学目标可以为"认识不同瓜果，以及不同瓜果的不同吃法"，语言目标可以为"续编故事小猴吃瓜果"。让幼儿在理解各种瓜果不同吃法的基础上进一步展开联想，续编"小猴如果遇到××瓜果会怎样吃"。这样，幼儿在续编故事的过程中，不仅巩固了所学的科学知识，也促进了幼儿的创造性思维和语言的发展。

(三)教学内容新颖，与幼儿生活经验相联系

教学内容是指选择的幼儿科学文艺作品。新颖的教学内容来自于内容新颖的幼儿科学文艺作品，但面对当前比较贫瘠的幼儿科学文艺市场，这对教师来讲本身确实是一个挑战。这就需要教师能多接触幼儿文学作品，有机会多接触幼儿科学文艺作品，能慧眼识珠地把符合幼儿身心需要的、反映时代发展的优秀作品引入课堂之中。如我国杨红樱的《杨红樱科学童话系列》、陈慧练和张宝林的《幼儿科学故事》等，还有韩国儿童文学家李尚培创作的一套《自然科学童话》，全书十二册包括三十六篇关于动植物的科学童话，都可以成为教师教学作品的主要来源。

当今科技进步的迅速性对教学内容的新颖性提出了要求，但新颖的教学内容一定与幼儿生活经验相联系。幼儿更关注、感兴趣于与他们日常生活紧密相连的事物，他们的好奇心也来自于此，而脱离幼儿生活经验的内容很难引起幼儿学习的兴趣，教学过程也会沦为刻板的说教，所以从幼儿出发，也是选择教学内容的重要落脚点。

(四)教学方法灵活丰富，注重游戏性

幼儿园一节好的教育活动课离不开有趣的、丰富的活动过程，而活动过程就是由教师丰富、灵活的教学方法来引导。幼儿正处在好动的时期，对新事物的好奇心很强，在具体的教学过程中，如果教师能采用多种、丰富、适宜的教学方法激发幼儿的思考、探索，这对幼儿自身的发展十分重要，而且也能收到良好的教学效果。例如，上文提到的幼儿科学童话《滴滴答答，喇叭花》教学过程中，教师就用了观察法、谈话法，激发幼儿探索和学习的兴趣。再如学习幼儿科学诗歌《橡皮泥》(橡皮泥，真稀奇，又有红，又有绿，捏飞机，它会飞，捏铁牛，会耕地，捏轮船，能下海，捏汽车，响滴滴。祖国要搞现代化，长大我要造真的)，可以与幼儿手工制作相联系，教师可以把幼儿分成四个小组，让幼儿用橡皮泥学捏儿歌中出现的"飞机""轮船""汽车"等交通工具，再融合儿歌，不仅让幼儿认识一些交通工具以及橡皮泥的特点，还能让幼儿在亲手制作过程中感受到乐趣，更容易学说这首儿歌，甚至从语言领域还能引导幼儿创编儿歌。

另外，教师选择的教学方法一定要注重游戏性。幼儿天生喜欢游戏，这是他们的天性，

在教学过程中无论是观察法、讨论法、表演法，还是操作法的运用都要呈现游戏的性质，使幼儿能够积极参与到每个环节中并能保持足够的注意力。

本章小结

幼儿科学文艺通过传播科学、进行科学教育，满足幼儿的好奇心，向幼儿普及科学知识，促进幼儿思维发展，培养幼儿科学精神，让幼儿获得审美体验，在世界范围内颇受重视。但是目前，幼儿园科学活动和相关研究较少，在幼儿园科学活动中存在一些问题，如教学目标过分关注知识性目标，科学文艺教育内容陈旧，忽视、脱离幼儿的经验与理解等。

幼儿科学文艺具有严谨的科学性、生动的文学性、鲜明的教育性、无穷的趣味性等特征。幼儿科学文艺包括幼儿科学童话、幼儿科学诗、幼儿科学故事、科学小品等体裁。在幼儿园科学活动中，要注意：创设教学环境，激发幼儿的好奇心和探索欲望；教学目标注重语言领域与科学领域的融合；教学内容新颖，与幼儿生活经验相联系；教学方法灵活丰富，注重游戏性。

思考题

1. 幼儿科学文艺的特征及类型。
2. 幼儿科学童话的特点及类型。
3. 幼儿科学文艺的价值。
4. 收集八篇幼儿科学文艺作品。
5. 请根据一篇幼儿散文作品为大班幼儿设计一篇语言教案。

第十章 幼 儿 影 视

学习目标

➤ 了解幼儿影视的特点。
➤ 了解幼儿影视的种类。
➤ 了解幼儿影视对幼儿的影响。
➤ 了解幼儿影视选择原则。
➤ 了解幼儿影视在幼儿园活动中的应用。
➤ 掌握幼儿电影、幼儿电视的概念。

重点与难点

➤ 幼儿影视的特点。
➤ 幼儿影视的种类。
➤ 幼儿影视对幼儿的影响及指导作用。
➤ 幼儿影视选择原则。
➤ 幼儿影视在幼儿园活动中的应用。
➤ 指导幼儿影视欣赏的知识储备。

第一节 幼儿影视概述及特点

随着人们物质生活和精神需求的日益提高，影视媒体以其声画并茂、形神兼备、通俗易懂等特点，迅速得到普及与发展。因其直观生动，视听结合，情境性强，让观众有身临其境的感受，对幼儿有着巨大的吸引力，成为幼儿接受最多的文化形态之一。

作为最年轻的艺术样式，影视艺术又是一门典型的交叉艺术。它以飞速发展的现代科学技术为依托，融合各种艺术形式的长处，以镜头画面叙述描写内容，以声画结合、镜头组接塑造出具有审美价值的艺术形象，传达出对社会人生的认识与思考。它集造型艺术、表演艺术和语言艺术于一身，综合吸收了各门类艺术在多年实践中的艺术精华，再加上摄影、剪辑和录音等技术手段，融合了时空艺术、视听艺术、再现与表现艺术等，突破了艺术学层次，达到了美学上的高度综合。

一、幼儿影视概述

幼儿影视隶属于儿童影视的范畴，儿童影视是从儿童本身的精神需要出发而拍摄，适合儿童的欣赏特点和理解能力的影视片。随着社会的进步，儿童影视普遍受到重视。国际上设有专门的儿童影视组织和研究机构或儿童电影节、儿童电视节等,以促进儿童影视的发展,满足儿童的精神诉求,加强对儿童精神世界的引领。作为儿童影视的一部分——幼儿影视,是在影视艺术的基础上,基于幼儿的年龄特点、心理需求和审美趣味,以幼儿为主要接受主体而创作的充满童真童趣的影视作品。幼儿影视的观众不限于幼儿,还包括青少年、儿童及成人。

幼儿影视剧区别于幼儿戏剧的最大特点是运用蒙太奇的特殊表现手法。幼儿戏剧是在舞台上表演的,因此受到舞台空间和演出时间的限制,角色、事件、时间、场景都要求高度集中。而影视剧则不同,它可以运用蒙太奇分隔时间,转换场景,把拍摄到的镜头,按照创作意图进行剪辑、组合,使其产生连贯、对比、联想、象征等作用。幼儿影视主要包含幼儿电影和幼儿电视节目。

(一)幼儿电影

电影是一门融合了文学、音乐、戏剧、舞蹈、美术、摄影等艺术特长的艺术,是科学技术发展到一定阶段的产物。意大利的电影先驱者乔托·卡努杜认为电影是三种时间艺术(诗、音乐和舞蹈)和三种空间艺术(建筑、绘画和雕塑)的综合,是"第七艺术女神"。1895年,法国人卢米埃尔兄弟放映了电影短片《火车进站》《工厂大门》等,标志着电影的诞生。

我国的第一部儿童电影是1922年杜宇编导的无声黑白短片《顽童》,它拉开了中国儿童电影的序幕。1923郑正秋编剧、张石川导演的《孤儿救祖记》是中国第一部长儿童故事片。《迷途的羔羊》是中国第一部有声儿童电影。《三毛流浪记》塑造出中国儿童电影第一个经典形象——三毛。新中国成立后,儿童电影随政治波澜跌宕起伏,《鸡毛信》揭开了革命历史题材儿童电影首页,《风筝》是我国第一部彩色儿童电影,《马兰花》是我国第一部神话故事片。《小兵张嘎》《闪闪的红星》是中国儿童电影发展的里程碑式的作品,片中所塑造的张嘎、潘冬子的人物形象深入人心。改革开放以来,我国第一家专门生产制作和拍摄儿童电影的制片厂——北京儿童电影制片厂于1981年成立。1985年,中国电影"童牛奖"创立。后来,优秀作品《泉水叮咚》《红衣少女》《哦,香雪》《城南旧事》《烛光里的微笑》《花季雨季》《一个都不能少》等相继出现。其中,《霹雳贝贝》是中国第一部儿童科幻片,影片讲述了手上带电的小男孩贝贝摆脱孤独寻求友爱和理解的故事。新世纪以来,日新月异的时代变化和儿童日益增长的精神文化需求,促使创作者们在学习和借鉴国外优秀儿童影视作品中不断地探索中国儿童电影的发展与道路。代表作品有《宝葫芦的秘密》《看上去很美》《暖春》《浅蓝深蓝》等。

相较于中国儿童电影的成人化、教育指向较浓,国外儿童电影趣味性、娱乐性、审美性更强,注重对个人成长体验、人与自然、人与人、人与社会之间关系价值观的探讨,注重对善恶概念的辩证呈现。代表作品有《小鬼当家》《狮子王》《哈利·波特》系列、《海底总动员》《神偷奶爸》系列等,迪士尼出品的《白雪公主和七个小矮人》《小鹿斑比》《仙履奇缘》《美女与野兽》《阿拉丁》《狮子王》和《花木兰》等影片为人们所熟知。

(二)幼儿电视

电视是以新闻与娱乐为主的传播媒体,与教育也息息相关。电视以其方便简捷占领着传播领域的大市场。1936 年，英国广播公司首次开播黑白电视节目，标志着电视的诞生。在这之后，科技的进步使电视经历着快速的发展，从早期的黑白电视时期到之后的彩色电视时期、多路彩色电视时期，随着数字电视和卫星传播的大发展，电视迎来空前繁荣的发展。如今在信息技术的推动下，电视在变革中继续发展。伴随着电视的发展，电视节目承担着传播知识、普及科技、提供娱乐、教育服务等多种功能，在幼儿闲暇生活和文化生活中，扮演着重要的角色，影响着幼儿的价值观念和行为习惯等。

儿童电视节目是指面向儿童专门设计的电视节目。1958 年，北京电视台播出国内第一个少儿节目《两个笨狗熊》；1981 年，中央电视台专为 3～6 岁儿童设立了《春芽》栏目；后来，中央电视台又推出儿童栏目《七巧板》《大风车》等。20 世纪 90 年代后，我国地方台的儿童节目蓬勃发展起来，如上海台的《开心娃娃》等。2003 年中央电视台少儿频道成功创办，迈出了中国儿童节目频道化的第一步。2007 年北京卡酷动画频道开通，少儿节目频道化成为少儿电视节目发展的大趋势。如今的少儿节目涉及儿童生活中的方方面面，《芝麻开门》《异想天开》等科普类栏目为少年儿童提供了丰富的科普知识，打开了一扇了解科学和自然界的窗户；《爸爸去哪儿》等亲子真人秀节目是增进父母与孩子间感情的生活教育百科节目；《第二起跑线》等竞技类栏目激发了少年儿童的团队意识和竞争意识；《新闻袋袋裤》等新闻类栏目使儿童成为新闻时事的解读者等。

目前在我国的儿童节目当中基本上使用的都是"少儿节目"，专门面向幼儿开办的栏目较少，比如央视少儿频道的《智慧树》《小小智慧树》《七巧板》等。

电视艺术的集中代表是电视剧艺术，我国儿童电视剧从 1960 年中央电视台播出的《刘文学》算起，已有 50 多年的历史了。虽然出现了《好爸爸，坏爸爸》《我有一片辽阔的蓝天》《十六岁的花季》《家有儿女》等优秀的现实主义题材的电视剧，也出现了《小龙人》《同是一个太阳》《大鸟在中国》《快乐星球》等不错的幻想题材作品，也有《跑跑的天地》等反响不错的幼儿题材作品，但从整体上看，我国的儿童电视剧相对短缺，尤其是面向幼儿的电视剧少之又少，在题材范围与审美质量上仍需提高。

二、幼儿影视的特点

幼儿影视产生在影视艺术和儿童文化的交叉地带，具有"影视性"和"幼儿性"的双重性，主要有以下特点。

(一)视像生动逼真

影视艺术是视觉艺术，通过画面、光线、色彩等塑造形象，使形象具有富于表现力的视觉逼真性，它是供人们在影院或在家中观赏的艺术作品。因此，幼儿影视作品必须照顾到幼儿的身心及审美特点，无论是塑造形象或是表现环境时都应具有鲜明生动、具体可感的逼真性。逼真性是指作品的形象具有生动、具体、富于造型的表现力，环境或场景真实可感，力求在外在形态与内在感觉上真实地反映物质世界的本来面目，才能带给幼儿以逼真感，吸引幼儿的注意力与兴趣。逼真是接近现实，但不等于现实的还原。如《小猪佩奇》是以小猪佩奇、弟弟乔治、猪爸爸、猪妈妈一家为主要表现对象，生动逼真地再现了一家人的日常生活，幼儿通过观看佩奇一家的生活会感到非常自然、真切、合乎逻辑，虽然是猪的一家，但在孩子眼里仿佛看到了自己和所有人生活的影子。

(二)内容夸张有趣

趣味性是幼儿影视区别于成人影视作品的审美特征之一。儿童乐于游戏、追求快乐，对事物的注意多因兴趣而引起。从这个意义上看，以幼儿为主要对象的幼儿影视，必然要符合儿童的审美心理，以体现充分趣味性的、格调明朗和轻松幽默的内容去引起儿童的兴趣。在很多情况下，幼儿影视作品的趣味体现为作品的喜剧性。在文学表现上，多采用幽默、夸张、倒错、误会等手段。如《猫和老鼠》就采用了猫和老鼠的原型，汤姆和杰瑞两者的关系大多时候都是对立斗争的，在二者的打闹与追逐中，小老鼠总能在各种巧合下战胜猫，情节夸张而有趣，猫有时被压成片状，有时被冻成冰块，令人忍俊不禁。然而不论何种方式、何种手段，其着眼点都在于张扬童心，追求与儿童审美情趣相适应。

(三)情节单纯曲折

情节性是幼儿影视剧的主要特点之一。幼儿具有注意力易分散、自控力较弱等心理特点，并且不会像成人一样对故事发展进行适当的推理和演绎，因而幼儿影视作品情节的建构一般都使用单纯的线索和悬念的设置，使之具有一定的惊奇感和奇异性，以不断激起小观众对人物命运的关注。动画片《葫芦兄弟》的情节性非常突出，为了打败蝎子精和蛇精，老爷爷种下葫芦籽，结出了红、橙、黄、绿、青、蓝、紫七个葫芦，相继落地变成七个葫芦娃。为了消灭妖精，救出被抓走的老汉和穿山甲，葫芦娃们一个接一个去与妖精搏斗。七个葫芦娃虽然各有特长，但却被狡猾的妖精收入炼丹炉。最后，老爷爷扔出七宝莲蓬，葫芦七兄弟联合起来冲出炼丹炉，打败妖精并把它们收入宝葫芦里。最终七个葫芦娃化作七彩山峰，将妖精镇于山下。整个故事情节主线单纯，即正义的葫芦娃战胜邪恶的蛇精和蝎子精。但故事情节起伏跌宕，鲜明各异的葫芦娃形象与紧张的斗争情节结合起来，让幼儿的情感紧随情节发展而变化，葫芦娃勇于与邪恶力量斗争的故事在幼儿心中扎下了根。

(四)形象个性鲜明

优秀的幼儿影视作品总能塑造出经典的形象为小朋友们所熟知，成功的形象之所以能够深入人心是因为其具有鲜明的个性特点。如宫崎骏的《龙猫》中那个打着小伞，挺着大肚子，眨着憨憨圆眼睛的"龙猫"是温暖的、浪漫的、能够寄托人们美好幻想的精灵形象；美国动画片《米奇妙妙屋》中的米奇是聪明爱思考的形象代表；《哆啦 A 梦》中的机器猫是能实现各种神奇愿望的代表；《大闹天宫》中拿着金箍棒的孙悟空是拥有七十二般变化的敢于斗争、追求自由的猴子形象；黑猫警长是观察细致、知识广博、破案力强的严肃警长形象；阿凡提是聪明又幽默、正义又嫉恶如仇的形象。这些富于独特特征的形象是幼儿的好伙伴或好榜样，在幼儿生活中扮演着重要的角色，在幼儿心灵中埋下了真善美的种子。

(五)故事富于幻想

幼儿影视作品有着明显的幻想性，是它区别于成人影视作品的一大显著特征。根据神话传说、童话、科幻小说、魔幻小说改编的幼儿影视剧，如《哪吒闹海》《宝莲灯》《花木兰》《哈利·波特》《查理和巧克力工厂》等；也有一些是用影视的形式表现幻想的故事，如《千与千寻》《狮子王》等。这些影视作品的内容均具有虚幻的超自然超现实的成分，迎合了幼儿形象思维的各种奇特想象，让幼儿思想自由地在幻想与现实间穿梭遨游。

有的以现实生活为题材的影视作品也具有幻想情节，如法国电影《悲悯上帝的小女孩》讲述了 4 岁的小女孩波纳特在母亲车祸身亡后，不肯接受母亲离开的事实，深信母亲会回到她身边。无论父亲、阿姨等如何劝慰，她仍然坚持妈妈会回来的信念。上寄宿学校后，同学艾达告诉波纳特通过上帝的考验成为上帝的女儿就可以和上帝说话。小波纳特就努力要成为上帝的女儿，想要跟上帝说把母亲还给她。结果让她失望了。她想念母亲，独自来到了母亲的墓前，母亲竟然出现了，要她承诺不再哭泣、不再悲伤，勇于面对自己的生活。该片将镜头画面直接对准了受过创伤的幼儿心理，探讨了幼童如何面对死亡这一残酷又现实的话题。影片故事架构很简单，画面平淡无华，但结尾意味深长，小女孩从死去的母亲那里获得了一件红色外衣，走出了心理阴霾……如图 10-1～图 10-14 所示。

图 10-1　《悲悯上帝的小女孩》1

波纳特独自一人离开了学校，来到了妈妈的墓地里，等待着妈妈出现。

图 10-2　《悲悯上帝的小女孩》2

等了很久，妈妈都没有出现。她哭着叫着用小手挖着妈妈墓地的土，想让妈妈像耶稣复活一样，回到她的身边。

图 10-3　《悲悯上帝的小女孩》3

不久，妈妈真的出现在她身边，波纳特用小手摸着妈妈的脸对她说自己去找上帝，去求他……

图 10-4　《悲悯上帝的小女孩》4　图 10-5　《悲悯上帝的小女孩》5　图 10-6　《悲悯上帝的小女孩》6

　　波纳特和妈妈说话，诉说自己的思念，和妈妈拥抱。妈妈对波纳特说不喜欢总是抱怨的小孩，活着就要尝试各种事情，要她承诺：不再哭泣，不再悲伤。

图 10-7　《悲悯上帝的小女孩》7　图 10-8　《悲悯上帝的小女孩》8　图 10-9　《悲悯上帝的小女孩》9

　　妈妈给波纳特穿上带来的红毛衣，波纳特和妈妈一起欢笑，追逐，高兴地回忆过去。

图 10-10　《悲悯上帝的小女孩》10　　　　图 10-11　《悲悯上帝的小女孩》11

　　看到爸爸来接小波纳特了，妈妈嘱咐她回去和爸爸开心地生活下去，这样自己才会安心。波纳特告诉妈妈，他们要去里昂了，妈妈对她说："去吧，我爱你，别忘了我的爱。"

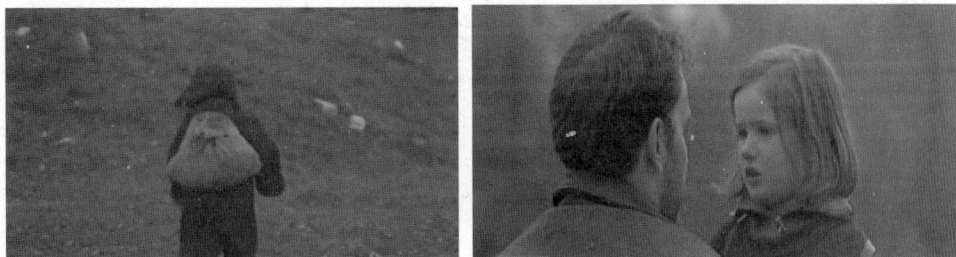

图 10-12　《悲悯上帝的小女孩》12　　　　图 10-13　《悲悯上帝的小女孩》13

　　波纳特向爸爸跑去，当她停下回头再看时，妈妈已经消失了。波纳特告诉爸爸，她刚刚一直和妈妈在一起，妈妈还送给了她这件红毛衣。

图 10-14　《悲悯上帝的小女孩》14

回去的路上，波纳特对爸爸说："妈妈不会再回来了。她让我学会快乐。"

第二节　幼儿影视的分类及影响

一、幼儿影视的分类

幼儿影视的形式多种多样，分类也众说纷纭。常见的幼儿影视的分类有幼儿电影、幼儿电视剧、幼儿科教片、幼儿纪录片、幼儿娱乐片等。电视和电影的分类基本相似，下面以幼儿电影中的故事片、美术片为例进行分类的简单介绍。

(一)幼儿故事片

1. 含义

幼儿故事片是指通过演员表演，表现幼儿多方面生活的影片。

2. 特征

(1)　由儿童演员饰演片中人物；

(2)　具有完整的故事情节；

(3)　运用蒙太奇技巧对有关素材进行加工、概括，从而塑造出真实可信的荧幕形象。

3. 种类

(1)　按风格分为喜剧片和惊险片。

幼儿喜剧片多在笑声中颂扬真善美，善意地嘲讽缺点和不足。如《小鬼当家》这个影片，讲述了圣诞节时麦家一家人前往法国欢度圣诞，忙中出错，把最小的、调皮的凯文遗忘在家。难得的自由让凯文喜悦不已，将家里布置成了"游乐场"。在凯文尽情享受无拘无束的生活的时候，两个笨头笨脑的盗贼闯入了凯文家行窃。凯文用自己的智慧布置了各种陷阱机关，和两个盗贼玩起了游戏，搞得两个笨拙的盗贼狼狈不堪，笑料百出。但终因实力悬殊凯文被盗贼抓住，幸好遇到了被人称为"雪橇狂魔"的性格古怪的邻居马利，凯文得救，警察及时赶到后抓捕了两个盗贼。第二天凯文的家人回家了，一家人团聚后非常开心，邻居马利也和儿子重归于好，生活又恢复了往日的快乐。影片开创了特别成功的纯喜剧叙事的模式，凯文那些滑稽古怪的动作、鬼灵精怪的性格和两个盗贼的笨拙狼狈夸张又有趣，充斥着童心和成长的笑料与温馨，触动着每一个孩子。

幼儿惊险故事片常常表现儿童在异常情况下经历的各种现实或虚构险情的故事片。情节紧张、悬念迭出、情境奇特、引人入胜。导演吕克·雅克制作的《狐狸与我》改编自圣埃克苏佩里的经典文学巨作《小王子》，讲述了一个小女孩被一只狐狸吸引，然后去追随，并渐渐和狐狸建立信任关系，开始一段奇幻冒险旅程，然而最后又彼此成陌路的故事。生活在原始森林里的小女孩，在有一天上学的路上偶然间近距离地观察了狐狸，从此小女孩每天都满心期待地在初次见面的地方等狐狸。从逃避到接纳，从警觉到信任，从陌生到亲密，狐狸不再对她有戒备，允许她跑在自己身后，还领着女孩在森林中进行各种冒险。女孩跟着狐狸，大胆地穿越森林，勇敢地跳过悬崖，坚定地走进了巨大的钟乳石岩洞。迷路后在树桩旁睡着了，醒来后狐狸就躺在身旁，还为自己叼来了背包。然而美好总是短暂的，小女孩因为摔断腿在家禁足，狐狸在冬日残酷、严峻的环境下时时处于危险之中。女孩以为自己驯服了狐狸，当狐狸来找她时，她把狐狸领入卧室，锁上了房门。陌生封闭的空间、昏暗的光线让狐

图 10-15　《狐狸与我》剧照

狸极度缺乏安全感，爆发出动物警惕的本性，它狂躁不安，最后腾空跃起，穿越玻璃，倒在大地上。这之后，狐狸不再是以前的狐狸了，当女孩走近它，狐狸漠然的眼神中再也找不到当初的亲密和欣喜，只有冷漠。影片中的自然景色令人震撼，女孩与狐狸的冒险旅程令人动心，也深度刻画了人与动物之间的关系，诠释了"爱与占有"这个深刻主题。

(2) 按表现内容分为生活片、童话片、科幻片等。

幼儿生活片多取材于幼儿现实生活，是以表现幼儿日常生活为主的故事片。如张元导演的《看上去很美》讲述了一个男孩在幼儿园这个集体中生活成长的故事。小主人公方枪枪天真又倔强，想象力丰富，被送进幼儿园后，为了能够得到 5 朵小红花，他克服了自己各种坏习性，但依旧不能得到 5 朵小红花。后来，他不再对小红花感兴趣，他开始编故事来吸引大家的注意。有一天他做了个怪梦，醒来后告诉小朋友说"李老师是个吃人的大妖怪"，小朋友们相信了他，把他当成了小英雄。后来，谎言被识破，方枪枪被小朋友们孤立了。影片充满童趣又带着伤感，取材于儿童的幼儿园生活，又表现了幼儿心灵中的无助、渴望被关心、渴望被关注的需求，引人反思。

幼儿童话片是以借助幻想创造的情境和形象来曲折地反映生活，娱乐儿童，并给儿童以启发和教育的故事片。童话片中的情境和形象具有幻想性，主人公的形象有现实生活中的人，也有超人化或拟人化的人物形象。《宝葫芦的秘密》是一部根据张天翼同名小说改编的童话片。天真活泼的小学生王葆总是幻想有一个神奇的宝贝能在他遇到困难的时候帮助他，还可以实现他的任何愿望。有一天，王葆在钓鱼时遇到了他幻想的宝贝——宝葫芦，有了宝贝之后，王葆的很多愿望都实现了，学习上也是突飞猛进，令所有人惊讶。宝葫芦还帮王葆赢得了进入校游泳队的机会。可是，宝葫芦的盲目服从也让王葆出了不少笑话。后来，王葆通过宝葫芦认识了"不能不劳而获的道理"，要靠自己的努力去争取，宝葫芦也明白了帮助别人不能全靠热情的道理。

幼儿科幻片是从今天已知的科学原理和科学成就出发，对未来世界的情境做幻想式展示的故事片。《外星人 E.T.》讲述了小男孩爱尔特与外星人之间建立了纯真友谊并帮助他回家的温馨感人故事。小爱尔特收留了不小心被同伴们留在地球上的外星人并给它取名 E.T.。他们相处十分融洽，建立了深厚而纯真的友情。小爱尔特打算帮助 E.T. 和他的星球联

络，并协助他逃过科学家和政府单位的追捕，安全地把他送回家。可 E.T.被隔离了起来，大人们只想把他当成试验标本进行研究。艾尔特在哥哥和伙伴们的帮助下终于从研究中心救出了 E.T.，但大人们设下重重关卡意图拦截他们，E.T.展现了它可思议的神奇力量，带着大家摆脱了包围。E.T.终于要走了，艾尔特恋恋不舍地和他的外星朋友告别并把它送上了宇宙飞船。这部电影将孩子们的星空幻想转换成了屏幕上的真实演绎。与外星人做朋友，E.T.使用超能力将自行车飞过黄昏时的太阳等科学幻想让孩子们耳目一新，单纯可爱的外星人与小男孩的友情又是那么温馨与美好，令人着迷。

(二)幼儿美术片

1. 含义

幼儿美术片是指运用各种美术手段来塑造人物、展示环境、表现故事情节的影片。它与幼儿故事片的区别是不需要真人实景来拍摄，长度比故事片短得多。

2. 审美特征

(1) 色彩鲜艳。

幼儿偏爱色彩鲜艳的事物，喜欢明亮的颜色。幼儿美术片中就更多地运用了丰富和谐、鲜艳饱满的色彩来吸引幼儿的视觉注意力。比如，海绵宝宝是一个亮黄色的方形海绵，黄色这种明朗的颜色象征着乐观与快乐。海绵宝宝的房子是一个橙色的大菠萝，在深蓝色的大海中鲜艳又明亮，让人感到愉快又美好。海绵宝宝最好的朋友派大星是一个粉红色的肉球，让人感觉温暖与友好。蟹老板是一只红色的海螃蟹，象征着富贵与热情、激情，蟹老板作为蟹堡王餐厅的老板，永远对赚钱保持着激情。

(2) 造型夸张。

美术片中的造型具有随意性和自由性，幼儿偏爱造型夸张的影视作品，因为夸张和拟人的艺术风格突出了事物的一些特征，变得易于觉察和理解，让幼儿觉得熟悉又亲近。从造型的表现性看，夸张的造型使作品中的动物比真实动物更可爱，消除了幼儿对于动物的恐惧感，增强亲切感。如"小黄人"们在外表造型上幽默又夸张，有的只有一只眼睛，有的只有几根头发，但这些在幼儿眼里依然是可爱的人物形象，甚至更让幼儿觉得自然和亲近。

(3) 情节有趣。

幼儿美术片中的情节设计巧妙机智，人物性格风趣幽默，故事生动有趣，这能够让幼儿产生强烈的共鸣，从而吸引幼儿。幼儿喜欢令身心非常愉悦的、充满想象的、不受任务和成人强加规则影响的玩耍的乐趣体验，他们不重结果，注重的是过程的想象、体验与感受。情节有趣的美术片能带给幼儿轻松愉悦的情感体验。

(4) 节奏快、动感强。

幼儿美术片主要通过活动的图画来表现事物，通过动作来完成故事讲述，这更符合处于具象思维阶段幼儿的接受特点，也更符合幼儿好动，对未知事物充满好奇与兴趣，精力充沛，喜欢模仿的身心发展特点。节奏快、动感强的美术片能带给幼儿一种释放和体验的快感，让幼儿在打打斗斗、热闹非凡的场面中得到情绪上的放松与愉悦。

3. 种类

(1) 动画片：也称卡通片，是美术片中最主要、最常见，也是幼儿最喜爱的形式。它以绘画作为人物造型和环境造型的主要表现手段，运用逐格拍摄的方法，摄下有背景的、分解的人物动作，通过连续放映而形成动感的画面。动画片具有夸张、变形、象征等艺术特征，不求外在形态的真实。在少儿节目中，动画片的播出和收视比重都是最大的。动画片生动的画面感和鲜明的色彩，活动的图画和运用光影技术来表现事物和讲述故事的特点，非常符合幼儿的接受特点，连续的活动图画本身就能吸引幼儿的注意力，再加上动画片的情节单纯，主题突出，是幼儿能长时间地观看动画片的重要原因。

值得一提的是，1961 年水墨动画电影《小蝌蚪找妈妈》以及后来的《牧笛》等多次在世界上获奖，为中国动画电影赢得了声誉。动画片《大闹天宫》是国产动画里程碑式的作品，经久不衰，讲述的是美猴王孙悟空大闹天宫的故事。孙悟空被塑造成了一个英勇机智、纯朴天真、顽强不屈、具有反抗精神的神话英雄，他大闹天宫，玉帝暴怒派天兵天将捉拿他。太上老君的炼丹炉非但没有将孙悟空烧死，还练就了他的火眼金睛。美猴王奋起反击，把天宫打得人仰马翻，吓得玉帝狼狈逃跑。影片色彩浓重，造型奇异，情节跌宕起伏，表现了孙悟空顽强不屈的斗争精神和卓越的斗争才能，将玉帝、龙王、李天王等人物形象刻画得丑陋无能，使孙悟空这个具有猴的机灵、人的性格、神的威力的斗争英雄形象深入人心。

《新大头儿子和小头爸爸之秘密计划》是一部以城市普通三口之家的日常生活为题材的动画电影，讲的是大头儿子、小头爸爸和围裙妈妈每个人都有自己的梦想，大头儿子希望像宇航员那样一飞冲天，遨游宇宙；小头爸爸的梦想是为山村的小朋友们建一百座桥，让山村的小朋友可以安全上学；围裙妈妈看似忙于家务，却也有着所谓的"彩虹计划"。为了实现这些梦想，他们为自己制订了"秘密计划"。爸爸妈妈的梦想都与大头儿子梦想的实现产生了一次又一次的冲突，家庭生活中出现了各种思想上的碰撞。最终大家积极勇敢地面对各种问题，重拾了家庭的快乐。

(2) 木偶片：木偶片是根据剧本设计好木偶图形，制成充当不同角色的木偶，然后进行逐格拍摄或连续拍摄而成，立体感较强。如 1955 年洪汛涛编剧、靳夕导演的作品《神笔马良》就是中国木偶片的经典作品之一，表现了劳动人民"惩恶扬善"的意愿，木偶造型栩栩如生，富于人情味，具有鲜明的民族风格。影片讲述了放牛娃马良用树枝和木炭做笔，苦练绘画，后来一个神仙赠与了他一把能够使所画事物成真的神笔，自此之后，马良以笔画画，救助了很多穷苦农民。但神笔马良很快被贪官知道了，逼迫马良为其画座金山。马良用自己的聪明才智用神笔画了海和风浪，在海中心画了一座金山，当贪官和其奴才乘船去搬金子时，狂风巨浪将他们吞没。影片表现了贪官的丑恶和马良的善良，马良的点石成金的神笔令儿童着迷，同时能够激发起儿童对美和善的理解和追求。

《阿凡提的故事》也是一部木偶动画片，它是上海美术电影制片厂于 1980 年发行的。阿凡提是智慧的象征，不仅幽默风趣，他还嫉恶如仇，爱憎分明。他蓄山羊胡子、鹰钩鼻子、小圆眼睛配上小叶图案的眉毛，头缠"色拦"头布，戴小帽，手拿弹拨乐器，骑着小毛驴游走四方，爱管天下不平事，要为穷人出口气。穷人百姓喜欢他、信赖他，富人老爷们总是对他望而生畏。阿凡提总能让一切丑恶的东西得到出其不意、哭笑不得的惩罚和报应。影片主题突出，人物性格鲜明，充满趣味和幽默，深受许多国家人民的喜爱。

(3) 剪纸片：是在民间剪纸艺术和皮影戏艺术基础上发展起来的，采用平面雕镂方式给人物、动物造型，拍摄时把纸偶放在玻璃板上，用逐格摄影的方法把分解的动作逐一拍摄下来。1958 年，上海美影厂拍摄出了我国第一部剪纸动画电影《猪八戒吃西瓜》。1959年，上海美影厂相继生产了《渔童》《济公斗蟋蟀》和《金色的海螺》等剪纸动画作品，具有鲜明的民族风格和民族特色。《猪八戒吃西瓜》是以《西游记》中唐僧、孙悟空、猪八戒、沙和尚一起到西天取经，途经磨难的故事为素材制作的早期剪纸片。《济公斗蟋蟀》讲的是南宋时在罗丞相府内做木匠的张煜在偷看罗公子的蟋蟀时，蟋蟀跳出来跑了，罗公子让他三天之内赔偿蟋蟀否则要他命，张煜走投无路投河自杀时被济公救起。济公用一只小蟋蟀斗败了大公鸡引诱罗公子买下了小蟋蟀。罗公子对小蟋蟀视若珍宝，为了追扑跳出盆外的小蟋蟀，罗公子挖墙拆屋。蟋蟀叫声在哪里，他就拆到哪里，结果整个丞相府倒塌了。影片将中国的剪纸艺术和中国的水彩画巧妙地结合，借鉴了皮影戏中的动作姿态，制作精良，把济公的机智幽默表现得淋漓尽致，语言风趣，别具特色。

(4) 折纸片：是在折纸手工基础上发展而成的，它将硬纸片、彩纸折叠粘贴，制作成各种立体人物和立体背景，用逐格摄影的方法拍摄下来，通过连续放映形成活动的影片。因为纸只折成面、线、角和圆筒，某些部位是透空的，所以它比剪纸片有更强的立体感，又有不同于木偶片的轻巧和充满稚气的独特造型。折纸片比较适合表现灵巧的童话故事，尤其适合低幼儿童观赏。我国第一部折纸动画片是《聪明的鸭子》，讲述的是三只小鸭子机智、巧妙地战胜小黑猫的故事。红、黑、绿的三只折纸小鸭造型灵活稚气，深受幼儿欢迎。后来出现了《三只狼》《小鸭呷呷》等折纸片。 2009 年，将传统的折纸艺术和三维动画技术相结合产生了折纸片《折纸小兵》，讲述的是在一座美丽的折纸城里，正义的折纸超人为保护村民，和伙伴们不断地同邪恶的拆纸大魔王制造的怪物进行战斗的故事。故事围绕着正义必然战胜邪恶的主题展开，在形象塑造和剧情上注入了大量幽默快乐的元素，在轻松愉快中向幼儿传递着积极向上的思想。

二、幼儿影视对幼儿的影响及观看指导

幼儿获得外界刺激的主要渠道是视听觉，学习时主要依赖大量生动有趣的视听形象提供的信息来获取较为肤浅的概念和直接的经验。换言之，幼儿的认知结构很容易被电视所提供的刺激信号所"同化"，因为电视节目保证了他们乐于理解、容易理解的信息和场景。这对注意力易分散、知识经验不足、理解能力差尤其是还不识字的幼儿来说，极易引起他们的注意和兴趣。幼儿在身体、认知、情感、个性等方面都处于人生的初始阶段，对任何事物都有着强烈的好奇心，迫切渴望能从自身所接触到的外界获取更多的知识和经验，作为幼儿最容易也最乐意接受的媒介，加之大众传媒以及信息技术的飞速发展都让幼儿更广泛地受到来自影视作品的影响。

(一)幼儿影视对幼儿的有利影响

1. 促进幼儿的语言发展，提高幼儿的听说能力

幼儿影视作品中的语言是与相应的情境紧密相连的，这对加深幼儿对词句的感知、理

解和记忆具有很大的促进作用。另外，当幼儿与同伴谈论共同感兴趣的影视作品时，还可以促进幼儿的语言表达能力和思维能力，这样，在耳濡目染的环境下不断提升幼儿的语言思维与听说能力，为孩子未来的发展奠定语言基础。

2. 促进幼儿的认知能力的发展

幼儿影视作品的内容丰富，题材广泛，大自然的风貌、古今中外的人文趣事、神话传说，各地的风土人情，乃至整个自然界、动物界悉收眼底，幼儿在观赏各类影视作品时，自然会接触到各类风物、各类事件、各种变化，这对幼儿的认知能力发展具有很大的推动作用。

3. 促进幼儿想象力的发展

幼儿思维的主要特点是具体形象化，幼儿影视片具有想象丰富、奇特瑰丽、内容多样、趣味盎然等特点，从宏观世界到微观世界，从宇宙、地球、科技再到人文、艺术等，涵盖了科学技术、人文艺术等多个方面，使幼儿在不知不觉中掌握信息，开阔眼界，为幼儿的思维扩展积累大量的具体素材，对幼儿的想象力发展起到很大的促进作用。有的幼儿影视片本身就取材于神话传说、童话故事等具有极大幻想性的故事，这就会更加扩展幼儿想象力的发展。

4. 促进幼儿社会化的发展

社会化是指幼儿不断学习社会群体的行为模式或规范，并向他所处的社会团体对他期望的方向发展的过程。"人的社会化是一个持续终生的过程，而幼儿期又是接受社会化的最佳时期。大众媒介的蓬勃发展，给人们的生活带来了诸多方面的影响，它逐渐成为影响人社会化的重要因素。"[1]幼儿影视作品向幼儿提供着社会或群体的各种行为模式或形象范例，在对性别角色的定型、职业价值的表现、社会责任的展现与承担等方面对幼儿社会化的影响都很大。尤其那些趣味性强、具有教育意义的影视作品会引起幼儿的兴趣与模仿，在幼儿的心灵中生根发芽，更有助于促进幼儿的社会化发展。

(二)幼儿影视对幼儿的不利影响

1. 对幼儿健康的影响

幼儿正处于身体发育的关键时期，长时间观看影视节目易造成幼儿久坐，减少更多的户外活动时间，使幼儿缺少必要的体育锻炼，导致肥胖症的出现，对幼儿的身体发育不利。更多地观看影视还会减少与同伴交流沟通的机会，造成性格冷漠甚至孤僻，对幼儿的心理健康发展带来不利的影响。另外，影视节目的色彩较为鲜艳，画面转换快，尤其是移动媒体发展带来的随时随地的观看条件，加之各类影视媒体的屏幕辐射，对幼儿视力的发展带来极大的隐患。

2. 影响幼儿真实生活经验的体验

各类影视节目尤其是动画片毕竟是艺术化了的社会及真实，虽然艺术源于生活，但有时为了表达思想或表现主题的需要，会通过幻想、夸张、变形等方式对内容进行艺术化的

---

① 段成静，路晨. 大众媒介对幼儿社会化发展的影响[J]. 重庆职业技术学院学报，2005(9).

加工，呈现出来的内容与真实社会有很大的差距。幼儿过多地观看影视就会造成真实生活体验的减少，产生理想化的期待或基于影视节目的对生活天马行空的幻想或不切实际的实践，与集体生活、真实生活脱节，不利于幼儿的社会化发展与思想的成熟。

3. 对幼儿行为与思想的负面影响

幼儿影视节目的质量良莠不齐，内容上很多都值得商榷，尤其是节目中所呈现出来的一些成人化思想、语言暴力、行为暴力都会对幼儿的行为与思想产生负面的影响。幼儿善于模仿，还不具有分辨是非优劣的能力，影视作品中一些不当的言语和行为都可能引起幼儿的模仿，为幼儿的教育带来极大的反作用。

(三)幼儿影视的观看引导

首先，利用幼儿园的有效影视行为来引导幼儿的家庭观看习惯。幼儿园的教育活动中，有时会有专门的影视节目欣赏，有时会通过适当的影视节目来寓教于乐。通过加强幼儿园的影视观看的规范和专业性的引导，如引导幼儿看电视时机、持续时间、观看内容，或者引导幼儿在观看影视节目后进行说话活动或科学活动，适时向幼儿讲解长时间看影视节目的坏处，等等，这样就可能对幼儿的家庭观看影视行为产生影响，减少幼儿迷恋电视的程度，引导幼儿自觉自律地观看影视节目行为。

其次，引导成人陪伴幼儿观看影视节目的做法。与孩子一起观看影视片，不仅可以及时提醒和纠正孩子的不良姿势，还可以帮幼儿遴选节目，引导适宜幼儿身心发展的影视节目，让幼儿远离那些具有攻击性行为的影视作品。同时，成人在一旁陪伴孩子观看，可以引导孩子对一些事物发表看法等。成人还应该及时注意幼儿看影视片时的反应，对于影视片中一些涉及暴力内容的地方，需要及时正确地引导孩子，以调节或减缓暴力内容对孩子产生的不利影响，保证影视促进幼儿发展的有利方面。

再次，在观看姿势、观看时间、观看距离等方面给幼儿做出限定。幼儿因为身体发育不成熟，骨骼脆弱，如果长期保持不正确的身形姿势就很容易引发骨骼变形，因此应向幼儿明确正确的观看姿势；严格控制幼儿观看影视片的时间和距离，以减少对幼儿身体健康发展的不利影响。

第三节　幼儿影视活动案例和幼儿影视活动

一、幼儿影视欣赏指导案例

案例一：小班动画片欣赏《小蝌蚪找妈妈》

小蝌蚪找妈妈(影视).mp4

欣赏目的：

1. 了解小蝌蚪的妈妈是青蛙，感受大自然的奇妙，激发探究动物奥秘的兴趣和欲望。

2. 能看懂小蝌蚪找妈妈的过程，通过游戏表演来提高幼儿的语言运用能力。

3. 使幼儿知道青蛙是捕捉害虫的能手，是人类的朋友，教育幼儿要保护青蛙。

欣赏重难点：

重点：感受大自然的奇妙现象，激发幼儿探究大自然的兴趣和欲望。

难点：能看懂小蝌蚪找妈妈的过程，通过游戏表演来提高幼儿的语言运用能力。

欣赏过程：

1. 谈话和图片引入：小朋友们，你们见过小蝌蚪吗？见过小青蛙吗？它们之间有关系吗？今天我们来看一个动画片《小蝌蚪找妈妈》。

2. 欣赏影片。引导学生看明白故事内容。

3. 请幼儿说说故事内容。

(1) 小蝌蚪找妈妈的过程中都遇到了谁呢？

(注意引导幼儿叙述清楚完整，按照一定的顺序)

(2) 小蝌蚪的妈妈到底是谁呢？

(3) 小蝌蚪最后找到自己的妈妈了吗？

4. 哪个小动物给你留下的印象最深刻？那句话给你留下的印象最深刻？为什么？

5. 引导幼儿明白："有志者，事竟成"的道理，小蝌蚪一直坚持去找，最后找到了自己的妈妈。

引申活动(可选)：

1. 说说小青蛙的样子，画画小青蛙，再给小青蛙涂颜色。

2. 游戏活动：教师制作小蝌蚪、小青蛙、小鸡、鸡妈妈、大龙虾、乌龟、大鲇鱼的道具，采用游戏的形式演一演这个小故事。

3. 儿歌表演唱：

小蝌蚪乐悠悠，跟着妈妈游呀游，

小蝌蚪长大了，换个名字叫青蛙。

小青蛙志气大，吃尽害虫保庄稼，

呱呱呱，呱呱呱……

附：影片简介——

《小蝌蚪找妈妈》是中国第一部水墨动画片，根据方慧珍、盛璐德创作的同名童话改编，取材于画家齐白石创作的鱼虾等形象，片长15分钟。青蛙妈妈产下蝌蚪卵后离开了，蝌蚪卵们慢慢长出尾巴变成一群小蝌蚪，决定去寻找自己的妈妈。虾公公描述了它们母亲的特征后，小蝌蚪们一路去寻找，可却把金鱼、螃蟹、乌龟、鲇鱼错当成了妈妈，还差一点被鲇鱼吃掉。这时，青蛙妈妈赶来相救，小蝌蚪们终于找到了自己的妈妈。过了不久，它们也终于长成了妈妈的样子。

作为中国第一部水墨动画片，它意境优美、气韵生动，曾获多项国际殊荣。法国《世界报》评论这部影片时说：中国水墨画，画的景色柔和，笔调细致，以及表示忧虑、犹豫和快乐的动作，使这部影片产生了魅力和诗意。《小蝌蚪找妈妈》不仅勾画了一幅优美抒情的水墨世界，也营造出了一个单纯、质朴、简洁的童话世界，向幼儿传达出不断坚持、追求目标的道理。旁白非常押韵生动，采用儿歌的形式，令人感到格外亲切与温馨。

案例二：中班动画片欣赏《雪孩子》

欣赏目的：

1. 通过欣赏动画片，引导幼儿体会雪孩子友好善良、勇敢救人的高尚品质。

2. 理解故事内容，记住重要情节，学说故事。

雪孩子.mp4

3. 通过运用多种形式，使幼儿知道雪遇热融化、蒸发、形成白云的自然常识。

4. 防火安全教育。

欣赏重难点：

重点：引导幼儿感受雪孩子友好善良、勇敢救人的高尚品质。

难点：知道雪遇热融化、蒸发形成白云的自然常识。

欣赏过程：

1. 导入：出示白雪皑皑的冬天和雪人的图片，请小朋友讲讲"我和雪人的故事"。雪孩子还曾经做过非常了不起的事情，让我们来看看雪孩子的故事。

2. 分四段播放《雪孩子》，并穿插谈话活动：

(1) 引导幼儿欣赏第一段后，提问：兔妈妈为了不使小白兔感到孤独想了一个什么好办法？(引导幼儿回忆体验冬天堆雪人的欢乐之情)

(2) 欣赏第二段后，提问：堆好雪人，小白兔和雪孩子玩了什么？(引导幼儿感受伙伴一起玩耍的喜悦和美好)

(3) 欣赏第三段后，提问：小白兔睡觉的时候发生了一件什么可怕的事情？雪孩子是怎样救小白兔的？(引导幼儿体会危险的状况和雪孩子的做法，模仿冲、跑的动作，进一步体验雪孩子救小白兔的急切的心情)

(4) 欣赏第四段后，提问：兔妈妈回来后雪孩子去哪里了？变成了什么？(引导幼儿感知和接受美好的消逝)

3. 讨论活动：加深理解故事内容。问题：

(1) 雪孩子做了什么了不起的事情？

(2) 雪孩子最后怎么样了？

(3) 你觉得雪是怎样变成云的？

(4) 应该怎样安全防火？

活动引申(可选)：

1. 在科学区继续引导幼儿探索水的三态变化的科学实验，进一步理解雪遇热融化，蒸发形成白云的科学原理。

2. 在表演区利用角色头饰表演故事，进一步感受雪孩子勇敢善良、舍己救人的美德。

3. 消防安全教育与演练。

附：影片简介——

《雪孩子》是由上海美术电影制片厂于 1980 年制作完成的一部经典动画片，片长 20 分钟，同年获得文化部优秀影片奖。该片讲述了一场美丽的大雪之后，兔妈妈准备出门去找吃的，小白兔也想跟着去。兔妈妈担心外面太冷小白兔会生病，就和小白兔一起堆了个雪人，这样小白兔就可以在雪孩子的陪伴下留在家里了。兔妈妈离开后，小白兔和雪孩子开心地玩了很长时间，玩得又冷又累了，小白兔回屋烤火睡觉了。雪孩子开心地穿越在树林中舞蹈。后来，火烧着了小白兔的房子，雪孩子奋不顾身地冲进火海救出小白兔，而它却化为了小白兔身下的一洼雪水。雪水在阳光下幻化成雪孩子样的白云飘浮在天空中。

影片中雪孩子的形象真实生动富有童趣，雪孩子与小白兔相依相伴、开心滑雪的美好场景令孩子们愉快又着迷，而他助人为乐、舍己救人的善良勇敢让孩子们敬佩又感动，它最终消逝幻化成水让很多人热泪盈眶。雪孩子纯洁可爱、善良勇敢的形象会深深地触动孩子们的心弦，播种下一颗真善美的种子。

案例三：大班故事片欣赏《小鞋子》

欣赏目的：

1. 通过欣赏影片，引导幼儿感受小阿里和妹妹的单纯善良、积极向上。

2. 讲述故事情节，深入体会重点镜头的审美情味。

3. 体会主人公在艰难困苦的境遇中保持希望和不断追求的精神世界。

欣赏重难点：

重点：讲述故事情节，感受小阿里和妹妹的单纯善良、积极向上。

难点：体会主人公在艰难困苦的境遇中保持希望和不断追求的精神世界。

欣赏过程：

1. 导入：出示新鞋子、旧鞋子和没鞋子穿的图片，游戏"两人同穿一双鞋去上学"，让幼儿思考怎么穿？并谈谈是否方便。

2. 播放影片《小鞋子》，引导思考：

(1) 主人公是谁？

(2) 发生了什么事？结果怎样？

3. 重点镜头回放，引导谈话活动：

(1) 镜头一：阿里的妹妹发现同校小女孩穿着自己丢失的鞋子后，和哥哥一起来到小女孩家却发现女孩的父亲是个盲人。提问：阿里和妹妹有没有要回自己的鞋子？(引导幼儿体验小阿里兄妹的善良与同情心)

(2) 镜头二：阿里参加长跑比赛和妹妹在街道上奔跑的镜头，被人拉倒后迅速爬起拿了冠军。提问：阿里为什么参加长跑比赛？摔倒后他怎么做的？他想拿冠军吗？(引导幼儿感受阿里为了妹妹而努力奔跑，希望实现梦想得到一双鞋)

(3) 拿了冠军的阿里回家后，面对妹妹满脸失落与愧疚。脱下跑烂了的球鞋，把满是血泡的脚泡在水池里，小金鱼游在他的脚边。提问：拿了冠军阿里为什么不高兴？他们唯一的一双鞋和他的脚怎样了？小金鱼在做什么？(引导幼儿体会阿里所付出的努力和梦想没有实现的失望，以及小金鱼的安慰)

3. 讨论活动：最终阿里兄妹会不会有新鞋子？

活动引申：

1. 续编故事的语言活动——小阿里的爸爸回来后……

2. 户外体育运动，跑步比赛或障碍跨越游戏。

附：影片赏析——

《小鞋子》又名《天堂的孩子》，是马基德·马基迪执导的伊朗剧情电影，影片以一双小鞋子为线索展开故事，叙事线索明晰，情节简单。导演以一种极其温情的目光关注了一个普通儿童以自己的方式去实现一个梦想的全过程。这个过程虽然充满了艰辛和忧伤，但无时无刻不在向我们展现希望，也向我们展示了小主人公在希望中不放弃，努力追逐的执着坚持。影片告诉我们，贫穷与苦难并不能抹掉生活中的温情与美好，每个人都要对生活充满信心和乐观的态度。

该片获得 1999 年奥斯卡最佳外语片提名，获得了 11 项国际大奖，被美国《时代》杂志评为年度十大影片之一。

影视艺术欣赏是人们在观看影视作品时的一种体验感悟，是一个审美过程。在孩子的艺术审美启蒙以及多元世界观的构建上，影视欣赏具有教育功能、认识功能、审美功能，是组成儿童发展性环境中一个重要和有影响力的因素。与少儿不同，直觉认知与情感满足是幼儿的主要心理需求，幼儿通过色彩、图形、运动、音乐等获得对周围世界的直觉认知，通过影视内容的趣味性和故事性获得情绪情感的体验式满足。因此，幼儿影视欣赏对幼儿的成长及价值观的形成、审美能力的发展具有很大影响，好的幼儿影视作品在给幼儿带来欢乐趣味、愉悦的观看体验的同时，让幼儿的情感得以丰富，审美得以发展，思想有所触动。由此来看，幼儿影视作品的选择与观赏就显得尤为重要了。

二、幼儿影视的选择原则

(一)内容积极乐观

积极乐观的内容有助于幼儿产生积极的审美体验，有助于幼儿积极向上的价值观、世界观的形成与发展。例如，风靡全球的美式英语教学片《爱探险的朵拉》，通过小女孩朵拉每一次探险的故事，在学习英语的同时，享受求知和探索的乐趣，帮助孩子建立快乐、自信和勇于探索、追求新知的积极人生观、价值观。如第八季的第一集《世界杯》中，除了教会幼儿相关的英语之外，朵拉和队员们组成的黄金探险队还赢得三场足球比赛的胜利，引导幼儿学会树立必胜的信心，学习队员之间的通力合作，勇敢战胜困难的向上精神。

(二)情节生动有趣

幼儿的生活以娱乐和游戏为主，追求快乐、自由的感受与体验。因此，在选择幼儿作品时，应更多选择情节生动有趣、内容活泼愉悦的影视片让幼儿观赏。如影片《马达加斯加的企鹅》的情节节奏很快、笑点很多，故事讲述了老大、科斯基、瑞哥和菜鸟这四只伟大又搞笑的呆萌企鹅凭借着兄弟情义开启的一场环游世界的冒险之旅。四只企鹅——果断的老大，有领导魄力却怕打针；高智商的科斯基，是团队里的智多星；贪吃的瑞哥，喜欢炸弹和用炸弹炸东西，肚子能吞下所有东西并吐出来；无私的菜鸟，年纪最小，资历最浅。它们各有特长，各有性格，它们之间的温情故事乐趣横生。影片中很多情节都是轻松幽默的：企鹅们为了给最小的企鹅菜鸟庆祝生日，闯入了美国黄金储备中心，目的也十分有趣，为的是金库里那台自动售卖机里的芝士条。反派章鱼戴夫最终被关进了玻璃球中，被小孩玩耍的结局也让孩子感到出乎意料。在诱捕戴夫时，菜鸟装扮成美人鱼的造型，搞笑又可爱。与北风特工队的精英们联合斗争也经历了各种趣事与巧合。这些都满足了幼儿追求快乐的审美要求，但影片也并不肤浅，在夸张的嬉笑打闹中，也传达了影片的思想：四只企鹅之间的信任与追求梦想的不懈努力，还有正义终会战胜邪恶的传统主题。

(三)语言精练简洁

幼儿的词汇积累、语言理解尚不发达，精练简洁的语言会让幼儿在轻松的语言环境下更好地接受影视节目所传达的艺术美和情感美。如央视少儿频道《智慧树》节目，寓科学的教育理念于生动的游戏当中，引导孩子们一起做操、做手工、看世界、学科学、做游戏，和感受来自于同龄人的小故事。其中《科学泡泡》板块的口号是：科学泡泡，动手动脑，细心观察，探索奥妙！《我爱变魔术》板块的口号是：乌拉乌拉 Q，我爱变魔术。无论哪个板块，无论口号还是主持人的解说语言都精练简洁，语速适宜，易于幼儿记忆和理解。

(四)画面精致明朗

影视艺术作为视觉艺术，其画面对于幼儿视觉冲击的作用不言而喻。精致明朗的画面能够带给幼儿美的视觉享受，增强心理舒适感。如宫崎骏的动画作品《龙猫》(见图 10-16)就选取了充满大自然气色的乡间做背景，影片画面清新自然，美丽宁静。广袤的田野、清新宜人的田园风光、世外桃源般的生活场景把孩子眼中的五彩斑斓的世界展露无遗；神秘高耸的橡树、茂密的森林、呆萌温暖的大龙猫与小龙猫，每个画面都精致明朗，在幼儿面前展开了一个梦幻般的童话世界；小月、小梅躺在大龙猫身上休息时的温馨画面、与大小龙猫一起在星空下欢呼的画面，一起坐在树枝上钓小河里的鱼虾的画面，把乡下所有的静谧美好、小伙伴们一起玩耍的开心趣味完全地展现给幼儿，带给观众美轮美奂的视觉享受与体验，引发了多少人对乡间生活的向往与回忆。这样的画面带给幼儿安谧平和的感受的同时，能够引发幼儿对大自然无尽的想象和对日常生活的无限美好期待。

| (1) | (2) | (3) |

图 10-16 《龙猫》

(五)音乐优美动听

音乐在影视中有着举足轻重的地位，不同的音乐节奏、旋律和风格的差异都能给人带来不一样的心理感受，在情感的表达和推动剧情发展上又有着得天独厚的优势，优美动听的音乐能够让幼儿舒缓放松心情，愉悦情绪。如宫崎骏动画《天空之城》的主题曲由音乐家久石让作曲，在纯净而愉悦的童谣曲风中，揉入了淡淡哀伤，让人落泪的悠扬曲调和动人心弦的美妙音律结合在一起，余韵悠长，具有震撼人心的穿透力。优美动听的音乐与两位小主人翁追寻天空之城的历程相协调，在清淡的忧伤凄美的曲调中，主人公对美好未来的憧憬、奋进和不屈不挠的韧性精神激荡着，这种明知悲剧的结果，却也义无反顾、勇往直前的主人公精神让观众佩服又心伤，和着略带哀伤的曲调更加令人难以释怀。

三、指导幼儿影视欣赏的知识准备

(一)了解基本的影视艺术表现手段

1. 蒙太奇

蒙太奇一词来源于法文中的建筑学，在影视艺术中蒙太奇指画面、镜头、声音的组织结构方式。简单来说，就是把摄影机拍摄下来的镜头，按照生活逻辑、推理顺序、作者的观点倾向及审美组接起来的手段。蒙太奇最重要的基本功能是通过镜头、场面、段落的分切与组接，对素材进行选择与取舍，完成对人物、事件、环境的叙述和表现，使所要表现的内容达到高度的概括和集中，引导观众注意和联想，表达内在情感与思想，创造出独特的节奏与风格。蒙太奇从形式上可分为以下几种。

(1) 平行蒙太奇。指将不同空间和相同(不同)时间发生的相对独立的情节并列叙述的蒙太奇形式。如蓝精灵们前去救助伙伴，镜头切换到另一些小伙伴们在山洞里遇到凶险，然后又放映出蓝精灵们热情高昂地前进。这种平行式的蒙太奇手法，将同一时间内不同地点发生的情景交错叙述，既给人以悬念增加救援的紧迫感，又使蓝精灵们救助同伴，不怕凶险的勇气更为真切地表现出来。两条线索平行进行为作品提供了一种双重视点和复调结构，既连接又独立，强化了平行线索的对比、对照关系，增强了影片的叙述和表现能力。

(2) 交叉蒙太奇。指将不同空间、同一时间的相互紧密联系的情节交替叙述的蒙太奇形式。如《熊出没之夺宝熊兵》中，在一个电闪雷鸣、大雨瓢泼的夜晚，一方面是大马猴和二狗两个坏家伙驾驶汽车飞驰在森林中间的小路上时突发意外，车子被撞毁，他们极为看重的箱子飞到了森林中央。另一方面是光头强冒着大雨用从李老板那里得到一套超先进的伐木工具赶赴林间砍树，遭到熊大和熊二的阻挠被抢走了工具箱。绑架小女孩嘟嘟的反派与熊大、熊二、光头强两条线索交叉进行剪辑，互相照应、烘托、渲染，产生强烈的艺术效果。制造悬念，加快节奏，强化戏剧冲突，是交叉蒙太奇的重要叙事性功能。

(3) 重复蒙太奇。指相同或相似的镜头在影视作品中反复出现的组合方式。有的作品中，重复蒙太奇可能是对某个或更多镜头的连续重复，就像电视的重放一样，起强调作用；而有时则是在作品的不同部分中出现重复，起一种暗示或提示作用，如《聪明的一休》中一休盘腿端坐，手点大脑，闭眼思索的镜头多次重复，起到了强化作用，使孩子们对小一休不怕困难，冷静思考，积极想办法解决问题的形象留下深刻的印象。

(4) 声画蒙太奇。它是蒙太奇样式中最为出色的，综合使用电影手段，更加生动活泼，审美效果强烈。如电影《冰雪奇缘》讲述了阿伦黛尔王国有两位公主：高贵优雅的长公主艾莎和活泼开朗的小公主安娜。艾莎出生便有控制冰雪的能力，因为小时候她的魔法差点害死妹妹，从此艾莎封闭了内心将自己隔离，时刻活在对魔法的恐惧里，一直压制与日俱增的魔力。艾莎在父王的嘱咐下戴上手套来抑制魔力，但内心的枷锁也越来越沉。当登基大典上听说安娜将要和初次见面的汉斯结婚时，艾莎情绪失控使得王国被冰天雪地所覆盖。艾莎忍痛远走深山。当艾莎远离人世暂时抛开心魔解放自己，在荒无人迹的冰雪深处用自己的力量平地建起冰宫城堡欣然拥抱自由时，她的那首《Let it go》充满张力和释放的歌声，配上那晶莹剔透、耀眼壮观的冰雪城堡，以及释放压抑后的载歌载舞，声画结合，将艾莎勇敢起来、做回自己的情绪渲染到极致，将心灵转变后的强大精神展现无遗。

2. 长镜头

长镜头是针对短镜头来说的，指时值超过 30 秒以上、由镜头内部演员的场面调度和镜头的运动在画面上形成各种景别和构图的单镜头，是在一段持续时间内连续摄取的、占用胶片较长的镜头。长镜头保持了时间的连续性和空间的完整性，达到一种没有经过加工的真实感。长镜头重在纪实，强调完整地再现和保持生活的本来面目。它与蒙太奇是构成影视美学独特性的两块基石。法国电影理论家巴赞认为，用长镜头和深镜头拍摄影片可以避免蒙太奇把时间和空间整体割裂的问题，保证事件的完整过程和时空的真实性，让观众看到现实生活的全貌以及事物之间的原本意义上的联系，使影视更具真实感。如演员的内心描写、武打场面的真功夫等常采用长镜头。

3. 光影、色彩与声音

光影和色彩是幼儿影视艺术造型的两个重要元素。光影是电影艺术还原真实物质世界的关键元素，是影视造型艺术的核心元素。影像的形状、轮廓、结构、色彩、明暗、情调等，均受光的作用和影响。光是摄影师表达情感，营造气氛，构成视觉风格的重要手段；也是刻画人物心理的重要手段，可以利用客观现实光线完成描写人物主观世界。光可以成为影片的情节因素、戏剧性因素，借助光影可以使观众的心理获得耐人寻味的效果。

色彩包含客观和主观色彩，客观色彩可以增加电影的真实感，主观化的色彩包含语言、思想、情绪来反映人的情感，成为表现思想主题、刻画人物形象、创造情绪意境、构成影视风格的有力艺术手段。如电影《哈利·波特》在光影和色彩上十分注意，哈利·波特在人间的画面鲜艳明亮，显示出人类世界的光明和简单；而霍格沃兹魔法学校的光影就晦暗而色彩深重，给人以神秘之感。

声音是画面语言系统不可或缺的补充，是视听艺术的一个重要组成，既能增强影视艺术时空的真实感，与画面一起推动叙事，共同完成艺术形象的塑造，又扩展了影视艺术的时空观念。声音是由人声、音响、音乐三大部分组成的。人声是人在传递信息，表达思想和喜怒哀乐等感情时所发生的各种声音，如叹息声、咳嗽声、呻吟声等；音乐是专为作品创作并编配的音乐，既可以抒发感情，影响和控制节奏，又可以渲染气氛，描绘时代与背景，强化戏剧性等；音响是除语言与音乐之外电影中所有声音的统称，包括动作音响、自然音响、机械音响、枪炮音响等，可以增强气氛、真实感和感染力，又是人物心理活动的外化，具有一定的象征暗示作用。

比如，《大闹天宫》中孙悟空抡着金箍棒与妖怪斗争时，"咚咚锵锵"的音乐激烈而紧凑，更使人物动作具有节奏感和力量感。再如《三个和尚》中的音乐旋律将三个和尚不同的动作表情、心理状态表现得生动形象，小和尚性格活泼，出场踏着欢快的板胡的节拍走出来，显得天真灵巧、活泼可爱；胖和尚身材肥胖、呆头呆脑、走路笨拙，跟着音乐的节拍走动，滑稽可笑；两个和尚为了挑水争执时，声音停止，只有个别声响来表示二人的僵持；问题解决后，两人同处寺庙敲木鱼，音乐舒缓；三个和尚因喝水打闹起来时，音乐节奏变得强而快；寺庙着火时，三个和尚急切地跑来跑去争相挑水灭火时，声音激烈而紧凑，突出了形势的严峻；在三人的努力之下，寺庙保住了，音乐变得舒缓轻柔。整个作品的声音都与故事的发展与节奏配合，有趣的画面和鲜明的音乐、声响的变化使幼儿易于理解把握剧情。

4. 表演、服装、场景、道具

电影和电视剧都依赖于演员的表演来实现语言艺术向视觉艺术的转换。从某种意义上讲，演员的出色表演可以成就一部影视片，而优秀的剧本有了优秀的演员表演就更能出彩。服装作为人物造型手段之一，对于视觉艺术的影视来讲有重要的意义，因为演员的外部造型直接诉诸观众的感官，揭示人物的种种内在信息。影视场景为人物提供立体的生存空间，而道具的使用，创设了人物生存环境的真实感和生活化。如央视少儿节目《智慧树》中的主持人红果果、绿泡泡两人的服装总是和名称相符，一个以红色为主色，一个以绿色为衣服主色，来吸引幼儿的关注。各个板块布置的场景大部分也是色彩鲜艳，模仿大自然的景色，以消除参加节目活动幼儿的紧张感。

(二)把握幼儿影视中的叙事因素

影视艺术中的造型可以展现空间的一切，而叙事因素则可以表现更多的时间内容。在幼儿影视欣赏中，应关注幼儿影视中的叙事因素。

1. 开头

影视艺术的时空限制特点和儿童的接受特点要求儿童影视作品应重视开头的设计。不同的开头设计会带给孩子不一样的体验，好的影视作品应该一开始就能吸引小观众进入作品所创设的环境。

开门见山是儿童影视常用的开头方法。如迪士尼公司专为学龄前儿童制作的 3D 动画《米奇妙妙屋》，是一部强调幼儿早期数学与逻辑分析发展的卡通系列，米奇和米妮、唐老鸭、黛丝、高飞与布鲁托等总是让幼儿在笑声中学习知识和增长智慧。这部卡通动画片的每一集都是在开头就提出问题，引导幼儿观察和思考，然后带领大家解决问题，当遇到困难时，神奇的妙妙工具箱就会在伙伴们"土豆"的高喊声中出现，给小伙伴们提供可以用得上的工具，小朋友们要和米奇一起选择适合的工具才能解决当前的困难。以《小鸟归巢》这一集来看，高飞捡到了一只刚孵出来的小鸟，还给它起了一个很好听的名字小红鸟，来到了米奇妙妙屋。可是小红鸟似乎并不喜欢这里，还给高飞和米奇带来了很多麻烦，他们决定把小红鸟送回森林的家。怎样才能帮小红鸟找到妈妈回到家呢？在剧集的开头就把这集的问题"小红鸟"带了出来，随后就指出了本集要解决的问题是"怎样把小红鸟送回家"。这样就牢牢抓住了幼儿的注意力和好奇心，让幼儿跟着剧情探索下去。

别开生面的开头可使幼儿感到新鲜有趣。如《神偷奶爸》的故事是从非洲的金字塔被盗开始的。超级坏蛋格鲁在听说这个新闻后不满市面上新贼辈出，决定建造火箭升空盗取月亮。这个开头就与众不同，"金字塔被盗"本已令人极度惊讶，"盗取月亮"更是骇人听闻。用两个不可能发生的事情来开头，别开生面，吊足小观众胃口。

2. 情节

作为视觉艺术的幼儿影视应该能够让观众在较短的时间内看清楚故事的起因、经过和结果，因此影视艺术的情节需要精练重点、环环相扣、引人入胜。而幼儿因年龄小发展不成熟，思维尚属形象思维和单线思维，好的幼儿影视的故事情节一般比较单纯、新奇，"单纯"并不是"单调"，是指作品应该主线突出；新奇是说故事应该想象力丰富奇特，能给幼儿带来不一样和不落俗套的故事与发展，才能增强故事的趣味性，满足幼儿的好奇心。2015 年上映的《小羊肖恩》动画电影，是一部没有对白、没有配音、没有旁白的电影。故事情节简单，但细节及过程却丰富多彩。故事是这样的：在青苔的农场上，羊群们和牧场主平凡地过着每一天，羊群厌倦了农场中单调乏味的生活，由肖恩带头想要摆脱农场主，意外发生了，农场主被失控的拖车带入了陌生的大都市。羊群和牧羊犬比泽尔就这样踏上了小羊进城之旅。后来小羊肖恩它们终于看到了主人作为理发师的广告，就想了一个办法把主人送回了家。还没到家，捕捉动物的人又来抓小羊肖恩，它们在与捕兽的那个人战斗时，它的主人恢复了记忆，把捕兽的人摔到悬崖下面了。最终肖恩和小羊们恢复了农场原来规律的生活。这样的情节可以简单概括为"不满平淡追求自由——跳出平淡经历磨难——回归平淡享受拥有"这三个阶段。最后这平淡的生活是一种经过改变的、令人珍惜的平淡生活，是一种放纵后对平实生活和感情的珍惜。可见，《小羊肖恩》电影的主线是简单不复杂的，易于幼儿理解；同时这一主线过程中又充满了很多的新奇细节，蕴含着许多幽默讽刺及恶作剧小段子，让小观众们笑声不断。而影片的主旨情感也非常简单又深刻：在我们度过的每个平凡的日常之中存在着所追求的自由，只是我们不懂感受与珍惜。这就是单纯但不单调的情节带来的深刻哲思。

3. 人物

影视艺术把人作为主要描写对象，利用造型艺术特点，塑造个性鲜明的人物形象，并展现人物社会生活经历、社会关系、思想情感，反映出一定的社会状态。成功的人物形象塑造，是一部影视作品成功的关键。由于幼儿天性好动，所以幼儿影视在人物塑造上一般不过多地对人物内心世界进行静态渲染和剖析，而比较注重通过人物的个性化外貌、动作和语言。欣赏影视作品时，要把握人物的外部特征，如肖像与外形，感性判断人物特点；通过人物的动作、语言、表情、行为等做出理性判断；并善于挖掘人物的内心世界。

比如，经典动画人物形象"哆啦A梦"，他的外貌整体看是一只猫形机器人，通身蓝色，白色的脸部、腹部、双手和双脚，脖子上挂着一个小铃铛，一只红色的小鼻子非常显眼，他没有耳朵，最大的特点是肚子上拥有四次元口袋，这个口袋直接通往四次元空间，再多的东西也放得下。他是住在小男孩大雄家里的来自未来的机器猫，职务是看管小孩。大熊胆小内向，经常被强夫和胖虎欺负，每当看到大雄被欺负跑回家时，哆啦A梦就经常会拿出一些未来世界的法宝来帮助他，有时候他也很粗心大意，惊慌的时候会失去理智，经常拿错道具导致局面混乱；尽管他自己经常劝告大雄要谨慎使用道具和注意事项，但大雄多数都会滥用法宝去玩耍或捉弄人，导致状况百出。就是这样一个"蓝胖子"吸引了亿万儿童的眼光，尤其是他肚子上的神奇口袋和从口袋中拿出来的各种奇妙道具，更是让小朋友们欣喜不断，打开和扩展了他们对于世界的各种幻想。当大雄让他生气时，哆啦A梦总会对大雄说"再也不管你了"！当大雄求他要神奇道具时，他不想让大雄利用这些道具来取巧却又很想帮助他就经常会说"真拿你没办法"。这些语言把他对大雄不愿读书、学习不专心的无奈和深厚感情很自然地表现出来。哆啦A梦和大雄高兴时手舞足蹈、紧张时的张口大叫、有了解决问题的方法后的欣喜和事情办砸后的无语和羞愧表情，总是让孩子们跟着他们的动作和表情而产生相应的情绪与感情变化，带给孩子们很强的代入感。

4. 对话

由于幼儿影视片受时间的限制和幼儿语言、理解水平的限制，人物对话讲究简洁、精彩。如2015年由CCTV引进的英国动画片《小猪佩奇》讲述的是小猪佩奇一家的日常生活，围绕每天在家发生的趣事展开，每集仅五分钟，故事情节都非常简单，节奏明快，但趣味突出，充满欢乐，让幼儿着迷。我们来看一下其中的一集《泥坑》的对话：

爸爸，雨停了，我们能出去玩吗？

好的，你们两个去玩吧。

佩奇，如果你在泥坑里跳你必须穿上靴子。

对不起，妈妈。

乔治，如果你要在泥坑里跳，你必须穿上靴子。

乔治，我们再去找几个泥坑吧。

你看，乔治，有一个很大的泥坑。

停下，乔治。我得检查一下这里安不安全。很好，你可以放心地玩了。

对不起，乔治，只是些泥而已。

来吧，乔治。我们去给爸爸看看。我的天啊。

爸爸，爸爸，你猜猜我们刚才干了什么？

让我猜一猜。你们看电视了？

不对，爸爸。

你们洗澡了？

不对不对。

我知道了。你们刚才在泥坑里玩了。

是的爸爸，我们刚才在泥坑里玩了。

看看你们弄得多脏啊。

没事，只是些泥而已。我们在妈妈看到之前快点洗干净。

爸爸，我们清理干净之后，你和妈妈也一起来玩吗？

是的，我们都可以在花园里玩。

爸爸，你看你弄得多脏。

只是些泥而已。

从对话中可以看出，这一集的故事情节非常简单：就是小猪佩奇和弟弟乔治在雨停后去外面的泥坑里玩，虽然身上弄得很脏但玩得非常开心。因为害怕被妈妈看到身上很脏，佩奇和弟弟先去洗干净了。之后佩奇、乔治带着爸爸妈妈也加入了跳泥坑的玩耍中，大家弄得都很脏，但大家玩得都非常开心。在这样简单的人物对话中，我们不仅能看清故事的发展脉络，还会发现隐藏在简洁人物对话之后的许多小悬念：先是下雨妈妈不让出去玩，小猪佩奇有点失落，然后是妈妈要求穿靴子，之后是弄得很脏怕被妈妈看到，最后是一家人都来跳泥坑，都弄得很脏却没有关系。这些小悬念增强了故事的趣味性，吸引着幼儿的注意力。而故事整体是沉浸在快乐的游戏和一家人一起游戏的氛围中，温馨又愉快。

可见，极其简单的对话风格有助于孩子集中精力关注剧情，剧情紧凑有助于孩子理清其中的逻辑关系，《小猪佩奇》剧情虽短，但五脏俱全，情节逻辑一环不少，尤其对白简单精彩、幽默有趣，洋溢着家庭的温馨。

5. 结尾

儿童影视多以大团圆的形式结尾，因为大团圆的结局可使小观众的审美期待得以实现，也使他们获得轻松和愉悦。比如，动画电影《熊出没之过年》以喜剧的方式演绎出一组过年的温情画面，讲述了光头强想回家过年但没钱买火车票，熊大、熊二帮助光头强回到老家过年的故事。故事的结尾是这样的：大年三十晚上新年的钟声敲响时，光头强和熊大、熊二幸福地躺在一起，度过了美好的除夕夜。大年初一早晨列车抵达团结屯，光头强发现熊大、熊二早已在半路下车，却发现行李上有他们三个的画，感动得落泪了；熊大、熊二半路下车后走得筋疲力尽时恰逢吉吉毛毛骑着摩托车往回返，动物们一起乘摩托车向森林老家返回。这样的大团圆结局让孩子们不仅为光头强顺利回到家而高兴，还会生发出快乐与温暖的审美体验与感受。

也有的儿童影视结尾给小朋友留下了思考的余地和想象的空间，从而产生更强的艺术效果。如伊朗电影《天堂的小孩》(又名《小鞋子》)讲述了穷人家的一对兄妹与一双小鞋子的故事，阿里为妹妹取回修理的小鞋子时不慎弄丢了，他与妹妹只能每天奔跑着换唯一的一双球鞋，他们尽可能地逃避父母以及迟到可能带来的惩罚，又承受着换鞋带来的种种不便。找回丢失的鞋子或者再拥有一双鞋子的渴望在两人心中不断地堆积着。全市长跑比赛季军的奖品中有一双鞋子，阿里哀求老师批准他参加。跌倒后阿里爬起来不顾一切地跑向终点却取得了冠军。影片结尾阿里和妹妹失望极了，阿里脱下磨破的鞋子，把磨烂的脚伸到了池塘里，一群金鱼游到了他的周围嬉戏，灵动地摇摆着精致的身躯。而此时，他的父亲正在回家的途中，自行车上放着买给阿里和妹妹的新鞋子……影片用兄妹的失落感情做结尾，却又增添了阿里把受伤的脚放入水池被小鱼亲吻的温馨画面，这个结尾很开放，给观众留下了很大的想象余地，生活到底会怎样继续？

(三)分析声画关系，把握影片主题

在影视作品中音乐与电影画面会组合成不同的音画关系，从而产生影片独特的审美效果。场景、事件、镜头等视觉因素与音乐、音效、语言的有机结合、交替互补，可以形成单一画面元素所没有的张力和强烈的表现力。这里我们重点分析一下声音中的音乐与画面的融合方式与效果。

影视中的音乐可以分为主题音乐、背景音乐和插曲三部分。不同的音乐在影视中所起的作用不一样。

主题音乐是一部片子的核心音乐，最能反映剧作主题，深化故事内容及刻画人物内心，同时也能起到渲染环境、烘托气氛的作用，一般在影视片中的关键环节段落、主要人物塑造或体现主题思想的时候出现。以《狮子王》的片头音乐《生生不息》来看，这首片头主题曲以厚实饱满的声音表现了广袤无垠的非洲大草原的磅礴生机，配合以蓝色天空和各种动物汇聚在大草原上的画面，展示了在木法沙的统治下整个动物世界神圣庄严、生机勃勃的状态，昭示着生命轮回、生生不息的自然规律和生命意义，为影片发展奠定下史诗般大气雄浑的基调。歌词的内容实际也是《狮子王》故事的概括。在《狮子王》的最后一段配乐中，《生生不息》的旋律再度响起，不仅使开头与结尾相互照应，而且还升华了主题，让人觉得感动与震撼。片尾主题曲《你今夜能感受到爱吗？》抒情缓和，伴随着影片中辛巴与娜娜的生活片段、辛巴对父亲的回忆片段，音画结合，让人感受到爱的同时，也表达了对自然和声声不息的万物的敬仰之情，同时也饱含了对生命的热情。让我们在结束观影的同时回味剧情，并转入对自然界、对生活、对人生的思考中来，从而产生意犹未尽之感。

背景音乐指在影视剧中，伴随或穿插在其中的音乐，作用是渲染气氛，增强故事或者景物的表现力，起到和人们的心灵产生共鸣的作用。比如《狮子王》中，长大的辛巴在思考当年父亲教给它的人生道理时，背景音乐是《在星空下》的纯音乐，乐声旷远辽阔，深邃的感觉很适合当时的场景，这时候辛巴的心理变化是复杂矛盾的，在它不知所措的时候，

音乐采用了以小提琴为主的管弦乐演奏,其低沉的音色与观众复杂的心理因素缠绕在一起,传达出了那些往往不能直接通过语言或画面说出的内容。也是在这首音乐过后,辛巴决定返回它的王国,夺回属于它的领地。当辛巴最终胜利地夺回属于它的国家,在众人的注目中登上那块属于它的荣耀石的时候,音乐的声音达到最大,一首荣耀石之颂《King Of Pride Rock》,象征着它的王者的回归以及正义的胜利回归。

插曲是针对某一具体情节的内容而创作的,用以描述事物,抒发某种特定的感情和情绪,或表现人物的特定心理的歌曲,主要起表达人物情感,烘托气氛或推动剧情发展的作用。《闪闪的红星》中的插曲《映山红》出现在主力被迫撤离柳溪后,潘冬子的父亲潘行义也随部队转移了。柳溪随红军的撤退又处于白色恐怖中,大土豪胡汉三又回来了。这天晚上准备铺草席睡觉时,小主人公潘冬子问妈妈,爸爸什么时候回来,这时妈妈怀着期盼的眼神唱起了这首《映山红》,以此来告诉东子,到了春天岭上开遍映山红时,红军就会回来,旋律优美,歌词深情。这首插曲在这里不仅表达了潘冬子对父亲的思念,也表达了百姓对红军英雄的无限热爱与不舍之情,以及对未来美好生活的憧憬和向往。插曲《红星照我去战斗》响起之前,主人公潘冬子正在与敌人斗智斗勇,四处被困在山上的红军同志们收集盐。当《红星照我去战斗》响起时,潘冬子乘坐竹筏迎接新的战斗任务,头上是蓝蓝的天空,两岸是巍巍的青山,中间是滔滔的江水,表现了潘冬子成长起来、展翅高飞、勇挑重担、奋勇向前的成长经历,嘹亮高亢的歌声起到了渲染故事情节发展和烘托主题思想的作用,更表达出了潘冬子战斗的热情和坚定的决心。

本章小结

幼儿影视是非常受幼儿喜爱的现代文艺形式,因其特殊的感染力对幼儿具有极大的正面影响力,如促进幼儿的语言发展,提高幼儿的听说能力,促进幼儿的认知能力的发展,促进幼儿想象力的发展,促进幼儿社会化的发展。但沉迷其中也具有一些不利的影响,如对幼儿健康的影响,影响幼儿真实生活经验的体验,还有一些内容质量值得商榷的作品中的成人化思想、语言暴力、行为暴力都会对幼儿的行为与思想产生负面的影响。

幼儿影视具有视像生动逼真、内容夸张有趣、情节单纯曲折,形象个性鲜明、故事富于幻想等特点,包括幼儿故事片、幼儿美术片。幼儿美术片数量最多,具有色彩鲜艳、造型夸张、情节有趣、节奏快动感强等特点,对幼儿的吸引力也最大。幼儿美术片包括动画片、木偶片、剪纸片、折纸片,形态各异,给幼儿带来不同的审美趣味。

幼儿影视的选择原则:内容积极乐观,情节生动有趣,语言精练简洁,画面精致明朗,音乐优美动听。指导幼儿影视欣赏必要的知识准备,要了解基本的影视艺术手段,把握幼儿影视中的叙事因素,分析声画关系,把握影片主题。

思考题

1. 简述幼儿影视的特点。

2. 简述幼儿美术片的特征及种类。
3. 简述幼儿影视对幼儿的影响及观看指导。
4. 选择一部幼儿影视片，结合其叙事因素进行赏析。
5. 编写一个影视欣赏活动教案。

思考题参考答案.doc

参 考 文 献

[1] 张美妮，巢扬. 幼儿文学概论[M]. 重庆：重庆出版社，1996.

[2] 人民教育出版社中学语文室. 幼儿文学[M]. 北京：人民教育出版社，2000.

[3] 李莹，肖玉林. 学前儿童文学[M]. 上海：复旦大学出版社，2006.

[4] 中国心理卫生协会. 心理咨询师. 基础知识[M]. 北京：民族出版社，2015.

[5] 彭懿. 图画书：阅读与经典[M]. 南昌：二十一世纪出版社，2006.

[6] 松居直. 我的图画书论[M]. 李颖，译. 长沙：湖南少年儿童出版社，1997.

[7] 方卫平. 儿童文学教程[M]. 上海：复旦大学出版社，2015.

[8] 王泉根. 儿童文学教程[M]. 北京：首都师范大学出版社，2008.

[9] 彭懿. 图画书应该这样读[M]. 南宁：接力出版社，2012.

[10] 王泉根. 论儿童文学的基本美学特征[J]. 北京师范大学学报(社会科学版)，2006(2).

[11] 郭咏梅. 幼儿文学类图画书的特征与阅读指导[J]. 学前教育研究，2015(8).

[12] 李春光. 幼儿园绘本教学现状及改进研究[D]. 首都师范大学硕士学位论文，2013.

[13] 潘华. 论中国儿童电影的现状及发展策略[D]. 重庆大学硕士学位论文，2009.

[14] 肖路. 国产动画电影的传统美学风格及其文化探源[D]. 华东师范大学博士学位论文，2006.

[15] 李姗. 中美幼儿动画片类型特点及教育价值比较研究[D]. 陕西师范大学硕士学位论文，2015.

[16] 甘甜. 影视传播对幼儿成长的影响[D]. 华中师范大学硕士学位论文，2008.

[17] 许南明，富澜，崔君衍. 电影艺术词典(修订版)[M]. 北京：中国电影出版社，2005.

[18] 袁靖华. 我国幼儿电视节目的发展现状与品牌建设研究[J]. 当代电影，2010(6).

[19] 张明红. 学前儿童语言教育与活动指导[M]. 上海：华东师范大学出版社，2014.

[20] 方卫平. 幼儿文学教程[M]. 北京：高等教育出版社，2017.

[21] 教育部教育管理信息中心. 全国优秀幼儿语言教育活动课例评析[M]. 重庆：西南师范大学出版社，2011.

[22] 任继敏. 幼儿文学创作与欣赏[M]. 北京：高等教育出版社，2010.

[23] 中国儿童文学 60 年(1949—2009)(上)[M]. 武汉：湖北少年儿童出版社，2009.

[24] 中国儿童文学 60 年(1949—2009)(下)[M]. 武汉：湖北少年儿童出版社，2009.

[25] 王晓云. 儿童文学作品选读[M]. 北京：高等教育出版社，2011.

[26] 朱家雄. 幼儿园课程[M]. 上海：华东师范大学出版社，2003.

[27] 李文华. 幼儿散文浅论[J]. 陕西教育学院学报，2001.

[28] 冯志英. 关于幼儿诗歌散文欣赏中整合学习的初步探索[J]. 学前教育研究，1995.

[29] 贾少英. 提升幼儿散文的教学地位培养幼儿语言的文学性[J]. 亚太教育，2016.

[30] 黄轶玲. 幼儿散文教学中审美情趣的培养初探[J]. 文学教育，2011.

[31] 叶明芳. 幼儿散文诗欣赏活动的指导策略[J]. 学前教育研究，2014.

[32] 杨昌庆. 导思. 益智. 填趣——谈儿童科学文艺写作[J]. 科协论坛，1994.

[33] 宋文翠. 儿童科学文艺教育与儿童创造力的发展[J]. 山东师范大学学报，2008.

[34] 高士其. 孩子们需要富有思想性的科学文艺作品[J]. 读书，1958.

[35] 吴岩，张苗苗. 科学文艺的现状与可能的未来[J]. 中国艺术报，2010.

[36] 王蓉. 科学文艺在幼儿教育中的应用研究[J]. 小学生(教学实践)，2017.

[37] 张玉玲. 科学文艺作品的欣赏[J]. 福建教育学院学报，2001.

[38] 于敏. 论科学文艺教育对幼儿科学素养的培养[J]. 科教导刊，2014.

[39] 吴志梅. 三十年代高士其的儿童科学文艺创作[D]. 湖南师范大学，2016.

[40] 金涛. 我对科学文艺创作的反思[J]. 科普研究，2016.

[41] 杜丽. 幼儿科学文艺在幼儿园教学中的应用研究[J]. 山东师范大学，2016.